LES MURS DE SANG

DE JÉRÔME CAMUT ET NATHALIE HUG

EspylaCopa, nouvelle, Bragelonne, « Fantasy 2006 », 2006.
LES VOIES DE L'OMBRE, I, *Prédation*, roman, Télémaque, 2006.
LES VOIES DE L'OMBRE, II, *Stigmate*, roman, Télémaque, 2007.
LES VOIES DE L'OMBRE, III, *Instinct*, roman, Télémaque, 2008.
LES VOIES DE L'OMBRE, IV, *Rémanence*, roman, Télémaque, 2010.
Les Éveillés, roman, Calmann-Lévy, 2008.
Trois fois plus loin, roman, Calmann-Lévy, 2009.
Les Yeux d'Harry, roman, Calmann-Lévy, 2010.

DE JÉRÔME CAMUT

MALHORNE, I, roman, Bragelonne, 2004.
MALHORNE, II, *Les Eaux d'Aratta*, roman, Bragelonne, 2004.
MALHORNE, III, *Anasdahala*, roman, Bragelonne, 2005.
MALHORNE, IV, *La Matière des songes*, roman, Bragelonne, 2006.

DE NATHALIE HUG

L'Enfant-rien, roman, Calmann-Lévy, 2011.

www.jeromecamut.com
www.nathaliehug.com

Jérôme Camut et Nathalie Hug

LES MURS DE SANG

roman

calmann-lévy

© Calmann-Lévy, 2011

Couverture
Maquette : Constance Clavel
Photographie : © Mary Crosby / Getty Images

ISBN 978-2-7021-4189-2

Jack

2011

1

Le matin du jour où sa vie bascula, Jack van Bogaert prit la route du volcan. À mi-chemin du sommet, il se gara sur le bas-côté et coupa le moteur de sa Jeep. De cet endroit d'Elisabeth Island, le regard portait loin et l'altitude créait l'illusion d'une courbure de l'horizon. Jack s'arrêtait là chaque jour pour scruter le relief des îles Vierges et la longue silhouette de Saint-Domingue, plus à l'ouest.

Il s'abîma longtemps dans la contemplation du paysage avant de s'engager sur une route défoncée et caillouteuse, jusqu'à une paillotte nichée sur les berges du cratère. Cette bicoque enfouie sous un entrelacs de palmiers, décolorée par le soleil, servait à la fois de résidence et de magasin à une vieille Créole surnommée Gnokie.

Le carton OCCUPÉE placardé sur la vitrine de l'épicerie indiquait que la propriétaire des lieux jardinait. Jack entra dans le magasin, se fraya un chemin entre les piles de caisses et les rayonnages branlants, puis poussa la petite porte rouge qui donnait sur le potager.

Le dos courbé entre deux rangs de tomates, Gnokie binait la terre en marmonnant, ses quelques dents serrées sur une pipe en écume. D'un rapide coup d'œil, Jack repéra la demi-douzaine de cagettes qui s'entassaient dans l'ombre d'un auvent ; sa commande du jour. Le goût de la vieille femme était sûr, c'est pourquoi, même si aujourd'hui encore, l'approvisionnement lui coûtait cent dollars, il emporterait tout. Chaque fruit et légume était sélectionné avec soin, de nouvelles associations de saveurs lui étaient suggérées. Gnokie écrivait la partition, Jack la jouait dans les cuisines de l'auberge qu'il dirigeait avec Elisabeth, affectueusement surnommée Libbie, son épouse depuis près de six ans.

Le fumet de la pipe arriva jusqu'à lui. Il s'agissait d'un mélange savant, inconnu des profanes, que se transmettaient les vieux du coin, et dont les effluves rappelaient à Jack certaines substances qu'il consommait à l'époque où il traînait ses guêtres à Bali. Il sortit un billet vert de sa poche, le lissa entre ses paumes et s'accroupit pour le glisser sous une pierre.

Un cri le fit sursauter. La vieille Créole s'était redressée et avait laissé échapper sa pipe. Jack se précipita vers elle.

— C'est à cause de Lulu..., grinça-t-elle en plantant ses doigts couverts de terre dans les épaules de Jack. Ne pars pas, sinon, la petite, elle va mourir !

— Qu'est-ce que tu racontes ? s'écria-t-il en s'arrachant à l'étreinte brutale. Gnokie !

D'interminables secondes s'écoulèrent. La vieille Créole fixait Jack comme s'il était transparent.

— Putain, Gnokie ? Réponds !

Jack saisit ses mains entre les siennes et les serra.

— Gnokie ?

— Qu'est-ce que t'as à me regarder comme ça ? grogna-t-elle.

— Quoi ? s'écria-t-il en manquant s'étrangler. Mais... C'est toi qui... Tu me parlais de Lulu !

Gnokie maugréa, puis tourna la tête pour cracher un jet de salive noirâtre.

— Tu ne te souviens de rien ?

— Pfft, aide-moi, au lieu de divaguer.

— Pas question. Tu vas d'abord me raconter ce que tu as vu !

– J'ai rien vu du tout ! Arrête de m'embistouiller. Aide-moi plutôt.

Soutenue par Jack, Gnokie s'accroupit pour ramasser sa pipe, qu'elle coinça entre ses dents, et se releva maladroitement. À peine redressée, elle tendit l'index et le majeur de la main droite.

– Quoi ? Deux cents dollars ? Mais je t'ai pas demandé de me dire la bonne aventure, moi !

– T'as pas compris, petit. Je ne te reverrai jamais.

Un filet de sueur coula entre les omoplates de Jack. Il le sentit dégouliner le long de sa colonne vertébrale jusqu'à ses reins.

– Merde, Gnokie ! Tu devrais arrêter de fumer n'importe quoi !

Il ne put retenir un rire jaune. Au fil des ans, il s'était attaché à cette femme.

– C'est toi qui n'as rien compris ! ajouta-t-il en posant une grosse bise sur son front. Je ne pourrais pas me passer de toi !

Saisi d'une brusque angoisse, il lui tendit deux billets de cent dollars et chargea les cagettes dans sa Jeep. Avant de démarrer, il se tourna une dernière fois vers Gnokie. La vieille Créole se tenait devant la porte, droite comme un I. Ses prunelles étaient rivées sur lui et ses joues parcheminées luisaient sous le soleil, ruisselantes de larmes.

– Tu mates ?

La gaieté de la voix de Libbie sortit Jack de ses pensées lugubres. Il quitta l'ombre du porche, d'où il observait sa femme depuis un moment, et s'avança dans la cour inondée de soleil.

Plongée sous le capot du combi VW, une main crispée sur l'aile avant, l'autre trifouillant dans le moteur, Libbie grimaçait sous l'effort. Son nez et ses joues constellés de taches de rousseur étaient recouverts de graisse et sa robe rouge maculée de traces sombres. Ses longs cheveux frisés d'un blond-roux lumineux étaient remontés dans un chignon fabriqué à la hâte.

— Ouh ouh ! Jack !

Libbie s'épongea le visage avec l'avant-bras, ce qui eut pour effet d'étaler la crasse sur son front. Une mèche claire, qu'elle écarta du bout des doigts, glissa sur ses yeux.

— Je mate pas. Je vérifie juste que le mécano fait bien son boulot !

— Évidemment !

Libbie attrapa une clé et remit le nez dans le moteur.

Elle portait toujours des couleurs vives. À cette heure où le soleil frappait l'est de la pension, une grande bâtisse en bois peinte en bleu ciel, Jack croyait voir en Technicolor. Cette sensation était accentuée par le jaune vif de la carrosserie, qui tranchait avec la peau couleur pain d'épice de sa femme. Avocate, fille de magistrats, élevée dans les meilleurs collèges d'Amsterdam, c'était une vraie battante, obstinée et sacrément débrouillarde. Elle n'avait pas rechigné à se reconvertir en arrivant sur l'île. Mieux, elle s'était intéressée à la mécanique, jusqu'à ce que les moteurs n'aient plus de secrets pour elle.

— C'est encore le carbu. J'en ai pas fermé l'œil !

Jack, qui avait rejoint Libbie, l'enlaça et enfouit son nez dans son cou.

— Tu sens bon l'huile de vidange ! Comment vont mes deux amours ce matin ?

— Bien, la petite n'arrête pas de gigoter.

— Pourquoi tu t'obstines à dire « elle » ? s'agaça aussitôt Jack. Le gynéco est sûr que ce sera un garçon.

— Tu t'obstines bien à nous affubler de surnoms plus ou moins ridicules !

— Libbie ! soupira Jack.

— C'est Gnokie, elle m'a affirmé qu'il avait tort...

— Elle déraille à force de fumer des saloperies !

— De vous deux, je ne sais pas qui est le plus cinglé ! marmonna Libbie en passant un coup de chiffon sur le moteur. Tiens, j'en ai profité pour faire les niveaux. T'as plus qu'à embarquer les clients. Ils t'attendent pour 9 heures sur la terrasse.

– J'aime ta façon de couper court à nos chamailleries !
– Jack !
– OK. Je vais contourner l'île du Solitaire, le temps est clair. Retour comme d'habitude. En attendant, repose-toi, promis ?
– Promis.

Jack s'éloigna, puis revint sur ses pas.
– Et laisse Rosalba se débrouiller pour les chambres.

Comme chaque jour depuis des années, Libbie se levait aux aurores pour servir les petits déjeuners tandis que Jack se ravitaillait chez Gnokie. Puis elle s'occupait de mécanique une partie de la matinée – il y avait toujours de quoi faire entre la camionnette, la Jeep de Jack, sa Méhari, les bateaux, les mobylettes – avant de rejoindre Rosalba.

Cette sexagénaire énergique, née sur l'île, fille, épouse et mère de pêcheur, travaillait à l'auberge bien avant que Jack et Libbie la rachètent. Femme de chambre, serveuse, réceptionniste et nounou, Rosalba considérait l'aide de Libbie comme bienvenue, surtout quand la pension affichait complet.

Les affaires ne leur permettant pas d'embaucher, il fallait assurer le boulot à quatre, avec Siko, le marmiton – 18 ans, l'air toujours ahuri et le cheveu en bataille. Jack avait du mal à accepter la situation, surtout depuis que le ventre de sa femme s'arrondissait.

– Tu m'entends ? insista Jack. Regarde-toi ! Tu en fais beaucoup trop !
– Je t'aime, s'écria Libbie en riant, une main sur sa poitrine.

Jack attrapa cette main et appuya un long baiser sur la paume.
– Et moi donc, si tu savais...

Quand son mari était authentique, quand il ne se cachait pas derrière un personnage blasé et caustique, Libbie en profitait. Elle lâcha ses outils et se blottit avec délice contre sa haute silhouette sculptée par six ans de pratique de la natation en haute mer.

Il était 3 heures du matin quand Jack se servit un cognac et s'installa au comptoir, d'où il voyait les deux salles de restaurant. D'un regard, il s'assura que tout était en ordre. Avant de partir, Rosalba avait dressé les tables pour le petit déjeuner et, pendant qu'il préparait les commandes pour le lendemain, Siko avait briqué la cuisine et rangé la vaisselle.
On peut pas être au four et au moulin.
Cette pensée lui arracha un sourire. Il entendait encore Pierre Desproges la reprendre à sa sauce. C'était à la fin des années 80, quand Jack entrait dans la puberté, tapissait les murs de sa chambre de photos d'Albert Spaggiari et pensait que le monde s'offrirait à lui, simplement parce qu'il l'avait décidé.
Les recettes simples de Jack avaient encore réjoui les palais et la caisse débordait de billets verts. Il les répartit en tas de même valeur, puis fabriqua une liasse qu'il effeuilla à plusieurs reprises avec l'expression d'un gosse découvrant un nouveau jouet.
— C'est pas beau, l'avarice, glissa Libbie en se collant à lui.
Elle avait le visage ensommeillé. Ce soir, elle s'était allongée à la fin du service et endormie presque aussitôt. C'est l'absence de Jack à ses côtés qui l'avait réveillée.
— Que veux-tu, palper du cash m'a toujours rassuré. C'est pas de l'avarice, c'est bien plus physique que ça.
Jack ferma les yeux quelques secondes et se vit tournoyer sous une pluie de billets de banque.
— Qu'est-ce que tu fêtes ? demanda-t-elle en désignant le verre de cognac posé devant lui.
— Le cinquième mois-niversaire de mon fils !
— Jack, protesta Libbie, arrête, s'il te plaît !
— OK ! glissa-t-il en souriant. Je fête l'arrivée du... bébé !
— Je ne parle pas de ça.

— Je bois juste un verre ! De toute façon, j'en ai besoin ! affirma Jack, les pensées tournées vers les dernières paroles de Gnokie.

Il ne s'en était pas ouvert à Libbie. Pour ne pas l'inquiéter, pour ne pas parler de ses propres angoisses, et surtout parce qu'il se voyait mal accréditer les délires de la vieille femme quand elle lui prédisait un malheur et refuser de la croire quand elle affirmait qu'ils attendaient une fille.

— Jack !

— T'inquiète ! Je vais pas me saouler. Juste me détendre un peu.

— Tu ferais mieux de te coucher.

— Libbie, pitié. Ne fais pas ça.

Libbie était sur le point de protester quand la sonnerie du téléphone l'interrompit. Elle détestait recevoir un appel aussi tard. C'était forcément une mauvaise nouvelle. Or, sa mère était souffrante ces derniers temps et Libbie s'angoissait à l'idée qu'elle ne soit plus là pour la naissance du bébé.

— Allô ?

La voix de Libbie tremblait un peu.

— Bonsoir, Elisabeth, dit une voix féminine et lointaine. C'est Kay Halle. Je suppose qu'il est tard chez vous, je m'en excuse. Mais j'ai besoin de parler à Jack. C'est urgent.

Tout en s'efforçant de garder un air détaché, Libbie écarta le combiné de son oreille.

— Une certaine Kay Halle, articula-t-elle d'une voix devenue glaciale. Il paraît que c'est urgent.

Avant de se saisir du téléphone, Jack frotta énergiquement ses avant-bras, subitement couverts de frissons. Sur l'un d'eux s'étalaient quatre lettres tatouées. LULU.

— Il va falloir que je m'absente quelques jours, lâcha Jack après avoir raccroché. Une semaine au plus. Sur le continent.

— Tu veux dire, en France ?

— En Suisse. Une histoire de famille.

Les mains de Jack s'agitaient dans ses poches de pantalon et un rictus singeait sur ses lèvres un sourire embarrassé.

— Ça concerne Lulu, ajouta-t-il très vite.

Libbie demeura interdite quelques secondes.

— Tu veux dire que ça concerne la mère de Lucie, c'est ça ?

— Oui.

— Quel rapport avec cette Kay ?

— Cette Kay, comme tu dis, était la meilleure amie de Grace.

— Était ?

— Grace est morte.

Les mots sonnaient mal dans l'esprit de Libbie, autant qu'ils trébuchaient dans la bouche de Jack.

— C'est moche, lâcha-t-elle d'un ton lugubre.

Les traits de Jack se crispèrent. Oui, c'était moche, tout était moche dans cette histoire.

— Je t'accompagne, murmura-t-elle en l'embrassant tendrement. Siko et Rosalba peuvent s'occuper de la boutique quelques jours. Gnokie leur donnera un coup de main si nécessaire.

— Pas question.

— Ce serait tellement plus simple si tu me disais ce qui se passe ! J'ai du mal à comprendre pourquoi tu veux te rendre à ces obsèques sans moi.

Comme Jack ne répondait pas, Libbie gagna lentement la porte de leur appartement.

— Je ne sais même pas quand elle est morte, articula-t-il en avalant une nouvelle rasade de cognac.

— Qu'as-tu encore à voir avec ces gens ? souffla Libbie d'un air triste. Pourquoi me mets-tu systématiquement à l'écart ?

— Libbie...

— Je peux tout entendre, Jack. Si tu as quelque chose à me dire, vas-y.

— Je t'expliquerai en rentrant. De toute façon, je n'aurai pas le choix.

— Tu n'auras pas le choix ? s'emporta Libbie. Jack, bon sang ! Qu'est-ce qui se passe ?
— Laisse-moi le temps de...
La fin de sa phrase se perdit dans le bois des cloisons.
Libbie venait de claquer la porte.

Quand Jack quitta l'auberge au petit matin, Libbie dormait encore. Il fit un rapide détour par le port pour récupérer des affaires dans son bateau, un authentique pointu. Jack ne l'utilisait jamais pour naviguer et sa femme en ignorait l'existence. Au fond de la cabine, derrière les gilets de sauvetage et les pare-battages surnuméraires, il retira d'une trappe, qu'il avait lui-même aménagée, une pochette en plastique contenant six mille dollars en petites coupures et un passeport français.
Jacques Louis Peyrat.
Ça lui semblait une éternité... Six ans qu'il avait quitté Bali. Les cernes s'étaient estompés, il avait repris du poil de la bête, mais il conservait de cet enfer des traits durcis et un regard sombre.
Tant de choses risquaient de changer.
Pour Libbie et le reste du monde, Jack était le père d'une fillette, Lucie, morte à l'âge de 2 ans, le 21 juin 1998. Une maladie incurable, une saloperie. Fulgurante. L'horreur avait anéanti la mère, une Américaine du nom de Grace Balestero, et jeté Jack sur les routes de Bali où, camé jusqu'aux yeux, il avait joué ses maigres ressources et brûlé sa vie dans les bordels avant d'être arrêté pour trafic de drogue. Des années d'enfer, jusqu'au procès, jusqu'à ce que ses pas croisent ceux d'une brillante avocate, Elisabeth van Bogaert.
Bientôt, Libbie apprendrait que Lucie n'était pas morte.
Jamais Jack n'avait imaginé que le destin déciderait pour lui. Un simple coup de fil, un soir. Une voix sortie du passé lui annonçant que Lucie n'avait plus que lui au monde.

2

La porte s'ouvrit sur Kay Halle, toujours aussi ravissante, quelques rides en plus. Un joli visage rond, des yeux rieurs un peu tristes. Une longue silhouette revêtue de vêtements coûteux, des bagues à chaque doigt, des ongles vernis de bleu et un long collier soutenant une loupe sertie dans un anneau d'or.

Jack la dévisagea, incapable du moindre geste.

Douze ans qu'ils ne s'étaient pas revus.

Si Libbie ne l'avait pas encouragé à passer de temps en temps un coup de fil à quelqu'un qu'il avait aimé, Jack ne se trouverait pas face au fantôme de ce passé qu'il avait pris soin d'enterrer. Avec l'envie grandissante de prendre ses jambes à son cou. Il aurait ignoré la mort de Grace, il ne se tiendrait pas sur les hauteurs de Genève, il n'aurait pas à assumer une responsabilité qui, maintenant qu'elle se profilait, le faisait presque suffoquer.

Sur Elisabeth Island, il se faisait appeler Jack van Bogaert. Personne ne se doutait qu'il avait emprunté ce nom à sa femme.

Il était bien planqué.

Aujourd'hui, il avait quitté sa tanière. Dans quelques secondes, il reverrait Lucie.

– Entre, Jack. Tu n'as pas fait toute cette route pour geler sur le pas de la porte.

La voix chaleureuse de Kay rompit un silence qui s'éternisait. Jack laissa échapper un soupir de soulagement et la suivit dans la tiédeur bienfaisante d'une vaste demeure confortablement meublée. Une nappe rouge et noir tranchait sur la neige qui recouvrait la végétation du jardin. Des bougies brûlaient çà et là.

– Tu n'as pas changé, lâcha Jack en retirant sa parka.

— Toi, si. Tu es plus beau qu'avant.

Un petit rire gêné acheva la phrase de Kay.

— Excuse-moi, ajouta-t-elle en désignant l'endroit du salon où s'entassaient les affaires de Grace. J'ai besoin de décompresser.

Deux valises de vêtements et quelques livres, voilà tout ce qui restait de la mère de Lucie. Sur une table basse, un carton d'albums photos avait été vidé de son contenu.

— Un café ?

— Bien serré, merci.

Kay abandonna Jack dans le salon. Tandis qu'elle farfouillait dans la cuisine, il s'approcha des photos et en déplaça quelques-unes du bout des doigts, jusqu'à ce qu'il déniche un cliché récent de Grace. Il peina à reconnaître son visage, émacié par la maladie, et ses yeux trop grands, trop clairs.

— Cancer, murmura Jack en ramassant le cliché. C'est ça ?

Il ne put s'empêcher de songer que Grace, contrairement à Lulu, était *réellement* morte d'une saloperie.

— Elle n'a rien dit, expliqua Kay depuis la cuisine. Elle n'avait plus d'assurance-maladie. Elle faisait l'autruche depuis un bail. Quand elle m'a appelée au secours, il était trop tard. J'aurais dû m'en apercevoir, j'aurais dû lui téléphoner plus souvent, mais je passe mon temps entre Lausanne, Milan et Paris. Et j'ai tendance à négliger mes amis.

Jack ne souffla mot.

— Grace s'est installée ici avec Lucie le mois dernier, reprit Kay en déposant un plateau chargé de deux express et d'une boîte de sucre en morceaux. On l'a enterrée deux semaines plus tard.

— Elle était si belle...

— C'est vrai. Mais ça ne permet pas de passer entre les gouttes.

Jack avala son café d'une traite.

— Deux semaines ! Pourquoi as-tu attendu avant de téléphoner ?

— Je voulais être sûre que c'est ce que la petite voulait.

— Où est-elle ? demanda-t-il d'une voix mal assurée.

— Elle rentre d'ici un quart d'heure. Tu as faim ?

Jack secoua la tête. Non, il n'avait pas faim, il voulait oublier le passé, regarder sa fille, la serrer contre lui et la ramener à Elisabeth Island, où tout serait parfait.

— Tu lui as expliqué ?

— Oui.

— C'est bien, marmonna Jack. Ce sera plus facile.

— Il ne s'agit pas d'un colis, objecta Kay en s'asseyant sur le canapé. C'est une bonne gosse. Mais elle vient de perdre sa mère, elle ne te connaît pas. Rien ne va être facile, Jack.

Un instant de silence, brièvement interrompu par le chant d'un coucou mécanique, sépara les deux vieux amis.

— Tu m'avais dit que Grace et toi, vous vous étiez perdues de vue. C'était donc faux...

— Tu t'en doutais, puisque tu m'adressais les lettres pour Lucie.

— Elle les a eues ?

— Grace les a eues.

Jack fut secoué par une brutale vague de ressentiment. Mais il ne restait plus personne à blâmer.

— Elles sont dans l'enveloppe à côté de la boîte à photos. Lucie les a toutes lues à la mort de sa mère.

L'estomac de Jack se souleva encore. Une boule obstruait sa gorge et son sang cognait fort contre ses tempes.

— Tu as drôlement mûri, Jack. Autrefois, tu te serais emporté, tu aurais hurlé. Je vois que tu t'es apaisé.

Un instant, Jack pensa rétorquer qu'il n'avait pas besoin qu'on lui distribue des bons points, mais il se ravisa. Kay avait raison. Ils avaient changé.

— Quand est-ce que Lulu a appris mon existence ?

— À la mort de Rico, il y a deux ans.

Un autre coup de poing dans le ventre. Encore plus violent, celui-là. Mais Jack ne broncha pas. Deux ans que ce traître était mort. Deux ans que Lulu savait. Quelle injustice. Il en avait eu la prescience quand Kay lui avait annoncé que Lucie n'avait plus que lui. S'il avait été vivant, Rico aurait élevé la petite sans jamais le contacter. Enfoiré.

Les murs de sang

— Lulu n'a eu que quelques semaines pour accepter l'idée qu'elle pouvait choisir de rencontrer son père biologique. Jack, ajouta Kay après un court silence, Rico n'était pas un salaud, quoi que tu en penses.
— Je n'ai rien dit de tel.
— Non, rétorqua Kay, acerbe, mais tu ne leur as jamais pardonné.
— Tu l'aurais fait, à ma place ?
Une ombre passa sur les traits de Kay.
— Lucie ne connaît pas tous les détails, Jack. Rico s'est suicidé.
— Tu peux préciser ?
— Il s'est pendu. Sa mère l'a retrouvé dans la grange. Voilà ce qui s'est passé, même si j'ai encore du mal à l'avaler. Rico n'était pas du genre à renoncer.
— Mais pourquoi ?
— Personne n'a compris, Jack. Personne.
— Putain, si on avait été moins cons...
Jack prit sa tête entre ses mains et laissa échapper un long soupir.
— C'est pas le moment de flancher, le sermonna gentiment Kay. Ta fille va rentrer d'une minute à l'autre.
« *Ta fille.* »
— Jack, reprit Kay plus gravement. Je t'ai demandé de faire vite pour une autre raison. Dominic Balestero vient d'apprendre la mort de Grace. Il va débarquer ici d'un jour à l'autre pour tenter de récupérer Lucie.
Une vague de souvenirs débloqua la boule d'angoisse qui comprimait la gorge de Jack. Dès le début, le père de Grace avait tout entrepris pour séparer sa fille de ce Français infréquentable qui l'avait engrossée.
— J'ai combien de temps ? Combien de temps faudra-t-il pour que Lulu soit prête à me suivre ?
— Demande-le-lui toi-même.
Un instant décontenancé, Jack ouvrit la bouche, mais aucun son n'en sortit. La porte d'entrée s'était entrebâillée, livrant passage à une jeune fille plutôt grande pour son âge.

Lucie avait 13 ans, bientôt 14, mais que faire de ce nombre face à celle qui avançait dans la pièce ? Jack se souvenait d'un bébé. Même s'il avait souvent tenté de se la représenter, la découvrir prépubère avait de quoi déstabiliser.

Il balbutia un début de phrase et s'arrêta au beau milieu, très ému. Lucie portait les cheveux courts et ressemblait beaucoup à sa mère. Mais elle avait ses yeux à lui et la même façon de froncer les sourcils en pinçant légèrement le nez.

Lucie s'arrêta à un mètre de Jack. En dehors d'une curiosité dans le regard, aucun sentiment ne transparaissait sur son visage enfantin.

– Maman m'a dit que lorsqu'elle serait morte, tu viendrais me chercher. Elle en était sûre.

Jack fut incapable de répliquer. Ce petit bout de femme paraissait maîtriser ses émotions mieux que lui. Intimidé, il renonça à prononcer des mots inutiles. Une vague de bonheur mêlé de tristesse le submergea et il serra les dents pour contenir ses larmes.

Jacques

1996

3

Les deux jeunes femmes étaient aussi blondes l'une que l'autre. Mais l'une d'elles avait des yeux d'un bleu si délavé qu'Éric Saingérand eut aussitôt envie de se noyer dedans. Son visage avait un air mélancolique et doux et quand elle lui sourit, le cœur d'Éric acheva de fondre. La femme de sa vie, celle qu'il imaginait au fond de son lit – les soirs où Jacques et lui ne s'étaient pas mis la tête à l'envers –, ressemblait trait pour trait à cette inconnue.

Elles paraissaient perdues sur le trottoir d'en face. Un plan à la main, elles tournaient sur elles-mêmes, quand Éric leur fit signe de le rejoindre. Elles le regardèrent en riant, s'interrogèrent du regard et s'avancèrent vers le passage piéton.

Éric leur adressa un nouveau signe et se tourna vers l'église Saint-Bernard qui se dressait derrière lui.

– Jacques ! Viens là. Hey ! J'vais avoir besoin de toi !

Éric s'époumona en vain. Assis sur les marches de l'église à quelques mètres de là, Jacques hurlait « Paint it Black » des Rolling Stones en grattant sa vieille guitare.

Sept heures du matin venaient de sonner et il y avait déjà du monde dans le quartier. Des membres d'associations de défense des sans-papiers, des personnages politiques, dont Aymé Degrelle, la nouvelle coqueluche de la gauche, au bras d'une actrice en vogue, plusieurs artistes engagés, des journalistes. D'autres avaient passé la nuit là, en attendant que la situation dérape. Quelques jours plus tôt, la tension était montée d'un cran. Personne n'ignorait la présence de cars de CRS sur la place. Tôt ou tard, l'affrontement entre manifestants et policiers aurait lieu.

C'est exactement ce que Jacques recherchait. Une occasion de casser du flic.

– Tiens, marmonna-t-il en repérant le manège d'Éric avec les deux blondes. L'ami Ricoré essaie encore de lever des nanas.

Il jeta un coup d'œil vers une rue adjacente où s'agitaient quelques flics en civil et se leva tout en continuant de chanter.

Comme Jacques s'avançait pour le rejoindre, Éric reporta son attention sur les deux jeunes femmes. Elles s'étaient arrêtées à quelques pas et examinaient leur plan de Paris avec une moue qu'il trouva délicieuse.

– C'est par où, Montmartre ? répéta-t-il en s'emparant du guide que l'une d'elles lui tendait avec un sourire. En tout cas, c'est pas là.

Originaires de Saint-Étienne, Jacques et lui étaient arrivés gare de Lyon quelques mois plus tôt. Éric ne savait toujours pas s'orienter dans Paris, alors que Jacques s'y baladait les yeux fermés.

– C'est le bon arrondissement, c'est déjà ça. Mais vous êtes parties dans la mauvaise direction.

Les deux jeunes femmes, américaines, s'exprimaient correctement en français. Éric apprit ainsi que sa préférée se prénommait Grace et que l'autre fille s'appelait Kay.

À cinquante mètres derrière eux, des dizaines de CRS patientaient, casques et matraques suspendus à la ceinture. D'autres arrivaient en renfort, sans se presser. La file de cars de police stationnés dans le quartier s'était largement allongée au cours des dernières heures.

Jacques suspendit son interprétation laborieuse de « Paint it black ».

— Grace, Kay, voici Jacques. Jacques, je te présente Grace et Kay. Grace vient de m'apprendre qu'elle va passer l'année à la Sorbonne, Kay, elle, part en Italie au mois de septembre.

Jacques détailla les jeunes femmes en s'attardant plus longuement sur le visage et le corps de Grace, qui rougit et laissa éclater un rire gêné.

— Ah ! Grace ! s'exclama Jacques en prenant l'Américaine par le bras pour l'entraîner à l'écart. Sais-tu, belle demoiselle, qu'aujourd'hui est un jour de deuil pour l'Amérique ?

— Un 23 août ? demanda-t-elle en se dégageant. Je sais que nous venons de fêter le vingt-cinquième anniversaire de la navette *Enterprise*, mais c'est plutôt un succès, même si elle n'a jamais vraiment servi.

— Non, non ! Tu n'y es pas ! Je parle de Sacco et Vanzetti, sacrifiés le 23 août 1927.

— Qui ?

— Des assassins, expliqua Kay. Ils sont passés sur la chaise électrique et...

— Tu t'intéresses à l'aérospatiale ? demanda Éric en se glissant aux côtés de Grace. Moi aussi.

Le rêve d'Éric était de devenir pilote d'avion. Transporter du courrier pour la Poste lui conviendrait autant que larguer des bombes pour le compte d'un État ou d'un mégalo richissime.

— Je suis née dans un avion, plaisanta-t-elle, à douze mille pieds ! Mon père travaille chez Boeing Industries. Je n'ai pas de mérite. Et j'ignore totalement qui sont ces deux hommes, ajouta-t-elle à l'intention de Jacques. Certainement des méchants, Jack !

Kay leva les yeux au ciel en souriant. Grace papillonnait avec tant de plaisir entre ces deux Français. Elle n'allait pas s'interposer.

— Ces types étaient des héros, des gens de la rue, qui se sont opposés à un système dégueulasse et en sont morts, assassinés par le pouvoir et le pognon ! Voilà qui ils étaient. Des comme ça, il y en a plein d'autres ! Et je m'appelle Jacques, pas Jack !

– Je trouve que Jack te va mieux, hein, Kay ?

Les deux jeunes femmes éclatèrent de rire.

– Jack ! Jack !

Éric, que Jacques surnommait Rico, ou Ricoré malgré ses protestations, était ravi.

– Vous voulez bien nous prendre en photo devant tous ces policiers ?

– Avec plaisir ! Jack, tu te mets au milieu ?

– Dans tes rêves ! Ma trogne ne servira pas de trophée dans un album de Peaux-Rouges. Vas-y, toi, si ça te chante.

Éric ne se fit pas prier. Il se glissa entre les jeunes femmes et les saisit par la taille.

Jacques s'appliqua. Pour une fois, il ne cadrerait pas au-dessus de la tête, comme il le faisait souvent quand des touristes lui demandaient de les photographier. Il prit même deux clichés. Un où le trio était net sur fond d'uniformes en approche, le second inversé, avec une meute aux ordres en partie masquée par la masse floue des Américaines et de son pote.

– Maintenant, les cailles, vous devriez vous tirer de là, les prévint-il en tendant l'appareil à Grace. Il va y avoir du sport.

Éric tenta de persuader Jacques qu'ils devaient les accompagner. Sans succès. Ce dernier se tourna vers les CRS et se mit à chanter.

– Ami, entends-tu, le vol noir, du corbeau, sur la plaine. Ami, entends-tu le cri sourd du pays qu'on enchaîne !

Il fit tournoyer sa guitare à bout de bras et s'approcha des flics, serrés les uns contre les autres, bouclier et matraque à la main.

– À votre place, j'aurais honte d'être là ! Vous allez charger des femmes et des gosses, c'est ça, hein ! Collabos !

Il était sept heures et demie et l'ordre d'évacuer venait de tomber.

Le premier mouvement de CRS repoussa Kay, Rico et Grace vers l'église Saint-Bernard, où une foule compacte faisait front.

Des cris retentirent un peu partout.

Galvanisé par cette brusque montée d'agressivité, Jacques chargea bille en tête. Il défonça sa guitare sur le casque du garde le plus proche, apprécia le résultat un quart de seconde, puis s'écroula sous les coups de matraque d'un autre policier.

Plus réfléchi, Éric battit en retraite. Il attrapa Kay et Grace par la main et fila le long de l'église en direction de la gare du Nord, pendant que Jacques était traîné jusqu'à un fourgon.

Jack

2011

4

– Ce n'était pas juste.

Ainsi Lucie avait-elle accueilli ce père dont elle ne gardait aucun souvenir. Sa mère les avait séparés, mais elle ne prononça pas une mauvaise parole à son encontre. Ni Grace ni Rico, qu'elle avait appelé « papa » pendant dix ans, n'en prirent pour leur grade. Lucie ne jugeait pas. Certains détails lui échappaient, mais elle palliait ce manque d'informations par des passerelles logiques. Sa maman avait quitté cet homme à qui elle devait la vie. Ils s'étaient aimés. De ça, elle était certaine. Et puis, hop, disparus les sentiments d'amour et de tendresse. Grace l'avait quitté et s'était installée avec Rico aux États-Unis.

Quand Jack lui ouvrit les bras, Lucie se blottit contre lui et déposa sa tête sur le torse robuste de ce père providentiel.

Jack se souviendrait toute sa vie de ces secondes figées où ses mains cherchèrent dans le vide leur chemin naturel. La petite sentait le savon et de ses cheveux émanait une fragrance de miel. C'était trop d'un coup. Pourtant, ce contact volatilisa le souvenir du bébé qu'il avait aimé. Lulu se réinstallait enfin dans son cœur.

La suite s'était déroulée naturellement. Ils avaient regardé des photos ensemble. Lucie les connaissait parfaitement, mais elle voulait tout savoir. Où les clichés avaient été pris, qui se trouvait dessus, en dehors de Grace, Rico, Kay et bien sûr lui, dans quelles circonstances. Son appétit de détails sembla sans fin, jusqu'à ce que Kay annonce l'heure du départ.

Quinze heures venaient de sonner au coucou quand Jack mit ses bagages et ceux de sa fille dans le coffre du break de Kay, plus apte à affronter les routes de montagne que sa voiture de location.

Kay, qui avait quelques obligations professionnelles durant les prochaines quarante-huit heures (elle était responsable d'une ligne de vêtements et devait préparer la prochaine collection), avait suggéré à Jack d'échanger leurs voitures et de conduire Lucie dans son chalet de montagne, où elle les rejoindrait le vendredi. Ensuite, ils s'envoleraient tous les trois pour les Caraïbes. Kay tenait à aider Lucie et Jack à s'installer dans leur nouvelle vie.

Libbie accepterait Lucie, cela ne faisait aucun doute. Mais serait-elle prête à pardonner à Jack ses mensonges ? Se les était-il pardonnés lui-même ? En son for intérieur, Jack préparait ses arguments. Entre deux maux, il avait préféré le moindre. Déclarer à Libbie qu'il avait eu une fille, morte en bas âge, avait été plus simple. On parle peu à un père de sa fille disparue. Si elle avait su la vérité, Libbie se serait battue, elle aurait cherché des solutions et aurait rouvert une plaie douloureuse. Jack ne voulait pas qu'on le plaigne, mais il refusait aussi de s'avouer qu'il avait baissé les bras.

Ils quittèrent Commugny et les rives du lac de Genève en convoi, par le nord. Passé Lausanne, Jack fila sur Martigny par l'autoroute tandis que sa voiture de location, conduite par Kay, disparaissait sur une bretelle.

Lucie restait silencieuse. Elle avait glissé un CD de Simon & Garfunkel dans le lecteur et s'acharnait sur une console de jeu. La route sinuait au fond d'une vallée encaissée, s'élevant peu à peu en direction de cols de moyenne altitude.

Tandis que la forêt s'épaississait au gré de leur progression, Jack observait sa fille dans le rétroviseur. Les contours de son visage le troublaient ; elle ressemblait tant à sa mère. On aurait dit une réplique en plus petit. Mais l'enfant semblait avoir la tête sur les épaules, ce qui n'avait jamais été le cas de Grace.

« The sound of silence » tournait en boucle dans le lecteur.

— C'était la chanson préférée de maman, expliqua Lucie en repassant le titre pour la quatrième fois consécutive. C'est pour ça que je l'aime bien. Mais quand on sera là-haut, je te ferai écouter Nickelback et Likinpark. C'est mieux !

Un nouveau souvenir serra le cœur de Jack. Rico et lui, Paris, à la fin des années 90, quand leurs maigres talents de guitariste et de chanteurs leur permettaient d'interpréter à leur sauce les Rolling Stones, Supertramp, Eagles ou Simon & Garfunkel.

— Maman m'a dit que tu savais jouer. Il y a une guitare à la maison, ajouta Lucie, pragmatique. C'est dommage, on aurait pu l'emporter.

Puis elle se tut et reporta son attention sur sa console. Jack, qui avait toujours été avare de mots inutiles, imagina que sa fille lui ressemblait et cette idée le combla de bonheur.

Le chalet était bâti en rondins de bois clair, à la manière des fustes canadiennes, entouré d'une pergola et garni de larges ouvertures.

« Quand tu arrives, allume un feu et mets la maison en eau. Après, tu profites », avait conseillé Kay.

Dix minutes plus tard, une flambée réchauffait le salon, les vêtements étaient sortis du sac et le lait avait rejoint le réfrigérateur. Jack fit couler un café et se posta derrière la fenêtre pour observer Lucie qui peinait à rouler une boule de neige d'un demi-mètre de diamètre.

La petite venait de perdre sa mère et n'en manifestait rien. Son visage concentré interdisait toute interprétation de ce qui se tramait sous son crâne. Pourtant, une chose était certaine : Lucie n'avait pas oublié. Elle se laissait distraire par des occupations futiles, mais sa gravité trahissait sa douleur.

Lucie fut rapidement vaincue par le poids de sa boule de neige. Jack la vit s'arc-bouter pour la faire bouger, glisser de tout son long, se relever et glisser encore. Puis elle resta allongée face contre terre.

Jack patienta quelques secondes avant de la rejoindre au pas de course. Le corps de Lucie était secoué de tremblements.

— Ta maman te manquera toute ta vie, mais je suis là pour toi maintenant, glissa-t-il à son oreille. Viens, tu vas te réchauffer près du feu.

Jack l'emporta dans ses grands bras, plus ému qu'il ne l'avait sans doute jamais été. Lucie se recroquevilla sur ses genoux quand il s'installa dans le fauteuil. Inconsciemment, le buste de Jack retrouva le chemin du bercement.

— On va l'appeler Gaspard !

Une pomme de pin en guise de nez, des capsules de bouteille d'eau pour les yeux, un trait pour la bouche, un vieux bonnet trouvé dans le chalet vissé sur la tête et sa propre écharpe autour du cou. Jack appréciait le résultat. Leur première réalisation était une réussite.

Lucie aborda les questions difficiles juste après un dernier rire provoqué par le nez de Gaspard qui ne voulait pas rester en place.

— Pourquoi tu n'es jamais venu me voir ?

Pouvait-il exister pire entrée en matière ? C'était la seule question que Jack redoutait. Celle qui demandait des jours de réponses, et toutes ne concernaient pas l'enfant.

— Qu'est-ce que ta maman t'a dit ?

Il nota que Lucie ne l'appelait ni Jack ni papa.

— Que vous vous êtes aimés mais que ça n'a pas duré. C'est pour ça qu'elle a dû m'emmener loin de toi.

— Bien sûr qu'on s'est aimés. Tu ne dois pas douter de ça. Pour le reste…

À la mine boudeuse de sa fille, Jack comprit qu'elle ne se contenterait pas de sa réponse. Il allait devoir choisir ses mots pour dévoiler celui qu'il avait été, passer certains événements sous silence. Mais cette fois, il ne mentirait pas.

— Mets un bonnet et une écharpe, on va se promener.

En marchant, ils découvrirent un village abandonné quelques centaines de mètres en contrebas. Des murs dépassaient de la couche de neige.

Jack réfléchissait à la meilleure façon de répondre à Lucie. Cet instant l'avait hanté tout au long de ces années, mais il n'avait pas su prévoir quel enfant elle serait.

De son côté, Lucie respecta le silence de son père, ne manifestant pas une once d'impatience.

— J'ai tenté de te revoir, Lulu. Mais ce n'était pas simple. J'ai fait beaucoup d'erreurs. Des erreurs qui m'ont mené droit en prison. J'étais devenu quelqu'un de peu recommandable. Tu vois ce que ça veut dire ?

— Tu as tué quelqu'un ?

— Non ! s'écria Jack en maudissant sa maladresse. (Il serra Lucie contre lui.) Non ! Mais j'étais une teigne. Je me bagarrais tout le temps, pour un oui, pour un non. Il m'est arrivé de casser la figure à des policiers.

Lucie ne put retenir un sourire.

— Ce n'est pas franchement un bon exemple. Je n'ai jamais été un bon exemple.

Jack apprit à sa fille qu'il n'avait pas connu ses parents. Il avait grandi dans un orphelinat et il avait eu beau tomber amoureux de Grace, il ne savait pas s'aimer lui-même.

— J'étais malheureux. Mais je ne m'en rendais pas compte.

Il garda pour lui qu'il avait failli devenir cinglé de ne pas la retrouver, qu'il était passé par des moments odieux à tenter de l'oublier dans des plaisirs d'adulte et que cela avait manqué de peu lui coûter la vie.

— Kay m'a dit que maman détestait que tu m'appelles Lulu. Moi, ça m'embête pas. Papa... euh Rico m'appelait Lucie et maman, c'était « ma belle lumière ».

— Tu as appelé Rico « papa » depuis que tu es toute petite, Lulu. Ne sois pas gênée. Bien sûr, ça me fait drôle. Mais je ne suis pas fâché contre toi. OK ?

Ils évoquèrent Grace, encore, et Rico. Ils échangèrent des souvenirs, Jack raconta la naissance de Lucie, les moments passés avec elle, ces moments qui lui avaient permis de tenir toutes ces années. Ils évoquèrent aussi Dominic, le grand-père de Lucie, dont elle n'avait aucun souvenir. Puis Jack parla de Libbie et du bébé à venir, d'Elisabeth Island, de la mer et du soleil. Il décrivit le volcan et lui révéla comment Gnokie, la vieille maraîchère du coin, lisait l'avenir en tirant trop sur sa pipe.

Quand ils se décidèrent à rentrer, le ciel commençait à se couvrir et la température chuta d'un coup.

Le feu crépitait dans l'âtre. Jack s'était assis dans le fauteuil et regardait danser les ombres sur les murs biscornus du salon. Lucie dormait depuis une heure au moins. Il l'avait bordée en songeant qu'il ne s'en lasserait jamais.

Dans sa main, il serrait une grande enveloppe. La diode verte de son mobile s'allumait par intermittence, prouvant que la connexion avec le réseau était correcte. Jack y jetait des coups d'œil réguliers. Libbie l'appellerait peut-être, même s'il en doutait.

C'était à lui de faire tomber ce mur de silence qu'il avait érigé, mais il refusait d'ouvrir les hostilités en courbant l'échine.

Il ne peut plus y avoir de mauvaises surprises, se dit-il en avalant une gorgée de scotch. *Les morts ne font pas de coups tordus.*

Deux petites enveloppes s'échappèrent de la grande. Jack déchira la première et, incapable de déchiffrer les papiers qui s'y trouvaient, se leva pour allumer une lampe. Le dossier plié avec soin portait l'en-tête de l'administration américaine. Il s'agissait d'un certificat d'adoption concernant Lucie Balestero, signé de la main de Grace, de celle d'un juge de Caroline du Nord, où elle vivait apparemment, et qui n'attendait plus que la sienne pour que sa fille le devienne officiellement.

Pris d'une incoercible envie de parler, Jack téléphona à Kay mais n'obtint que sa messagerie. Il raccrocha et ouvrit la seconde enveloppe. Trois pochettes en plastique contenant des photographies glissèrent sur ses genoux. L'une d'elles renfermait un papier plié à son nom.

Jack, Lucie aura besoin de ces photos un jour. Je les ai triées en trois époques. La première, c'est nous. La deuxième : Rico et moi. La troisième contient des photos de mes parents. Occupe-toi mieux d'elle que tu n'auras su le faire de moi. Dis à Lucie que je l'aimerai toujours. Grace

Jack froissa le papier et manqua le jeter dans la cheminée. Ces quelques lignes représentaient l'ultime reproche de Grace à son encontre. Il le lissa du plat de la main et s'apprêtait à le ranger dans l'enveloppe quand il découvrit que Lucie se tenait debout derrière lui. Sans un mot, Jack attrapa la main de la fillette et la raccompagna jusqu'à sa chambre. Il s'allongea et prit Lucie dans ses bras, collant son dos menu contre sa poitrine.

5

La conscience de Jack bascula vers l'éveil. La sonnerie du téléphone insistait. Il ouvrit les yeux sur la clarté crue du jour. Lucie n'était plus dans la chambre. Il se redressa et fila vers son portable, qu'il avait abandonné la veille sur la table basse du salon.

C'était Kay. Les mots se bousculaient sur ses lèvres.

— Balestero sera là dans quatre ou cinq heures s'il part de Paris, moins s'il m'appelait de sa voiture.

— T'emballe pas, tenta de temporiser Jack. Il vient chez toi, pas au chalet.

D'après Kay, Dominic Balestero n'hésiterait pas à payer un ou plusieurs hommes pour veiller sur ses faits et gestes à elle, ses déplacements, ses appels téléphoniques, et remonterait jusqu'au chalet en moins de temps qu'il ne faut pour le dire.

– Je devais vous rejoindre demain, mais je ne peux plus.
– Si tu pars maintenant, si !

Kay éclata d'un rire nerveux.

– Ça fait dix ans que tu ne le côtoies plus, mon grand. Je te raconterai une autre fois les coups tordus qu'il a faits à Grace quand elle habitait New York... Crois-moi, il ne m'a pas appelée pour me prévenir gentiment de son arrivée.
– Non ?
– Non ! Il m'a appelée pour que je panique. Je suis sûre à cent pour cent qu'il y a quelqu'un devant chez moi, prêt à me filer le train dès que je prendrai ma voiture. Tu vois le genre !

Le cerveau de Jack bouillait, à la recherche d'une solution.

– Tu connais des gens dignes de confiance dans le coin ?
– Je vais me débrouiller. En revanche, ne traîne pas là-haut. Je ne plaisante pas, Jack, le vieux est capable de tout. Moi, je prépare un bagage léger et je file à Roissy. On se retrouve là-bas dans deux jours. Je m'occupe des billets.

Kay conseilla à Jack de passer par le col des Planches, ce qui lui permettrait de rallier Chamonix par des routes peu fréquentées.

– Ça fait dix ans qu'il cherche à récupérer sa petite-fille ! Maintenant que Grace n'est plus là pour l'en empêcher, il se croit tout permis. S'il découvre qu'elle est avec toi, il va devenir ingérable.

En reposant son téléphone sur la table basse, Jack s'aperçut qu'il avait laissé Kay décider pour lui. Il réprima un frisson. Dominic Balestero était la personne qu'il avait le plus détestée, celle qu'il aurait le plus volontiers défigurée à coups de pierre, de manche de pioche ou de talon. L'envie ne l'avait pas quitté.

★

Lucie ravala son sourire quand elle découvrit le visage tourmenté de son père. Elle était si contente de lui avoir préparé une tasse de Nescafé bouillant, qu'elle tenait du bout de ses pouces et de ses index.

— Merci, Lulu, se força à dire Jack d'une voix enjouée. T'as pris ton petit déjeuner ?

— J'ai mangé des cakes aux fruits et j'ai bu un chocolat.

— Bien, dans ce cas, range tes affaires, on change nos plans. Kay nous a donné rendez-vous à Paris, il ne faut pas tarder.

Un quart d'heure plus tard, Jack chargeait son sac à dos. Il n'avait eu qu'à y replacer deux piles de vêtements par-dessus les fruits et les biscuits glissés là par Kay la veille.

Il verrouilla la porte du chalet après s'être assuré que les radiateurs électriques étaient sur position « hors gel », qu'aucune braise ne se consumait plus dans la cheminée et que l'eau était coupée.

— Viens, c'est ça l'aventure, dit-il gaiement à Lucie quand ils retrouvèrent l'habitacle glacé de la voiture. On ne sait jamais ce qui nous attend, surtout quand c'est Kay qui décide.

Jack redescendit prudemment la route en lacets qu'il avait empruntée depuis Martigny. À mi-chemin, il bifurqua sur sa gauche vers une route étroite qui partait à l'assaut de la montagne. Un panneau indiquait que la voie était utilisable par les véhicules équipés. Il observa les environs et alluma la radio. Un bulletin météo répété dans trois langues prévoyait une grosse perturbation pour la fin de journée.

Passé le carrefour, une route abrupte attaquait le versant de la montagne surplombant le chalet. Au début, l'asphalte bien dégagé avait permis à Jack de rouler à une allure modérée, mais après la bifurcation menant à une usine électrique annoncée à mille mètres, seule une dameuse était passée depuis la dernière chute de neige.

Jack roulait au pas. De moins en moins convaincu d'être sur la bonne route, il se rangea sur le côté et fouilla dans la boîte à gants à la recherche d'une carte. Il en trouva plusieurs, à différentes échelles, qu'il déplia sur le siège passager.

— Pourquoi tu veux pas voir mon grand-père toi non plus ?

La petite voix de Lucie ne s'était pas fait entendre depuis qu'ils étaient montés dans la voiture.

— Tu as écouté ce que je disais à Kay ?

Silence à l'arrière. Sa technique – répondre à une question par une autre – avait fait long feu. Lucie attendait.

— Je n'ai pas vu Dominic depuis un bail. Tout ce que je peux te dire, c'est qu'il ne m'aime pas.

— Parce que tu as été en prison ?

C'était important de raconter la vérité à Lucie, mais il était impossible de tout dire et Jack ne se sentait pas le cœur de jongler.

— Oui, soupira-t-il en repérant la silhouette d'un homme emmitouflé dans une combinaison de ski bariolée, qui longeait la route à quelques mètres. C'est à cause de ça. Attends, je vais demander le chemin à ce monsieur, là.

Jack ouvrit sa portière et klaxonna. L'homme les rejoignit en quelques foulées.

— Vous êtes perdu ?

Il avait un fort accent germanique. Les verres miroir de ses lunettes empêchaient de savoir où il regardait, détail qui agaça aussitôt Jack.

— Pas exactement.

— Soit on est perdu, soit on ne l'est pas !

Con d'Helvète, pensa-t-il avant de s'en vouloir, car l'homme se proposait de lui indiquer le meilleur chemin s'il consentait à le renseigner sur sa destination.

Jack quitta l'habitacle et étala la carte sur le capot tiède.

La fillette écouta un instant la conversation des deux hommes, puis s'éloigna vers le ravin, où elle s'appliqua à lancer des boules de neige sur la cime des arbres plantés en contrebas.

— Pourquoi vous ne prenez pas la route de Martigny ? C'est quand même plus sûr.

— Je sais, dit Jack en repliant la carte. Mais c'est moins beau.

— C'est comme vous voulez, reprit l'homme, le visage tourné vers Lucie. Mais n'oubliez pas, là-haut, le temps peut tourner d'un coup. Dites-moi, vous avez une bien jolie petite fille !

Jack tiqua.

— Oh, pensez pas à mal ! J'habite une bergerie juste en dessous du lac du Vieux-Emosson. Tout le monde vous le dira dans la vallée, Charlie, c'est un bon gars, mais c'est un bavard. Et Charlie, c'est moi.

— Désolé, la vie m'a rendu méfiant, s'excusa Jack en s'installant derrière le volant. Ça a été un plaisir.

Charlie s'éloigna sans un mot, tapotant la tête de Lucie au passage, qui cessa aussitôt son jeu de massacre et s'engouffra dans la voiture.

Une demi-heure plus tard, la route enneigée les déposa sur un plateau d'altitude où une épaisse couche de poudreuse recouvrait tout d'un manteau velouté. Lucie avait abandonné sa console et s'extasiait devant ce paysage. Un tapis de nuages léchait le bord du ravin, créant l'illusion que le plateau continuait jusqu'aux pics de l'autre côté de la vallée. Un soleil sans entrave éclaboussait le panorama d'une lumière aveuglante.

À cet instant, un bouquetin bondit devant le capot.

Jack braqua pour l'éviter et enfonça la pédale de frein. Le système ABS s'enclencha, mais le break amorça un mouvement de toupie sur la neige verglacée, les entraînant vers le ravin.

— Accroche-toi, Lulu ! hurla Jack en contre-braquant.

La voiture glissa dans une gerbe de neige. Jack vit avec horreur le pare-chocs passer au-dessus du vide, puis les roues avant. Il serra les dents et le volant, comme s'il pouvait, ainsi, stopper la course du break.

Il y eut une violente secousse lorsque le bas de caisse entra en contact avec le sol, puis un grincement de tôle froissée. La voiture s'immobilisa.

D'un coup, les nuages les engloutirent dans une purée de poix où seul le disque pâlissant du soleil persistait. Un craquement sinistre les tétanisa.

Jack souffla lentement et se retourna vers Lucie, qui s'agrippait au siège avant, visiblement affolée.

– Bouge pas, Lulu. Je vais te sortir de là. Mais surtout, ne fais pas de gestes brusques. Tu vas bien écouter ce que je te dis, OK ?

– Oui, murmura la fillette.

– Remets ta ceinture. Tout doucement.

– Pourquoi ?

– Fais ce que je te dis.

D'une main tremblante, Lucie saisit la boucle de la ceinture de sécurité et tenta sans succès de la fixer à l'attache du siège.

– J'y arrive pas.

– Attends, je vais t'aider.

Jack tendit lentement le bras vers elle et attrapa ses doigts. Un second craquement retentit alors, juste sous leurs pieds.

Carmen

1994

6

PIÈCE À CONVICTION N°LMDS/0795HO/6758/2005HT
CONFIDENTIEL/DÉCLASSÉ

Je m'appelle Carmen Messera, je suis née le 24 novembre 1970 et je veux informer le monde des crimes commis ici par la famille Degrelle. Ces hommes sont des monstres depuis des générations, adulés par la population, soutenus par les politiques et la police. Je ne sais plus vers qui me tourner. Je ne peux pas les attaquer en justice, je manque de preuves. Pourtant, ce que j'ai vu, ce que j'ai appris sur ces hommes dépasse l'entendement. Je ne peux pas me taire. Je suis en colère, terrifiée, bouleversée. Il ne me reste que cette possibilité. Écrire et remettre mes notes à la presse. J'espère seulement que j'aurai le temps d'achever mon récit avant qu'ils me retrouvent.

Tout a commencé il y a huit mois, lors d'une réception à l'hôtel de ville d'Angoulême, où l'homme que j'aimais, Philippe Astier, m'a présentée au député-maire. Ce dernier devait m'offrir un emploi qui me permettrait de financer mes études. Ce que j'ignorais, c'est que cette rencontre allait me conduire tout droit en enfer.

Ce soir-là, Philippe – qui était aussi mon professeur de sociologie – allait m'ouvrir les portes d'un monde que j'avais longtemps cru inaccessible. C'était inespéré pour une fille de pieds-noirs espagnols, une petite campagnarde. Mes parents étaient rentrés d'Algérie en 62, juste avant les accords d'Évian. Mon père avait abandonné cinq cents hectares pour se contenter de soixante-dix vaches laitières et récolter un tas d'emmerdes avec les péquenots du coin. Nous avions beaucoup souffert et moi, j'allais enfin devenir quelqu'un.

Je me souviens d'un tourbillon de mondanités, champagne, petits-fours, éclats de rire et badinage. Philippe m'a présenté le commissaire de police, des rois du béton, des juges, des architectes en vogue, bref, tout ce que cette ville comptait de sommités, et quand il m'a entraînée vers l'attroupement autour du maire, très vite, ce dernier s'est dégagé pour nous saluer. Aymé Degrelle fêtait son premier milliard. J'apprendrais plus tard que pas un centime de cette fortune ne provenait de l'héritage familial. Cet homme était prêt à tout pour réussir.

Je lui ai trouvé de prime abord une forte personnalité, sympathique. Le cou épais, un visage jovial et légèrement transpirant sur un corps de baryton, une voix tonitruante et des éclats de rire à faire trembler les murs.

– De Gaulle ne doit pas être en odeur de sainteté dans votre famille ! s'est-il exclamé quand il a été question de mes origines.

– Mon père fait le pèlerinage tous les ans à Colombey pour s'assurer qu'il reste bien là où il est, ai-je plaisanté timidement.

La grande carcasse du maire s'est soulevée dans un énorme éclat de rire. Tous les regards convergeaient vers nous. Même les serveurs ont suspendu leur ballet pendant quelques secondes.

– Elle me plaît bien, Philippe, a conclu Aymé avant de nous saluer pour rejoindre d'autres convives. Je l'embauche ! Présente-la à Diane demain matin.

Quelques instants plus tard, Philippe et moi nous retrouvions au bar, à l'autre bout de la salle, et il me désignait un jeune homme visiblement ivre, accoudé au comptoir.

— C'est Aymeric, le fils du maire. Il a 16 ans et besoin d'un bon coup de pied au cul. Mais comme c'est le petit-fils chéri de Diane, le dragon du clan, il faudra employer des méthodes douces.

— Ce qui signifie ?

— Toi, ma chérie.

Philippe appelle Estelle, sa femme, de la même façon, ai-je amèrement songé. *Au moins, il ne risque pas de se tromper.*

— Demain, il te proposera de prendre en main l'éducation de ce gosse à la dérive. Une main de fer dans un gant de velours, tu vois ?

— Ce n'est pas ce qui était convenu. Tu m'as parlé d'un job à la mairie !

— Réfléchis, tu seras bien payée et tu auras le temps de préparer ta thèse.

La moutarde m'est montée au nez. J'ai tourné les talons et quitté précipitamment la réception. J'avais besoin de marcher. Réfléchir, respirer librement et fumer une cigarette. Je n'aimais pas être le jouet de Philippe, servir ses intérêts, me laisser manipuler. L'amour ne devait pas me rendre aveugle, sourde et idiote.

Mes pas m'ont conduite à l'arrière de l'hôtel de ville. De la vapeur et des éclats de voix s'échappaient des fenêtres ouvertes des cuisines.

Un peu curieuse, je l'avoue, je me suis approchée. Un homme puissant comme un bœuf (Jean Forgeat, j'apprendrai plus tard qu'il était le chef de la sécurité de la famille Degrelle) malmenait un jeune Portugais devant une poignée de mitrons et de serveurs indifférents.

— Fainéant, tas de merde ! Dégage de là, Teixeira, et ne t'avise plus de remettre les pieds ici ! Allez, casse-toi, saloperie de portos !

La porte de la cuisine s'est ouverte avec fracas. Le jeune homme a roulé sur le sol et s'est relevé juste devant moi. Il m'a dévisagée quelques secondes. Ses yeux brillaient de colère et d'impuissance.

C'est ce même regard que je vois aujourd'hui dans le miroir.

– Aidez-moi ! a-t-il murmuré. Aidez-moi ! (Il n'a pas attendu ma réponse et s'est retourné vers le bâtiment.) Les assassins seront punis, Forgeat ! a-t-il dit en levant le poing vers le gros type. Bientôt, toi et tes maîtres, vous crèverez la gueule ouverte !

Comme je regrette de n'avoir pas réagi quand Forgeat s'est jeté sur Teixeira pour le virer brutalement de l'hôtel de ville. Mais qu'aurais-je pu faire ? J'étais stupéfaite, paralysée par la peur – la violence me tétanise. Oh oui, je le regrette sincèrement. Mais à cette époque, je ne pouvais imaginer que nos destins seraient inéluctablement liés dans le sang.

La somptueuse demeure des Degrelle, une ancienne abbaye, était ceinte d'un haut mur. Passé le porche, on accédait à ce qui avait dû être des jardins potagers, reconvertis en cour d'honneur, avec allées pavées et massifs de troènes taillés au cordeau.

Une femme habillée en soubrette m'a accompagnée jusqu'au bureau de Diane Degrelle. La matriarche m'attendait debout derrière un bureau en marbre et bois précieux, appuyée sur un sous-main en cuir, les doigts écartés comme des serres d'aigle. Cette femme paraissait sans âge, impeccable dans ses manières, sa tenue, sa coiffure, raide et affable.

Elle m'a brièvement saluée et m'a priée de m'asseoir.

– Mon petit, vous le savez sans doute, nous avons d'énormes responsabilités, et même moi, qui me suis retirée des affaires, je n'ai que peu de temps libre. Alors je vous propose d'aller droit au but. Aymeric doit reprendre le flambeau. Cependant, c'est un garçon différent des autres. Il requiert une attention particulière et ni son père ni sa mère n'ont le temps de s'en occuper. Vous pourriez lui donner des cours particuliers. Je vous garantis un gîte confortable et tous les moyens pour réussir votre thèse. Plus une rémunération nette de 10 000 francs par mois. Qu'en dites-vous ?

– Deux choses, madame, ai-je rétorqué. La première, je ne suis pas enseignante, la seconde, je ne me prononcerai pas avant d'avoir rencontré Aymeric.

Nous avons gagné le repaire de l'adolescent par une enfilade de couloirs et d'escaliers de quelques marches et débouché dans une salle où s'entassaient une grande télévision, des tas de cassettes vidéo, un billard, un flipper et des bidules en pagaille débordant de coffres, de placards et jonchant la moquette vert pâle.

Lové dans un canapé devant une version abîmée du *Parrain* de Francis Ford Coppola, coiffé d'un casque audio, Aymeric a d'abord chassé de la main la silhouette qui tentait d'attirer son attention, puis a bondi sur ses pieds quand il s'est aperçu que c'était sa grand-mère. Diane nous a présentés, puis m'a proposé de la retrouver dans son cabinet après notre entretien.

Aymeric était un grand échalas maigrichon dont les bras encore trop longs lui donnaient l'allure d'un singe. Des boutons d'acné parsemaient son visage et une ébauche de moustache dessinait une ombre sous son nez.

– C'est vous la nouvelle prof ? Putain, ça craint !

Je n'étais pas la première, j'aurais dû m'en douter.

– Je ne suis pas votre prof et vous n'êtes pas mon élève. Il faudra réinventer nos rôles, ou alors je ne marche pas.

– Vous voulez jouer ?

Je me suis approchée du flipper Amazon Hunt et j'ai entré deux crédits, histoire de lui montrer que je n'étais pas une débutante. À sa façon de me regarder malmener les boutons et bouger la machine, j'ai su qu'Aymeric était en train de réviser son jugement. Bien sûr, j'ai perdu la partie. Mais j'ai immédiatement compris que j'en avais gagné une autre.

J'allais être logée dans un appartement agréable dans lequel on entrait par un immeuble situé derrière la propriété.

La terrasse, abritée du vent, donnait sur les jardins d'une église. Quelques conifères égayaient la grisaille du jour, mais je gageais qu'au printemps, l'endroit devait éclater de fleurs et de parfums.

La cuisine était équipée, le frigo et les placards regorgeaient de victuailles, et mes affaires (les deux malheureux meubles qui me suivaient depuis quatre ans, mes classeurs de cours, mon vieux portable Macintosh, mes livres) étaient empaquetées dans des caisses empilées dans le salon.

J'ignore ce qui m'a le plus offensée : les manœuvres outrancières de ces gens, ou la fourberie de Philippe, sans la complicité de qui rien n'aurait été possible.

J'avais été manipulée, on avait décidé à ma place et fait peu de cas de mon avis. Mais j'étais la première Messera qui faisait des études, et je tirais le diable par la queue depuis quatre ans. Ces 10 000 francs par mois, cet appartement, voilà qui me convenait. Il était temps que je songe à me faire plaisir.

Le lundi matin à 8 heures, je me suis rendue dans la salle de classe, un peu stressée. Aymeric n'était pas là.

Le mardi matin, je l'ai croisé dans la cour de la propriété. Il n'avait, semble-t-il, pas dessaoulé de la veille.

– Je me fous de vos cours. Un jour, je serai le type le plus riche de cette ville, alors pourquoi faire des études ou ce genre de conneries ? C'est bon pour les pauvres comme vous, non ?

J'avoue que je lui aurais bien collé une gifle.

Le mercredi en début d'après-midi, Aymeric ne s'étant toujours pas présenté à mes cours, j'en ai informé Diane. Le jour même, on m'a livré un ordinateur portable dernier cri, avec tous les périphériques nécessaires à mon travail, ainsi que trois cartons de livres hors de prix sur lesquels je lorgnais depuis des mois.

Le jeudi, Aymeric a pointé son nez aux alentours de 10 heures, les yeux ensommeillés et les cheveux en bataille. Il est resté debout tandis que Diane déchaînait sa colère.

– Aymeric, je n'hésiterai pas à vous couper les vivres. Alors ne vous avisez pas de manquer de respect envers votre professeur. Elle me rapportera tout manquement de votre part. Est-ce bien compris ?

– Oui, grand-mère.

– Dites-le plus fort, Aymeric, que Carmen vous entende.

Aymeric a répété en braillant. Il tremblait de tout son corps et ses yeux brillaient plus que d'habitude.

– Bien, a conclu Diane. Voilà qui est parfait.

Sur quoi elle s'est levée et a quitté la pièce.

Depuis ce jour, Aymeric n'a plus manqué une seule de nos matinées de travail. À 16 ans révolus, son niveau scolaire avoisinait celui d'un gosse de cinquième. Il ne s'était pas contenté de lâcher l'école, il n'avait plus rien fichu depuis longtemps. Incapable de se concentrer, il avait besoin de se défouler régulièrement. C'était surtout un grand paresseux doté d'une vive intelligence qu'il utilisait pour abuser le monde.

Peu à peu, les habitudes se sont installées. Avec mon premier salaire, j'ai acheté un téléviseur et un magnétoscope à mon père, avec qui j'ai passé les fêtes de fin d'année. Philippe, qui enseignait à Poitiers, me rendait visite chaque jeudi. Je le maudissais de me tenir éloignée de lui. Je le maudissais jusqu'à ce qu'il revienne.

Ce que j'aimais plus que tout, c'était travailler à l'articulation de ma thèse en déambulant dans les rues. Des rues étroites, tortueuses, qui débouchaient sur de jolies places entourées d'immeubles de deux ou trois étages, embellies de fontaines Renaissance et piquées de vieux arbres. Le rempart médiéval qui ceinturait les vieux quartiers de la ville haute semblait maintenir les maisons serrées les unes contre les autres. De là, on avait une vue grandiose sur la plaine environnante.

Les hôtels particuliers, les écoles privées, bref, les quartiers bourgeois, occupaient les deux tiers du plateau rocheux. Mais si on se dirigeait vers le sud, on tombait sur ce que les gens d'ici nommaient « la Petite Lisbonne ».

Ce quartier vétuste était le plus beau de tous, avec ses bâtiments majestueux dans un état de délabrement avancé, ses façades sculptées noires et ses rues pavées défoncées. Il émanait de cet endroit une telle énergie, une telle beauté que j'ai rapidement pris goût à arpenter ses ruelles.

La Petite Lisbonne était en majeure partie occupée par des immigrés portugais – ceux qui avaient fui les salazaristes dans les années 60 –, leurs enfants et petits-enfants. Les gens des quartiers nord disaient qu'il ne fallait pas s'y aventurer, que c'était un véritable coupe-gorge et très vite, je n'ai plus parlé de mes balades à Philippe ou à Diane, qui tentaient de me dissuader d'y flâner. Un mur invisible se dressait entre ces deux parties de la ville et je voulais savoir pourquoi.

Le bar où j'ai rencontré Teixeira pour la deuxième fois se trouvait sur ma place préférée. Malgré les fenêtres cassées, les volets de guingois et des batteries de boîtes aux lettres rafistolées, cet endroit possédait un charme invraisemblable. Sur la plus haute des façades, une peinture murale rappelait qu'une montgolfière s'était élevée ici au début du XVIIIe siècle.

Le bistrot s'enfonçait dans le bâtiment comme un sombre couloir, à peine éclairé par une baie vitrée encombrée d'affiches. L'ambiance y était animée et un voile de fumée de cigarette flottait sous le plafond.

Quand j'ai eu fermé la porte, les cinq ou six clients, tous des hommes, debout le long d'un bar en Formica jaune, ont tourné la tête vers moi.

Un silence de plomb s'est abattu sur le bar.

J'ai commandé un café au patron, puis me suis faufilée jusqu'à une table installée à côté d'un poêle.

C'est à cet instant que Teixeira est entré.

Je l'ai reconnu au moment où il a retiré son bonnet pour me cracher au visage que je n'avais rien à faire là.

— Allez-vous-en, a-t-il ajouté. On ne veut pas de vous ici.

Je n'en menais pas large.

— Je ne suis pas responsable de ce qui vous est arrivé l'autre soir. Vous vous trompez de cible.

— Fichez le camp !

Le patron s'est adressé à Teixeira en portugais, il lui a répondu dans la même langue puis m'a montrée du doigt.

— Cette femme n'a pas bougé quand je me suis fait lyncher par ce gros porc de Forgeat. En plus, elle travaille pour eux. Je te le répète, Paulo, cette bourgeoise n'a rien à faire chez nous.

Je me suis redressée, folle de rage.

— Cruz, a insisté le patron, laisse tomber, tu veux.

Cette fois, c'était moi qui ne voulais plus.

— Je ne suis pas une bourgeoise, ai-je dit crânement. Je m'appelle Carmen Messera. J'ai commencé à bosser avec mon père à la ferme quand j'avais 10 ans.

— Alors tu as vendu ton âme au diable. Les paysans ne sont pas invités aux petites sauteries du maire.

Je n'avais qu'une envie, quitter cet endroit rempli de regards hostiles. J'aurais disparu dans un trou de souris, si j'avais pu.

— Elle a pas l'air d'une mauvaise fille, pourtant ! a grincé une vieille femme qui venait d'entrer. Paulo, donne-lui ce qu'elle t'a commandé. C'est ton boulot.

— Merci, madame, ai-je murmuré d'une voix tremblante de colère.

J'ai invité la vieille femme à me rejoindre, tandis que le patron ébranlait sa grande carcasse et faisait couler mon expresso en soupirant.

— Tu pourras rencontrer tous les Portugais que tu voudras. Ici, on croit plus au diable qu'aux gentillesses du maire. Tu es espagnole, n'est-ce pas ? ajouta-t-elle. Catalane ?

— D'origine, mais je n'ai jamais mis les pieds là-bas.

— Tu devrais, c'est important, les origines.

La vieille Portugaise s'appelait Zelda. Elle avait été professeur de français jusqu'à l'âge de 25 ans. Ensuite, elle avait fui son pays avec les autres.

— Nous avons remplacé les Espagnols et les Polonais, ici. Les immigrés en chassent toujours d'autres. Les Espagnols étaient là depuis les années 30, les Polonais encore avant. Ils ont eu le temps de se remplumer et de partir s'installer dans les pavillons qu'ils ont construits de leurs mains. Nous, nous sommes restés. Le maire n'est pas étranger à ce choix. Oh, pas l'actuel, il est trop jeune, mais c'est tout comme.

J'ai insisté pour savoir en quoi la famille d'Aymé pouvait être liée à la sédentarisation des Portugais dans les vieux quartiers de la ville. Zelda a hésité.

— Ça fait quarante ans que nous vivons ici. Ils n'ont pas le droit de nous faire déguerpir.

— Mais ce n'est pas du tout ce qui va se passer ! Le projet de la mairie va dans le bon sens !

Zelda a eu un geste de lassitude.

— Quand tes amis ont commencé à racheter le quartier, il ne valait pas un clou parce que nous refusions de partir.

J'étais interloquée.

— Le pire, c'est que ça fait des années qu'ils dératisent ! Et que personne ne bouge. Allons, il est temps pour moi.

Comme elle me le demandait, j'ai aidé Zelda à se relever et je l'ai accompagnée jusqu'à la porte du troquet, après avoir jeté une pièce de 10 francs sur le comptoir.

Dehors, un orage menaçait. Il était à peine 15 h 30 et la nuit semblait sur le point de tomber.

— On dit qu'ils ont profité de l'aide au retour pour rentrer au Portugal, m'a chuchoté Zelda en s'agrippant à ma manche, mais je sais que ce n'est pas vrai. Ils ont jamais donné signe de vie !

– De qui parlez-vous ?
– Les gens disparaissent parfois. On ne retrouvera rien s'ils rasent tout. Tu sais qu'une Vierge noire protégeait cette ville ? Non, bien sûr, tu ne sais pas ces choses. Ici, c'est le diable qui commande tout maintenant. Les hommes de l'ombre errent dans les rues et enlèvent nos enfants. Fais attention à toi, jeune fille.

Sur quoi elle a noué un foulard sur ses cheveux et s'est éloignée en trottinant.

Jack

2011

7

Lucie hurlait sans discontinuer.

Les mains crispées sur le volant, Jack encaissa un premier choc lorsque la calandre s'enfonça dans la neige plusieurs mètres plus bas. Le break resta quelques secondes en équilibre, quasiment à la verticale, puis bascula vers l'avant, cul par-dessus tête.

Les affaires, portable, photos, sacs et bouteilles d'eau volèrent en tous sens dans l'habitacle. Jack ne put compter le nombre de révolutions accomplies par son univers de métal. Une idée fixe le hantait : Lucie avait-elle réussi à attacher sa ceinture de sécurité ?

Quand la voiture s'immobilisa enfin, il faisait noir.

Il lui fallut une poignée de secondes pour reprendre ses esprits. À part ses muscles qui lançaient des signaux de douleur, Jack n'était pas blessé.

Lucie ne criait plus.

– Lulu ? Tu vas bien ?

Une peur atroce lui vrilla l'esprit. Il s'obligea à respirer, coupa le contact et dégrafa sa ceinture, ce qui l'envoya contre le pare-brise avant.

Le plafonnier clignota puis s'alluma, le libérant des ténèbres qui enflammaient sa panique.

Il découvrit Lucie, inconsciente sur le plancher, au pied de la banquette arrière. Il se hissa jusqu'à elle, répétant son nom comme un talisman capable de repousser l'impensable.

Lucie ne réagissait pas. Il palpa son pouls, le trouva tout de suite, et décida de s'extraire de l'habitacle avant de s'occuper d'elle.

Comme la porte refusait de s'ouvrir, il repoussa le pare-brise à coups de pied. Une fois, deux fois, trois fois, les joints se décollèrent. Il cala son dos contre le siège et poussa de toutes ses forces, libérant un espace assez grand pour s'y faufiler.

De la neige tomba sur lui et la lumière du jour apparut, grisée et cotonneuse.

Une fois dehors, il eut un aperçu de l'ampleur de la catastrophe. Dans sa chute, la voiture avait évité plusieurs arbres et un amoncellement de roches où ils se seraient encastrés. L'Audi avait piqué du nez dans une petite dépression du terrain pour disparaître sous la couche de poudreuse.

Jack se jeta sur le véhicule et déblaya la neige à quatre pattes. Pour sortir Lucie sans la blesser, il fallait libérer l'accès à l'une des portières arrière.

En peu de temps, il atteignit son objectif. Lucie gisait toujours dans la position où il l'avait laissée, mais elle avait repris connaissance et geignait.

— Lulu, ma Lulu, répéta Jack en caressant les cheveux de sa fille. Dis-moi où tu as mal.

La main de Lucie bougea pour désigner sa cuisse droite.

Jack passa sa main sur le pantalon de la fillette et constata que la blessure était sévère. Son fémur devait être brisé, s'il en croyait la bosse qui s'était formée dans le tiers supérieur de sa cuisse.

— Je vais te sortir de là...

Il se faufila à l'avant et tâtonna sur le sol à la recherche de son portable. Une partie se trouvait sous les pédales et l'autre coincée entre le siège et la portière. Il les réunit et tenta sans succès de l'allumer.

— Chier ! ragea-t-il.

Il fouilla la boîte à gants dans l'espoir d'y dénicher un autre portable. Elle ne contenait que des cartes d'état-major, une bouteille de parfum d'intérieur et une lampe torche.

Jack s'encouragea. Lucie allait avoir besoin de lui et il ne devait surtout pas lui communiquer son stress.

Quand il revint auprès d'elle, il lui exposa la situation d'une voix douce. Ils allaient devoir se passer des secours pour commencer. Elle devrait être forte, et lui le serait pour deux.

– Ta jambe est probablement cassée.
– J'ai mal !
– Je sais, Lulu, mais fais-moi confiance. On va trouver une solution.

Il compta à voix haute jusqu'à trois et souleva Lucie dans ses bras. La fillette hurla de douleur et enfonça ses ongles dans son cou.

– Chier ! jura-t-il encore. Je me débrouille comme un manche.

Il n'avait pas pensé à la couvrir.

– C'est pas grave, l'excusa Lucie d'une voix éteinte. C'est pas ta faute.

Jack la déposa dans la neige avec précaution.

Puis il sortit le sac à dos, une pelle américaine et des journaux du coffre de la voiture avant de récupérer la lampe torche à l'avant, les cartes du coin et la console de jeu de Lucie, qui n'avait pas été abîmée. Il hésita un court instant devant les restes de son téléphone portable et en retira la puce, qu'il glissa dans la poche intérieure de sa polaire.

Ces opérations ne lui prirent que peu de temps, mais il aurait juré que le brouillard avait encore épaissi quand il rejoignit Lucie.

Comment allait-il transporter la petite dans une neige aussi épaisse ? Sa marche serait gênée et il risquait de tomber.

En s'éloignant de quelques mètres, Jack conclut que c'était impossible et qu'il lui faudrait construire un brancard de fortune.

Le capot céda sous ses efforts répétés. La plaque de tôle ferait très bien l'affaire. Dans le coffre, il arracha la moquette – elle servirait à recevoir Lucie plus confortablement –, dénicha un pare-soleil pliable et dégrafa les filets latéraux qui contenaient des boîtes d'ampoules et autres pièces de rechange.

Le montage du brancard l'occupa une dizaine de minutes. Quand l'esquif fut achevé, il installa Lucie dessus et confectionna une attelle pour sa jambe à l'aide du pare-soleil qu'il maintint avec les cordages des filets.

La petite serrait les dents, mais sa douleur et sa peur n'échappèrent pas à Jack.

– On sera bientôt tirés d'affaire, dit-il sur un ton convaincant.

Il chargea son sac sur ses épaules et observa la montagne.

La voiture avait dévalé un peu plus de cent mètres sur une pente escarpée. La remonter dans une telle épaisseur de poudreuse en tirant le radeau sur lequel il avait installé Lucie était impossible, aussi jugea-t-il plus prudent de chercher à rejoindre la route en contrebas. Celle-là ou une autre. Dans tous les cas, il devait ménager ses forces.

Un œil sur la carte acheva de le convaincre. Il y avait des chemins en pagaille dans les parages. Un chemin mène à une route et une route aux hommes. Le village le plus proche, un hameau, était plus rapidement accessible par les chemins de randonnée que par cette fichue route qui serpentait sur une distance soudain devenue colossale. Quelques kilomètres, à vue de nez. Une dizaine tout au plus. Si Lucie tenait le coup, c'était l'affaire de deux ou trois heures.

Avant de partir, Jack enveloppa Lucie dans sa parka. Il cala sa tête avec un gros pull et lui recommanda de s'appuyer sur la partie recourbée du capot avec sa jambe valide.

Les premiers flocons voletaient dans l'air glacé quand ils abandonnèrent la voiture accidentée.

★

Le brancard glissait parfaitement sur la neige. Jack, qui s'était placé derrière, devait le retenir tandis que lui avançait péniblement.

Vingt minutes plus tard, ils croisèrent un chemin étroit qui serpentait sous les arbres vers une grange en partie effondrée. Lucie ressentait dans sa chair le moindre cahot provoqué par les congères. Ses joues étaient rougies par les larmes et le froid.

Jack hésita à s'arrêter. Tout serait tellement plus rapide s'il avait sa liberté de mouvements. Mais il poursuivit son effort sur le chemin. En dehors de quelques gémissements, Lucie ne se plaignait pas. À aucun moment elle ne lui avait adressé le moindre reproche. Pourtant, elle se trouvait sous sa responsabilité depuis moins de vingt-quatre heures et le résultat était dramatique.

Comment une gosse de 13 ans arrive-t-elle à me bluffer à ce point ? Lequel de nous deux est le gosse ? Jack s'agaça. La réponse ne lui plaisait pas...

Un amoncellement de troncs d'arbres couchés en travers du chemin mit un terme à sa réflexion. Il y en avait des dizaines, enchevêtrés en un mikado grandiose et infranchissable.

Jack déposa la plaque de tôle au sol et s'approcha du ravin. Son regard portait sur une centaine de mètres au plus et le constat était sans appel. Une tempête s'était acharnée sur un couloir assez large. Tout un pan de forêt gisait dans un capharnaüm de branches, de troncs brisés et de souches soulevées, parfois à plusieurs mètres au-dessus du manteau neigeux.

– Je vais jeter un œil plus bas, prévint-il en s'engageant sur la pente abrupte.

– Non, grimaça Lucie. Je veux pas rester toute seule.

– J'en ai pour deux minutes.

Les minutes promises se multiplièrent. Jack descendit plus loin qu'il ne l'avait imaginé et buta sur un à-pic de la hauteur d'un immeuble de dix étages.

La route était coupée.

En remontant, il étudia les options qui s'offraient à lui et n'en trouva que trois : soit il repartait à la recherche d'un autre chemin, soit il restait avec Lucie dans cette grange croisée un peu plus tôt, en attendant qu'un promeneur passe dans le coin, soit il la laissait à l'abri, lui faisait un feu et partait seul à la recherche de secours. Aucune ne lui convenait.

La vue de Lucie lui arracha le cœur. La petite s'était recroquevillée et pleurait doucement.

— Sois courageuse, ma Lulu, lui dit-il en l'enlaçant. Tu as toujours mal ?

Ne pose pas des questions à la con et joue franc jeu !

Il venait de se décider.

— Je ne pourrai pas te faire passer par-dessus ces troncs d'arbre, et en dessous, c'est encore pire. Je vais te confectionner une meilleure attelle et tu m'attendras dans la grange pendant que j'irai chercher du secours.

— Je veux pas que tu me laisses !

Elle répéta cette phrase, augmentant à chaque fois la douleur qui enflait dans le cœur de son père.

— Je suis aussi malheureux que toi, dit Jack, mais on n'a pas d'alternative. Tu as bien vu qu'on ne pouvait pas passer. Je reviendrai très vite, tu verras.

— Mais si tu me fais une attelle, je pourrai venir avec toi !

— Lulu, murmura Jack en caressant sa joue. Tu sais bien que c'est impossible.

Il se redressa, ramassa quelques branches qu'il déposa sur son traîneau de fortune, attrapa la tôle et rebroussa chemin.

La charpente de la bergerie s'était en partie affaissée. Mais il demeurait une pièce dont les murs paraissaient sains et la toiture en relatif bon état. Des restes de feu témoignaient que l'endroit servait de temps à autre à des randonneurs, ainsi que des inscriptions réalisées avec des morceaux de charbon, qui scellaient des amours éternelles ou associaient des patronymes à des dates de passage.

Les jambages et le linteau de la cheminée avaient disparu, mais la hotte perçait toujours le plafond d'un trou sombre. Ce serait parfait pour quelques heures. Moins, s'il avait la chance de croiser quelqu'un.

De belles flammes s'élevèrent bientôt dans la grange. Lucie était installée sur la moquette de la voiture, devant le capot que Jack avait calé contre le mur pour qu'il renvoie la chaleur du feu

Après avoir immobilisé la jambe de Lucie à l'aide de deux branches maintenues par une écharpe, il l'emmitoufla dans sa parka.

Un bonnet sur la tête, une paire de gants fourrés aux mains, elle recouvrit ses jambes avec des tee-shirts et des pulls tandis que Jack enfilait une deuxième polaire et retirait deux packs de lait, un sachet de pommes, trois boîtes de gâteaux secs et la console de jeu de son sac à dos.

Désormais prêt à partir, il n'y arrivait pas.

– Je t'aime, Lulu, dit-il en serrant son enfant contre lui.

Ces mots-là, il avait souffert pendant des années de ne pas les prononcer. À présent il avait le sentiment qu'ils allaient lui porter la poisse.

– Ici tu ne risques rien, ajouta Jack. Tu as de quoi manger et le feu va tenir plusieurs heures. Je serai revenu avant.

– Tu pourrais rester. Des gens vont voir la fumée, il y a bien des gens qui vont trouver la voiture ! Jack, s'il te plaît. Ne pars pas.

Les mains de Lucie s'agrippaient au cou de son père. Elle tremblait de tous ses membres.

Ils demeurèrent ainsi un long moment. Jack n'avait plus de paroles pour rassurer la fillette. Il allait partir. Quoi qu'il dise, il la laisserait seule et alors, ses paroles deviendraient un poison. Délicatement, il retira les bras de Lucie puis s'agenouilla devant elle.

– N'imagine pas une seconde que je vais t'abandonner, Lulu. Je ne t'ai pas attendu dix ans pour te laisser tomber, tu m'entends ! Je reviendrai te chercher.

Il l'embrassa une dernière fois et sortit. Des sanglots montèrent dans son dos. La neige tombait plus drue à présent. Il s'élança sur le chemin. Quand, une quinzaine de secondes plus tard, il se retourna, la bergerie avait disparu. Jack courut en petites foulées souples. Pas trop vite pour ne pas risquer la glissade et la blessure catastrophique, pas trop lentement pour raccourcir au maximum le temps qui le séparait de Lucie.

Dans le maelström d'émotions qui le submergeaient, Jack en décela une qui serra son cœur. Juste avant qu'il la quitte, sa fille l'avait appelé par son prénom.

C'était la première fois.

Franchir le fatras d'arbres tombés ne fut pas chose aisée. Il dut souvent grimper par-dessus et parfois ramper en dessous, dégageant de courts tunnels dans la neige. Il maudit les forestiers, les tempêtes et son manque de chance. Le chemin reprenait au-delà, deux ou trois cents mètres plus loin, épousant une pente douce parallèle à un à-pic qui alla en diminuant.

Il croisa plusieurs sentiers et choisit chaque fois le plus large, en mémorisant le chemin qu'il devrait emprunter pour revenir. Il estima qu'il avait dû s'éloigner de huit à dix kilomètres quand le sentier le déposa sur une route goudronnée recouverte d'une épaisse couche de neige.

Jack bifurqua d'instinct sur sa droite et déboucha bientôt sur le grillage d'enceinte de l'usine hydroélectrique dont il avait aperçu le panneau plus tôt dans la journée.

Des traces de pneus fraîches marquaient la neige sur le parking. Par chance, le panneau grillagé qui protégeait les abords du site n'était pas verrouillé. Rempli d'espoir, Jack le poussa et s'élança.

Le mur de flocons qui tourbillonnaient devant ses yeux l'empêchait de distinguer clairement la masse qui se dressait devant lui. Il dut avancer d'une quinzaine de mètres pour se trouver face à une bâtisse aveugle d'où provenait un ronronnement de turbines. Jack contourna le bâtiment sur la gauche. Un pick-up était garé le long du mur en béton, devant une entrée de service. Les flocons s'évaporaient dès qu'ils entraient en contact avec le capot.

Jack avança jusqu'à la porte du bâtiment, qu'il tira sans succès.

— Il y a quelqu'un ? héla-t-il, utilisant ses mains comme un porte-voix. Eh ! Oh !

Pas de réponse. Un écho amoindri par la neige lui revint depuis la montagne. Il patienta quelques secondes, cria encore, puis s'avança vers le 4 × 4 dont la portière n'était pas verrouillée et se faufila dans l'habitacle pour appuyer rageusement sur le klaxon.

— Putain, vous êtes où !

Comme personne ne venait, il entreprit de fouiller la boîte à gants et les vide-poches à la recherche d'un téléphone ou de clés de contact. Pour finir, il vérifia le pare-soleil, côté conducteur. En vain.

Désemparé, Jack sortit du véhicule et fit quelques pas en direction de la benne du 4 × 4.

— Qu'est-ce que tu tournes autour de ma caisse, connard ! aboya une grosse voix tout près de lui.

Jack fit volte-face. Il se trouva nez à nez avec un type à l'allure peu engageante, armé d'un fusil de chasse au canon scié. Il leva lentement les mains.

— Ce n'est pas ce que vous croyez. J'ai juste besoin d'appeler les secours.

— C'est ça ! Et moi, je suis la reine d'Angleterre !

— Je vous en prie. Ma fille est coincée là-haut. J'ai besoin d'un téléphone.

— J'ai pas de téléphone. Allez, dégage !

Un instant décontenancé par cette réponse, Jack, les mains toujours au-dessus de sa tête, insista.

— Baissez votre arme, s'il vous plaît, et écoutez-moi. Je viens de Commugny. Ma voiture a versé dans un ravin, mon téléphone est fichu et j'ai dû laisser ma fille là-haut. Il faut absolument que... Pouvez-vous me déposer au prochain village ?

Le chasseur poussa Jack de l'extrémité de son fusil tout en l'armant et le força à s'éloigner de la voiture.

— T'as pas compris ? Dégage ou je fais un malheur !

— Putain, mais vous êtes borné ou quoi ! s'agaça Jack. Je veux pas vous la tirer, votre caisse ! Je veux juste un peu d'aide !

Plus il parlait, plus il s'agitait, plus l'homme devenait menaçant. Quand Jack fit un pas dans sa direction, il tira à ses pieds puis referma sa portière et démarra sur les chapeaux de roue.

— Fumier ! Reviens ici, fumier !

Fou de rage, Jack vit avec horreur les feux arrière disparaître derrière le rideau de neige. Il se précipita au bord de la route et repéra au bout de quelques secondes les feux de position du véhicule. Celui-ci redescendait vers la vallée. La route, sinueuse, était une succession de virages en épingle. Le 4 × 4 allait passer sous sa position, une cinquantaine de mètres en contrebas.

La pente était raide, mais Jack ne pensa pas au danger. Il fallait qu'il intercepte ce type, qu'il trouve un téléphone, ou qu'il lui prenne sa voiture. Il y avait Lulu, là-haut. Sa petite fille était seule, elle devait crever de froid et de peur.

Jacques

1996

8

Le comportement violent de Jacques devant l'église Saint-Bernard lui coûta une garde à vue pour agression des forces de l'ordre. Les mains entre les jambes, le dos courbé et la tête basse, il écoutait les conversations des Africains arrêtés en même temps que lui, mais il n'y comprenait rien.

– Esperanto, mon cul, grimaça-t-il pour lui-même. Debré, aux chiottes !

Le coquard qui bleuissait son œil droit le lançait douloureusement et Jacques songea à ses droits civiques bafoués.

– Pays de merde, je me demande ce que vous foutez à vouloir y vivre ! Vous n'étiez pas bien chez vous ? Non, c'est si pire que ça ? Bordel, ça doit pas être chouette à voir.

Quelques minutes plus tard, il fut reçu dans un bureau minuscule pour répondre à un interrogatoire. Le policier paraissait désabusé. Il établit un procès-verbal sur une antique machine à écrire.

Jacques Louis, né le 9 mars 1973 à Saint-Étienne, de père et de mère inconnus. Suivait une liste de familles d'accueil et de structures collectives. Puis une famille adoptive à 12 ans, les Peyrat, de braves gens. Quatre ans de relatif bonheur, jusqu'à ce que la maladie les emporte, à six mois d'intervalle.

Premier faux pas à 16 ans, quand son poing malencontreusement arrivé sur la figure d'un de ses professeurs lui valut deux mois dans un établissement spécialisé.

À partir de cette date, plus rien de précis n'apparaissait dans les fichiers de la police ou de l'assistance publique. Jacques avait vécu d'expédients dans l'indifférence générale de ses tuteurs légaux, qui avaient attendu sa majorité pour s'en laver les mains.

— Tu as grandi comme un branleur, lui dit le policier, tu vis comme un branleur, tu finiras comme un branleur.

— En attendant, c'est avec tes impôts que j'ai petit-déjeuné.

La réplique valut à Jacques un long silence tendu.

— Allez, tu vas passer la nuit au frais, ça te fera peut-être réfléchir.

Le jeune homme entra dans la cellule en sifflotant, l'air plus insolent que jamais.

Au fond de lui pourtant, une petite voix lui disait qu'à moins de se reprendre, il se pourrait bien que ce policier n'ait pas tort. À 23 ans, il n'avait encore rien fait de sa vie. Le temps, les rencontres, le hasard, y pourvoiraient. Il ignorait dans quel domaine il brillerait, mais la chose était certaine. Peu importait qu'il n'ait pas fait d'études, que sa scolarité se soit soldée par un échec, que seuls les bureaux de l'ANPE lui soient ouverts et qu'à moins d'un coup de chance exceptionnel, il risquait de survivre en enchaînant les petits boulots avant d'achever son parcours dans une usine ou en prison. Jacques ne voulait rien savoir. L'existence de merde, c'était pour les autres.

Depuis qu'avec Éric il avait gagné Paris, sa vie commençait à lui plaire. Chanter dans le métro ou sur le parvis du centre Pompidou n'était pas si désagréable. Sa nature hargneuse et ses poings vifs lui avaient taillé une réputation parmi les types dans son genre. Les Parisiens ne donnaient pas facilement, mais sa gueule d'amour ouvrait les porte-monnaie des femmes et son humour déridait parfois les hommes.

Deux mois plus tôt, Éric et lui avaient pris une piaule dans un squat rue du Faubourg-Montmartre. L'immeuble entier avait été investi par des jeunes, une famille de sans-papiers et quelques artistes en manque de place pour s'exprimer.

La vie commençait à lui sourire. Non, ces flics ne ruineraient pas son moral avec deux ou trois matraques et une poignée d'heures de taule.

Il y resta vingt-six heures en tout.

Il était 10 heures passées le lendemain quand Jacques rentra au squat. Dans le hall de l'immeuble haussmannien, propriété d'une banque, il y avait toujours trois ou quatre personnes qui filtraient les entrées. Ce matin-là, Baba, un Sénégalais gigantesque qui travaillait sur le marché d'Aligre, officiait dans le rôle du portier.

– Salut, crâne d'œuf! l'accueillit-il en découvrant ses dents immenses, t'as bouffé du CRS, il paraît?

– Je fais comme toi, Blanche-Neige, rétorqua Jacques, j'essaie le cannibalisme.

Baba éclata de rire et donna une accolade solide à Jacques, qui s'engouffra dans le hall. Des deux escaliers en marbre qui occupaient un tiers de l'espace, il choisit celui de droite plutôt que le gauche, encombré par un fatras de grillage et de planches, et grimpa jusqu'au septième et dernier étage.

Sous les pentes, dans ce qui avait été des chambres de domestiques, Éric et Jacques s'étaient constitué un repaire. Il n'y avait pas d'électricité, à moins de se brancher sur le compteur d'un immeuble voisin, pas toujours d'eau courante (les services de la compagnie passaient régulièrement couper et poser des scellés, aussitôt retirés par les squatters), mais ils s'y sentaient bien.

La règle qui prévalait ici ressemblait peu ou prou à celle de l'extérieur : fiche la paix au monde et le monde te laissera en paix. Mais elle était accompagnée d'un esprit d'entraide que Jacques n'avait pas connu ailleurs.

Il régnait une chaleur étouffante sous les toits. Brûlé par le soleil du mois d'août, le revêtement en zinc rayonnait sans discontinuer. Par chance, il y avait de l'eau au robinet ce matin-là. Les canalisations émirent des plaintes à travers tout l'immeuble quand Jacques prit une douche froide, manquant réveiller les résidents, qui vivaient plutôt la nuit.

Il s'essuya avec une serviette sale et sortit dans le couloir de service. Chiffon, l'une des artistes du squat, s'y trouvait aussi. Elle le reluqua quelques secondes, puis lui annonça :

— Rico m'a demandé de te dire qu'il passait la journée avec ses nouvelles copines. Monsieur le péquenot fait du « Paris by day » avec deux Américaines pendant que son pote taquine les bleus.

Chiffon se voulait styliste et occupait la moitié d'un appartement du premier étage, qu'elle avait transformé en atelier de confection. La trentaine passée, elle survivait tout juste dans le monde impitoyable de la mode, en vendant ses produits à des grossistes qui s'enrichissaient sur son dos.

Flatté par l'attention dont il était l'objet, Jacques tourna sur lui-même avant de rejoindre Chiffon en deux pas et de se coller contre elle.

— Il a prévu une grillade party sur les toits pour ce soir. Je te dis ça au cas où ça t'intéresserait.

Les mains de Chiffon se posèrent sur le torse de Jacques, puis glissèrent jusqu'à son entrejambe. Il ne lui en fallut pas plus pour se laisser convaincre.

Comme à son habitude, Chiffon ne s'attarda pas ; Jacques appréciait. Il détestait cet instant où les amants s'échangent de vrais ou de faux compliments sur les prestations de l'autre. La styliste le délestait de ce poids à chaque fois en le quittant sans un mot, aussitôt l'acte achevé.

Tout en songeant à Chiffon, Jacques laissa son regard errer sur des affiches qu'il avait punaisées au mur. Le Che y occupait une place privilégiée, secondé par John Lennon sur une photo tirée de « Yellow Submarine », Kim Basinger sur l'affiche de *9 semaines 1/2*, Brando sur le tournage d'*Apocalypse Now*, Spaggiari, dont le poster était le seul rescapé de sa chambre d'adolescent (il s'était rendu compte, après avoir été adopté par les Peyrat, qu'il portait le même nom que l'avocat du célèbre cambrioleur) et Chirac sur la photographie officielle réalisée dans les jardins de l'Élysée. Cette dernière était piquetée de trous minuscules, traces d'innombrables fléchettes.

Vers 14 heures, il vérifia sa monnaie et sortit pour acheter un sandwich grec. Il mangea debout en flânant dans les passages Jouffroy et Verdeau, tentant d'imaginer l'émotion de Spaggiari et de ses complices devant le tas de bijoux et d'argent amassé, s'attarda devant l'échoppe d'un bouquiniste et rentra au squat les poches et les mains vides, bien décidé à se faire offrir un café par Chiffon, et pourquoi pas, un deuxième tour de bagatelle.

La styliste éconduisit Jacques, qui décida de tenter sa chance au troisième étage. Il cueillit Anton Mislevsky au saut du lit. Mislevsky se targuait d'être artiste peintre. Le type barbouillait de grandes toiles avec tout ce qui lui passait entre les mains. Dans l'esprit de Jacques, le résultat ressemblait à des vomissures au sens premier, mais Mislevsky n'acceptait que l'association « vomissures d'âme ». Dans les bons jours.

C'en était un. La nuit du peintre avait été productive. Il venait d'achever deux toiles de deux mètres par trois qu'il comptait refourguer à un galeriste pour un bon prix.

– Merde, laissa tomber Jacques quand il découvrit le résultat, je comprends toujours rien à ce que tu fais, mais ça dégage !

À la place d'un café, Mislevsky proposa de descendre deux ou trois bières sur le toit, un endroit qu'il chérissait entre tous. Aidé par quelques squatters, il était à l'origine de l'installation d'une terrasse sécurisée posée sur les vieux revêtements en zinc de l'immeuble. La plateforme cernée de mains courantes s'étalait sur une centaine de mètres carrés, disposait de deux barbecues, de chaises longues, de tables basses et de parasols publicitaires, le tout récupéré plus ou moins légalement.

Jacques accepta. Une bière valait bien un café et, même s'il restait hermétique à sa production, il appréciait la compagnie du peintre.

— Moi ? J'étais chaudronnier avant de m'affranchir. Ça t'en bouche un coin, ça ! À l'usine, le père Anton. Une misère à chaque fin de mois, une bourgeoise sur le dos en permanence et l'État qui me suçait ce qui restait. Le paradis, quoi !

Jamais Jacques n'avait questionné Anton sur son passé. Sa réponse lui convenait. Il imaginait aisément ce type chevelu aux tempes grisonnantes, à la barbe en bataille et aux mains épaisses, s'échiner sur une chaîne de montage.

— T'as connu 68 ?

— La révolution des salopards et des j'en-foutre ? Si j'ai connu la plus grande supercherie du siècle ? Ça fait vingt-huit ans et je ne me suis toujours pas habitué au deuxième trou du cul qu'on m'a greffé cette année-là !

Branché sur un sujet qui le secouait encore, Anton était intarissable. Il expliqua à Jacques que 1968, sur terre, ça avait été une grande année. Aux États-Unis, en Chine, à Prague, partout un vent de liberté avait inspiré les foules.

— Ici, les gosses de riches ont joué aux rebelles, c'est tout. Je ne dis pas que ça n'a pas débouché sur quelques bons points. On s'en est donné de la révolution sexuelle dans les années 70, à couille rabattue et sans couvre-chef. Au pire, tu risquais une blennorragie. C'est pas comme aujourd'hui. Mon pauvre vieux, obligé de consommer sous plastique, ça manque de charme, c'est préemballé sous Cellophane. Remarque, ça ressemble assez à notre société.

Jacques était hilare. Les trois bières éclusées et le soleil n'étaient pas étrangers à son état. Il y alla de ses propres confidences, avoua qu'il n'avait pas de projet, en dehors du bonheur de vivre, et répéta le commentaire proféré la veille par le lieutenant de police.

— C'est un branleur qui te disait ça, il doit savoir de quoi il parle, railla Anton. Mais sérieusement, qu'est-ce que tu aimes faire ?

— Tu veux dire, le con mis à part ?

— Ça peut rapporter, argua Mislevsky. Présente bien, trouve des idées et lance-toi en politique ! Alors, sans rire...

— J'ai pas la niaque, les choses ne m'intéressent jamais très longtemps. Hum... en dehors d'aller voir l'océan ? Ce que je préfère, c'est les filles.

— Les filles ? Tu parles de Chiffon ? Tout le squat lui passe dessus ! T'as pas plus d'ambition ?

— Si, une petite amerloque qui s'appelle Grace, une blonde. Je l'ai rencontrée hier, devant Saint-Bernard... Elle m'appelle Jack ! ajouta Jacques avec une mimique. Je ne vais quand même pas laisser Rico lui bouffer le minou, c'est donner de la confiture aux cochons.

— Eh bien, ce ne sont pas ces préoccupations qui vont assurer ton avenir !

— Je me fous de l'avenir !

— Avant de te persuader que tu ne veux rien faire, interroge-toi sur ce qui t'intéresse. C'est mieux dans ce sens-là.

— Une montagne de fric, ça, ça m'intéresse. Tu vois, faire un coup à la Spaggiari et buller dans une île jusqu'à la fin de mes jours !

— Si c'est vraiment le fric qui t'intéresse, s'esclaffa Anton, alors fais-le, ton coup, braque-la, ta banque, parce que la vie est courte et qu'il faut en profiter !

Jacques vida sa quatrième canette, puis répondit avec aplomb :

— Ouais... Je préfère d'abord emballer Grace ! D'ailleurs, il faut que je me bouge le cul, sinon Rico va me griller ! Et franchement, t'es sérieux avec tes histoires de braquage ? Parce que moi, la taule, ça ne me tente pas du tout. J'ai pas envie d'être coincé à vie.

Anton éclata de rire.

— La taule, une entrave, tu rigoles ? Dans ce pays, à moins d'être un assassin, tu n'y restes jamais bien longtemps. Non, laisse-moi te donner un conseil. Ne fais pas de gosses, c'est le seul véritable boulet qu'un homme garde jusqu'à la fin de ses jours. Les gonzesses, les baraques, le pognon, tu peux t'en débarrasser comme ça, sur un claquement de doigts. Fais un moufflet et dis adieu à ta liberté.

Jack

2011

9

Des plaques de glace glissèrent devant Jack, tandis qu'il poursuivait le 4 × 4 du chasseur et luttait pour ne pas se laisser emporter par son élan. Il parvint à enchaîner une demi-douzaine d'enjambées, puis bascula en avant.

Par réflexe, il protégea sa tête de ses bras et roula sur une quarantaine de mètres, jusqu'à un jeune sapin qui amortit sa chute. Étourdi, Jack se releva en grimaçant.

Le halo des phares du pick-up pivotait déjà dans le virage.

Le temps allait lui manquer.

– Je vais te massacrer ! hurla-t-il. Fumier ! Putain de chasseur !

Ses genoux pliés encaissaient la raideur de la pente, les muscles de ses cuisses le brûlaient. Une nouvelle fois, il dérapa, se releva, dévala les quelques mètres qui le séparaient du talus sur le derrière et atteignit enfin un fossé gorgé d'eau glacée.

La voiture se trouvait à un jet de pierre.

Sans réfléchir, Jack bondit et se planta au milieu de la route, les bras en croix.

Le pick-up ne ralentit pas. Au contraire, il sembla à Jack que le chauffeur accélérait.

Mais il ne bougea pas.

— Tu vas t'arrêter, espèce de connard ! hurla-t-il dans le vent. Tu vas t'arrêter ! Pour Lulu !

Il ferma les yeux, l'esprit curieusement fixé sur une phrase sortie d'une chanson des années 80.

Pas le temps d'aller voir la mer...

À travers ses paupières, Jack perçut la lumière des phares. Puis il entendit le fracas de la tôle froissée.

Le capot du 4 × 4 s'était planté dans les congères.

Envahi par une joie sauvage, Jack se rua sur la portière, l'ouvrit et jeta le chauffard à terre.

— Fallait pas me chier dans les bottes, tocard ! brailla-t-il en s'installant au volant.

Il actionna la marche arrière, mais le type agrippa violemment sa manche. Déséquilibré, Jack lâcha les pédales et le moteur cala.

De sa main libre, il attrapa le fusil et envoya le type valser dans la neige d'un coup de crosse en plein torse. Puis il jeta l'arme à l'arrière du 4 × 4, bondit hors de l'habitacle et se jeta sur lui.

— Fumier de Suisse ! Je vais te passer le goût du rodéo.

Cela faisait longtemps qu'il n'avait pas ressenti une telle colère. Longtemps qu'il n'avait plus cogné quelqu'un avec un tel plaisir. Mais cette fois, il ne s'agissait pas de frapper un taré, prêt à le violer dans une cellule balinaise. Là, il s'agissait de Lulu coincée dans la montagne parce que ce salopard lui avait refusé de l'aide. Jack s'acharna sur sa victime à coups de poing et de pied, jusqu'à ce que le type crie grâce.

Les doigts de sa main droite serrés sur le cou de sa victime, Jack entreprit de fouiller ses poches, sans succès.

— Ton téléphone ! beugla-t-il hors de lui. Où est ton téléphone ?

— Va te faire foutre !

Sans réfléchir, Jack envoya son poing dans le nez du type, qui perdit connaissance et s'effondra dans la neige, puis il sauta dans la voiture.

— Chier ! beugla-t-il en sortant du remblai.

Les roues patinèrent, le moteur vrombit et le lourd pare-chocs chromé se dégagea de la glace.

Ses mains maculées de sang tremblaient de rage.

Jack mit les gaz et se lança dans la descente. Il se reprit au bout de quelques secondes.

– Cool, mon vieux ! grinça-t-il. Ça ne servira à rien si tu repars dans le décor.

Il leva le pied et enchaîna les virages à une vitesse plus raisonnable.

Très vite, la voie d'accès à la station hydroélectrique déboucha sur la route du col des Planches. Il vira en direction de Martigny, certain qu'il trouverait rapidement un village. Même une maison isolée ferait l'affaire. N'importe quoi, pourvu qu'il y ait un téléphone.

Depuis combien de temps avait-il quitté Lucie ? Une heure et demie, deux heures, peut-être même trois ? Une éternité que sa Lulu attendait seule dans le froid et la peur.

Il fut parcouru par un long frisson. *Si tu pars, la petite, elle va mourir.* La phrase de Gnokie le frappa en plein cœur mais il la chassa de son esprit.

– Non, ça n'arrivera pas ! Jamais !

Le ciel s'assombrissait de lourds nuages et les essuie-glaces peinaient à chasser les flocons de neige, de plus en plus épais. La forêt et les champs se succédaient. Le désert.

Et surtout, le temps filait.

Jack dut parcourir encore une dizaine de kilomètres avant de rencontrer un ensemble de bâtisses plongées dans l'ombre d'immenses sapins.

Sur le fronton de la plus imposante était gravée une inscription en allemand. Rempli d'espoir, Jack stoppa le 4 × 4 dans une cour enneigée et se rua sur la porte la plus proche.

Verrouillée, comme toutes les autres.

Il pesta contre ce pays peuplé de fantômes, de chasseurs et de salopards, et se hissa sur le rebord d'une fenêtre du rez-de-chaussée. Il frotta les carreaux et colla son nez contre la vitre.

De grandes tables supportant des chaises renversées s'alignaient dans une salle immense.

Un réfectoire, songea-t-il. *Je suis tombé sur une colonie de vacances.*

D'un coup de coude, il brisa le carreau et ouvrit la fenêtre. Il se glissa dans le bâtiment et se précipita hors du réfectoire en quête d'un téléphone.

– Y a quelqu'un ? hurla-t-il. Oh ! Y a quelqu'un ?

Jack déboucha au pas de course dans un corridor sombre. L'endroit semblait à l'abandon depuis des années, les murs couverts de salpêtre suintaient de colonies de champignons noirs et le sol était jonché de cartons sales et de vieux journaux. Les portes avaient été arrachées. Il entra dans ce qui avait dû être un bureau. L'endroit lui donna la chair de poule.

Les reliefs d'un repas moisi étaient posés sur une caisse branlante et un sac de couchage puant traînait dans un coin. Une cuiller trouée, un briquet, de vieux chiffons tachés. Un repaire de junkie. Il ne trouverait pas d'aide ici. Jack éructait de colère quand il rejoignit la voiture.

Trois kilomètres plus bas, il atteignait enfin la route de Martigny.

L'asphalte étant dégagé, Jack enfonça la pédale d'accélérateur et fila tout droit dans un brouillard de flocons de plus en plus épais. Il devina bientôt une lueur. Un soulagement immense libéra les tensions qui comprimaient sa poitrine. Les lumières clignotaient, orange et jaune. Bleues. La chance revenait. Il allait à la rencontre de véhicules de secours. Ambulances, saleuses, voitures de police ou camions de pompiers, peu lui importait. Il allait enfin retrouver Lucie.

Pour ne pas manquer le convoi qui venait à sa rencontre, Jack ralentit et stoppa le 4 × 4 au milieu de la chaussée, warnings enclenchés. Puis il se posta dans la lumière des phares et fit de grands gestes.

Les silhouettes de deux voitures de police émergèrent du brouillard et s'immobilisèrent à quelques mètres. Quatre policiers jaillirent de leurs places. L'un d'eux s'adressa à lui en allemand. Jack trouva aussitôt le ton menaçant.

– Je suis français. J'ai besoin d'une ambulance, expliqua Jack en tentant de garder son calme. Ma fille est blessée. Je l'ai laissée dans la montagne. Vous devez m'aider !

– Il s'agit d'un contrôle d'identité, monsieur, expliqua le flic dans un français mâtiné d'un fort accent germanique. Veuillez présenter vos papiers ainsi que ceux du véhicule.

– Je m'appelle Peyrat, Jacques Peyrat et ma fille est bloquée là-haut. Je dois téléphoner. S'il vous plaît.

– Veuillez nous présenter les papiers du véhicule, monsieur, répéta le flic, la main sur son holster.

Il fut rejoint par un collègue, tandis que les autres faisaient le tour du pick-up, radio en main, émetteur collé aux lèvres.

– Mais putain, s'énerva Jack. J'ai pas ces foutus papiers. On m'a prêté la voiture. Laissez-moi téléphoner et je vous expliquerai tout !

– Tournez-vous et posez vos mains sur le capot, tout de suite !

– Je vous dis que ma fille doit être secourue !

– Veuillez obtempérer, monsieur. Sinon nous nous verrons dans l'obligation de recourir à la force.

– Mais qu'est-ce que j'ai fait, putain ! Je veux juste téléphoner !

– Vous roulez à bord d'un véhicule volé. Tournez-vous et mettez les mains sur le capot !

La situation apparut soudain clairement à Jack.

Ces policiers étaient à sa recherche, probablement à la suite d'un appel du chasseur. C'était lui l'agresseur, lui qui allait devoir s'expliquer pour avoir tabassé un homme et volé son véhicule.

— Je ne me tournerai pas, s'écria Jack en désespoir de cause. Je veux téléphoner !

Il fit un pas vers les flics, qui n'attendaient que ça pour se jeter sur lui et le ceinturer. L'un d'eux bloqua son bras et le tordit en arrière pour lui passer les menottes.

Jack lança sa tête en avant, son front heurta de plein fouet le nez d'un des flics. Les os craquèrent, le type hurla de douleur. Quelques secondes plus tard, Jack s'écroulait sous l'impulsion d'un Taser.

Des barreaux, un sol en linoléum jaune pisseux, un bout de banquette matelassée en matière synthétique, ce furent les premières images qui parvinrent au cerveau de Jack quand il reprit connaissance. Sa main fouilla l'air à la recherche de l'interrupteur. Elle se referma sur du vide et se rabattit derrière lui. Trouver le corps de Libbie, le contact rassurant de sa peau. Rien.

L'idée qu'il venait de faire un cauchemar persista, puis la réalité reprit sa place, plus terrifiante encore. Lucie ! Sa fille l'attendait dans la montagne depuis... il ignorait combien de temps avait passé depuis son arrestation. Trop, en tout cas.

Il se leva. Ses cuisses étaient douloureuses, sans doute un effet secondaire de l'impulsion électrique qui l'avait envoyé au tapis.

— Hey, cria-t-il. Y a quelqu'un ? Hey !

À travers la grille, il apercevait un couloir en béton du même jaune sale que sa cellule. Il glissa son visage entre les barreaux et regarda à droite, puis à gauche. Le couloir se prolongeait d'un côté sur une autre cellule et donnait sur un cul-de-sac de l'autre.

— Hey ! répéta-t-il plus fort. Faut que je parle à quelqu'un !

Il s'inspecta et constata qu'on lui avait retiré sa ceinture et les lacets de ses chaussures.

— Putain, c'est pas vrai ! C'est un mauvais sketch ! Hey !

Comme personne ne venait, il empoigna la porte grillagée et la secoua de toutes ses forces.

– Mais bordel de merde ! Est-ce qu'il y a autre chose que des cow-boys dans ce bled ?

Jack s'acharna plusieurs minutes, puis retourna s'asseoir.

– Réfléchis, mon pote ! se stimula-t-il, tu viens de te faire serrer pour avoir cogné un type et volé sa bagnole. Tu as assommé un flic et personne ne t'écoute. Mais si tu fous le bordel, on s'intéressera à ton cas.

Des idées délirantes traversèrent son esprit. Il pensa provoquer un court-circuit dans les fils électriques, mais le plafonnier était hors de portée et il n'existait pas de prise au sol. Allumer un incendie ? Il avait laissé son briquet à Lucie. Faute de mieux, il se releva et brailla tout en secouant la grille.

Tôt ou tard, il viendrait bien quelqu'un.

Jack supplia, expliqua, injuria en français et en anglais, à s'en érailler la voix, il ne vit personne.

Un claquement de serrure, suivi d'un bruit de clés entrechoquées, tirèrent Jack de son effroyable solitude. Il fut sur pied en un quart de seconde. Des pas s'approchèrent et une silhouette apparut dans la lumière.

Jack se força à rester calme et demeura à distance de la grille.

– On remet les compteurs à zéro, proposa-t-il. J'ai expliqué que ma fille a eu un accident et qu'elle attend des secours dans la montagne. Je ne l'invente pas. Il faut que vous me croyiez ! Faites de moi ce que vous voulez, mais allez lui porter secours ! S'il vous plaît !

Le nouvel arrivant remplissait sa chemise au point de la tendre. Son crâne pelé culminait à un mètre quatre-vingt-dix du sol, il avait un visage rond et un air bonhomme qui rasséréna Jack. Il extirpa un passeport de sa poche de pantalon et l'ouvrit.

– Je suis Maurice Mansel, l'officier commandant ce poste. Vous vous appelez Jacques Louis Peyrat, vous êtes de nationalité française, né à Saint-Étienne le 9 mars 1973. Vous habitez 7, Abbey Road, St. Cristobald, Elisabeth Island. C'est bien ça ?

— On s'en fout, s'énerva aussitôt Jack. Ma fille...

Il s'arrêta, expira à fond et reprit.

— Oui, admit-il. Écoutez, je suis désolé que les choses se soient envenimées, mais comprenez-moi. Vous avez des enfants ? Hein, vous en avez ? Imaginez que votre gosse soit coincé là-haut et qu'il compte sur vous pour...

— On vérifie ça en ce moment même, le coupa le policier.

Jack soupira de soulagement.

— Merci, mon Dieu.

Puis, devant le manque de réaction de son interlocuteur, il fut pris de doutes.

— Je ne vous ai pas dit où elle est. C'est dans une bergerie, à...

— Vous avez violenté un citoyen de la Confédération, monsieur Peyrat, l'interrompit Mansel, toujours impassible. C'est un premier délit. Vous avez volé son véhicule, deuxième délit. Et vous ne vous êtes pas contenté de ça. Vous avez refusé d'obtempérer à une injonction de la police cantonale et agressé un officier, troisième et quatrième délit, aggravé pour le dernier. Vous n'êtes pas près de nous quitter.

Jack porta ses doigts à ses tempes et les massa tout en soupirant.

Ne t'énerve pas. Cet abruti va finir par t'écouter. On n'invente pas une histoire de gosse pour amadouer les cons. Même la flicaille sait ça.

— Vous m'avez dit que vous étiez en train de vérifier, mais vous ne faites rien ! Je vous en prie, vous devez envoyer une patrouille chercher ma fille. Au pire, vous me poursuivrez pour un cinquième délit, mais réellement, vous sauverez une gosse qui n'a rien fait de mal et qui souffre. Elle s'est cassé la jambe. C'est pour cette raison que je l'ai laissée...

Un bruit de pas rapides résonna de nouveau. Jack reconnut l'un des policiers qui l'avaient interpellé. Ce dernier lui lança un regard noir tandis qu'il tendait une feuille à son supérieur.

— Les miracles de la technologie.

La main de Mansel fouilla la poche de sa chemise, en sortit une paire de lunettes qu'il ajusta sur son nez.

— Mes collègues français n'ont pas traîné, reprit-il en dépliant le fax. Voyons voir... Jacques Louis Peyrat, né de parents inconnus, tiens ! Pupille de la nation ! Haha ! Je croyais que les orphelins s'appelaient Georges, Jean ou que sais-je ?

— J'ai été adopté.

— Ah oui ? Eh bien, vos parents adoptifs n'ont pas fait leur boulot ! Votre casier judiciaire prouve que vous aimez vous frotter à la police, larcins en tout genre, plusieurs séjours en détention, etc., etc. Je vois là que vous n'avez pas d'enfant, monsieur Peyrat. Comment expliquez-vous cette erreur de votre administration ?

— Mais...

— Vous n'avez pas de fille ! s'agaça Mansel. Vous ne savez pas quoi inventer pour justifier vos actes ! Vous êtes un être vil et stupide !

La poisse collait à ses pas comme de la neige molle. Il aurait fallu expliquer des années d'erreurs pour que ce policier comprenne pourquoi il n'avait pas reconnu Lucie à sa naissance.

— Je vous jure que c'est vrai. Ma fille s'appelle Lucie Balestero. Elle se trouvait avec une amie à moi, Kay Halle, jusqu'à ce que je la récupère. Contactez-la, elle vit à Commugny.

Jack donna l'adresse de Kay et son numéro de téléphone. Le policier le fixait d'un air las.

— Contactez Mme Halle, insista Jack au bord de la crise de nerfs, elle attestera ma version. J'ai une fille et... que vous me croyiez ou non, il y a une gamine en danger de mort, dans une bergerie désaffectée, quelques kilomètres au-dessus d'un poste de production d'électricité. Donnez-moi une carte, je vous indiquerai où c'est ! Bordel, vous allez m'écouter à la fin !

Une expression grave s'installa sur les traits du policier.

– Vous ne comprenez pas, monsieur Peyrat. Personne n'ira là-haut, dit-il en pliant soigneusement le fax. Une tempête de neige sévit sur la région.

Jack se rua sur la grille. Ses mains jaillirent dans le couloir et claquèrent dans le vide. L'officier avait tourné les talons et s'éloignait.

– Laissez-moi téléphoner ! vociféra Jack. Je dois bien avoir ce droit-là au moins !

– Ici, les individus qui agressent un représentant de l'ordre n'ont aucun droit.

– Et un avocat, je veux un avocat ! Vous m'entendez ? Ce sera vous le responsable, s'il arrive malheur à ma fille ! Je vous poursuivrai et je vous écraserai comme une merde.

Jack sentit son sang refluer de son visage et un vertige l'obligea à s'asseoir.

– Plus tard, monsieur Peyrat, dit encore la voix de l'officier Mansel avant que la porte claque. Pour l'avocat, je ne suis pas certain qu'un seul se risque jusqu'ici par un temps pareil. Quant au coup de téléphone, nous y réfléchirons. Nous allons vous soigner, monsieur Peyrat. Il ne s'agirait pas que les Français viennent agresser les Suisses. Vous serez notre meilleur ambassadeur, quand vous repartirez.

Le bruit de serrure résonna entre les murs du couloir. Puis le silence le remplaça.

On ne permit à Jack de téléphoner qu'en fin d'après-midi, soit une heure après que le commandant du poste l'eut quitté. Il déballa toute l'histoire à Kay, sans omettre un détail, et attendit sa réaction comme un gamin pris en faute.

Un blanc l'accueillit, suivi d'une réponse guidée par l'émotion. Jack s'entendit traiter d'irresponsable qu'on aurait dû enfermer à vie pour que plus personne n'ait à souffrir de ses conneries.

Les murs de sang

— Maintenant tu m'écoutes attentivement, embraya Kay quand elle eut achevé d'exprimer son ressentiment. Je m'occupe de l'avocat et puis je viens. Non, j'ai une meilleure idée. On va mettre la pression sur ces flics, les forcer à nous prendre au sérieux. Tu me fais confiance, Jack ?

— Franchement, Kay ? Il se trouve que je n'ai pas le choix.

— Va te faire foutre !

— Tu ne connais pas quelqu'un qui pourrait aller chercher Lucie, là tout de suite ?

— Lucie est à l'abri dans cette grange. D'après ce que tu m'as dit, elle est au chaud et elle a de quoi tenir. Alors elle est mieux là où elle est qu'à se balader dans une civière avec des sauveteurs, ou hélitreuillée en pleine tempête. De toute façon, aucun pilote ne décollera par ce temps.

— C'est quoi ton idée ?

Jack s'en remettait entièrement à Kay. Il la soupçonnait d'avoir des relations dans tous les domaines, mais en l'occurrence, il n'imaginait pas qui pourrait sauver Lucie et convaincre les flics de sa sincérité.

— T'inquiète. Je fais le nécessaire et j'arrive.

— Je suis désolé, Kay.

— Ce n'est plus le moment, mon grand. Tu as merdé, mais c'est fait. Autre chose, j'avais une demi-douzaine de messages du vieux Balestero en rentrant. Je ne vais pas pouvoir l'éviter cent sept ans.

Elle ajouta que les flics n'avaient jamais tenté de la joindre et qu'ils allaient amèrement regretter leur attitude. Puis elle raccrocha, abandonnant Jack à sa cellule et à ses reproches.

Deux heures plus tard, les relations de Kay entrèrent en action. Le journal du soir de la télévision suisse romande diffusa l'information selon laquelle une fillette de 13 ans blessée avait été laissée seule dans la montagne par son père, salement interpellé par la police. La guéguerre entre les cantons servit ensuite de relais pour révéler cette incompétence flagrante. Un portrait de Jaques Peyrat et un autre de

Lucie Balestero s'incrustèrent à l'écran. La machine était en marche.

En France, le journal de la nuit s'acheva sur la même information, plus développée et faisant mention de la personnalité de Jacques Peyrat, détail important qui permettait d'expliquer pourquoi les autorités suisses avaient dû en venir à l'utilisation d'un Taser pour maîtriser celui qu'il fallait considérer comme un forcené.

> « [...] *Suisse, dans le canton du Valais, une fillette de 13 ans, blessée dans un accident de voiture, est à l'heure qu'il est livrée à elle-même à 1 800 mètres d'altitude...* »

On s'insurgea dans les foyers. Les gens comprirent la réaction de Jack. Quiconque avait un enfant s'accorda pour dire qu'il ferait n'importe quoi pour lui venir en aide.

> « *... dans la tempête qui souffle actuellement sur l'Europe. Son père, Jacques Peyrat, a été interpellé par la police suisse...* »

Dans sa chambre d'hôtel, Dominic Balestero prit la nouvelle comme un signe du ciel. Ce minable de Peyrat avait tenté d'enlever sa petite-fille. Il payait enfin pour ses forfaits impunis. Surtout, Dominic sut à cet instant qu'il allait récupérer la garde de Lucie, même s'il ne l'avait jamais vue. Et il en fut heureux.

> « *... alors qu'il tentait de trouver du secours à bord d'une voiture volée à un propriétaire qui avait refusé de l'aider. Les circonstances de l'arrestation sont encore troubles, mais la fillette, elle...* »

Dans un appartement cossu de la rue des Saints-Pères, à Paris, la télévision ronronnait doucement. L'occupant des lieux lisait un article sur le chef de l'opposition, Aymé Degrelle, quand l'information concernant Lucie Balestero tomba. Il était 23 h 15. Il abandonna son plateau sur une commode, sortit un calepin de son attaché-case et passa plusieurs coups de fil.

> *« ... est bel et bien hors d'atteinte des secours, qui ne pourront partir à sa recherche que demain dans la matinée... »*

Kay laissa tourner les infos en boucle sur une chaîne du câble. Elle s'en voulait d'avoir laissé Lucie partir seule avec Jack. Tout ce qu'il entreprenait tournait à la débandade. Elle aurait dû s'en souvenir. Les hommes ne changent pas. Avec les années, leurs travers s'accentuent. Le lendemain, dès que possible, elle irait à Martigny. Avec ces vents qui soufflaient en rafales à plus de 150 kilomètres-heure, ça aurait été du suicide de partir le soir même. Elle espéra sans réellement y croire que sa nuit au poste pourrait changer Jack. En attendant, Lucie était en danger de mort. Par sa faute.

> *« ... Cette nuit, d'après Météo France, le thermomètre descendra à une température de moins quinze à moins vingt degrés sur cette partie des Alpes suisses. Il faut espérer que l'abri où son père l'a laissée protégera l'enfant. »*

Jack ignorait ce qui se tramait sur les ondes.

Perclus de culpabilité, il passa une partie de la nuit à imaginer Lucie dans la montagne, se demandant s'il avait réuni suffisamment de bois pour qu'elle tienne jusqu'au matin. Le froid devait être redoutable, là, dehors, de l'autre côté des murs qui l'enfermaient.

Carmen

1994-1995

10

Un matin, alors que nous travaillions son anglais misérable sur *Les Aventures d'Arthur Gordon Pym*, l'unique roman d'Edgar Poe, Aymeric m'a interrompue.
– Ici, c'est un peu comme dans l'île de Tsalal !
– Que voulez-vous dire ?
– En dessous de nous, il y a des tunnels, des salles immenses, des culs-de-sac, des squelettes ! Un vrai labyrinthe secret !
– Aymeric, je constate que vous n'avez pas envie de réviser.

C'était un vendredi, le lendemain de la visite hebdomadaire de Philippe, et moi non plus, je n'avais pas le cœur à ce que nous faisions.

Aymeric m'a expliqué avec passion qu'un réseau complexe de souterrains reliait différents points névralgiques de la vieille cité : la cathédrale, le château, l'évêché et bien sûr l'ancienne abbaye où nous nous trouvions.
– Il y en a des tas, ça part dans tous les sens et parfois ça fout la frousse ! Je suis sûr que vous n'avez jamais vu ça de votre vie.

C'est ainsi que nous avons décidé d'explorer ensemble les souterrains de la propriété. Nous avons traversé les caves qui regorgeaient de bouteilles de vin et de tonneaux de cognac, descendu un escalier en colimaçon qui donnait sur une petite salle où traînaient quelques cartons et bouteilles vides. Puis Aymeric a ouvert une dernière porte donnant sur des marches qui s'enfonçaient dans les ténèbres. L'endroit avait une odeur d'église. Moisissure, pierre et salpêtre. Le tout rehaussé de puissants relents d'humus.

Le rayon de la lampe torche balayait un espace désert creusé dans le roc, dont les parois avaient été consolidées par une épaisse maçonnerie. Après cent mètres de marche, le tunnel s'est coudé, puis divisé. L'un des embranchements descendait en pente douce, l'autre montait légèrement. Je me suis fait la réflexion que ce passage devait aller vers le sud. Peut-être même jusqu'à la Petite Lisbonne.

– Ça suit la forme du terrain, au-dessus, a précisé Aymeric, fier de m'apprendre quelque chose à son tour. Venez, c'est par là.

Il m'a entraînée vers la gauche, sur la voie qui descendait. Ici, le tunnel semblait épouser le pourtour rond d'une fondation profonde.

– C'est la base de la cathédrale. Ça vaut plus que les constructions à deux balles de mon père, hein ! Et puis, ça fait des siècles que c'est là. Vous imaginez les cages à lapins en béton dans cinq cents ans !

Aymeric a émis un petit rire nerveux.

– Regardez !

Il a attrapé ma main et éteint sa torche.

Les ténèbres nous ont totalement enveloppés, puis un halo de lumière tombant du plafond s'est formé dans la nuit. Là-haut, à une quinzaine de mètres, il y avait un puits de lumière dont on apercevait la grille protectrice. Un peu après, au gré du silence épais, j'ai perçu l'écho lointain d'une mélodie.

– Ça, c'est l'organiste qui fait son show, a murmuré Aymeric. C'est rock, non ?

– Rock, peut-être pas. Impressionnant, oui !

– Et encore, vous n'avez pas tout vu !

Les murs de sang

Quelques minutes et deux bifurcations plus loin, une sorte de porche taillé dans le roc ouvrait sur une salle basse de plafond où se perdait l'écho de nos pas. Des bancs en pierre blanche entouraient un autel. C'était une chapelle dont l'achèvement remontait à la fin du XIe siècle.

Quand Aymeric a braqué sa torche sur les murs, la chapelle s'est animée de gisants, de gargouilles, de statues de saints, de chapiteaux de colonnes, énormes, posés sur le sol en terre battue. C'était d'une beauté à couper le souffle.

J'ai pris la lampe de ses mains et je me suis promenée entre les statues. Certaines me dépassaient de deux têtes. La plupart étaient intactes. Le plus surprenant était la pureté de leurs traits. Une représentation de la Vierge à genoux m'a fait monter les larmes aux yeux. Je suis certaine que ma mère aurait adoré ce lieu.

C'est à cet instant que j'ai senti la présence d'Aymeric dans mon dos. Il était tout près, trop près. Je me suis raidie.

– On pourrait baiser là, m'a-t-il soufflé à l'oreille, contre cette statue de vierge, au milieu de tous les cadavres enterrés là. Qu'en penses-tu, ma belle Carmen ?

Tétanisée, j'ai senti ses mains agripper mes hanches, puis son sexe dur se coller contre mes fesses. Quand ses doigts se sont insinués entre mon pantalon et ma peau, j'ai eu un déclic. Je me suis retournée pour lui administrer une gifle monumentale.

Aymeric est resté silencieux. L'une de ses paumes frottait lentement sa joue malmenée. Puis, sans crier gare, il m'a arraché la torche et s'est enfui en hurlant.

– T'es qu'une salope, une allumeuse !

La lumière s'est évanouie et, déjà, l'obscurité m'encerclait.

Aymeric et moi avons repris les cours comme si l'épisode des souterrains n'avait jamais eu lieu. Certes, je lui en voulais. J'avais passé de longues minutes dans le noir, remonté ces souterrains à tâtons, paralysée par une peur atroce. Mais je m'en étais sortie toute seule. De son côté, Aymeric redoublait d'efforts, faisait des progrès spectaculaires et j'avais décidé de passer l'éponge. Il était plus important à mes yeux de comprendre l'histoire de la Petite Lisbonne que de punir les mauvaises blagues d'un adolescent trop gâté.

Un matin du mois de mars, Aymé Degrelle a fait irruption dans mon studio et m'a proposé de l'accompagner sur le terrain.

— Nous allons réhabiliter le quartier, Carmen, et je vais avoir besoin de vous pour préparer les familles. Quelqu'un qui pourrait s'occuper du côté sociologique du projet. Ça ne vous prendra que quelques heures par semaine. Vous seriez parfaite pour ça ! Et puis, j'aimerais que vous suiviez Aymeric jusqu'au bac. Que diriez-vous d'un salaire de 360 kF annuel ?

Enfin. J'accédais à ce poste que j'espérais obtenir quand on m'avait proposé celui de préceptrice de bonne famille. Encore une fois, les Degrelle utilisaient leur puissance financière pour flatter, influencer, manipuler. Je détestais leur façon de faire, mais ce nouvel emploi allait servir mes intérêts.

Aymé et moi avons déambulé dans les ruelles, à la tête d'un cortège d'une vingtaine de personnes comptant autant d'experts du conseil général que d'agents de sécurité chargés de la protection du maire. Sur notre passage, les visages s'assombrissaient, les portes se fermaient, les places habituellement animées se vidaient.

— N'y prenez pas garde, m'a confié Aymé. Ils ne pensent pas à mal. Ces gens-là sont des rustres, persuadés que nous voulons les piéger en réhabilitant la ville.

— C'est le cas ?

Le sourire convivial qui égayait la vitrine officielle de mon interlocuteur a disparu de son visage.

— Pas une seconde, Carmen. Vous m'entendez ? Nous avons bâti notre réputation sur des valeurs exemplaires et ce n'est pas avec moi que les choses changeront. Cette ville a besoin d'un regain de vitalité. Regardez autour de vous. Certains de ces immeubles datent de la fin du XVe siècle. Il est de mon devoir d'élu de préserver ce patrimoine architectural. Mais tout ça va coûter cher. Lorsque les bâtiments auront été restaurés, il est évident que les loyers grimperont.

— Mais ces gens ne pourront plus payer !

— Certains resteront. Je veux garantir la mixité sociale dans ma ville. Nos partenaires ne sont pas des philanthropes et les investissements consentis ne seront rentables que dans une quinzaine d'années. Cela nécessite quelques sacrifices. Venez, a-t-il ajouté en me prenant par le bras. J'ai une surprise pour vous.

En découvrant la salle des maquettes, j'ai été stupéfaite par la grandeur et l'ambition du projet qui habitait l'esprit d'Aymé Degrelle. Admirative et pleine d'espoir ! Que j'étais naïve ! Mais à ma décharge, je dois préciser que le maire avait mobilisé d'énormes moyens pour masquer ses nombreux crimes.

La vieille ville y était modélisée, quartier par quartier, avant et après sa transformation à venir. La plupart des bâtiments subsisteraient, certains ne conserveraient que leur façade, classée aux Monuments historiques, d'autres seraient rasés et reconstruits dans un style qui ne dépareraient pas.

Le système des égouts serait entièrement revisité, le gaz de ville distribué partout, des crèches verraient le jour, des maisons de quartier financées par la ville accueilleraient les associations que la population d'origine portugaise ne manquerait pas de constituer.

En contrebas de la Petite Lisbonne, un secteur couvert d'entrepôts autrefois occupés par des tanneries et une fabrique de pâte à papier accueillerait une zone commerciale, un port de plaisance, une aire accessible aux gens du voyage et une autre aux touristes en camping-car. Le projet me plaisait. Il avait un visage humain, très éloigné de l'obsession du profit que je prêtais à l'esprit capitaliste d'Aymé.

Posté près de moi, il m'observait avec un sourire satisfait.

— N'ayez pas de pauvres desseins, a-t-il murmuré, ils ne font pas naître le rêve dans le cœur des hommes !

À partir de ce jour, j'ai passé les matinées avec Aymeric et arpenté pendant les après-midi les rues des quartiers en cours de réhabilitation. Autant qu'il était possible, je visitais chaque immeuble. Le maire avait raison de vouloir changer les choses, beaucoup de familles vivaient dans de terribles conditions d'insalubrité.

Pour la plupart, les logements n'avaient pas été entretenus depuis des décennies. Les toilettes se trouvaient sur le palier, les installations électriques n'étaient pas aux normes, des colonies de champignons et de cancrelats, dont la prolifération était limitée par des légions de rats, partageaient les lieux avec les humains.

Rares ont été ceux qui m'ont ouvert leur porte. La carte de la mairie que j'exhibais me desservait. Beaucoup ne parlaient qu'un français très approximatif. Ils ne s'étaient pas vraiment intégrés, mais avaient recréé entre ces vieux murs de petits morceaux de leur Portugal regretté.

Je me sentais proche d'eux, malgré leur hostilité. Ma famille aussi avait été ostracisée par la population locale. Pourtant, nous étions français, des Français d'Algérie dont on se méfiait comme d'un bacille tuberculeux. J'avais connu à l'école ce que les gosses d'ici éprouvaient au contact des enfants de bonne famille. Car tout ce petit monde se côtoyait sur les bancs des établissements scolaires, tous partageaient la culture du Christ, sans même s'en apercevoir.

Fin avril, j'ai décidé de proposer une balade à Aymeric après le déjeuner. Comme il ne répondait pas, je suis entrée dans sa chambre. Au premier coup d'œil, et malgré le foutoir indescriptible, j'ai vu le petit sachet de cocaïne posé en évidence sur son bureau.

Mon sang n'a fait qu'un tour. J'ai fouillé ses affaires. J'y ai déniché tout ce qui me fait horreur et que je m'attendais à trouver. Des films porno et, cerise sur le gâteau, des photos de moi. On m'y voyait nue en compagnie de Philippe. Les clichés avaient été pris depuis le toit de l'église, j'en étais certaine.

Folle de rage, j'ai attrapé les photos et la cocaïne, fermement décidée à porter l'affaire devant Diane. Et je me suis heurtée à Forgeat. Sa haute silhouette remplissait l'encadrement de la porte. Il devait m'observer depuis un moment car un sourire cruel animait ses traits.

— Vous fouillez souvent chez les gens qui vous hébergent ? Vous n'avez rien à faire ici, mademoiselle.

Je lui ai montré la drogue tout en dissimulant les photos dans mon dos. Mais il en avait bien assez vu.

— Vous baisez avec un homme marié et vous vous offusquez ?

Sa respiration s'accélérait.

— Si je racontais à Aymé ce que fabrique Aymeric ? ai-je menacé. Croyez-vous qu'il sera content d'apprendre que vous couvrez ses agissements, puisque, apparemment, rien ne vous étonne !

Le visage de Forgeat est devenu cramoisi.

— Dès que j'aurai trouvé comment vous torpiller, je vous ferai virer. Je vous le garantis. En attendant, vous allez gentiment retourner dans votre studio et vous balader à poil ou vous faire tringler par votre directeur de thèse. Si ça ne vous suffit pas, allez donc dans le quartier des métèques. Il paraît que vous aimez les basanés. Un mot à Aymé et je passe un coup de fil à la femme trompée. Suis-je clair ?

J'étais trop choquée pour répondre. Forgeat m'a arraché le sachet de cocaïne des mains et l'a fourré dans sa poche de pantalon. Puis il a fait un pas de côté et a attendu que je sorte. Au passage, j'ai senti son souffle glisser sur mon visage.

— Je peux te rendre visite un de ces soirs, si t'as besoin d'un vrai mâle.

Le dégoût me submergeait. La peur me rendait muette.

J'ai déguerpi avec la certitude qu'il fixait mes fesses, en recensant les mille et une saloperies qu'il pourrait me faire si l'occasion se présentait.

J'ai pleuré, oui, j'ai pleuré. Y a-t-il émotion plus insupportable que celle générée par la peur, le dégoût, de soi, de l'autre, par ce sentiment d'impuissance qu'éprouve le faible face au fort ?

Puis mes larmes se sont taries. Il fallait que je retrouve Aymeric, ce petit con, ce détraqué. Je voulais qu'il me demande pardon. Je voulais… Qu'est-ce que je voulais exactement ? Le savais-je moi-même ?

Je suis descendue dans les souterrains de la ville, seul endroit où Aymeric pouvait cacher sa toxicomanie. Sous le puits de lumière qui donne dans la cathédrale, j'ai improvisé. Les tunnels étaient nombreux. Sur le sol, détail auquel je n'avais pas prêté attention la première fois, j'ai découvert des traces de pas. J'en ai isolé au moins cinq différentes, plus les miennes. Aymeric n'était pas le seul à utiliser ces passages. Cette idée m'a donné la chair de poule. Il y avait aussi des marques dans la poussière qui suggéraient qu'on avait traîné un objet lourd. Pourquoi pas plusieurs ?

J'ai évité certains tunnels à cause de l'odeur désagréable qui en émanait, d'autres, effondrés, m'ont obligée à rebrousser chemin. Certains s'achevaient sur un mur équipé d'une vieille porte verrouillée.

Quand j'ai retrouvé Aymeric, il était 16 heures et un orage se préparait. Le tunnel qui s'ouvrait sur un chantier était en partie obturé par une bâche en plastique translucide dont un coin battait dans le vent.

Adossé à des sacs de sable à la sortie des souterrains, dans l'unique zone pourvue d'une dalle de béton, Aymeric vidait une bière. À voir les nombreuses bouteilles qui traînaient à ses pieds, il devait être déjà saoul.

– Qu'est-ce que tu fous là, Carmen ? C'est fini, la classe !

Furieuse, je lui ai jeté les photos au visage.

— Comment as-tu pu ?
— T'es bien roulée, toi ! Ma grand-mère, elle a oublié qu'elle s'est fait sauter pour accoucher de ma pourriture de père.
— Tu dois arrêter, Aymeric.
— Diane ! La bonne Diane. Elle devrait enrôler des vieux pédés pour me faire la classe. Parce que avec toi, c'est la gaule assurée. La bandaison, papa... Quelle vieille moule celle-là !

Aymeric a éclaté d'un rire qui me glace encore.
— J'ai trouvé de la cocaïne dans ta chambre.

Je ne savais plus quoi dire. À 16 ans, il montrait une telle arrogance, un tel cynisme que j'en perdais mes moyens. La rage qui m'avait conduite dans ce chantier s'était évanouie. J'éprouvais de la pitié, de la gêne, de la colère pour ce qu'il s'infligeait.
— Tu es quelqu'un de bien, Aymeric. J'ai vu cette personne, à plusieurs reprises...
— T'as rien vu du tout.

Son regard a brusquement changé. L'autre Aymeric, celui que j'avais giflé dans la salle aux statues, était de retour.
— J'avais une petite amie, elle s'appelait Fatima. Ouais, une portos à la con. Tu vois, je suis tolérant, pour un gosse de riche. On s'aimait bien. Mais ses parents, c'étaient des crâneurs, ils refusaient de céder leur appartement. Tu sais où ils sont, aujourd'hui, les Ferreira ?

J'ai secoué la tête.
— Dans le béton, les Ferreira. Plus de problème avec les tos. Un trou, un camion benne et hop !
— Qu'est-ce que tu racontes ? Viens, tu devrais rentrer. Il va pleuvoir.

On pouvait voir qu'à l'est, les nuages se vidaient déjà. Bientôt, ils seraient sur nous.
— Rien à foutre, grogna Aymeric en se levant. T'as qu'à vérifier si tu me crois pas. Sauf que pour ça, faudrait raser le tout nouvel immeuble de la sécu. Ça ferait tache dans les comptes de la ville.

Jack

2011

11

Avocat au barreau de Genève, maître Jean-François Galander se présenta au poste de police de Martigny le vendredi matin à 8 heures tapantes. Il trouva Jack dans sa cellule, fatigué, les traits creusés par une nuit de veille anxieuse.

– L'histoire de votre arrestation commence à faire du bruit, l'informa-t-il après s'être présenté.

Galander expliqua comment, grâce à l'intervention d'une relation de Kay Halle, les médias s'étaient emparés de l'affaire, en Suisse comme en France.

– Voyez-vous, ici, les polices rivalisent les unes avec les autres. Cantonales, municipales, fédérales, c'est un panier de crabes, auquel il faut ajouter la gendarmerie. Je vois dans votre histoire un moyen de secouer le grand prunier confédéré.

Jack n'avait pas mangé depuis vingt-quatre heures, personne n'était venu le voir au cours de la nuit et il avait dû pisser dans un coin de la cellule, les toilettes étant hors d'usage. Il commençait à croire que le monde civilisé l'avait oublié.

– Ma fille, quand est-ce qu'ils vont aller chercher ma fille ?

– Soyez patient, monsieur Peyrat, et convaincu que tout est mis en œuvre pour retrouver Lucie. Une accalmie est prévue pour le début de l'après-midi. Les secours sont prêts à intervenir.

— Je voudrais téléphoner à ma femme.

— Je vais m'en occuper. En attendant, je demande qu'on vous change de cellule et qu'on vous apporte un petit déjeuner. Vous aurez besoin de toutes vos forces pour passer devant le juge. Gardien !

L'avocat tapota la grille à l'aide d'un des coins ferrés de sa mallette.

— Ne vous inquiétez pas, dit-il tandis qu'un policier lui ouvrait, nous avons les meilleures équipes de sauvetage en montagne, ici. Quant au reste, ça va être une formalité. On va retrouver les papiers que vous avez laissés dans la voiture accidentée. Mlle Halle pourra témoigner. Vous risquez une courte peine à cause du policier blessé, mais l'opinion publique est de votre côté. Je vous le garantis !

Jean-François Galander disparut du champ visuel de Jack, le laissant perplexe. Malgré un aplomb évident, cet avocat ne lui inspirait pas confiance. De toute sa vie, il n'avait jamais cru dans la justice, ce n'est pas maintenant que ça allait commencer.

Il arpenta sa cellule en long et en large, comme un fauve en cage. Sa réflexion le calma un peu. La tempête s'épuisant, les secours partiraient dans la montagne. Lucie serait retrouvée saine et sauve. Après tout, seul ce point comptait. Lui ferait sans doute de la prison pour avoir tabassé un flic. Rien ne changeait sous le soleil, qu'il neige ou non.

Un café et deux croissants lui furent apportés dans la cellule voisine, dotée d'un lavabo et de sanitaires en parfait état de fonctionnement. Jack trouvait le temps sacrément long. Il n'avait pas obtenu l'autorisation de téléphoner à Libbie, et s'en trouvait soulagé. Tant qu'elle ne saurait pas la vérité, il pourrait compter sur sa bonne étoile. Après tout, rien n'interdisait aux autorités suisses de le raccompagner à la frontière et de lui signifier son bannissement du territoire helvète. Cela impliquerait que le type qu'il avait molesté dans la montagne ne porterait pas plainte contre lui, pas plus que le policier dont il avait appris qu'il se trouvait à l'hôpital cantonal, le nez cassé. Sinon, cette fracture lui laissait peu de chance d'échapper à une peine ferme.

Il songea, amer, que si le type au fusil lui avait permis d'appeler les secours, rien de tout cela ne serait arrivé. Pire, s'il avait su conduire sur la neige, il n'y aurait pas eu d'accident. Pire encore, si Kay n'avait pas téléphoné, affolée de voir débarquer le vieux Balestero, jamais il n'aurait été obligé de fuir sur des routes impraticables. Si...

Jack avait conscience qu'il aurait pu réagir autrement, qu'il s'était laissé emporter par la brutalité des événements. Ce côté impulsif et colérique lui avait déjà causé tellement d'ennuis.

Il établissait cet édifiant constat quand des bruits de talons montèrent dans le couloir. À leur cadence, Jack se décomposa. Il se redressa vivement et attrapa les barreaux juste à temps pour voir Libbie apparaître.

Jack ne sut analyser les émotions qui le secouèrent alors. De la surprise, de la stupeur, un mélange d'appréhension et de soulagement.

Libbie était pâle, ses traits tirés et Jack remarqua que son ventre pointait plus que lorsqu'il l'avait quittée. Elle avait rassemblé ses cheveux en chignon et troqué ses robes colorées contre un ensemble pantalon gris perle et un twin-set rose pâle rehaussé d'un collier de perles noires. Jack déglutit avec peine. La dernière fois qu'il l'avait vue habillée ainsi, c'était à Bali, quand elle exerçait encore.

Ils demeurèrent quelques instants face à face. Libbie rompit le silence.

— Tu ne comprends pas comment je peux déjà être là. C'est simple : Kay m'a prévenue.

— Comment ça, Kay t'a prévenue ? s'étrangla Jack.

— Kay et moi sommes en contact depuis un bail.

– Tu connais Kay ?

– Je ne l'ai jamais rencontrée, Jack. Mais je prends de ses nouvelles une ou deux fois par mois.

Jack baissa la tête. Ses doigts enserraient la grille qui le séparait de Libbie, si fort que ses jointures blanchirent.

– Tu m'expliques ?

– J'ai découvert le brouillon d'une carte d'anniversaire pour Lucie il y a deux ans. Au début, j'ai cru que tu écrivais à une enfant morte. Puis il y a eu ce coup de fil, un soir. Tu semblais bouleversé. Tu m'as juré que ce n'était rien mais tu as disparu pendant des heures, tu te rappelles ?

– Oui, lâcha Jack.

– Je ne savais plus comment t'aider. Alors j'ai rappelé le numéro, je me suis présentée et Kay m'a dit la vérité au sujet de la petite. On a beaucoup parlé, elle et moi, les jours suivants. Des heures. J'ai mis du temps à l'accepter, à comprendre pourquoi tu avais choisi le mensonge, pourtant, c'était évident.

Jack soupira et leva les yeux vers sa femme.

– Tu n'es pas en colère, constata-t-il. Tu ne cries pas.

– Pourquoi être en colère ? Pourquoi te juger ? J'ignore comment j'aurais agi à ta place.

– J'en ai une petite idée, moi. Tu te serais battue. Tu ne lâches jamais rien. T'es pire qu'un chien enragé. Sans toi, je pourrirais encore à Bali.

Libbie eut un petit sourire.

– Tu n'as rien dit car tu attendais que je t'avoue la vérité.

– Oui, je refusais d'exiger des réponses. Mais quand Kay m'a informée de ce qui se passait ici, j'ai sauté dans le premier avion sans réfléchir.

Jack demeura silencieux. Libbie était tellement sensée, raisonnable. Elle lui avait épargné la scène de la femme trahie. À sa place, il en aurait été incapable. Il aurait rué dans les brancards jusqu'à ce que l'abcès soit crevé ou que la révélation du secret emporte tout sur son passage.

– Nous avons chacun manqué d'honnêteté vis-à-vis de l'autre, reprit Libbie. C'est quand j'ai compris quelle souffrance tu endurais que j'ai pris la décision d'avoir un enfant. Rappelle-toi, tu n'en voulais pas, tu disais que les gosses apportent les plus grandes joies, mais qu'ils peuvent aussi vous détruire.

Jack ressentit une telle vague d'amour pour sa femme qu'il passa ses doigts à travers la grille pour attraper les siens.

— Merci, murmura-t-il.

— Nous allons retrouver Lucie et te sortir de là. Kay se bouge de son côté pour trouver de l'aide.

— Que veux-tu qu'elle fasse ?

— Elle a des amis, Jack. La preuve. Cet avocat, Galander, c'est un des meilleurs. Il a tendance à monter sur ses grands chevaux, mais il fait du bon boulot. Grâce à lui, les médias se sont emparés de l'affaire, tout le monde sait que Lucie est là-haut. Nous sommes certains que les secours vont s'organiser au mieux. Il y a un groupe de montagnards prêt à partir, dès que le temps le permettra. Lucie tiendra le coup, tu dois lui faire confiance. C'est une grande fille.

Jack soupira.

— Je me sens si merdique, impuissant.

— Ce n'est pas le moment de flancher, Jack, tu vas passer devant le juge d'ici quelques heures tout au plus. Galander va régler avec toi les derniers détails. Reste calme, explique-lui bien la situation et, surtout, ne lui cache rien.

La médiatisation de l'affaire avait fortement accéléré la procédure judiciaire et Jack fut reçu par le juge à midi. En haut lieu, on ne tenait pas à ce que cette histoire de fillette bloquée dans la montagne par la faute de la police fasse plus de bruit encore. C'était un vendredi, Lucie résistait seule aux assauts de la tempête depuis une vingtaine d'heures.

Jack ne desserra pas les dents.

Âgée d'une cinquantaine d'années, Rosa Damaz-Laurentis avait un visage agréable, encadré de cheveux à la teinte trop noire pour être naturelle. Elle était assistée d'un greffier, installé dans un coin de son bureau. Un homme d'une quarantaine d'années, l'air affable, les yeux fixés sur son clavier.

Jack n'osa pas envisager la présence d'une magistrate comme étant de bon augure. Les femmes pouvaient être bien plus dures que les hommes. Pour avoir été confronté à l'un comme à l'autre dans sa jeunesse, il en savait quelque chose.

Sur la demande du juge, Jack exposa sa version des faits. Il raconta scrupuleusement l'enchaînement des événements, n'omettant aucune de ses fautes et insistant sur le fait que si le chasseur lui avait prêté son téléphone au lieu de le menacer avec un fusil, cette histoire ne se serait jamais achevée dans ce bureau.

Mme Damaz se contenta de rappeler qu'aucune loi n'obligeait un citoyen helvète à prêter son portable, à moins que la demande ne vienne d'un policier ou d'un militaire. Elle déplora l'attitude de cet homme, mais ne pouvait pour autant le blâmer.

— Expliquez-moi à présent pourquoi les autorités françaises, vers qui nous nous sommes tournés, ne trouvent aucune trace d'une filiation de Mlle Lucie Balestero avec vous dans leurs fichiers.

La juge articula ces mots calmement, sans se départir d'un flegme que Jack avait considéré de bon aloi et qui à présent commençait à l'agacer.

— J'ai les papiers d'adoption signés de la main de sa mère aujourd'hui décédée et estampillés par l'administration américaine.

— Où sont-ils ?

— Ils se trouvent dans la voiture de Kay, euh Kay Halle, avec laquelle Lucie et moi avons eu cet accident.

— Madame le juge, intervint Galander. Le lien familial entre mon client et la petite Lucie Balestero n'a rien à voir avec les faits qui nous concernent. Je vous rappelle qu'une fillette est, à l'heure où nous parlons, au beau milieu de la tourmente par la faute d'agents de police qui ont refusé d'intervenir malgré les suppliques de mon client. Pire, M. Peyrat a été molesté. Il est retenu depuis plus de vingt-quatre heures, n'a pas reçu la visite d'un médecin, ce qui est obligatoire, n'a rien eu à manger et à boire pendant les dix premières heures de sa garde à vue. Et on l'a enfermé dans une cellule sans commodités ! Nous sommes tout à fait en droit de porter plainte pour non-respect des procédures policières, et en ce qui concerne la petite Lucie, j'irai plus loin : non-assistance à personne en danger ! Les hommes de l'officier Mansel ont perdu de précieuses heures, heures durant lesquelles Lucie Balestero était encore accessible. Je suis certain que des militaires entraînés la retrouveraient, si les autorités se donnaient la peine de les y envoyer ! Je demande donc la remise en liberté immédiate de mon client.

D'un doigt, qu'elle leva au-dessus de son bureau, la juge interrompit la logorrhée de l'avocat.

— Je crois, mon cher maître, que vous me prenez pour une imbécile. Évidemment, vous ne notez pas ça, ajouta-t-elle à l'adresse du greffier en souriant.

Jean-François Galander observa tour à tour la magistrate, le greffier qui attendait, les doigts en l'air, puis Jack. Son air sérieux sur mesure était écorné et un sourire gêné trahissait son embarras.

— Expliquez-vous, articula l'avocat.
— Je vous rappelle que nous travaillons en étroite collaboration avec le canton de Genève, et le bureau du procureur vient de me transmettre une information non négligeable : en 1999, M. Peyrat a été arrêté pour tentative d'enlèvement d'enfant. Il s'agissait là encore de la petite Balestero. Sa mère, Grace Balestero, a retiré sa plainte au dernier moment, mais le procureur a maintenu les poursuites. M. Peyrat a été raccompagné à la frontière avec l'interdiction de revenir sur le territoire de la Confédération. Voilà ce que je voulais dire.

— Je ne nie pas les faits, répondit Jack. Oui, j'ai tenté de voir ma fille. Plusieurs fois, même. Ce n'est pas un crime ! C'est sa mère qui aurait dû être poursuivie. Pas moi.

— Taisez-vous, dit Galander à voix basse à l'oreille de Jack. Vous auriez pu me tenir au courant, tout de même. Merde, comment voulez-vous que je fasse correctement mon boulot ? Avec une information pareille, je n'aurais pas utilisé cet angle d'attaque !

Jack l'observa de la tête aux pieds et garda sa réponse pour lui. Puis il se tourna vers la magistrate.

— Finissons-en, madame le juge. Prononcez la sentence et envoyez vos commandos sauver ma fille. C'est tout ce que je vous demande.

Jack et Galander s'installèrent sur un des bancs alignés le long du mur, dans le couloir, après avoir pris un café au distributeur.

— Vous pensez que ça va aller ?
— Pourquoi m'avoir caché cette information ?
— Franchement, grinça Jack, jamais je n'aurais imaginé qu'ils ressortiraient cette histoire. Je voulais juste parler à ma fille, pas la kidnapper. Je suis sûr que ce vieux salopard de Balestero rôde dans les parages et que c'est lui qui m'a balancé aux flics.

Le silence s'abattit sur les deux hommes, jusqu'à ce que le greffier les prie de rejoindre madame le juge dans son bureau.

Compte tenu des circonstances, Rosa Damaz-Laurentis condamna Jack à six mois d'emprisonnement dont deux fermes pour l'agression du lieutenant Boisset.

Jean-François Galander tenta de négocier, mais Jack lui demanda de se taire.

Deux mois, il serait là pour la naissance du bébé.

Il s'était attendu à pire.

À 14 h 30, un hélicoptère du peloton de gendarmerie décolla de la base de Martigny. Six hommes se trouvaient à son bord. Deux appareils le rejoignirent. L'un appartenait à une société italienne qui louait ses services aux amateurs de ski hors piste et transportait pour l'occasion quelques curieux en mal de sensationnel, l'autre volait sous pavillon français. À bord se trouvaient deux paparazzis équipés de caméras et d'un système de relais satellite vers une chaîne d'info du câble.

Ainsi, Jack put suivre les opérations de sauvetage de sa fille en direct depuis le commissariat. Libbie avait été autorisée à rester aux côtés de son mari.

Le vent soufflait encore en rafales, mais la neige ne tombait plus et, par chance, le plafond nuageux était remonté au niveau des sommets.

Grace au système GPS antivol qui équipait la voiture de Kay, les gendarmes repérèrent rapidement le lieu de l'accident. Le véhicule gisait sous un mètre de neige.

L'hélico vira en direction de la bergerie et stationna au-dessus du chemin, à quelques mètres de la cime des sapins.

Sur l'écran de la télévision, Jack put voir les gendarmes descendre le long d'un filin, puis pénétrer dans la masure. L'absence de fumée s'en échappant lui fit craindre le pire.

Il serra la main de Libbie et attendit. Une poignée de secondes insupportables passèrent. Puis un gendarme ressortit et parla dans un talkie. Ses mots furent retransmis par le pilote de l'hélico, en liaison directe avec le poste de police.

Personne. Il n'y avait personne dans la grange.

Les paroles ne s'imprimèrent pas immédiatement dans l'esprit de Jack. Son cerveau refusait d'y croire.

Il s'était attendu à deux options : Lucie vivante et terrorisée, ou Lucie morte de froid.

Mais pas à son absence.

Une seule explication s'imposa à lui, alors que sur le poste de télévision un commentateur surenchérissait de phrases creuses pour combler le silence : Lucie n'était pas sortie par ses propres moyens – avec sa jambe brisée, Jack n'y croyait pas –, donc quelqu'un l'avait déplacée.

Cette idée creusa un gouffre d'angoisses dans son ventre. Qui pouvait ramasser une fillette dans la montagne sans prévenir les secours ?

Pendant que Jack réfléchissait, les visages des policiers se tournèrent vers lui.

– Il n'y a rien dans la grange, exposa l'officier Mansel. Pas de trace de passage, pas de foyer récent. Comment l'expliquez-vous, monsieur Peyrat ?

Jack n'expliquait rien. Il ne comprenait pas plus que les policiers. Il avait lui-même installé Lucie dans cette bâtisse en ruine, préparé un feu, ramassé du bois et laissé des provisions à sa portée.

– Le capot de la voiture ! Est-ce qu'ils ont trouvé le capot ? Je l'avais posé contre le mur pour que Lucie reste au chaud...

La demande transita vers le pilote, descendit vers les hommes au sol, avant de remonter par le même procédé.

– La pièce est vide, lâcha l'officier. Complètement vide. Maintenant, la question qui se pose est : monsieur Peyrat, qu'avez-vous *réellement* fait de Lucie Balestero ?

Jacques

1996-1997

12

Le lendemain de leur rencontre, Rico et les Américaines étaient arrivés sur la terrasse vers 20 heures, avec les grillades et les boissons. Jacques les attendait, nonchalamment installé sur une chaise longue, un exemplaire défraîchi des *Fleurs du mal* entre les mains.

Au premier coup d'œil, il avait constaté que Grace ne s'était pas laissée séduire par Rico. Au deuxième, il avait capté le regard de la jeune femme lorsque ses yeux s'étaient posés sur lui. L'échange avait été bref, mais il lui avait permis de comprendre que la demoiselle ne serait pas longue à ferrer. Il joua à Jacques le ténébreux, persuadé que c'était la bonne stratégie pour faire fondre le cœur de Grace. Il avait touché juste. La personnalité de Grace dégoulinait de romantisme, d'idéaux, d'envie d'amour éternel et de passion dévorante. Très vite, les jeunes gens s'étaient rapprochés. À la fin du dîner, ils s'isolaient au bout de la terrasse, à l'endroit où la vue sur les tours de Notre-Dame était la plus belle. D'abord allongés chacun sur un transat, puis à deux sur un seul. Quelques bières, deux ou trois verres de tequila, une nuit somptueuse peuplée d'espoirs et l'affaire était conclue.

Après la soirée sur le toit, Jacques et Grace entrèrent dans une relation exclusive où le sentiment d'appartenance à l'autre était total. En attendant, Éric jugea plus raisonnable de s'occuper avec des petits boulots. La période Grace passerait, il le savait. Jacques n'était pas du genre à s'attacher, il avait trop souffert dans sa jeunesse pour risquer de nouvelles blessures.

De son côté, Kay visitait Paris et dînait souvent avec Éric, pour qui elle nourrissait une réelle sympathie. Mais cette relation d'estime commune n'alla jamais plus loin.

Grace annonça à Kay qu'elle était enceinte la veille du départ de son amie pour l'Italie, où elle allait poursuivre ses études.

— Tu n'as jamais parlé de Jack à tes parents, n'est-ce pas !

Grace avait secoué la tête sans rien dire.

Kay n'en revenait pas mais, une fois encore, elle avait ravalé sa colère et proposé à Grace de partager une dernière pizza du côté du boulevard des Italiens.

— Comment arrives-tu à le supporter ? avait-elle explosé alors que Grace éludait ses questions. Jacques n'aime rien ni personne, à commencer par lui-même. Il critique tout, t'impose des heures de sortie, te traite comme un objet. Tu vas faire quoi avec ce bras cassé ?

— Si c'est pour dire du mal de Jack, arrête tout de suite !

— Tu m'inquiètes. Tu n'as toujours pas d'appartement parce qu'il ne veut pas quitter le squat, tu mens à tes parents. Tu vas aller à la Sorbonne au moins ?

— Évidemment, avait rétorqué Grace avec insolence. Mais tu ne peux pas comprendre, Jack et moi, c'est ce qu'il y a de plus important. Il est ma moitié d'orange !

— Arrête, Grace. Tu as 19 ans à peine…

— Et alors ? Tu en as trois de plus et quoi ? Tous tes mecs te laissent tomber au bout de deux semaines !

— Bien sûr ! Vous allez vivre d'amour et d'eau fraîche jusqu'à la fin des jours ! Mais bon sang, Grace, Jacques est paresseux et bagarreur ! Quand il saura pour le bébé, il va prendre ses jambes à son cou !

– C'est faux ! Je suis certaine qu'il sera ravi ! Et pour l'argent, il y a mes parents. Tu sais, je finirai bien par les changer.
– Tu ne peux pas leur cacher une chose pareille !
– Si je ne le fais pas, papa m'obligera à faire adopter le bébé. Il en est hors de question ! Tu as compris ? Je t'interdis de me trahir !

Évidemment, Jacques ne voulut pas de cet enfant ; il considérait qu'ils étaient trop jeunes et avaient des tas de choses formidables à vivre avant de fonder une famille. Il refusa de s'installer dans le deux pièces que Grace avait loué dans le VIIe arrondissement. L'argent des Balestero sentait l'arnaque et le mépris d'un peuple arrogant. À l'appartement douillet, il préféra le squat, malgré l'hiver, l'absence de chauffage et les coupures d'eau.
– Qu'est-ce que tu veux que j'aille foutre aux Invalides ? arguait-il quand Éric lui rappelait que Grace espérait sa venue. Jouer aux osselets avec les restes des généraux ? Qu'elle se débrouille, je l'avais prévenue. J'en voulais pas, moi, de ce môme !
Les deux amis eurent bien des prises de bec à ce sujet. Très épris de Grace, Éric n'acceptait pas le comportement de Jacques.
– Tu ne peux pas te contenter d'éjaculer et te barrer après !
– Tu vas m'expliquer pourquoi. Je ne serais pas le premier.
Jacques gloussa, puis poursuivit :
– Elle l'a voulu, elle l'a eu ! Les femmes revendiquent la maîtrise de leur ventre ? Qu'elles l'assument !
Éric argumenta, chercha ce qui pourrait faire plier son ami, mais Jacques opposait à toute tentative de médiation sa sacro-sainte liberté.
– Tu te venges, c'est ça ! Elle t'a plu, ton enfance en foyer ?
– Les chiens ne font pas des chats.

– Ce qu'il y a, c'est que tu crèves de trouille. Tu joues au dur pour cacher le gosse qui pleurniche au fond de son placard. Regarde un peu ta vie ! T'en es fier des bouteilles de whisky à deux balles qui traînent dans ta piaule ? Tu les assumes, ton narguilé et ton chichon que tu t'envoies à longueur de journée ? C'est une loque que tu vas devenir, si tu continues comme ça. Tu ne la mérites pas, Grace. Tout compte fait, la seule chose que tu mérites, c'est de la perdre et de te transformer en junkie. Regarde-toi, tu pues le bouc, t'as les cheveux dégueulasses. Ne viens pas à la maternité, t'as raison. C'est pas ça, un père ! Reste à te saouler la gueule et ne nous fais plus chier !

Jacques hurla plus fort qu'Éric et envoya son poing défoncer une cloison.

– Tu ferais mieux de te tirer, Ricoré, ou je te casse la gueule !

Exaspéré, Éric abandonna Jacques à sa mauvaise foi. C'est lui qui accompagna Grace à l'hôpital et l'assista pendant l'accouchement.

Quand Jacques arriva à la maternité, il portait des habits propres et s'était rasé, ce qu'il n'avait pas fait depuis des semaines. Il entra dans la chambre que Grace s'apprêtait à quitter, un bouquet de roses à la main.

– Salut, ma belle ! s'exclama-t-il avec un sourire forcé.

Une seconde et quelques fleurs suffirent pour que le cœur de la jeune maman fonde et qu'elle oublie les jours passés. Grace se coula dans les bras de Jacques tandis qu'Éric s'exaspérait de la crédulité des femmes.

– Tu veux voir ta fille ?

Jacques répondit qu'il était venu pour ça. Il s'assit dans un fauteuil pour recevoir des mains de Grace cet enfant dont il n'avait pas voulu.

– Fais attention à sa tête, précisa-t-elle, elle n'a pas encore assez de force pour la tenir.

Les murs de sang

Jacques ne bougeait plus, il osait à peine respirer. Il contempla le petit visage endormi et fut happé par la sérénité qui s'en dégageait.

De toute sa vie, jamais il n'avait vu quelque chose d'aussi beau. Toutes ses peurs furent balayées par des certitudes. Ce petit être avait besoin de lui, de sa protection, de son amour. Il comprit que cette minute était extraordinaire, fondatrice d'un lien indestructible.

Ses yeux se mouillèrent de larmes et il baissa la tête pour que ni Grace ni Éric ne comprennent à quel point il était ému.

– Comment tu l'as appelée ? demanda-t-il d'une voix sourde.

– Lucie. Ça te plaît ?

– Lucie, répéta Jacques. C'est plutôt à toi qu'il faudra poser cette question, ajouta-t-il, les lèvres contre l'oreille du bébé. Lucie, je trouve que c'est pas terrible. Lulu, c'est mieux.

Installé à deux mètres du couffin où Lucie babillait, Jacques fredonnait doucement.

– « On dirait le Suudd... le temps dure longteemmmps », la la...

Avec l'arrivée de Lucie, Jacques avait changé son répertoire. Il malmenait à présent Nino Ferrer ou Brel et s'essayait même à quelques morceaux récents, dont « Lemon tree », de Fool's Garden, qui avait tourné sur les ondes toute l'année précédente.

L'appartement de Grace bruissait d'une vie nouvelle. Jacques ne buvait plus, il s'envoyait un joint de temps en temps au squat, histoire de ne pas perdre la jouissance de sa piaule, à laquelle il tenait beaucoup. Il y retrouvait Éric, qui partageait souvent des moments avec la nouvelle famille, mais n'envisageait pas de s'installer avec eux.

Ensemble, ils avaient recommencé à jouer dans le métro et gagnaient ainsi leur argent de poche. Cet appoint, ajouté aux virements bancaires effectués par le père de Grace depuis les États-Unis, leur permettait de vivre correctement.

La vie du couple avait retrouvé sa sérénité, hormis deux points que chacun évitait d'aborder. L'année universitaire tirait à sa fin et la question du retour de Grace aux États-Unis se posait de façon de plus en plus pressante. Et Jacques n'avait toujours pas reconnu Lucie.

— Un enfant n'appartient qu'à lui-même, opposait-il quand Grace remettait le sujet sur le tapis. C'est des trucs de bourgeois, ça.

Il n'y avait rien à ajouter. Jacques serait aux côtés de sa fille toute sa vie. Le reste, les détails administratifs, n'était que des tracas imposés par une société à laquelle il n'adhérait pas.

— Et si on se séparait et que je retournais à New York ? demanda Grace un jour. Tu ferais quoi ?

La question méritait réflexion. Jacques ne l'avait pas envisagée sous cet angle.

— Tu ne me quitteras jamais. Tu m'aimes comme une cinglée et je te ferai plein de frères et de sœurs pour Lulu. Tu n'oserais pas séparer tes enfants de leur père.

Comme Grace, rose de plaisir, ne répondait rien, Jacques avait ajouté :

— Tu vois, ça ne sert à rien que j'aille pisser autour d'un livret de famille. Fin de la discussion !

— « Je ne sais si je serai ce héros. Mais mon cœur serait tranquille. »

Un coup de sonnette interrompit Jacques dans son interprétation très personnelle de la quête de Brel.

— T'attends du monde ? demanda-t-il à Grace, occupée à trier du linge dans la chambre.

Pas de réponse.

Jacques posa sa guitare, se leva et ouvrit la porte.

Il ne connaissait pas le type qui se tenait derrière : la cinquantaine grisonnante, tiré à quatre épingles, l'air soigné et un visage qui se décomposa quand il découvrit son vis-à-vis.

— Grace Balestero, *please*, articula froidement le nouveau venu.

Jacques comprit qu'une tuile était sur le point de se fracasser.

— Y a pas de Grace ici, désolé, dit-il en lui claquant la porte au nez.

Puis il fonça vers la chambre tandis que la sonnette résonnait furieusement.

— Ton père, il ressemble à quoi ?

Grace sentit l'urgence dans la voix de Jacques. Elle lâcha la pile de serviettes qu'elle tentait de faire entrer dans un tiroir trop étroit, ajusta sa robe légère devant le miroir et se précipita dans l'entrée.

Quand Dominic Balestero découvrit Lucie dans les bras de Jacques, il les regarda avec un tel mépris qu'il ne fallut pas un mot au jeune homme pour deviner qu'un séisme de forte magnitude allait ébranler leur vie.

— Emmène la petite, lui demanda Grace, affolée. Allez faire un tour. Je te retrouverai au bar.

— Mais si ça tournait mal, tenta Jacques en déposant délicatement Lucie dans son landau. Je préfère rester avec toi.

— S'il te plaît, implora Grace, au bord des larmes, fais ce que je te dis. C'est mon père !

Elle colla une girafe en plastique entre les mains de Jacques, puis le poussa vers la porte.

Seuls ses poings serrés trahissaient la rage du père de Grace. Il était terrifiant de calme et de sang-froid.

Jacques fila avec Lucie sans demander son reste, des idées de rébellion plein la tête.

En octobre 1997, Jacques, Grace et Lucie, alors âgée de cinq mois, durent réintégrer le squat de la rue du

Faubourg-Montmartre, faute de moyens. Grace ayant choisi de rester à Paris, Dominic Balestero lui avait coupé les vivres.

Ce fut le début de la fin.

L'automne s'installait sur Paris. Il ne fut plus question de barbecues sous les étoiles ou de soirées romantiques à écouter les bruits de la ville. La vie réelle effaça brutalement les rêves de bonheur de Grace.

À contrecœur, elle accepta de travailler à mi-temps dans un fast-food. Éric, employé comme intérimaire sur des chantiers, entraîna Jacques dans sa galère. Le jeune homme goûta alors aux joies du marteau-piqueur, de la pelle, de la pioche et de la brouette. Par tous les temps, surtout les plus humides.

Quand, par une fin d'après-midi de décembre, Jacques rentra ivre au squat, avec un lit à barreaux tout neuf pour Lucie, Grace lâcha des semaines de frustration. Ce lit était inutile, Lucie pouvait dormir dans le landau. C'est une gazinière dont ils avaient besoin, ou mieux, un logement décent. Mais Jacques dépensait le peu d'argent qu'il gagnait en jouets, en gadgets inutiles et en résine de cannabis.

– T'es qu'un gamin ! le piqua-t-elle. Et je n'ai pas besoin d'un gamin. C'est un homme qu'il me faut. Au moins, Éric assure, lui !

Jacques plissa les yeux et s'alluma un joint. Il ne supportait plus d'entendre Grace lui parler sur ce ton. Or depuis quelques semaines, il ne pouvait ni sortir boire une bière, ni acheter une babiole à Lucie sans qu'elle le couvre de reproches. Lui qui avait rêvé d'un destin hors du commun se retrouvait à vivre dans un endroit minable, comme un minable, coincé avec un bébé, un boulot de merde et une femme qui le comparait à saint Ricoré, l'ami parfait, l'homme parfait, celui qui était tout le temps là quand on avait besoin de lui. C'en était trop.

Jacques explosa.

– Il est toujours là ? Il rapporte plus de pognon que moi ? Mais vas-y, suce-lui la bite, à Rico !

Jacques coinça Grace contre un mur et entreprit de la secouer violemment par les épaules.

— C'est pas à lui que t'as fait un môme, hein, pouffiasse ! Tu penses à quoi quand tu te trémousses sous son nez pendant que je bosse !

Les poings de Grace battirent le poitrail de Jacques.

— Il t'a fourrée, cet enculé. Je suis sûr qu'il t'a déjà fourrée.

— Arrête, hurla Grace, tu me dégoûtes !

Mais Jacques n'arrêta pas. Ni les coups de poing de la jeune femme, ni les cris de Lucie, réveillée par la dispute, ne le ramenèrent à la réalité. Il fallut l'intervention d'Anton Mislevsky, le peintre du troisième, pour séparer le couple.

— Tu perds la boule, mon vieux, dit-il à Jacques en lui arrachant son joint pour l'écraser d'un coup de talon. T'as pas le droit de faire ça !

— Hey ! Tu crains ! Va donc t'occuper de tes toiles de merde !

Râblé et sûr de lui, Anton désigna Grace, qui n'avait pas bougé.

— Ça ne sera pas faute de t'avoir prévenu, petit. Maintenant, va falloir assumer tes conneries ! Mais pour l'instant, ouste, va faire un tour.

Jacques lui lança un regard noir et s'élança dans le grand escalier. Grace attendit que l'écho de ses pas s'éteigne avant de se précipiter pour prendre Lucie dans ses bras. La petite avait cessé de crier et la regardait avec de grands yeux étonnés.

— Tu ferais mieux de ne pas rester là cette nuit, suggéra Anton en passant deux doigts affectueux sur le front de Lucie.

— Et tu veux que j'aille où ?

Le peintre fouilla la poche de sa salopette et en retira un billet de 500 francs.

— À l'hôtel ! dit-il. Lucie a besoin d'un endroit chaud, et toi d'un peu de repos. Si t'en trouves un pas cher, tu pourras même y passer deux nuits, mais attention, pas un hôtel de passe, hein !

— J'y veillerai, fit Éric qui venait d'arriver. Anton a raison, Grace. Allons-y.

Rassurée, la jeune femme ramassa quelques affaires qu'elle plia sous le landau où elle avait emmitouflé Lucie et suivit son ami.

Ils prirent une chambre à deux cents mètres du squat, passage Verdeau, dans un hôtel simple et propre où Éric avait déjà séjourné, et dînèrent sur place. Lucie dormait à poings fermés.

— Ça fait longtemps que je veux te parler et... disons que c'est le moment.

Éric sortit de la poche de son blouson une enveloppe en kraft.

— Je me doutais que ça tournerait comme ça avec Jacques, et j'en suis le premier désolé. Mais c'est plus fort que lui. Depuis que je le connais, il a toujours détruit ceux qui l'aiment. Son enfance n'a pas été drôle, mais c'est pas une excuse. Il n'aurait jamais dû être aussi brutal.

Éric tourna autour du pot quelques minutes, puis déchira l'enveloppe et en retira un billet d'avion pour les États-Unis.

— C'est un billet open, Grace. Pense à Lucie.

Après être sorti du squat, Jacques fit la tournée des bars du quartier. Vers 23 heures, enivré et toujours très remonté contre Grace et Éric, il cogna à la porte de Chiffon. La styliste fêtait la signature d'un contrat avec une maison de couture italienne et la procédure d'expulsion des squatters entérinée par un tribunal administratif. La mesure prenait effet le lendemain matin.

L'arrivée de Jacques, dont le regard pétillait de lubricité, émoustilla Chiffon. Ils s'enivrèrent un peu plus, puis firent l'amour, sachant que c'était la dernière fois. Jacques réintégra sa chambre sous les combles aux alentours de 4 heures du matin et se vautra sur son lit.

Les murs de sang

Le froid le réveilla un peu avant 7 heures. Il était nu, partiellement dégrisé, et tremblait comme une feuille. Comme il n'avait pas entretenu le poêle à bois, la température dans sa chambre ne devait pas dépasser les cinq degrés.

Il descendit au deuxième, se rhabilla sans faire de bruit et dévala jusqu'aux caves où les résidents stockaient toutes sortes de combustibles. Il tâtonna dans l'obscurité, ramassa d'abord de vieux journaux dans une remise, qu'il glissa dans une poche de sa vareuse, et prit autant de bûchettes et de morceaux de palette qu'il put en porter.

Quand il arriva dans le hall, il entendit des bruits de voix derrière la porte, puis des coups portés contre elle.

– Chier ! bougonna-t-il en posant son fardeau sur les marches de l'escalier monumental.

Il alla ouvrir à contrecœur. Ce n'était pas son tour de garde des entrées et Jacques détestait travailler à la place des autres. Il fut violemment plaqué contre le mur par les hommes qui poussaient de l'autre côté.

– Putain, vous êtes malades ou quoi ! hurla-t-il en s'arc-boutant contre le mur. Tu vas voir ce que tu vas prendre dans ta gueule, mon con !

Mais il n'eut pas assez de force pour contrer ses assaillants. Incrédule, il vit défiler par l'entrebâillement de la porte une troupe de policiers casqués. Jacques toucha son crâne. Il avait heurté le mur et saignait.

– Les fumiers ! grogna-t-il.

L'image de son sachet de cannabis glissé dans la poche de son jean se forma dans son esprit.

– Merde, je suis bon comme la romaine.

Il tenta de se jeter vers la sortie mais il se heurta à un mur de CRS. Il hurla, se débattit et se retrouva face contre terre en une poignée de secondes, menotté et transporté vers un fourgon.

Une demi-heure plus tard, il goûtait aux joies d'une cellule de dégrisement. On lui retira ses menottes et on pansa sa blessure.

Puis on le laissa réfléchir au respect des bonnes manières.

★

Vers 11 heures, il vit une ombre avancer vers lui à travers les mailles serrées du grillage de sa cellule. La raison lui était revenue et son moral flirtait avec le plancher en béton. Il redoutait ce qui allait se passer.

La porte s'ouvrit sur Anton Mislevsky. Jacques eut un air imbécile qui arracha un rire au peintre.

— Suis-moi, clochard, lui dit-il. On doit avoir une petite conversation tous les deux.

Jacques n'en revenait pas. Il ne comprenait pas ce qu'un authentique flic trafiquait dans un squat, déguisé en peintre à vomissures.

Anton le fit asseoir dans un bureau aux relents de tabac froid et ferma la porte.

— T'as encore touché le gros lot, lâcha-t-il, mais cette fois, tu vas avoir droit à une prime.

— T'es qu'un enculé ! gronda Jacques sans oser affronter le regard de son ami. On peut dire que tu m'as bien niqué.

Anton approcha une chaise de celle où semblait rapetisser Jacques. Il s'y assit, posa ses coudes sur ses genoux et se pencha vers le jeune homme.

— Écoute-moi bien, petit. Des flics comme moi, il y en a un peu partout, dans tous les milieux, surtout les plus subversifs. Alors, ouvre grand tes oreilles et arrête de voir le monde à travers les yeux de Oui-Oui.

— Je te faisais confiance.

— T'as de la chance, je t'aime bien. T'es un écorché, petit. Ta vie, tu la mènes comme tu veux, mais on peut pas dire qu'elle t'ait distribué des cartes de cador à la base.

— C'est l'heure de la leçon de morale ? persifla Jacques en regardant enfin Anton dans les yeux.

— Pire que ça, mec, c'est l'heure du choix.

Anton glissa une main dans la poche de sa veste en cuir et en extirpa le sachet de cannabis de Jacques.

— Il doit y en avoir pour cinquante grammes, à la louche, expliqua-t-il. Avec ça, tu peux écoper de deux ans, et avec ta manie de t'en prendre aux forces de l'ordre, ce sera ferme. Mais ce sachet peut rester dans ma poche et tu ne devras répondre que d'un refus d'obtempérer aux forces de police. Je me porte garant pour toi et tu prends deux ou trois mois, peut-être un peu moins, mais fermes, là encore. Faut arrêter de taper sur les bleus, petit !

Le visage crispé de Jacques tardait à se détendre.

– C'est quoi l'enculade ? Je la vois pas.

– Tu fais ton temps, et deux mois, c'est pas le bout du monde. À ta sortie, je t'aide à trouver une formation, ou un taf si tu préfères être un grouillot sans bagages. Tu en dis quoi ?

– J'ai le choix ?

– On l'a toujours, à chaque instant de notre vie.

– Je dois répondre tout de suite ?

Anton se leva et sortit une carte de visite de son portefeuille.

– Tiens, tu as le temps de ta garde à vue pour réfléchir, petit con. Quand tu sortiras, tu as mon adresse. Je pourrai même t'héberger quelque temps si t'es dans le besoin.

Jack

2011

13

Pour Jack, enfermé depuis près de trente-six heures, la nuit du vendredi au samedi avait été plus terrible encore que la précédente. Il avait été difficilement supportable de savoir Lucie en proie au froid et à la solitude. À présent qu'elle s'était volatilisée, il imaginait le pire, d'autant plus que le détenu de la cellule sans latrines, un certain Luigi, ne cessait de susurrer des paroles monstrueuses.

« Je sais ce que j'en ferais, moi, de ta fille, si je la croisais dans la montagne. C'est bon, un petit cul de vierge. Ça gueule à cet âge-là, hein mon salaud ! T'as pas dû t'ennuyer. »

Jack avait hurlé pour qu'on le débarrasse de ce malade, en vain. Il n'était pas dupe. Les flics avaient bouclé ce pervers-là intentionnellement.

Le faire craquer, voilà ce qu'ils espéraient.

Seulement, Jack n'avait rien à avouer. Pas plus au petit matin que durant les quatre heures d'interrogatoire de la veille. Plusieurs policiers s'étaient relayés, calmes ou agités, menaçants ou conciliants, usant et abusant de toutes les techniques possibles.

Les papiers d'adoption retrouvés dans le 4 × 4 accidenté ne prouvaient pas l'innocence de Jack, loin de là. Une femme enceinte à l'autre bout du monde, une nouvelle vie, les hypothèses étaient nombreuses. Un mauvais geste, une dispute, un acte prémédité – sinon pourquoi prendre ces routes non dégagées ? –, tout était envisagé par les enquêteurs. Quand ressurgissait l'hypothèse de l'accident, on accusait Jack d'avoir paniqué devant le corps sans vie de Lucie et de l'avoir abandonné dans la montagne.

— On est tous susceptibles de péter les plombs, avait dit un des flics, parfois, la vie est tellement insupportable qu'on réagit n'importe comment. OK, je vous crois quand vous dites que vous ne feriez pas de mal à votre enfant. C'était aussi le cas de cette femme qui a jeté son nourrisson par la fenêtre parce qu'il braillait trop fort. Tout le monde peut craquer. N'importe quand.

Jack n'en revenait pas qu'on puisse imaginer des saloperies pareilles et il redoutait tout nouvel événement susceptible de l'enfoncer davantage.

Lorsque le souvenir de ce type croisé sur la route des crêtes lui revint au cours de la nuit, Jack reprit espoir. Comment s'appelait-il déjà ? Charlie. Charlie, le berger, ou quelque chose dans ce genre. Il habitait du côté du lac d'Emosson, c'est ce qu'il avait raconté. Peut-être en se baladant avait-il récupéré Lucie dans la bergerie.

Dans ce cas, pourquoi Charlie n'avait-il pas contacté les autorités ? Ce genre de fondu écolo antitechnologie ne possédait certainement pas de téléphone. Il refusait de s'exposer aux ondes de toutes sortes, mangeait le fromage de ses chèvres et les légumes en bocaux qu'il cultivait l'été. Il existait pas mal de ces allumés dans les montagnes, le dernier territoire où l'homme n'avait pas encore dévasté la nature à coups de tractopelle. Charlie soignait ses chèvres lui-même, il saurait s'occuper de Lucie.

Et s'il se trompait ? Jack frissonna tandis que l'image de Dominic Balestero chassait celle du berger. Le vieux avait-il envoyé des hommes pour récupérer Lucie ? En profiterait-il pour la faire rapatrier discrètement aux États-Unis ?

Les murs de sang

De sombres idées traversaient l'esprit de Jack quand la porte d'accès aux cellules claqua.

Il bondit sur ses pieds. Enfin des nouvelles de Lucie ?

– Réveil ! brailla un policier en frottant ses clés sur les barreaux de la cellule de Luigi. C'est l'heure du transfert. Messieurs, votre carrosse est avancé.

Les menottes aux poignets, Jack se laissa entraîner dans le couloir sans protester. Devant lui, Luigi, fermement tenu par un gardien, hurlait son innocence.

– Tu vas le fermer ton claque-merde !

Luigi prit un coup de matraque dans le dos et glapit de plus belle tandis que les quatre hommes s'engageaient dans l'escalier qui menait au rez-de-chaussée.

La tête basse, Jack déboucha dans le hall du commissariat avec le vague sentiment que la vie n'était qu'un éternel recommencement. Lorsqu'il passa devant Libbie, il lui lança ce même regard désespéré que celui qu'il lui avait adressé neuf ans plus tôt, dans le hall du tribunal de Pura Maduwe, à Bali. Cette fois, il aurait voulu lui parler, lui dire qu'il l'aimait et combien il allait avoir besoin d'elle. Mais les mots restèrent coincés dans sa gorge.

Leurs regards s'accrochèrent jusqu'à ce que Jack et son escorte rejoignent la sortie.

Soudain, il y eut un mouvement à l'extérieur. Dans la rue, de nombreux reporters patientaient depuis des heures pour interroger ce Français dont la fillette avait été abandonnée par les autorités. Et les forces de l'ordre peinaient à contenir la foule grandissante des curieux.

Profitant de la confusion, Dominic Balestero s'engouffra dans le hall en vociférant et se jeta sur Jack, qui recula pour esquiver l'attaque. Mais il prit un violent coup de poing sur la pommette, chancela et manqua tomber à la renverse.

Libbie, qui s'était précipitée, fut stoppée par deux policiers qui lui intimèrent l'ordre de rester à l'écart et Luigi, que ses gardiens avaient du mal à maîtriser, poussait des cris ravis, ajoutant au chaos.

– Cet assassin se paie votre tête ! hurla Balestero avec un fort accent américain. (Il était encadré par deux agents dont un avait posé une main ferme sur son épaule.) Cet homme est une crapule ! Il s'en est pris à ma petite-fille ! Assassin !

Il fallut plusieurs minutes aux policiers pour rétablir le calme et escorter les prisonniers vers la sortie. Un froid glacial accueillit Jack dehors, ainsi qu'une multitude d'yeux curieux, avides, d'objectifs et de flashs.

On l'interpella, on lui posa des questions auxquelles il ne savait pas répondre. Jack restait muet, tandis que Luigi s'en donnait à cœur joie.

– Il l'a violée et il l'a jetée dans un torrent ! Il me l'a dit cette nuit. Vous avez entendu, les pignoufs ? C'est lui, l'assassin...

Les portes d'un fourgon s'ouvrirent devant eux et les prisonniers, chacun escorté par un gardien, furent poussés à l'intérieur et forcés à s'asseoir face à face, sur des banquettes latérales.

Tandis que le véhicule démarrait, Jack eut le temps d'apercevoir Libbie sur les marches du poste de police. Elle cachait le bas de son visage de ses mains, et dans ses yeux, il lut un profond désespoir.

14

La fumée crachée par le pot d'échappement charriait de fines particules qui s'élevaient dans l'air glacé. Libbie ne parvenait pas à quitter le nuage des yeux. L'odeur du gasoil brûlé lui rappelait son enfance, l'attente devant le car scolaire, les mémos de sa mère pour qu'elle n'oublie rien. Il fallait qu'elle se raccroche à ces fantômes pour tenir le coup. Dans la fourgonnette qui s'éloignait se trouvait son homme, le père de son enfant, son avenir. L'espace d'un instant, son cerveau manqua de plasticité. Il y aurait un avant et un après cet épisode tragique. Pour le moment, Libbie se situait à la charnière, juste à l'endroit où les promesses passées s'annulent et où le futur offre une friche impénétrable au regard du simple mortel.

Quand la réalité reprit sa place, Libbie s'aperçut de la présence de Dominic Balestero à ses côtés. Lui aussi observait la fourgonnette, et il ne paraissait pas se réjouir. Elle en eut subitement assez d'être seule et se tourna vers le vieil homme.

— Monsieur Balestero, tenta-t-elle, une main tendue. Elisabeth van Bogaert, je suis...

— Une future mère isolée, je sais parfaitement qui vous êtes. Je vous plains, madame. Voyez-vous, j'aurais été un père et un grand-père comblé, si votre mari n'était pas entré dans la vie de ma fille. Mais il a tant mystifié Grace qu'elle s'est retournée contre nous et a préféré mourir seule. Cet homme est un parasite, un voyou, et il mérite ce qui lui arrive. Vous feriez mieux de passer votre chemin, croyez-moi. Oubliez ce type avant qu'il gâche votre vie et celle de votre enfant. À présent, excusez-moi, je dois récupérer ma petite Lucie.

Dominic Balestero tourna les talons et s'engouffra dans le commissariat. Interloquée, Libbie hésita quelques secondes avant de lui emboîter le pas.

Elle le vit entrer dans le bureau de l'officier Mansel et s'installer sans y avoir été invité. Aussitôt, Libbie se posta près de la porte, que Balestero n'avait pas refermée, et tendit l'oreille.

— D'après vous, hein ? Qu'est-ce qu'il foutait là, ce branleur ? vitupérait Balestero, est-ce qu'un homme honnête emprunte des routes fermées ? Non, monsieur l'officier. Peyrat n'est pas clair. Il ne l'a jamais été, du reste. Mais vous êtes-vous demandé d'où il venait, où il allait ? Il a récupéré ma petite-fille au domicile de Kay Halle à Genève. Qu'est-ce qu'il fichait dans les parages d'Emosson ?

— Vous feriez mieux de vous calmer, monsieur Balestero, s'agaça Mansel. Laissez-nous donc faire notre travail.

Le policier se leva en achevant cette phrase et Libbie crut qu'il allait congédier Balestero.

— Le témoignage de Kay est essentiel ! insista le vieil homme. Demandez à vos collègues de Genève d'envoyer une patrouille !

— C'est fait. Mme Halle n'est pas tenue de se trouver chez elle. Par contre, puisque vous êtes entre nos murs, vous allez répondre à quelques questions.

Libbie n'en entendit pas plus. L'officier Mansel passa la tête dans l'encadrement, lui lança un regard noir et claqua la porte de son bureau.

Furieuse, Libbie s'engouffra dans le bistrot voisin du poste de police. Mansel et Balestero semblaient prendre un malin plaisir à l'exclure de l'enquête et elle ne voyait pas comment aider Jack si tout le monde se liguait contre elle. Elle s'apitoya quelques instants sur son sort, le nez sur la mousse onctueuse d'un chocolat chaud, puis se laissa aller contre la banquette. Son ventre avait tendance à se durcir ces derniers temps. Libbie savait qu'il s'agissait là de contractions physiologiques, aggravées par le stress. Elle devait cesser d'angoisser, chasser la peur et trouver un moyen d'agir.

Le mouvement, ma fille, il n'y a que ça de vrai !

C'est ce que lui disait Maarten van Bogaert, son père, quand elle était gosse, puis adolescente, puis étudiante en droit.

Le mouvement et la réflexion en même temps, tu es une fille, ça te donne un avantage sur nous, les hommes.

Libbie avait constaté que son père avait le plus souvent des paroles sensées. Au contact de Jack, elle avait éprouvé la force d'un homme entier, simple, qui se laissait gouverner par ses pulsions. Une force et une faiblesse à la fois. Si Libbie s'était trouvée aux côtés de Jack, les événements n'auraient pas aussi mal tourné.

Elle faillit succomber à la tentation de téléphoner à ses parents. Le téléphone demeura pourtant au fond du sac. La petite fille pouvait s'apaiser, l'adulte allait s'occuper de tout.

En moins de cinq minutes, Libbie eut une vision claire de la situation. Une alternative se présentait : soit Lucie avait été enlevée par un pervers, et dans ce cas elle était sans doute déjà morte, soit il s'agissait d'un enlèvement crapuleux, contre monnaie d'échange, même si elle se sentait incapable d'en deviner la teneur.

Dans les deux cas, il fallait qu'elle contacte Galander, pour savoir s'il y avait eu d'autres disparitions d'enfants dans le secteur et obtenir des informations sur Dominic Balestero – Jack ne possédant rien, s'il y avait chantage, il s'exercerait sur le grand-père. Ces arguments étaient maigres, Libbie le savait, mais ils lui permettaient d'avoir l'illusion qu'elle maîtrisait la situation et ça lui faisait du bien.

Son visage était serein et les contractions avaient cessé quand elle extirpa son téléphone de son sac pour composer le numéro de l'avocat.

15

Le fourgon qui conduisait Jack au pénitencier s'ébranla sans ménagement, obligeant les occupants de la cabine arrière à se retenir aux accoudoirs en métal.

– Elle avait quel goût, ta petite pute ? ricana Luigi. Ça a plu aux journalistes, tes confidences sur l'oreiller. Tu verras, demain, ton nom sera devenu un tas de merde pour le monde entier. Mais moi, je sais bien que nous sommes des seigneurs !

Jack se tourna vers le policier qui se tenait près de lui – le plus jeune des deux – et gronda :

– Faites-le taire ou je le massacre !

– Ne vous inquiétez pas, le tranquillisa aussitôt le gardien, celui-là, on l'a cueilli hier dans un hôtel à Gröne. C'est un fêlé, soupçonné d'avoir violé une jeune femme. Il devrait savoir qu'à la maison d'arrêt de Martigny, il n'y a pas de quartier pour les pointeurs, hein, Luigi ! ajouta-t-il en se penchant vers le prévenu en question. Alors tu ferais mieux de ne pas vanter tes exploits !

La grimace mi-affolée, mi-amusée qui déformait le visage de Luigi, augurait de l'idée qu'il se faisait du sort que lui réserveraient ses codétenus.

– Ta gueule, le bleu, s'agaça le vieux flic. Arrête de leur faire la conversation ou je te colle un avertissement au cul !

Les quatre occupants de la cabine se turent.

Le franchissement d'un rond-point les contraignit à s'agripper aux accoudoirs, puis le moteur vrombit et la fourgonnette s'élança sur une avenue dont Jack voyait défiler des ombres de toits par les vitres translucides et grillagées.

Soudain, le véhicule fit une embardée et le chauffeur s'écria :

– Accrochez-vous !

Il y eut un choc effroyable.

Jack fut projeté vers Luigi et sa tête heurta violemment la mâchoire de ce dernier, tandis que les policiers s'enlaçaient dans une étreinte douloureuse. Tout le monde hurla. Même la carrosserie, qui frottait contre l'asphalte, se joignit à ce concert assourdissant.

Quand la cabine s'immobilisa, Jack fut le premier à reprendre ses esprits. Son crâne était douloureux, mais c'était supportable. Il n'avait rien de sérieux. De son côté, Luigi, complètement sonné, tenait son visage dans ses mains. Du sang coulait entre ses doigts et une longue plainte montait de sa gorge.

Les murs de sang

Jack songea qu'il avait mérité son sort et se tourna vers les policiers. Le plus âgé des deux gisait sans connaissance et l'autre avait une arcade sourcilière entaillée et de multiples plaies au visage.

– Ça va ? s'enquit Jack.

Le policier jura en secouant la tête.

– Que s'est-il passé ?

Plusieurs détonations retentirent dehors, tout près d'eux.

À l'avant, le chauffeur cria encore quelques mots qu'ils ne purent comprendre. Il y eut d'autres tirs, deux ou trois rafales d'armes automatiques, suivis d'un silence angoissant.

– C'est quoi, ce bordel ? murmura Jack.

Une déflagration les jeta contre la paroi de la fourgonnette tandis que la porte arrière volait en éclats.

Jack tenta de se redresser, mais le corps inerte du policier blessé le gênait. Une odeur métallique monta à ses narines et ses oreilles bourdonnaient désagréablement.

Deux silhouettes cagoulées et armées de fusils d'assaut apparurent dans le brouillard de l'explosion.

Les yeux de Jack croisèrent ceux, horrifiés, du jeune gardien. Il comprit aussitôt qu'il ne pouvait rien attendre de lui.

Jack se défit du corps du flic inerte et saisit son Glock.

Tout se déroula très vite.

Les assaillants firent feu. Luigi reçut la première rafale. En plein visage. Jack vit des morceaux de chair, d'os et de matière gélatineuse éclabousser la paroi du fond et le corps du policier inanimé s'agiter de façon grotesque sous les impacts d'une seconde rafale.

L'arme de Jack aboya presque simultanément. Le premier projectile percuta la silhouette de droite en pleine poitrine. La deuxième balle atteignit l'agresseur de gauche au cou alors qu'il visait le jeune policier recroquevillé au fond de la camionnette.

– Faut pas rester là ! s'écria Jack en glissant le Glock dans sa ceinture. Il doit y en avoir d'autres !

Le policier agita la tête, l'air complètement affolé.

— Chier !

Jack rampa jusqu'au fusil de guerre tombé au sol et revint dans la cabine renversée. Le chargeur contenait une quinzaine de cartouches.

— Viens ! ordonna-t-il. Tu t'appelles comment ?

— Riquen. Sergent Rodolphe Riquen.

— Bien, sergent Riquen, on va se tirer de là. Je sais pas qui sont ces types, je ne sais pas non plus ce qu'ils veulent, et j'ai pas envie de le savoir. Tu me suis ?

Riquen n'avait pas 25 ans. Son visage était livide et ses mains tremblaient. Au moment où Jack l'entraîna vers la porte qui gisait au sol, le hurlement des sirènes monta dans la rue.

— Attendez, voilà des renforts, on sera plus à l'abri si on reste là.

— Fais ce que tu veux, répondit Jack. Moi, je me tire.

Le jeune policier dégaina son arme et la pointa sur Jack, qui la regarda avec un soupir, puis fixa son gardien dans les yeux.

— Tu n'y crois pas toi-même, lui dit-il en abaissant le canon de l'automatique du bout des doigts. Viens, je t'assure que ce sera mieux pour toi.

Jack glissa un œil dans la rue. Le fourgon s'était renversé au milieu d'une zone industrielle, au plus près d'un hangar abritant des engins de déneigement. Par chance, d'épais remblais de neige avaient stoppé la carrosserie à quelques centimètres d'un poste électrique. En été, ils auraient probablement grillé.

Au centre de la chaussée, une épaisse fumée âcre sortait d'une voiture à l'avant défoncé. En dehors des deux hommes sur lesquels il avait fait feu, il ne vit personne.

De ce côté.

Quand il se risqua à contourner le fourgon, aplati au sol, il comprit que les voitures de police qui arrivaient allaient se jeter dans un guet-apens.

Jack compta cinq hommes cachés derrière des bâtiments, plus deux planqués dans de grosses berlines. Ça allait être un carnage.

À quoi rimait cette attaque ? Une voiture bélier les avait percutés, puis on avait fait voler les portes du fourgon à l'explosif. Après quoi, deux types avaient fait irruption pour tuer, méthodiquement. Le chauffeur, un flic et Luigi. Restaient Riquen et lui. Or le jeune sergent avait été sauvé grâce à l'intervention de Jack. C'était donc lui la cible, lui qu'on voulait récupérer. Restait à comprendre pourquoi.

– Retire-moi les menottes. On est dans la même galère, ce sera plus simple si je n'ai pas ces saletés.

Riquen accéda à la demande de Jack sans rechigner.

– On fait comment ?

Du menton, Jack indiqua l'entrée du bâtiment industriel le plus proche.

– On court vers cette porte et on défouraille vers l'avant du fourgon. J'ai pas mieux, mais je crois que ça va coller.

Ils s'élancèrent vers leur objectif au moment où deux voitures de police, toutes sirènes hurlantes, s'immobilisaient près de la fourgonnette dans un crissement de pneus. Leurs occupants en jaillirent et se postèrent, armes braquées, à l'abri derrière les carrosseries.

Jack vida le chargeur du fusil au jugé en direction des agresseurs, tout en courant, et Riquen fit de même.

La riposte ne tarda pas. Un déluge de feu les frôla. Le bruit des impacts sur la tôle précédait d'un quart de seconde celui des détonations.

Jack se débarrassa du fusil en se jetant au sol et s'accroupit derrière un muret. Riquen fut un peu plus lent. Une balle l'atteignit à la jambe. Hurlant de douleur, il s'immobilisa à un mètre de Jack, toujours à portée de tir.

Ce dernier bondit, attrapa Riquen par les bras et le traîna derrière le muret. De sa position, il apercevait les voitures sérigraphiées et les agents qui reculaient peu à peu. Les tirs d'armes automatiques ne cessaient pas.

Les carrosseries transpercées laissèrent échapper des jets de vapeur, les pneus s'aplatirent, les pare-brise se fissurèrent. Jack eut le temps de voir tomber deux policiers. Le dos courbé, il tira Riquen jusqu'à l'entrepôt. Quand il fut protégé par un mur de parpaing, il chargea le blessé sur son épaule et gagna le fond de l'atelier.

— Tu dois appuyer sur la blessure, suggéra-t-il en déposant Riquen sur un canapé défoncé. Un pompier m'a dit un jour que les garrots, si c'était mal fait, ça pouvait être pire.

Jack posa avec autorité la main du jeune gardien sur sa jambe.

— Appuie fort et ne lâche pas jusqu'à l'arrivée des secours. Compris ?

— Faites pas le con, tenta Riquen. Vous m'avez sauvé la vie, ça comptera dans la balance. Je témoignerai...

— J'en suis sûr, vieux, le coupa Jack en délestant le portefeuille de Riquen de ses quelques francs suisses et en vérifiant que l'automatique était toujours coincé dans sa ceinture. Mais j'ai pas le temps pour ça.

— Le Glock, il est vide.

Jack sourit.

— Ça, les méchants ne le savent pas. Écoute, ma femme s'appelle Elisabeth van Bogaert. Dis-lui que je vais bien, que je ne ferai pas de conneries. Mais il faut que je retrouve ma fille.

16

En raccrochant, Libbie ne put s'empêcher de songer que les certitudes de Galander étaient bancales. Personne n'enlevait une gosse de 13 ans sans réelle motivation. Si, comme

Les murs de sang

l'affirmait l'avocat, le ravisseur n'était pas un pervers, alors il leur manquait un élément pour comprendre.

Pourquoi n'y avait-il pas eu de demande de rançon ?

Libbie fut à nouveau envahie par cette solitude qui l'angoissait terriblement. Elle ne connaissait personne, ici.

Kay, hier soir Kay a dit qu'elle allait me rejoindre.

Libbie composa son numéro. Lorsqu'elles s'étaient parlé la veille, Kay avait évoqué un ami.

Elle fut transférée sur la messagerie.

Une fois encore, Libbie dut lutter contre l'impérieuse envie de contacter son père. Lui saurait quoi faire, sans doute. Mais il se rongerait les sangs de les savoir dans la tourmente. Aussi Libbie se promit-elle de le contacter au début de la semaine suivante. De toute façon, il ne se passerait pas grand-chose avant lundi.

T'es marrant avec ton histoire de mouvement, papa, mais comment bouger quand on est coincé et sans autre possibilité que d'attendre ?

Là encore, Maarten van Bogaert aurait une réponse toute faite. Mais les grandes théories s'appliquaient mal à la réalité, surtout quand tous les rouages d'un mécanisme inconnu semblaient se gripper en même temps.

Libbie quitta sa place pour se rendre aux toilettes, pestant contre ce besoin continuel de soulager sa vessie qui l'incommodait depuis quelques semaines maintenant.

Les WC se trouvaient dans une arrière-cour sinistre. Il fallait longer les cuisines d'une entreprise avant de s'enfermer dans un bungalow sans chauffage.

— Aucun risque qu'on s'attarde, se plaignit Libbie à voix haute. Bonne technique, si c'est le but recherché.

Quand elle retourna dans la salle, le bar était vide. Personnel et clients étaient postés sur le trottoir. Des bras se tendaient dans une direction unique. Les visages semblaient soucieux.

— Il paraît que ça vient du quartier de la prison ! lança une voix tout près d'elle.

Quoi ? Mais quoi donc ?

Libbie se précipita dehors. Ses jambes se faisaient molles et son ventre plus lourd encore.

De lointains bruits de guerre, renvoyés par les montagnes, retentissaient dans la rue. Libbie sut intuitivement que l'élément manquant était là, dans ces tirs qui sortaient brutalement cette petite bourgade helvétique de sa torpeur.

Elle s'appuya contre la vitrine du bar, souffla un instant, puis gagna le parking du poste de police. Elle devait rejoindre Jack là où il se trouvait. Peu importaient les balles, les prisons, les flics ou elle ne savait trop quoi encore. Sa place était à côté de son mari, quel qu'en soit le prix.

17

Une porte sur l'arrière du bâtiment permit à Jack de ne pas repasser par la rue. Il escalada un mur d'enceinte et bascula dans un champ de neige.

De nouveaux coups de feu retentirent et des hurlements de sirènes s'élevèrent dans l'air froid.

Quelques flocons virevoltaient autour de lui.

Jack se trouvait à la limite de l'agglomération. Sur sa gauche, l'alignement d'entrepôts s'achevait deux ou trois cents mètres plus loin. Sur sa droite se dressaient les premières maisons de Martigny et un peu plus loin, le pont de l'autoroute enjambait la rivière. Jack décida de partir dans cette direction. Dans la campagne, il risquait de crever de froid. Une fois encore, il se maudit. Il aurait dû récupérer le blouson de Riquen, son portable aussi, au lieu de se contenter des cinquante francs suisses de son portefeuille.

Les murs de sang

Il s'élança sans plus attendre et gagna l'arrière de jardins qu'il longea en courbant l'échine. Puis il déboucha sur une rue pavillonnaire.

Des gens sortaient de chez eux et s'approchaient de l'avenue. Une nouvelle série d'explosions fit vibrer les façades, brisant quelques vitres au passage. Une colonne de fumée noire s'éleva au-dessus des toits.

Jack partit à l'opposé du point où se tournaient tous les regards, gardant une allure modérée, malgré une folle envie de prendre ses jambes à son cou. Il suffirait qu'un seul reconnaisse l'homme vu aux infos pour que tous lui courent après. Ajouté à cela que dans tous les foyers se trouvait le paquetage, l'arme individuelle et les munitions de chaque Suisse en âge de combattre et il se ferait descendre comme à la foire.

Jack fut tenté de rejoindre le centre-ville. Libbie s'y trouvait sans doute encore. Le besoin de sentir sous ses doigts le corps de sa femme fut presque le plus fort. Mais son esprit résista : il refusait de l'impliquer dans cette folle histoire. Jack avait du sang sur les mains à présent.

Curieusement, il eut de nouveau le pressentiment que ces types étaient venus pour lui. Mais pourquoi ?

Incapable de répondre, il tourna ses pensées vers son devenir immédiat. Libbie inaccessible, il restait Kay. Elle lui prêterait une voiture, de l'argent, tout ce dont il aurait besoin pour se lancer à la recherche de Lulu.

Sa décision prise, Jack se mit en quête d'un moyen de locomotion. Il le trouva rapidement, en abordant l'aire de parking d'une station-service. Un camion benne à l'arrêt s'apprêtait à partir. Jack s'élança. Avant tout, il devait quitter Martigny. Peu importait la direction que prendrait ce transporteur.

Le pied de Jack atteignit le longeron au moment où le camion s'ébranlait. D'un coup de rein, il envoya ses mains attraper le rebord de la benne, se hissa dessus et sauta sur un tas de sel. Il rampa jusqu'à la paroi avant, excava un trou et s'apprêta à lutter contre le froid.

Le camion vira plusieurs fois, s'arrêta à un feu et se lança sur l'autoroute en direction de Montreux.

18

La voiture, une Golf quatre roues motrices, accrochait parfaitement la route où, malgré un salage récent, une couche de deux ou trois centimètres de neige résistait. Libbie ne situait pas précisément la prison cantonale. Elle avait suivi la direction prise par le fourgon pénitentiaire.

L'avenue principale de Martigny traversait la ville du sud vers le nord, enjambait une rivière et se séparait au-delà en plusieurs directions.

Un nuage noir planait au-dessus d'un quartier industriel.

Quand elle arriva dans la zone où avaient eu lieu les violents échanges de tirs, Libbie abandonna sa voiture au milieu de la chaussée, derrière une colonne de véhicules de police et de gendarmerie.

La fourgonnette qui avait transporté Jack gisait sur le côté, portes arrière ouvertes, de la fumée s'échappait de son moteur. Sur le macadam blanc de neige, plusieurs corps mutilés concentraient l'attention des pompiers. Les flocons fondaient sur les visages encore chauds, mais s'entassaient sur les vêtements et les armes.

— Jack ! hurla Libbie en se précipitant vers le fourgon.

— Madame, vous ne pouvez pas passer !

Libbie fut plus rapide. Elle se rua vers l'épave fumante avec une dextérité étonnante. Son échappée s'arrêta à quelques mètres, dans les bras de l'officier Mansel, qui se relevait de l'examen d'un des cadavres.

– Madame van Bogaert, qu'est-ce que vous fabriquez ici, bordel !
– Jack ? Où est Jack ?
– Oh ! Madame, calmez-vous ! Votre mari n'a rien, OK !
– Où est-il ? demanda Libbie. Je vous en prie ! Dites-le-moi.
– Je l'ignore, il a pris la fuite. Écoutez, vous n'avez rien à faire ici. Rentrez à l'hôtel, on vous contactera. J'ai du boulot, comme vous pouvez le constater.

Libbie se libéra des bras de Mansel et fouilla les alentours du regard. Une camionnette d'urgentistes était stationnée à quelques mètres. Un homme allongé sur un brancard parlait à un infirmier. Libbie reconnut aussitôt le jeune policier qui escortait Jack.

Elle s'élança à sa rencontre. Mansel lâcha des jurons dans son dos, mais n'eut aucun geste pour la retenir.

– Je suis la femme de Jack Peyrat, je vous en prie, dites-moi ce qui s'est passé...
– Nous avons été attaqués... Votre mari m'a sauvé la vie.

Libbie posa ses mains sur les montants du brancard et s'y cramponna. Ses yeux s'embuèrent de larmes. C'était la première fois qu'elle entendait quelque chose de positif concernant Jack depuis qu'elle était arrivée en Suisse.

– Quel est votre nom ?
– Je m'appelle Rodolphe Riquen.
– Merci, monsieur Riquen. Vous n'avez pas idée de...

La voix de Libbie s'étrangla.

– Votre mari voulait que vous sachiez qu'il va bien et qu'il ne fera pas de conneries, souffla le policier en grimaçant. Je crois qu'il n'a qu'une idée en tête, trouver sa fille.

L'infirmier, resté muet jusqu'à cet instant, pria Libbie de s'éloigner puis chargea le brancard dans l'ambulance.

– Il va avoir besoin d'aide, ajouta Riquen avant que les portes se referment. Il doit absolument se livrer...

Ses mots furent happés par la carrosserie.

La camionnette démarra en trombe.

De l'endroit où elle se tenait, Libbie apercevait cinq cadavres, dont deux sans uniforme. Trois voitures de police brûlaient, à quelques mètres de distance sur une chaussée criblée d'impacts et jonchée de douilles. Elle voulut rejoindre Mansel pour obtenir des détails sur l'attaque, mais elle fut dans l'incapacité de faire un mouvement. La fatigue, la peur, le froid, tout se conjuguait pour la priver de ses moyens.

Libbie s'accroupit sur le trottoir, à deux mètres de l'endroit où Jack s'était tenu quelques minutes plus tôt. Sa mâchoire inférieure se mit à trembler sans qu'elle puisse l'empêcher. Ses dents s'entrechoquèrent. L'image d'un Tex Avery s'imposa à elle. Elle revit ce personnage tombé dans un lac glacé qui claquait des dents et tremblait de tous ses membres. C'était ridicule. Mais tout lui parut grotesque tout à coup. Libbie se mit à rire, tandis qu'à travers les larmes qui déformaient sa vue, elle vit la silhouette de Mansel qui venait à la rescousse.

19

Le camion sortit de l'autoroute sous la pancarte « Lausanne Nord ». Le voyage avait duré au moins une heure. Jack ne sentait plus ni ses mains ni ses pieds, et son corps entier lui semblait dur et glacé.

Il y eut plusieurs virages, un arrêt, au cours duquel il tenta de se lever sans y parvenir, puis le camion manœuvra. Après un second arrêt plus bref encore, Jack entendit qu'on déverrouillait les portes arrière. La benne se souleva lentement. Il tenta de se rattraper aux parois, mais ses membres gourds refusèrent de lui obéir et il glissa avec les deux ou trois tonnes de sel sur les pentes d'un tas plus grand.

Le camion repartit et le silence s'abattit sur l'aire de stockage.

Jack avait du mal à respirer, mais encore plus de difficultés à se mouvoir. Il se sentait fatigué, si fatigué. Qu'il était tentant de s'endormir là, comme un porc en salaison.

Une lueur persista dans les ténèbres. Lucie se tenait devant lui et l'appelait, riait, l'invitait à le suivre jusqu'à une forme encore floue, qui se précisa, s'incarna en Libbie. Elle tenait un bébé dans ses bras. Elle aussi lui souriait sans rien dire. Il faisait chaud dans ce rêve, une chaleur douce comme il en avait si souvent connu sur Elisabeth Island.

Les mains de Jack s'agrippèrent, repoussèrent le sel jusqu'à ce que sa tête émerge enfin. Grelottant et en piteux état, il se traîna jusqu'à une baraque de chantier toute proche. Il attrapa une barre à mine sur son chemin et s'en servit pour faire sauter le cadenas qui maintenait la porte fermée.

À l'intérieur, il n'y avait pas de chauffage. La température était pourtant nettement plus agréable. Et surtout, il y avait une machine à café sous tension.

Après une demi-heure passée à se réchauffer, Jack s'empara d'une boîte remplie de clés de voitures et sortit. Il choisit le plus délabré de tous parmi une demi-douzaine de véhicules de chantier, un utilitaire Renault comme il n'en avait plus vu depuis des années. L'antiquité démarra à la quatrième tentative. Jack abandonna la boîte par terre et prit la direction de l'autoroute.

Le quartier était tranquille. Jack gara sa voiture d'emprunt trois rues au-dessus de celle de Kay. Il s'approcha, les sens aux aguets, traquant la moindre présence suspecte. Mais il n'y avait personne. Il estima que les flics de Martigny en étaient encore au stade des conjectures, ou qu'ils avaient conclu que, libéré par une bande armée, il devenait l'ennemi public n° 1.

Il patienta un quart d'heure, puis se risqua à entrer. Le froid s'intensifiait avec la tombée du jour et il n'en pouvait plus. Ses deux nuits écourtées en cellule et les températures négatives auxquelles il avait été soumis avaient épuisé ses réserves.

À tout hasard, il tourna le loquet avant de sonner. La porte s'ouvrit. Jack se faufila à l'intérieur et referma derrière lui.

Enfin quelque chose qui tourne rond ! se dit-il en soupirant.

– Kay ? Je suis là, c'est Jack !

La chaleur du vestibule l'enveloppa comme une caresse tandis que ses yeux s'habituaient à la pénombre.

Il eut un choc.

Tout était sens dessus dessous. Les bibliothèques avaient été renversées, les coussins des fauteuils éventrés et leur rembourrage sorti. Les armoires, les tiroirs gisaient sur le parquet, éparpillés, certains brisés.

Jack sentit la peau de son visage se crisper. Non, rien ne tournait rond ici non plus.

– Kay, appela Jack. Hey, Kay !

Des bruits étouffés lui parvinrent du sous-sol. Quelqu'un frappait contre un mur, ou peut-être un tuyau.

Il chercha le Glock des doigts, entre sa peau et sa ceinture, puis se ravisa. Un détour par la cuisine l'équipa d'un long couteau à pain. Jack brandit son arme et chercha l'accès à la cave. Les coups répétés le guidèrent. Il ouvrit la porte au fond du couloir et fut frappé par une odeur de moisi. Un escalier s'enfonçait dans l'obscurité.

Jack actionna l'interrupteur et s'engagea dans la pente.

– Kay ? héla-t-il, Kay, c'est toi ?

Il n'obtint pour réponse que les mêmes coups portés sur un objet creux, beaucoup plus proches cette fois. En atteignant le sol bétonné de la cave, Jack déboucha dans la buanderie. Des serviettes de bain et une nappe colorée étaient suspendues à un fil et une diode rouge clignotait sur la façade de la machine à laver.

Les murs de sang

Un couloir en brique partait de la pièce principale. Les coups provenaient de là. Au bout, une porte faite de simples planches assemblées barrait le passage.

Une appréhension serra la poitrine de Jack. Tout allant de travers, ça ne pouvait que continuer.

Le corps de Kay gisait par terre. Ses chevilles et ses poignets avaient été liés avec du câblage électrique de grosse section et son visage portait la trace de nombreux coups. Il manquait une phalange à chacun de ses auriculaires et l'une de ses oreilles traînait à côté de sa tête.

Carmen

1994-1995

20

J'ai passé une nuit exécrable, chaotique et peuplée de mauvais rêves. Il m'était désormais compliqué d'assumer l'éducation d'Aymeric, et cet échec signifiait, du moins le supposais-je, l'arrêt simultané de ma mission pour la mairie. L'addition des deux augurait un retour à la case départ, plus d'argent, plus de perspective, une thèse à passer, et je dois admettre que j'avais aimé l'idée de ne plus tirer le diable par la queue.

Et puis il y avait ce qu'Aymeric affirmait et qui, malgré l'influence conjuguée de l'alcool et de la cocaïne, résonnait étrangement avec ce que m'avait confié Zelda. Des gens auraient été tués. On ne s'était pas contenté de les expulser de leur logement, on les avait fait disparaître. Avait-il été témoin ? Sinon, comment Aymeric pouvait-il savoir ? Je ne pouvais émettre que des hypothèses. Mais la réhabilitation d'un centre-ville demandait d'engager des fonds si importants qu'il n'était pas impensable d'envisager certaines violences. Ce ne serait pas la première fois. Non, loin de là.

J'ai décidé d'approfondir rapidement mes connaissances sur la famille Degrelle. L'origine de sa fortune, l'étendue de ses activités, la personnalité de ses éléments clefs, etc. Ensuite, j'élargirais aux disparitions de Portugais, et aux morts violentes. Tant que je le pouvais encore.

Je me suis rendue à la bibliothèque de l'université de Poitiers, où j'ai consulté des dizaines d'archives microfilmées. Les articles m'ont envoyée vers des ouvrages documentaires, une thèse, puis vers d'autres journaux. Si bien qu'à 19 heures, quand la bibliothèque fermait ses portes, j'achevais tout juste de photocopier les documents dénichés.

J'étais déçue. Il n'était fait aucune mention de disparitions de Portugais dans la presse des cinq dernières années. Aymeric n'ayant que 16 ans, je n'avais pas jugé utile de remonter plus loin.

En revanche, le cursus des Degrelle emplissait une pleine chemise de photocopies. C'était le parcours type de ces familles sorties de la guerre plus riches qu'elles n'y étaient entrées. Sauf qu'il n'était pas question de collaboration avec l'ennemi, mais plutôt d'opportunités qu'ils avaient saisies sans états d'âme.

Corentin Degrelle, l'arrière-grand-père d'Aymeric, faisait négoce de charbon et de bois dans un petit quart du sud-ouest de la France. Père sur le tard et communiste de la première heure, il prénomma ses trois garçons Pierre-Joseph, Michel Alexandre (le père d'Aymé) et Karl Marx Frantireur. Proudhon, Bakounine et Marx, les trois piliers fondateurs de la philosophie révolutionnaire de gauche.

Pendant l'Occupation, le vieux Corentin céda l'entreprise à ses fils, qui agrandirent leur zone de prospection à une bonne moitié de l'Hexagone. Les manuels d'histoire que j'ai compulsés l'attestent, les trois frères participèrent activement à un réseau de résistance.

Au lendemain de la guerre, les Degrelle rachetèrent un tiers de leur ville, qu'ils contribuèrent à remettre en état. Certains historiens les soupçonnent d'avoir fait main basse sur des valeurs dérobées par les nazis pendant la débâcle. Au même moment, ils se lançaient dans le bâtiment, décision somme toute logique.

Charbon, bâtiment.

Les murs de sang

Ensuite naquit une coopération avec les bases américaines demeurées sur le territoire français. Leur passé de résistants leur servit de sésame.

Charbon, bâtiment, chauffage et climatisation industrielle.

La reconstruction du pays soutenue par le plan Marshall et l'expansion économique des années 50 les propulsa toujours plus haut. Les sociétés s'agrandirent, le nombre de salariés s'accrut, les Degrelle devinrent les chefs de file des notables du coin. Jusqu'à ce qu'Aymé, le père d'Aymeric, qui occupait un poste important au sein du groupe, arrache la mairie sous une étiquette de centre gauche.

Charbon, bâtiment, chauffage et climatisation industrielle, et enfin, politique.

Vint alors le moment de se diversifier plus encore, en étendant les activités de la famille à la sécurité et à la finance.

Le maire devint député et un élément incontournable de son parti.

J'ai déambulé dans un campus désert. Nous étions le 17 juin 1995 et l'année universitaire était terminée. Il faisait beau ce soir-là. La journée de recherche m'avait permis d'oublier les récents événements et je me sentais bien. Jusqu'à ce que je m'installe derrière le volant et que je consulte mon beeper. Philippe me demandait de le rappeler. Ce que j'ai fait, à la première cabine croisée.

Tout est terminé, Carmen. Nous ne pouvons plus nous voir. C'est... je suis désolé.

Je me souviendrai longtemps, je pense, de ce ton de cocker bien élevé qu'il a utilisé pour me larguer. Au téléphone, comme un homme.

Je n'ai pas pleuré. J'ai filé chez mon père, que j'avais délaissé depuis des semaines. Il avait deux invités ce soir-là, un couple d'amis du temps où il était quelqu'un. Ça m'a rappelé ces soirées de gosse où j'écoutais les conversations des grandes personnes sans rien comprendre. Il était question d'Algérie, de paradis perdu, de ce saligaud de de Gaulle, d'OAS, de généraux, d'amis morts sous les bombes et de coups tordus. Oui, beaucoup de coups tordus. On dirait même que les humains ne passent leur temps qu'à monter des coups tordus.

On a ri aussi. Cela faisait longtemps que je n'avais pas vu mon père rire autant. Cela m'a fait du bien.

Je suis rentrée chez les Degrelle le dimanche soir. Personne ne semblait informé des mots que nous avions eus, Aymeric et moi. J'entendais clore ce débat avec lui, et aviser ensuite à ce que j'allais dire à son père.

Aymeric se trouvait assis sur le palier de mon studio. À en croire le nombre de cigarettes écrasées sur le parquet, il poireautait depuis pas mal de temps.

– Je ne suis pas certaine d'avoir envie de te voir ! lui ai-je envoyé en guise de bonjour.

– J'ai merdé, Carmen, mais je suis pas comme ça d'habitude, vous le savez. Vous m'avez même déclaré que j'étais quelqu'un de bien. Vous vous souvenez ?

Aymeric m'a assuré qu'il n'était pas dans son état normal quand nous nous étions vus sur ce chantier, et que tout ce qu'il m'avait dit n'était qu'un ramassis d'âneries. Il a sorti de sa poche une boîte de pellicule 24 × 36 et me l'a donnée, en me jurant qu'il n'avait fait aucune copie et détruit toutes les photos.

Je lui ai accordé une dernière chance – non parce qu'il m'intéressait encore de lui faire cours, mais parce que c'était le seul moyen, pour moi, d'achever mon enquête.

La rue Froide, la rue du Soleil, la place du Minage : le vieux quartier regorgeait de noms simples, parfois jolis, souvent rebutants. Je le sillonnai tout au long de la deuxième quinzaine de juin. La dernière tranche de réhabilitation concernait quelques immeubles tout au plus. Mais il semblait que les plus réfractaires s'y étaient regroupés.

Aymeric allait achever son année scolaire. Sous peu, il partirait pour le cap Ferret, où j'étais invitée en août pour me détendre et préparer sa rentrée. J'hésitais. Philippe m'avait parlé de cet endroit. Lui et sa femme y séjournaient quelques jours chaque été. L'idée de lézarder dans la même zone que ce mufle doublé d'un lâche ne m'emballait pas.

Peu à peu, les portes de la Petite Lisbonne, d'abord restées closes, ont fini par s'ouvrir. La plupart du temps, les enfants des premiers immigrants répondaient à mes questions. Eux avaient connu les bancs de l'école républicaine, alors que leurs parents étaient restés entre Portugais, le plus souvent les mains dans le plâtre.

Je progressais. Vers l'enfer.

Un logement sur quatre était encore occupé. Mais certains bâtiments ne comptaient plus qu'un ou deux locataires. Là, on aurait dit une ville morte qui sentait le moisi et le renoncement.

Une écrasante majorité vivait dans des logements soumis à la loi du 1er septembre 1948, ce qui leur garantissait un loyer modeste et les protégeait contre toute possibilité d'expulsion, eux et leurs enfants, et les enfants de leurs enfants. C'est dire si la municipalité et les investisseurs privés pouvaient se faire des cheveux blancs. L'unique solution était de leur fournir un logement de même superficie à loyer identique. C'est ce que m'avait assuré Aymé.

– Certains resteront, enfin... reviendront quand les immeubles auront été rénovés. Mais d'autres seront relogés en périphérie. Je dois assurer une mixité sociale dans ma ville. Pas la transformer en ghetto.

J'ignorais encore si le maire était un baratineur ou un homme de parole. Maintenant, je le sais.

C'est le 29 juin, un jeudi très chaud, qu'une de ces portes s'est ouverte sur Zelda. Elle m'a accueillie à bras ouverts, comme une amie de longue date. J'étais heureuse de la retrouver. C'était elle mon plan B pour la famille dont m'avait parlé Aymeric.

J'ai attaqué à la deuxième tasse de café.

— Zelda, connaissez-vous les Ferreira ?

— Ma fille, Ferreira, c'est un nom assez répandu chez nous. Mais si tu veux parler des Ferreira qui ont disparu, alors oui, je les connaissais.

Je n'ai pas eu besoin de lui demander des précisions. Zelda s'est penchée vers moi en baissant le ton.

— On a voulu nous faire croire qu'ils étaient retournés au pays, mais c'est des mensonges.

— Ça remonte à quand ?

— Ça fera deux ans fin août !

Fin août 1993, la famille Ferreira s'évapore dans la nature, sans prévenir personne. Un camion de déménagement se gare dans la rue le lendemain et l'appartement est vidé. Aux voisins qui posent des questions, on répond que les Ferreira sont rentrés au pays, profitant d'une belle indemnité de la ville. Des amis se rendent au poste de police, où ils sont reçus par le commissaire en personne. Il n'y a pas à s'inquiéter, affirme-t-il. Et il montre même un fax de confirmation du passage en douane du camion de déménagement. L'affaire s'arrête là. Les Ferreira étaient les derniers occupants de leur immeuble.

— Je les connaissais bien, très bien même. Ils ne seraient jamais partis comme ça. La petite Fatima, leur fille unique, se débrouillait bien à l'école. C'était une bonne gosse, une jeune fille sérieuse. Elle était heureuse, ici. On les voyait souvent dans le quartier, Aymeric et elle, main dans la main. Je peux te dire que le père Degrelle n'en savait rien, sinon, il aurait massacré le petit. Quand les Ferreira ont disparu, nous, on a téléphoné au pays pour savoir. Mais personne ne les avait vus. Personne !

— C'est tout ?

— Tu connais l'histoire du pot de fer et du pot de terre, ma fille ? De quelle matière crois-tu que nous soyons faits ?

— Vous avez bien entendu quelque chose !

Je me souviens encore des braises couvant dans les yeux de Zelda.

— Je te l'ai déjà dit et tu m'as prise pour une vieille folle, sans doute. Je t'ai parlé des hommes en noir, je t'ai dit que le diable rôdait dans cette ville, non ?

— Vous m'avez parlé de la Vierge noire.

— Oui, Carmen, de la Vierge et de ses larmes... Les Ferreira ne sont pas les seuls. Mais il ne reste jamais aucune trace. Alors personne n'est inquiété.

— Et Aymeric, comment a-t-il réagi ?

— Je suis certaine que le gosse sait ce qui s'est passé. C'est depuis que Fatima n'est plus là qu'il boit, se drogue et fait n'importe quoi. Tu travailles pour les mauvais dans cette histoire, Carmen.

— Aymé Degrelle ne peut pas avoir de lien avec ces disparitions ! C'est impossible ! Vous oubliez tout ce qu'il entreprend pour le quartier !

— Détrompe-toi, ma fille. À cause de lui et de ses ancêtres, cette ville, ces murs sont maudits.

L'injustice me révolte. Alors, quand elle est accompagnée de violences, d'intimidations et de meurtres... est-il envisageable de ne pas agir ?

Je me suis mise en quête d'informations. Les Ferreira avaient vécu dans un immeuble à présent rénové. Ne logeaient plus là que des gens de la classe moyenne. Aucun Portugais n'y avait été accepté. Je me suis promis d'en toucher un mot à Aymé la prochaine fois que je le croiserais.

Le vendredi 30 juin, l'une des portes à laquelle je toquais s'est ouverte sur Cruz Teixeira. Il savait que je travaillais dans le quartier et s'attendait tôt ou tard à recevoir ma visite.

— Je ne suis pas votre ennemie, je veux juste savoir si vous avez reçu des menaces pour vous obliger à quitter votre appartement.

Cruz a eu l'air surpris. J'en ai profité pour me faufiler chez lui.

Il était seul. Ses parents travaillaient et lui, au chômage, zonait de petit boulot en petit boulot depuis qu'il avait quitté l'école.

Au moment d'entamer la conversation, j'ai sorti mon Dictaphone.

Je n'obtiendrais probablement aucune preuve des exactions commises ici, mais je devais accumuler la matière susceptible de déclencher une enquête, plus tard. Bien sûr, j'avais prévu d'emporter tout ça loin de cette ville. Le maire, le commissaire de police, quelques journalistes de la presse locale et les principaux entrepreneurs du coin s'étaient entendus pour se remplir les poches et placer sur la ville un couvercle de silence.

D'une banalité consternante.

— L'ancienne propriétaire l'a légué à mes parents, m'a confié Cruz. Nous sommes chez nous.

Première nouvelle. Nulle part je n'avais trouvé mention de ce fait. L'immeuble était censé appartenir à des Français de souche, c'est en tout cas ce que le cadastre m'avait enseigné. J'ai répété ma première question.

— Vivre dans ce pays est une menace. Nous sommes des portos. Ici, ça veut dire manœuvre ou femme de ménage. Alors, c'est mal vu que des gens comme nous possèdent un appart pareil.

Cruz me l'avait fait visiter quelques instants plus tôt. L'appartement était très bien entretenu. Son père avait tout refait lui-même et installé des sanitaires, ce qui était rarement le cas dans les habitations que j'avais visitées, où les toilettes se trouvaient sur le palier, ou dans la cour.

— On a voulu nous le racheter. Ils ont pas lésiné. Leur but, c'est qu'on foute le camp.

— Pourquoi ne pas avoir vendu ? Vos parents ne sont pas tentés par un retour au pays ?

— Papa ne veut pas en entendre parler. Il dit qu'ici, c'est chez nous.

— Vous avez les actes de propriété ?

— C'est chez nous, je vous dis. Y a pas à tortiller. On est allés chez le notaire. C'est pas le problème.

Je me suis sentie stupide.

— Alors c'est quoi le problème ?

— Mon scooter a été brûlé, rien que l'année dernière, mon père a eu les pneus de sa voiture crevés au moins une fois par mois. On a été cambriolés deux fois. Voilà le problème.

J'allais parler quand Cruz m'a arrêtée d'un geste de la main.

— Non, ne dites pas que ça peut être n'importe qui. Vous connaissez beaucoup de voleurs qui descendent chez des Portugais ? Moi pas. Et pourtant, j'en fréquente, des nazes.

À cet instant, la mère de Cruz est rentrée. Elle était chargée de sacs de commissions et transpirait à grosses gouttes.

— Mamãe ! Je t'avais dit de m'attendre.

Je suis restée seule deux ou trois minutes, le temps que le fils aide sa mère à ranger les courses, puis Adelia Teixeira est venue me saluer. Elle parlait français avec un accent à couper au couteau. Cette femme me rappelait les amies de ma mère. L'accent différait, mais la rondeur des formes et la bonhomie du visage s'en approchaient si près que c'était vertigineux.

J'ai aussitôt accepté son invitation à déjeuner.

La cuisine d'Adelia était divine, forte en goût. Je n'oublierai pas ces instants. Quand je suis partie, je me suis heurtée encore une fois à Forgeat, posté en bas de l'immeuble. Il m'a suivie du regard avec l'air menaçant.

J'ai compris qu'il me fallait de l'aide. Une aide efficace, extérieure. Rassurante. Sans quoi, je ne donnais pas cher de ma peau.

Nelson Baldwin est de ces hommes délicats, ombrageux et souriants à la fois, qui vous poussent à vous demander quels sont leurs secrets. Mais Nelson est aussi l'homme le plus fiable que je connaisse. Je l'ai rencontré il y a plus de dix ans, en Angleterre, au siège d'un grand journal. Il m'avait prise sous son aile, montré tous les rouages de la maison et permis de présenter un rapport de stage époustouflant qui m'avait rapporté la première note du lycée. Depuis, il était resté pour moi un grand-oncle, un parrain, l'épaule sur laquelle je pouvais m'appuyer en toutes circonstances.

Deux jours après mon appel, affolé, je dois l'avouer, il m'attendait au bar du Grand Hôtel Regent, à Bordeaux. Par chance, il était de passage en France pour faire un article sur la reprise des essais nucléaires à Mururoa. « Je viens fourrer mon nez dans le lobby nucléaire, m'avait-il expliqué. Ça sent le scoop à plein nez. »

Nelson s'était spécialisé dans les révélations scandaleuses, quel que soit le milieu. Il n'était pas regardant sur les sujets. Tant que ça faisait monter les chiffres de tirage.

– *Honey !* Tu as l'air tout chose !

Je lui avais déjà tout raconté au téléphone quelques jours plus tôt.

– Ta vie est-elle vraiment en danger ? Parce que je n'ai rien trouvé de louche, encore !

– Nelson, arrête !

Il était en train de tester ma pugnacité. Mais n'était-ce pas lui qui m'avait conseillé de ne jamais rien lâcher dans la vie ou dans le travail, que c'était à ce trait qu'on reconnaissait les bons ?

– Carmen, je suis d'accord avec toi. Ton Degrelle a de grandes ambitions politiques, crois-moi. Ça le rend encore plus délicat à surveiller. Le problème, c'est qu'il flirte déjà avec les hautes sphères. Il va falloir quelques années avant de... non, suis-je stupide, nous sommes en France ! Tu ne sauras la vérité que dans trente à quarante ans. Et encore !

– Sauf si tu m'aides à trouver les preuves de ce que j'avance.

– Tu savais, toi, avant qu'on lâche les chiens, que ton ancien président de la République avait été fonctionnaire sous Vichy, qu'il avait dit oui à des dizaines de condamnations à mort du temps de la guerre d'Algérie, pardon, pacification de l'Algérie, qu'il avait une fille avec une autre femme que son épouse et qu'il avait organisé son propre attentat en 1959 ?

— Beaucoup le savaient. Mais ils se sont tus. Je ne veux pas me taire.

— On a les politiques qu'on mérite. La presse aussi...

— Nelson, j'ai vraiment besoin de toi. Je peux compter sur ton aide ?

— Évidemment, Carmen chérie. Ce n'est pas parce que je n'ai rien déniché qu'il n'y a rien. Bien au contraire. Je termine mon article sur ton président et ses essais nucléaires et après, je suis tout à toi. De ton côté, ne travaille que sur du solide. Pour le moment, tu n'as que des ragots. Ces Portugais l'ont mauvaise. Ils ne sont pas dans le camp des vainqueurs et ça agace.

J'ai objecté que ces Portugais, comme il disait, me paraissaient être des gens dignes et simples, l'exact inverse de ceux qu'ils accusaient.

— Dans tous les cas, je te conseille de quitter le panier de crabes tant qu'il est temps. Si ce que tu soupçonnes est vrai, alors tu risques gros s'ils s'en aperçoivent !

Je suis sortie de l'entretien avec Nelson un peu déçue. J'avais espéré... qu'avais-je espéré ? La vérité ne se nourrit pas d'allégations hasardeuses, c'est ce qu'il m'avait fait comprendre. Mes origines m'avaient fait embrasser la cause des Portugais sans y réfléchir. J'étais éprise de justice, depuis l'enfance. J'avais grandi avec l'idée qu'une faute énorme avait été commise par les Français, qu'ils nous étaient redevables et que c'était pour cette raison qu'ils nous méprisaient.

Les Degrelle n'étaient peut-être pas coupables des rumeurs dont on les accusait. En tout cas rien ne le prouvait et c'est sur cette base que je devais établir mon jugement. Mais il traînait au fond de mon cœur l'idée qu'on ne fait pas d'omelette sans casser des œufs. Les Degrelle n'avaient pu amasser une telle fortune sans avoir écrasé quelques têtes au passage.

C'était stupide. J'étais stupide.

Le soir même, j'ai retrouvé la douceur de la vieille ville. Juillet commençait. Les quartiers rénovés vibraient d'une foule de noctambules venus faire la fête. Mais la voix de Zelda ne me quittait pas et en regardant les façades illuminées de la Petite Lisbonne, je ne pouvais m'empêcher de penser au diable.

J'éprouvais de la tendresse pour cette femme, et j'aurais eu le sentiment de la trahir si je l'avais laissée sans nouvelles.

– Ce n'est pas ta croisade, ma fille. Personne ne t'a demandé de t'en occuper. Mais laisse-moi te dire ceci : ce n'est pas parce que tu n'as pas trouvé une chose que cette chose n'existe pas.

Évidemment. Ma mère avait cru en Dieu jusqu'à sa disparition et nous avions souvent bataillé sur l'existence de l'immatériel. À présent, elle savait, ou elle ne savait plus rien. Quant à moi, j'en étais toujours à émettre des hypothèses.

– Je vais te demander de faire un effort d'imagination, m'a dit Zelda, un sourire tranquille sur les lèvres, alors essaie de... Non, c'est trop dur, attends.

Alors qu'elle s'absentait, j'ai branché mon Dictaphone. Zelda avait pris un ton de confidente, je sentais qu'elle allait enfin me révéler ce qu'elle savait. Elle est revenue quelques instants plus tard avec un cadre qu'elle a placé d'autorité entre mes mains.

– J'avais 28 ans et je peux te garantir que je faisais tourner les têtes.

La petite bonne femme qui venait de se rasseoir figurait sur une photo en noir et blanc, aux côtés d'un homme très brun, avec des épaules de gymnaste et des mains de fort des Halles. À côté de lui, Zelda paraissait menue, délicate. J'ai eu un pincement au cœur en la découvrant. Je la savais vieille fille et l'apparition de cet homme ne pouvait qu'augurer une histoire tragique.

– Vous étiez si jolie !

Les murs de sang

— C'est Octavio que je voulais te montrer.
— Avez-vous été... ?
— Mariés ? Non. Mais nous devions. Si le clan Degrelle ne s'en était pas mêlé, c'est ce qui serait arrivé.
— Qu'est-ce que les Degrelle ont à voir avec vous ?
— Le frère cadet des Degrelle, Karl Marx Frantireur, on l'appelait KMF, eh bien, il s'était entiché de moi. Quand ces gens-là désirent une chose, ils n'imaginent pas qu'ils pourraient ne jamais l'obtenir. KMF était marié, mais ce détail ne l'embarrassait pas. Pas du tout même. Il était réputé pour son succès auprès des femmes.

Octavio et KMF avaient eu maille à partir. Et KMF avait déployé tant de moyens qu'Octavio avait dû quitter la ville. Zelda devait le rejoindre aussitôt qu'il aurait trouvé du travail, ailleurs. Mais il n'avait jamais plus donné signe de vie.

— Mon homme est mort, mon cœur le sait. On ne l'a jamais retrouvé, ni en France ni au Portugal où la rumeur disait qu'il était retourné. Mais un Portugais expatrié ne rentrait pas au Portugal. Pas dans ces années-là !

J'ai eu du mal à respirer. Les mots de Zelda, la tension qui sourdait de son calme apparent me bouleversaient profondément.

— KMF a assassiné mon Octavio. Je ne pourrai jamais le prouver, mais j'en suis sûre.

Elle a posé une main sur la mienne et l'y a laissée, comme si c'était à elle de me réconforter.

— Carmen, cet homme était le pire des Degrelle. Il s'est enrichi autant que les autres sur cette ville. Lui travaillait exclusivement dans le bâtiment. Il employait nos fils, nos maris, nos pères aussi. Pour un salaire de misère, tandis qu'il amassait plus qu'il n'en faut pour dix générations.

— Qu'est-il devenu ?

— Il y a eu une dispute au sein du clan. Là encore, tu diras que ce ne sont que des rumeurs. Mais je le sais. KMF est parti s'installer à Villeparisis, près de Paris. Je peux même te donner son adresse, cet obsédé m'a écrit des lettres enflammées pendant des années.

Zelda s'est interrompue un instant.

– Je les ai toutes détruites, ma fille. Crois-moi, c'est un monstre. Il est parti, mais ses sociétés continuent de rebâtir la ville. Alors, persiste à croire que ce monde est merveilleux et que les pauvres disent du mal des riches par jalousie. Moi, je te dis qu'ici même, il y a des assassins, et que leur statut social les a protégés tout au long de leur vie !

J'ai tenté d'en savoir plus. Mais je ne connaissais personne dans cette ville. Pas de journaliste à la retraite, pas d'ancien flic qui deviendrait soudainement bavard, pas de notable susceptible de m'informer. Le clan Degrelle dirigeait cette ville depuis des décennies et personne n'avait intérêt à entrer en conflit avec une famille aussi puissante.

En dehors des Portugais.

Une fois encore, je me suis rendue à Poitiers pour chercher, cette fois, des informations sur KMF, le cadet des frères fondateurs de l'empire.

Un entrefilet dans la presse nationale, daté du 26 décembre 1968, mettait en cause Karl Marx Frantireur. Le soir du réveillon, une jeune femme avait porté plainte pour viol. Valérie Maury, 22 ans, résidant dans l'agglomération, avait été forcée par plusieurs hommes, dont KMF, à pratiquer des actes sexuels au cours d'un bal donné par la mairie.

Je n'ai rien trouvé de plus. Soit elle s'était rétractée, soit la plainte avait été étouffée, soit elle avait menti. J'avais tout juste le temps de faire la route en sens inverse avant la fermeture de l'état civil. Cette jeune Maury avait dû changer de nom depuis. Mais ce qui me pendait sans doute au nez, c'est qu'elle avait quitté la région. S'il y avait eu viol comme elle le prétendait, alors j'imaginais mal qu'elle ait pu rester au même endroit, au risque de croiser régulièrement ses agresseurs.

*

Ce jour-là, 13 juillet 1995, l'état civil avait fermé ses portes à midi. Je suis rentrée le cœur lourd. J'avais besoin de me distraire. Le soir même, il y aurait un feu d'artifice tiré depuis les jardins de l'hôtel de ville. J'ai toujours raffolé des feux d'artifice.

J'ai pris un bain en essayant de faire le vide, mais le visage de KMF me hantait. Vers 21 heures, j'ai mangé un morceau au Massillon, un restaurant de couscous dans le cœur de la Petite Lisbonne. J'avais prévu de me rendre vers 22 heures sur l'esplanade, bien décidée à réquisitionner un banc pour ne pas poireauter une heure debout.

C'est là que j'ai croisé Aymeric. Il était surexcité et passablement éméché. Il s'est installé sur la chaise qui me faisait face et a vidé mon verre de vin.

– Ça boum, Carmen ? C'est le soir du grand ménage et toi, tu vas au spectacle !

– De quoi veux-tu parler ?

– Nous, les Degrelle, on va faire un peu de béton !

Mon cœur s'est emballé.

– Laisse tomber, Carmen, c'est aux hommes de se relever les manches.

Aymeric a bondi sur ses pieds. Je l'ai regardé s'éloigner, pauvre carcasse saturée d'alcool et de haine. J'ai jeté un billet de cent francs sur la table et je l'ai suivi.

Il était 22 h 15.

J'ai d'abord cru qu'Aymeric marchait au hasard des rues, puis il s'est éloigné des quartiers rénovés et a longé le rempart sur plusieurs centaines de mètres. Je suis restée dans l'ombre des immeubles, soucieuse de faire aussi peu de bruit qu'une souris.

Les lampadaires fonctionnaient mal, clignotaient ou dispensaient une lumière orangée chiche sur les façades lépreuses. Le quartier était désert.

Quelques centaines de mètres plus loin, Aymeric a gagné les abords d'un vaste chantier protégé par une palissade et s'est faufilé entre deux plaques de tôle ondulée. J'ai attendu une minute, le cœur battant, puis je suis entrée comme je l'avais vu faire.

De la lumière provenait d'une fosse. J'entendais aussi un moteur tourner au ralenti. Mes yeux s'habituant à l'obscurité, j'ai distingué du matériel de chantier, des matériaux posés à même le sol, tout un tas de formes derrière lesquelles je pourrais me dissimuler. Alors je me suis avancée lentement, le corps courbé, jusqu'à ce que mes pas m'amènent au bord de la fosse.

Une dalle de béton y avait été coulée et des piliers bardés de ferraille se dressaient vers le ciel. Parmi les hommes regroupés près d'une camionnette, j'ai reconnu Aymeric. Et Forgeat.

Il y a eu un long sifflement, et une explosion de couleurs a illuminé le ciel, précédant de peu une détonation.

Le feu d'artifice commençait.

Quelques secondes plus tard, les phares d'un camion toupie s'allumaient, puis ses feux de recul.

Forgeat et Aymeric ont guidé le camion jusqu'au bord de la dalle de béton. Ils ont ouvert les portes de la camionnette, manipulé des charges qui paraissaient lourdes.

Des corps, il s'agissait de corps. Des gens, morts ou inconscients, qu'ils apportaient au pied de la toupie pour les déposer sur la ferraille où coulerait le béton.

Je n'ai pas reconnu le premier corps, le deuxième non plus. Mais le troisième et le quatrième étaient ceux de Cruz Teixeira et de sa mère, Adelia.

Je respirais mal, j'étouffais. Mon sang frappait mes tempes si fort que j'ai cru mourir sur place.

Je ne pouvais me résoudre à fuir.

J'ai assisté impuissante au crime, regardé le béton se déverser dans la fosse, recouvrant les corps de ceux qui m'avaient accueillie chez eux, tandis que dans le ciel s'exprimait l'hommage du maire à la Révolution française, à l'esprit de liberté et de justice hérité du siècle des Lumières.

Je n'ai bougé qu'après le bouquet final, quand le silence est retombé sur le chantier.

Les murs de sang

Choquée, je n'ai pu retenir ce cri de désespoir qui montait dans ma gorge. Un cri de haine, de douleur. D'effroi.
Immédiatement, trois faisceaux de lampes torches ont fouillé la nuit. Celui de Forgeat m'a repérée le premier.

Jack

2011

21

L'officier Mansel conduisit Libbie jusqu'à une estafette de la gendarmerie, garée à quelques mètres du lieu de l'attaque du fourgon, où elle put s'asseoir à son aise et reprendre ses esprits.

— Prenez le temps de vous réchauffer. On vous raccompagnera à votre hôtel tout à l'heure.

— Que s'est-il passé ici ? Le sergent Riquen m'a dit que Jack lui avait sauvé la vie.

— On peut dire ça.

— Excusez-moi ?

— Vous ne connaissez pas votre mari, assena Mansel en croisant les bras, ou alors, vous me cachez des éléments. Jack a abattu deux hommes, madame van Bogaert. Et ça, tout le monde n'est pas capable de le faire.

— Je crois au contraire, officier Mansel, rétorqua Libbie, irritée par les propos du policier, que la peur et des situations de stress intense peuvent amener n'importe qui à faire des choses dont il se sentirait incapable en temps normal. J'ai l'impression que M. Riquen se félicite plutôt d'avoir eu Jack à ses côtés. Même si la logique aurait voulu que ce soit lui qui protège mon mari et non l'inverse.

— Comme vous y allez !

– Je dois vous avouer que j'en ai ma claque d'entendre du mal de Jack. C'est un homme bien. Vous voulez que je vous parle franchement ? Ça ne me fait ni chaud ni froid de savoir qu'il a tiré sur ces sales types. Ils n'ont eu que ce qu'ils méritaient.
– Vous ne pensez pas ce que vous dites.
– Je ne suis pas là pour débattre de morale, encore moins pour juger Jack. Je suis certaine que lorsqu'il aura retrouvé Lucie, il se rendra. Il a une peine à purger, il le sait. Ce sera alors à la justice de décider.
– Dites-moi donc ce que vous savez, madame van Bogaert, au lieu de monter sur vos grands chevaux. Ce serait quand même plus simple pour tout le monde.
– Je suis aussi paumée que vous, quoi que vous en pensiez. De votre côté, êtes-vous vraiment certain que cette attaque a un rapport avec lui ? Il n'était pas seul dans le fourgon.
– Luigi n'a aucune connexion avec le grand banditisme.
– Que voulez-vous dire ? Jack non plus.
– Les individus abattus par votre mari sont des professionnels. Armes de guerre, explosifs, voiture bélier. Ils n'ont pas hésité à tirer sur des policiers. Croyez-moi, s'ils avaient voulu l'assassiner, Jack serait dans une housse en plastique à l'heure qu'il est. C'est ce qui nous fait penser qu'il a un lien avec eux.
– Pourquoi ces hommes voudraient-ils libérer mon mari ? insista Libbie. Comment pouvez-vous affirmer qu'il ne s'agissait pas d'une opération contre la police ? Ou d'une action des complices de ce Luigi ?
– Il a pris une rafale en pleine face. Ce n'est pas ma conception de l'évasion réussie. De plus, ce type est un violeur, un cinglé et un solitaire.

Libbie entrouvrit la bouche, mais elle se ravisa. Son téléphone venait de vibrer dans son sac.
– Excusez-moi.

Sur l'écran, le numéro du domicile de Kay. Libbie hésita quelques secondes avant de couper son téléphone.

— Vous ne répondez pas ?
— C'est ma mère, je lui expliquerai ça plus tard. Je ne veux pas l'inquiéter. Écoutez, je suis certaine qu'il n'y a aucun rapport entre Jack et cette bande de tueurs. Il doit y avoir une autre explication.
— Vous le connaissez depuis quoi, cinq ou six ans ? Non... La disparition de Lucie et maintenant ce carnage, c'est pas du hasard. Votre mari doit savoir quelque chose. Quelque chose que ces gens sont prêts à récupérer à n'importe quel prix.

Libbie secoua la tête. Des boucles blondes tombèrent sur son front.

— Franchement, je ne vois pas.
— Une chose est certaine, Jack est en mauvaise posture. Il faut qu'il cesse de fuir. Nous pouvons l'aider. S'il vous donne de ses nouvelles, appelez-moi.

Mansel tendit une carte à Libbie.

— À n'importe quelle heure. Votre mari ne peut pas s'en tirer seul. Vous devriez collaborer, madame van Bogaert.
— Je vous tiendrai au courant. Il va m'appeler. Dès qu'il le pourra. Je vais retourner à mon hôtel, maintenant, ajouta Libbie d'une voix tremblante. Je ne me sens pas bien.
— Je vous fais raccompagner.
— Je vous remercie, mais ma voiture est garée là.
— Un de mes hommes s'en chargera. Venez, vous avez été choquée par tout ce qui s'est passé. Ne surestimez pas vos forces. De toute façon, on n'apprendra rien de plus avant des heures.

22

Jack ferma les yeux. Kay avait dû connaître une fin longue et abominablement douloureuse. Il s'apprêtait à se pencher vers le corps pour lui fermer les paupières quand de nouveaux coups le firent violemment sursauter.

– Qui est là ? hurla-t-il en brandissant son couteau.

Des gémissements lui répondirent. Derrière un empilement de palettes qui atteignait le plafond, Jack découvrit un homme bâillonné et enchaîné à un tuyau scellé dans le mur. Il s'agenouilla et retira l'adhésif qui entravait sa bouche.

– Qui êtes-vous ? Qu'est-ce que vous foutez là ?

Le type respira un grand coup.

– Enfin, vous voilà ! Mais qu'est-ce que vous avez fabriqué tout ce temps ?

Sa voix aiguë trahissait la fatigue et la peur. Devant l'absence de réaction de Jack, il finit par brailler :

– Mais qu'est-ce que vous branlez ? Détachez-moi, merde !

Les mots traversèrent l'esprit de Jack sans s'accrocher. Puis une lumière revint dans son regard. Il replaça l'adhésif sur la bouche de l'homme ligoté et disparut de la pièce sous ses yeux médusés.

Kay pouvait attendre. Cet inconnu aussi. En revanche, Libbie, non. Elle finirait par venir ici, c'était d'une logique implacable, à laquelle d'autres avaient sans doute pensé. Avec le nombre de salopards qui s'attachaient à ses pas ces derniers temps, il ne fallait plus commettre la moindre erreur.

Jack pria pour que Libbie décroche son téléphone. Il y eut trois sonneries et le message d'accueil de sa femme résonna dans l'appareil.

Rien n'allait dans le bon sens.

– Libbie, je...

Il n'avait pas prévu de parler dans le vide. Les mots lui manquaient. Il y avait tant de choses à dire.

— Ne viens pas chez Kay ! Tu m'entends, ne viens pas. Ce qui arrive est dingue. Le fourgon a été attaqué par une bande armée et... je n'ai rien, ne t'en fais pas. Quitte ce pays de merde ! Réfugie-toi en lieu sûr et attends que je te rappelle.

Il raccrocha. Ses pensées se bousculaient dans sa tête. Trop d'événements choquants et sans lien apparent s'étaient succédé dans les dernières quarante-huit heures. Et il y avait ce type ligoté dans la cave. Allié ou ennemi, il l'ignorait. Mais cet inconnu était forcément le premier élément du puzzle.

Jack récupéra le couteau qu'il avait posé près du téléphone et retourna à la cave. Le taux d'adrénaline libérée par le stress de la découverte du cadavre de Kay commençait à diminuer.

Une grande fatigue s'abattit sur ses épaules.

Pas le temps de traîner, je dois retrouver Lulu.

Il se heurta à nouveau au spectacle abominable de son amie suppliciée. Cette fois, il eut un haut-le-cœur. Au moment de mourir, Kay avait ouvert la bouche. Il manquait plusieurs dents à sa mâchoire supérieure et ses lèvres, écrasées par les coups, ressemblaient à de la confiture de mûres. Les yeux de Jack restèrent fixés sur ces chairs tuméfiées, puis un gémissement l'extirpa de sa torpeur.

En deux enjambées, il contourna les palettes et s'agenouilla devant l'homme bâillonné.

— J'en ai plein le cul des mauvaises surprises, murmura Jack, après quelques secondes d'hésitation. Alors, qu'est-ce que tu fous là ?

L'homme secoua la tête. Jack arracha l'adhésif d'un coup sec et le frappa brutalement sur la tête, du plat de la main.

— Kay avait besoin de moi pour filer un coup de main à un ami.

— Ah oui ? Quel ami ?

L'homme lança un drôle de regard à Jack.

— Un type qui a perdu sa gamine dans la montagne.

— T'es qui exactement ?

– Rémy Sempere.

Jack frappa à nouveau.

– Tu mens ! hurla-t-il. Dis-moi ton nom !

– Sempere ! Sempere ! Arrêtez, merde !

Un mélange de colère et de désespoir éraillait la voix du type.

– Bien ! murmura Jack. Je te préviens, Rémy Sempere, je ne suis pas d'humeur à ce qu'on me chie dans les bottes. Alors je te conseille de me persuader de ta bonne foi, compris ? Pourquoi t'es pas mort, toi aussi ?

– Tout ce que je peux dire, c'est qu'on a sonné à la porte. Ça les a fait dégager.

– C'était il y a combien de temps ?

– Aucune idée ! Je sais même pas s'il fait jour ou nuit dehors !

– C'est qui ces types ?

– Mais j'en sais rien ! Des tarés !

– Qu'est-ce qui s'est passé exactement ?

– Je dormais dans la chambre d'amis, au premier étage, quand ils ont envahi la maison.

– Combien étaient-ils ?

– Deux ou trois, peut-être plus. Ils m'ont réveillé, assommé et je me suis retrouvé ligoté à la cave. J'ai entendu ce qu'ils lui ont fait. Quand ils l'ont descendue, je... j'ai fait semblant d'être dans le coaltar.

La sonnerie du téléphone résonna dans la maison, stoppant l'échange entre les deux hommes. Ils se fixèrent sans respirer, sans bouger.

Lorsqu'elle s'interrompit, Jack murmura :

– Depuis quand tu la connaissais ?

La sonnerie retentit à nouveau une dizaine de fois, avant que la cave replonge dans un silence glaçant.

– Depuis quand ?

Jack se pencha tout près de Sempere. Il pouvait sentir sa sueur et les relents d'un parfum subtil sur ses vêtements.

– Depuis la fac. On se fréquente quand elle vient à Paris.

— Bien sûr, ricana Jack, un vieux copain de fac. T'as rien trouvé de mieux ? Elle ne m'a jamais parlé de toi.

— Elle ne m'a jamais parlé de toi non plus, avant hier soir.

Jack accusa le coup.

— Tu dis que tu devais retrouver ma fille, comment tu comptais faire ? Avec ta baguette magique ?

— J'ai fait du biathlon, rétorqua Sempere. Je chasse sur tous les territoires, je sais suivre une piste. Et merde. Maintenant, si tu ne me détaches pas tout de suite, il faudra pas compter sur moi pour assurer tes arrières.

Jack prit une minute pour réfléchir. Pendant ce temps, Sempere le détailla du regard sans faiblir.

— Qu'est-ce qui me prouve que tu n'as pas massacré Kay avant de t'attacher à ce tuyau pour mieux me baiser ensuite ?

— T'as raison ! Va raconter ça aux flics. Pauvre type. Quand je pense que j'ai fait cinq cents bornes pour me farcir un connard pareil !

— J'ai besoin d'une preuve. Si t'avais tous les flics de la ville au cul, sans compter une bande de cow-boys armés jusqu'aux dents, tu te méfierais aussi. Où sont tes papiers ?

— Mes affaires sont dans la chambre d'amis, en haut.

Jack remonta les marches quatre à quatre et se précipita au premier étage. Le palier distribuait trois pièces dont la salle de bains. La chambre de Kay, la plus grande, avait été visiblement épargnée par ses agresseurs. Le lit était défait, une chemise de nuit abandonnée sur une chaise et l'odeur vanillée de son parfum persistait.

Jack ouvrit les placards et les tiroirs du petit secrétaire sans trop savoir ce qu'il cherchait, visita la salle de bains où il ne trouva aucun effet masculin et s'introduisit dans la deuxième chambre, les poings serrés.

La pièce était la plus petite de la maison. Elle était simplement meublée, un lit une place, une table de chevet et une armoire.

Jack passa une main tremblante sur le bois du lit défait. Il n'y avait rien. En dehors des draps froissés, rien qui prouvait l'identité du type coincé en bas. Pas un sac, pas un vêtement. Rien.

Pris d'un subit accès de rage, Jack dévala l'escalier jusqu'à la cave.

— Il n'y a rien. Rien, tu entends !

— Ils ont dû tout emporter. J'avais des bagages coûteux.

— Des bagages coûteux ! Putain, tâche de trouver autre chose ! hurla Jack en dégainant son Glock et en appuyant le canon sur la tête de Sempere. Trouve autre chose !

Une goutte de sueur perla à la racine des cheveux de Sempere, ruissela sur sa tempe et s'écrasa sur le col de sa chemise. Jack ferma les yeux, se pencha en avant et murmura :

— Trois.

Il déverrouilla l'automatique en soupirant.

— Deux.

— Attends ! Kay a téléphoné à ta femme, articula Sempere. Hier soir. J'étais à côté. T'as qu'à vérifier.

23

Libbie décrocha à la première sonnerie. Elle avait eu le message de Jack et téléphoné chez Kay à plusieurs reprises depuis qu'elle était rentrée à l'hôtel.

— Je vais bien, la rassura Jack. Mais ce n'est pas le problème.

— Si, justement, insista Libbie. J'ai appris ce qui s'est passé.

— Je n'avais pas le choix...

— Ce n'est pas ce que je veux savoir, Jack. Je veux savoir comment tu te sens. Comment tu digères ça.

— C'est vraiment pas le moment. Est-ce que tu as eu des nouvelles de Kay, hier ou cette nuit ?
— Jack...
— Putain, Libbie, réponds.
L'urgence dans la voix de Jack poussa Libbie à s'exécuter.
— Hier soir. Il devait être 20 heures.
— Elle t'a parlé d'un ami ?
— Oui, quelqu'un qui pourrait nous aider à retrouver Lucie. Pourquoi ?
— Tu te souviens de son nom ?
— Quelque chose comme « semper ». C'est un type blindé de fric.
Quelques secondes de silence séparèrent Jack et Libbie.
— T'es bien certaine de ce que tu dis ?
— Oui. Certaine. Jack ? Réponds-moi. Pourquoi toutes ces questions ? Pourquoi je ne pourrais pas te rejoindre chez Kay ?
— Où es-tu ?
— Jack, je ne suis pas une gamine. Réponds-moi.
— Je veux que tu quittes la région. Immédiatement. Kay est morte, Libbie. Je ne sais pas ce qui se passe, mais je refuse que tu prennes le moindre risque. C'est clair ?
— Kay est morte ? s'écria-t-elle. Mais comment ?
— Ce n'est pas le moment, Libbie. Dis-moi où tu es.
— Je suis à l'hôtel de la Vallée, à Martigny. Je vais tenter de convaincre Dominic de nous aider.
Le cœur de Jack manqua un battement.
— J'imagine que ça te déplaît, poursuivit Libbie. Mais je peux t'assurer qu'il n'a rien à voir avec ce qui t'arrive. Jack, tu m'entends ? Je viens de parler avec Mansel et Galander, ils sont persuadés que ceux qui ont enlevé Lucie et attaqué le fourgon veulent t'atteindre. Que ce sont des professionnels. Tu comprends ce que ça signifie ?
— Des professionnels ? Tu as d'autres précisions ?
— Non, mais ces types n'en étaient visiblement pas à leur coup d'essai. Jack, as-tu une idée de ce qu'ils te veulent ?

— Pourquoi enlever Lucie et massacrer autant de personnes ? Pour moi ? Pour m'éviter deux mois de taule ? Mais s'ils me voulaient, j'étais bien plus facile à choper en cabane ! Non, ça tient pas la route. Et puis, tu peux m'expliquer comment ils auraient su où trouver Lucie ? Non, je te dis. Il n'y a pas de rapport. Les flics sont à côté de la plaque.

— Jack. Tout le monde savait où trouver Lucie. Il suffisait d'avoir la télé ou la radio. C'est passé sur toutes les ondes.

Jack garda le silence quelques secondes et Libbie sut que ses arguments avaient fait mouche.

— Tu as entendu parler d'un certain Riquen ? Un jeune sergent. J'aimerais savoir ce qu'il en pense, lui. Il était là.

— Riquen est tiré d'affaire, expliqua Libbie. Grace à toi. Je l'ai vu sur les lieux de l'attaque. Lui, il croit à cette théorie et Mansel parle même de grand banditisme. Ils te conseillent tous deux de te rendre. Moi aussi, d'ailleurs.

— Libbie, assez. Va te planquer quelque part, et reste tranquille. Je refuse qu'il vous arrive quelque chose, au bébé et à toi. C'est déjà suffisamment difficile.

La conversation s'arrêta sur ces mots.

Jack espérait que Libbie irait se mettre à l'abri en attendant que les choses s'arrangent. Mais il avait la certitude qu'elle ne resterait pas les bras croisés. En cas de besoin, il pourrait compter sur elle.

De retour à la cave, Jack utilisa son couteau pour trancher les liens qui entravaient les chevilles de Sempere et une scie à métaux pour les menottes.

Après s'être massé les poignets, ce dernier se releva avec difficulté. Il avait passé une quinzaine d'heures dans la même position et ses muscles endoloris le trahissaient.

— Un coup de main ? proposa Jack.
— Merci.

Quand Rémy Sempere découvrit le corps de Kay, il étouffa un juron.

— Je suis désolé pour tout ça, lui dit Jack en tentant de le pousser hors de la cave. J'aurais dû vous détacher avant, mais tout se barre en couille en ce moment.

Les murs de sang

Le visage de Sempere était livide.

— On ne peut pas la laisser comme ça ! murmura-t-il. Ce ne serait pas...

— Chrétien ? C'est à ça que vous pensez ?

Jack ricana en blasphémant. Où était ce Christ quand les assassins de Kay la torturaient ? Où était-il en ce moment même, alors que Lucie se trouvait sans nul doute entre les mains d'une bande de cinglés ?

Sempere se signa et grimpa l'escalier de la cave. Arrivé dans le salon, il ouvrit le bar et se servit un grand verre de scotch.

— Vous n'avez pas l'air choqué par la mort de Kay, dit-il après avoir bu une grande rasade.

— J'ai eu mon compte aujourd'hui, lâcha Jack en se servant un verre à son tour.

Il déambula dans le salon en prenant garde à ne rien déplacer.

— Qu'est-ce qu'ils cherchaient ? murmura-t-il en balayant la pièce du regard. Qu'est-ce que Kay pouvait posséder qui les intéressait ?

— Des informations sur moi, sur vous. Il va falloir être prudent.

Sempere s'approcha du coucou fixé au mur et remonta les poids sans y penser. Aussitôt, l'oiseau mécanique se mit à chanter.

— Arrêtez donc de laisser vos empreintes partout, râla Jack. Vous êtes inconscient ou quoi ?

— Je vous rappelle que j'ai séjourné ici. Je n'ai rien à cacher. Par contre, vous, vous n'êtes pas censé être en prison ?

— Il faut croire qu'on m'enferme pas aussi facilement ! grinça Jack en claquant son verre sur le bar. Bon, où sont les clés de votre bagnole ? J'ai assez perdu de temps.

— N'y pensez même pas.

— Quoi donc ?

— Kay était mon amie. Vous ne me laisserez pas sur la touche en vous tirant avec ma caisse !

– Écoutez, opposa Jack calmement. Ne vous froissez pas, mais c'est de ma fille qu'il s'agit. Pour Kay, il n'y a plus rien à faire.

Sempere vida son verre et se leva. Il attrapa son manteau dans l'entrée et ouvrit la porte. Entre son pouce et son index se balançait une clé de voiture.

– C'est la seule chose qui me reste. C'est à prendre ou à laisser, ajouta-t-il devant la mine dubitative de Jack. Ou on part maintenant, ensemble, ou vous vous débrouillez. Kay m'avait appelé pour vous aider. Je suis prêt à aller au bout de cette histoire, je lui dois bien ça.

24

Après avoir fait une courte sieste à l'hôtel et dévoré deux pains au chocolat, Libbie regagna sa voiture, laissée sur le parking de l'hôtel par l'escorte policière imposée par Mansel, et attendit que le pare-brise dégivre en songeant à la mort de Kay. Elle ne parvenait pas à l'accepter ; cette impossibilité parasitait son raisonnement.

Tous ceux qui approchaient Jack paraissaient en danger. Le phénomène était nouveau. Le Jack qu'elle connaissait, cet homme qu'elle avait tiré des geôles indonésiennes, coulait une vie simple à ses côtés depuis six ans. Jamais il n'y avait eu la moindre anicroche dans leur quotidien fait de travail, de plaisir et de projets. Jamais.

Il avait suffi que Jack remette les pieds en Europe pour que tout se dérègle, explose et verse dans le chaos. Libbie était convaincue que Jack possédait un début d'explication. Pourtant, il affirmait ne rien savoir. C'était impossible. Libbie frissonna. Elle avait vécu toutes ces années aux côtés d'un inconnu. Mansel avait raison. Elle ignorait tant de choses sur son mari. À commencer par cette période passée à Bali, entre les bordels et les cercles de jeu clandestins. Était-ce là que Jack avait appris à tuer ? Avant ? Avait-il déjà tiré sur quelqu'un ? Qui était-il réellement ?

C'est dans les faubourgs de Denpasar, au tribunal, que Libbie avait rencontré Jack pour la première fois. Elle s'était associée huit mois auparavant à un ténor du barreau, Wayang Balik. Quinquagénaire flamboyant, ancienne vedette de la télévision reconvertie en défenseur des causes perdues, il représentait les étrangers condamnés à des peines à vie pour quelques grammes de haschich. Libbie peinait malgré tout à trouver des clients. L'Indonésie, peu encline à partager ses prétoires, se révélait habile à écarter tous ceux qui pourraient être tentés par l'ingérence. Après des mois de palabres avec confrères, magistrats et administrations de tout poil, Libbie se rendit à l'évidence. Elle n'accéderait à aucun dossier intéressant. Soit elle s'installait aux Pays-Bas, soit elle tentait sa chance ailleurs. Elle jeta son dévolu sur le Mexique.

Le jour de son départ, Libbie passa au tribunal. Son billet d'avion en poche, ses affaires dans des malles, prêtes à être expédiées au Mexique, elle tenait à saluer une dernière fois son associé.

Wayang Balik plaidait dans une affaire de mutinerie à la prison de Denpasar, déclenchée par l'attentat de Kuta. Un des témoins s'appelait Jacques Peyrat, un Français condamné à perpétuité quatre ans plus tôt pour trafic de drogue. Il ressemblait à un fantôme. Son corps amaigri flottait dans des vêtements crasseux et ses cheveux couvraient une partie de son visage mangé par la barbe. Au moment de quitter la salle d'audience, il lui jeta un coup d'œil par en dessous. Il y avait tant de désespoir, de noirceur dans ses yeux, une telle révolte, tant de solitude aussi, que Libbie décida de tout tenter pour le sortir de ce guêpier.

Arrêté alors qu'il prenait possession d'un conteneur en provenance de Malaisie, dont la fouille révéla plusieurs kilos de haschich, Jack avait écopé du maximum. Aucune défense, un procureur virulent, prêt à lyncher tous les étrangers, un juge préoccupé par ses affaires familiales, aucun proche pour le soutenir, il avait été condamné dans l'indifférence générale.

Jack refusant toute aide, Libbie décida de le défendre malgré lui. Elle travailla dans l'ombre de Wayang Balik et il lui fallut trois années de bataille acharnée contre les magistrats et d'âpres négociations avec les circuits parallèles pour obtenir un second procès et arracher Jack à la cellule où il pourrissait. Durant tout ce temps, elle ne le rencontra jamais. Elle avait décidé d'attendre sa libération avant de nouer un contact.

Libbie ne put retenir un sourire amer. Elle ne le connaissait pas, mais lui non plus. Il lui avait demandé de trouver une planque en attendant que les choses se calment. À croire qu'il avait vécu à côté d'une autre femme pendant tout ce temps.

Libbie ne se cachait jamais, au contraire.

Elle allait faire parler Dominic Balestero. Cet homme pourrait peut-être l'aider à comprendre pourquoi l'enfer s'ouvrait sous les pas de Jack. Mais avant, elle devait dénicher de nouvelles informations sur l'attaque du fourgon. *On n'apprendra rien de plus avant des heures*, avait affirmé Mansel.

Pourtant, Libbie était persuadée que les empreintes des agresseurs tués par Jack avaient déjà été relevées et les fichiers interrogés. Ce n'était pas si long. Pour la balistique, il faudrait quelques heures de plus, mais Libbie pressentait que les armes ne parleraient pas. Ces hommes semblaient trop organisés pour laisser ce genre de piste aux enquêteurs. Quoi d'autre ? Il restait Rodolphe Riquen, le policier sauvé par Jack. Le jeune sergent n'avait sans doute pas eu le temps de tout raconter à ses collègues.

Libbie enclencha la première et démarra.

L'hôpital cantonal se situait à la sortie de la ville, direction Lausanne par l'autoroute. Le pare-brise n'était pas totalement dégivré quand Libbie se gara sur un parking aérien couvert de neige. Elle abandonna sa voiture et s'engouffra dans le hall du centre hospitalier, occupé par une ribambelle de policiers.

Décidée à y aller au culot, Libbie franchit directement les portes d'accès aux services. « Au fond du couloir à droite, obtint-elle d'une aide-soignante occupée à plier des draps dans une remise. Vous pouvez pas vous tromper. » Rodolphe Riquen était sous surveillance, c'était normal. Jamais ils ne la laisseraient lui parler. Elle devrait ruser. Déterminée, Libbie longea le couloir indiqué, repéra la chambre de Riquen et s'enferma dans la pièce voisine, heureusement inoccupée.

Des bruits de voix lui parvenaient à travers la fine cloison, parmi lesquels elle crut reconnaître celle de Mansel.

Le temps passant, elle retira son anorak, s'installa sur une chaise orange dont le dossier en plastique ployait dangereusement et patienta.

Un claquement de porte la sortit de sa torpeur. La chaleur ajoutée à la fatigue liée à sa grossesse avaient eu raison d'elle.

Plus aucun son ne parvenait de la chambre de Riquen.

Un coup d'œil dans le couloir lui apprit que le champ était libre. Libbie se faufila sans un bruit jusqu'à la porte voisine, qu'elle poussa et referma dans le même mouvement.

Le jeune sergent se réveilla en sursaut.

— Ne dites rien, s'il vous plaît, murmura Libbie en s'approchant du lit médicalisé, je veux juste...

— Je n'ai aucune raison de crier, la rassura Riquen. Je dois une fière chandelle à votre mari.

Sa voix était pâteuse et il ne maintenait sa tête droite qu'au prix d'un effort visible.

— Il ne m'a rien dit de plus, articula-t-il avec difficulté. Mais il avait l'air honnête.

— Que disent vos collègues ? Que va-t-il se passer pour Jack maintenant ?

— Il est devenu un témoin capital. Mansel, le chef de la police, et le procureur sont prêts à tout pour coffrer les assassins, même à fermer les yeux sur ce que Jack a fait. Après tout, c'était de la légitime défense. Mais pour ça, votre mari doit coopérer. Il a forcément des informations sur ces types. Je les ai vus abattre mes collègues de sang-froid. Jamais ils n'ont pointé leur arme sur lui. Mais ça ne signifie pas qu'il est hors de danger. Au contraire.

Libbie réprima une envie de crier. C'était la deuxième fois qu'un policier envisageait que Jack pouvait intéresser des criminels au point qu'ils chargent un fourgon pénitentiaire, qu'ils mènent une action de guerre en pleine rue et qu'ils assassinent plusieurs hommes. Ça n'avait aucun sens, sauf si Jack avait effectivement menti sur son passé. Comme il l'avait fait pour Lucie.

Libbie remonta la fermeture de son anorak et se dirigea vers la porte. Elle en avait assez entendu.

— Merci, dit-elle. Vous n'étiez pas obligé.

— Attendez, insista Riquen. Si vous parlez à Jack, dites-lui de nous joindre. Il aura besoin d'aide. Nous sommes quasiment certains maintenant qu'il s'agit de la même équipe qui a kidnappé la petite et attaqué le fourgon.

— Vous avez du neuf sur l'enlèvement de Lucie ?

— Oui. Un des agresseurs avait sur lui un plan avec la localisation de la bergerie.

— Mon Dieu, souffla Libbie. C'est donc vrai. Tout est lié.

— Il y a pire, madame. Nous pensons que la petite n'est déjà plus en Suisse. Peut-être en France, peut-être en Italie. Nous surveillons les frontières.

— Comment ? Comment pouvez-vous l'affirmer ?

— Des témoins ont parlé d'un convoi de trois gros 4 × 4 aux vitres teintées, chargés de matériel de sauvetage, qui redescendait de la zone où Lucie a disparu, bien avant l'intervention des secours. On a lancé un avis de recherche et d'autres témoignages affirment les avoir vus filant vers l'autoroute. Les caméras du péage les ont également repérés à l'entrée du tunnel du Mont-Blanc. Par contre, les plaques n'ont rien donné. Même chose pour les véhicules qui ont servi pour l'attaque. Vous comprenez ?

Libbie comprenait parfaitement. Ces types avaient employé les grands moyens et ils n'avaient pas hésité à tuer Kay. Mais ça, les flics l'ignoraient, ce qui lui donnait un coup d'avance.

25

Tandis que Jack s'endormait comme une masse sur la banquette avant du Hummer, Rémy Sempere fila jusqu'à Chamonix où il acheta deux mobiles jetables, deux brosses à dents, des rasoirs, quelques vêtements et sous-vêtements qu'il répartit dans des bagages légers, puis il loua deux motoneiges et la remorque qui permettait de les transporter.

Jack se réveilla alors que Rémy attelait l'ensemble. Il descendit du véhicule avec une mine de papier mâché.

— Comment vous êtes-vous débrouillé pour acheter tout ça ? demanda Jack, suspicieux. Je croyais qu'on vous avait tout volé chez Kay ?

Rémy Sempere soupira puis confia de mauvaise grâce :

— Ce que vous pouvez être parano ! Je laisse toujours une carte Platinium dans le Hummer. Au cas où.

— Libbie m'a dit que vous étiez blindé de fric, grinça Jack avec un sourire, elle aurait dû ajouter « ultra-prévoyant » !

— Plaignez-vous...

— Où sommes-nous ?

— En France. J'attendais votre réveil pour que vous m'indiquiez la suite de notre itinéraire. Je sais que vous avez été arrêté du côté de Martigny. En revanche, j'ignore d'où vous veniez et ce que vous projetez de faire.

Repartir du dernier endroit connu où Lucie avait séjourné, voilà ce que Jack avait en tête. Remonter tous les sentiers, visiter toutes les maisons, les hameaux, les ruines, tout ce qui comportait quatre murs et permettrait à un salopard de dissimuler sa fille. En vérité, Jack espérait que ce Charlie qu'ils avaient croisé avec Lucie avait vu quelque chose. Tant qu'il n'aurait pas un signe des ravisseurs, il refusait de négliger la moindre piste, si ténue soit-elle.

Il aida Rémy à arrimer la remorque et lui proposa de prendre le volant à son tour, mais ce dernier déclina l'offre.

— C'est mon nouveau jouet. Hors de question que je vous le prête !

— Il n'est pas vraiment discret, votre joujou !

— Je n'ai pas à me cacher, en général, glissa Sempere. Je n'avais pas imaginé qu'un jour, je serais mêlé à une histoire pareille.

Ils quittèrent Chamonix par une départementale et roulèrent une vingtaine de kilomètres en direction de la Suisse. Une neige fine s'abattit sur leur route. Entre Montroc-le-Plantet et Vallorcine, ils garèrent l'énorme 4 × 4 sur une aire de pique-nique et déchargèrent la remorque.

— Vous vous en êtes déjà servi ? demanda Rémy en enfourchant la motoneige. Ça se conduit comme une mobylette, à ceci près qu'il faut faire contrepoids dans les virages.

Son sac sur le dos, Jack essaya l'engin sur le parking et s'engagea le premier sur le bas-côté de la route partiellement dégagée.

Au-delà de Vallorcine, un minuscule village encore endormi, la chaussée n'était plus déneigée. Ils filèrent sans encombre vers la frontière suisse, qu'ils franchirent au col du Châtelard. À cette altitude, le froid mordait le visage, l'unique partie du corps exposée au vent. Ils stoppèrent avant de redescendre.

— D'ici quelques kilomètres, précisa Jack, nous emprunterons une petite route qui mène au lac d'Emosson. J'ai dans l'intention de continuer jusqu'en haut pour interroger ce Charlie.

– Je croyais que vous vouliez retourner à l'endroit où votre fille a disparu.

– Le fait est qu'elle n'y est plus, objecta Jack en remettant les gaz.

Des nuages bas les accueillirent alors qu'ils entamaient l'ascension vers le lac. De minuscules cristaux de glace se substituèrent aux flocons de neige, abaissant de quelques degrés la température déjà polaire.

Le thermomètre électronique situé à côté du compteur de vitesse affichait moins vingt-deux degrés. Ils réduisirent leur vitesse en fonction de la visibilité et aboutirent en haut d'un barrage de retenue après une demi-heure de route. Ils outrepassèrent le message d'interdiction de circuler qui les avertissait du danger de verser dans les eaux glacées et s'engagèrent sur la crête du barrage.

– C'est immense ici, cria Rémy pour couvrir le bruit des moteurs. Comment comptez-vous mettre la main sur ce type ?

– Il m'a dit vivre près du lac du Vieux-Emosson, répondit Jack, c'est un peu plus haut. Ils ne doivent pas être nombreux dans un coin pareil !

À l'extrémité ouest du barrage, une piste balisée montait en zigzag à l'assaut de la montagne. À ce même endroit, une pancarte indiquait la direction d'une auberge d'altitude.

Ils la rallièrent en quelques minutes. Le vent soufflait en violentes rafales depuis qu'ils approchaient des crêtes, compactant la neige en un mur aveuglant. C'est à peine s'ils y voyaient à dix mètres dans la lumière des phares.

Avec sa terrasse en bois entourée de rambardes, la bergerie dont avait parlé Charlie ressemblait à un restaurant de piste. Les deux hommes coupèrent leurs moteurs au plus près de la bâtisse.

– Qui va là ? cria une voix au-dessus d'eux pour couvrir les gémissements du vent.

Aucun des deux hommes ne répondit. Jack fit signe à Rémy de s'arrêter et pénétra seul dans la maison laissée ouverte par son propriétaire. Il entendit un bruit de cavalcade dans un escalier et vit apparaître Charlie, armé d'un fusil.

– Qu'est-ce que vous foutez là !

Jack s'avança les mains levées.

– Charlie. C'est moi, Jack. J'étais avec ma fille, jeudi. Vous nous avez indiqué le chemin.

Le berger fronça les sourcils.

– Avancez vers la lumière, que je puisse vous voir !

Jack s'exécuta, Rémy sur les talons.

– Ah ! C'est vous ! C'est bien vous !

– J'ai besoin de vous poser quelques questions, Lucie a disparu.

Quelques instants plus tard, les trois hommes étaient attablés devant un verre de génépi.

– Jeudi soir, commença Charlie, je suis descendu à la Tête noire pour passer la soirée chez mon pote Fabien. Évidemment, j'y suis resté pour dormir, vu ce qui nous est tombé dessus. Je suis reparti vendredi matin aux alentours de 7 heures. C'est là que j'ai vu quatre types en motoneiges qui descendaient par la route des crêtes. Ils transportaient quelqu'un sur un brancard. Vu sa taille, je me suis dit que ça devait être un gosse. Faut dire que ça soufflait encore sacrément et que je me suis demandé ce que des touristes faisaient dehors par un temps pareil. Remarquez, ils ne ressemblaient pas vraiment à des touristes, je me suis dit.

– Ils ressemblaient à quoi ? bondit Jack.

– À des militaires. Vous savez, tous habillés pareil, en blanc pour se confondre avec la neige. C'est pas tous les jours que j'en croise, des comme ça ! Et c'était bien avant que les hélicos survolent le coin.

Désemparé, Jack accepta le deuxième verre de génépi que lui proposa Charlie. Ce que lui apprenait le montagnard le perdait dans des conjectures sans fin. Si ces quatre types avaient secouru Lucie, pourquoi n'en avait-il rien su ? Qui étaient-ils ? Des militaires ? Aucune chance. Des types dans le style de ceux qui avaient attaqué le fourgon pénitentiaire, comme le lui avait suggéré Libbie ? Plus sûrement. Mais pourquoi ? Pourquoi s'en prendre à Lucie ? Jack ne possédait rien et ne détenait aucun secret d'État.

— Charlie, vous en avez parlé à la police ?

— Ah ça non ! Je ne fréquente pas ces gens-là, moi !

— Venez, Jack, proposa Rémy après avoir vidé son verre. Allons quand même jusqu'à cette ruine où vous avez laissé Lucie. C'est pas parce que les flics n'ont rien trouvé qu'il n'y a rien. Personne ne passe quelque part sans laisser des indices derrière lui.

26

Dominic Balestero séjournait dans le seul hôtel quatre étoiles de Martigny. Installé au bar, il examinait attentivement des cartes et des notes manuscrites. Par des baies donnant sur un parc enneigé, on devinait dans la grisaille du jour finissant les pentes abruptes des monts alpins. D'ici quelques minutes, la nuit serait totale.

Libbie se planta devant le vieil homme et se lança sans préambule.

— Nous devons unir nos efforts, monsieur Balestero, c'est dans notre intérêt commun.

— Le vôtre, pas le mien. Vous cherchez à sauver la peau de votre voyou de mari. Moi, c'est pour la vie d'une innocente que je me bats. Observez la nuance.

Libbie demeura raide devant la table. Le bonhomme lui inspirait des sentiments antagonistes. De l'empathie — ce type avait perdu tous ceux qu'il aimait et Libbie le plaignait pour cela — et un agacement immédiat sitôt qu'il ouvrait la bouche. Le moindre de ses mots accusait Jack.

— Vous n'écoutez jamais les gens ? demanda Libbie avec un rien d'agressivité dans la voix.

— Je ne m'en porte pas plus mal. Où voulez-vous en venir ?

Libbie proposa au vieil homme de collaborer, avança qu'ensemble ils auraient plus de chance de parvenir à leurs fins. Retrouver Lucie était aussi la priorité de Libbie, ce qui étonna son interlocuteur. Elle argua que Jack se débrouillerait seul et qu'il lui avait demandé de se consacrer à la recherche de Lucie.

— Ainsi vous êtes en contact avec Peyrat. Où se cache-t-il ? Avez-vous prévenu la police ?

— Vous n'êtes pas sérieux !

— Je ne l'ai jamais été autant que ces jours derniers, gronda Balestero. Voyez-vous, je ne crois pas à la version de votre mari. Cette histoire d'accident dans la montagne ne tient pas. Il aurait abandonné Lucie alors qu'elle était blessée ? C'est ça qu'il a fait avaler aux autorités ? Mais il faut être complètement con pour agir de la sorte ! On ne laisse pas une gosse seule dans la montagne pour chercher un secours très hypothétique. Non, madame !

Libbie pensa qu'elle parviendrait à le faire changer d'avis.

— Jack est parfois un peu trop impulsif, je vous l'accorde.

— Impulsif ? Mais Peyrat est un assassin !

Libbie soupira. Des têtes de mule comme Balestero, elle en avait croisé souvent. Il fallait user de patience, ne pas s'énerver.

— Savez-vous que la police a entendu un témoin qui atteste la version de Jack ?

— À savoir ?

— Quelqu'un a vu Jack et Lucie l'après-midi précédant la tempête sur une route de montagne.

— Ça ne prouve qu'une chose, madame, c'est qu'ils étaient bien ensemble. Mais ça, nous le savions déjà, grâce à Kay Halle. Faudra que je lui dise ma façon de penser à celle-là, d'ailleurs !

Libbie se crispa à l'évocation de ce nom.

Les murs de sang

– Oui, Kay pourrait expliquer bien des choses à la police, ajouta Balestero. Mais elle doit s'occuper de ses propres affaires. C'est regrettable, je le dis comme je le pense. C'est infiniment regrettable. La vie d'une enfant ne pèse pas lourd dans les préoccupations des gens, de nos jours. Kay n'aurait jamais dû confier Lucie à votre mari.

Libbie tenta encore de rallier Dominic Balestero à sa cause. Elle démontra que les événements ne cadraient absolument pas avec la thèse selon laquelle Jack avait été récupéré par de « vieux amis », qu'il avait sauvé un policier d'une mort certaine, qu'il avait quitté l'île où ils filaient le parfait amour pour venir chercher sa fille et que ce simple fait jetait à terre toute autre explication tarabiscotée.

– Pures allégations ! conclut Dominic Balestero, vous l'aimez, vous êtes aveuglée ! Je vous souhaite d'ouvrir les yeux sur Peyrat avant qu'il ne soit trop tard. Maintenant, fichez-moi le camp. Je dois me concentrer si je veux aider la police à sauver ma petite-fille.

Libbie demeura un instant sans voix, les mains crispées sur le bord de la table. Puis elle tourna les talons et regagna sa voiture. Elle composa le numéro de Kay et laissa sonner des dizaines de fois avant de raccrocher. Son cœur se serra. Il fallait à tout prix qu'elle arrive à joindre Jack, ne serait-ce que pour partager les informations qu'elle avait obtenues. Mais il était certainement déjà loin.

Il lui restait une solution. Jack était avec un certain « Semper » et ce « Semper » était un ami de Kay. Elle devait en toute logique avoir noté ses coordonnées quelque part chez elle.

27

Dehors, le vent semblait avoir redoublé. Jack et Rémy luttèrent côte à côte pour atteindre et traverser le barrage. En aval, la forêt les protégea un peu. Ils lancèrent les motoneiges en sens inverse, jusqu'à croiser la route des crêtes, et la quittèrent à l'endroit où Jack avait abandonné la voiture accidentée de Kay.

Jack vécut un calvaire en suivant le sentier sur lequel il avait traîné Lucie. Il s'y revoyait avec toute la culpabilité qui rongeait son cœur, revisitait les mauvais choix qui avaient, ce jour-là, scellé le destin de sa fille à peine retrouvée.

La bergerie en ruine apparut dans la lumière crue des phares. Elle se tenait tapie sous un manteau de neige bien plus épais que le jeudi funeste.

Jack dirigea le faisceau de lumière vers la masure, sans couper son moteur. Rémy en fit autant. Il descendit de son engin et retira deux lampes torches de son sac à dos, en tendit une à Jack et entra.

— Ça doit être les traces laissées par les policiers, dit-il en indiquant la neige tassée qui formait un chemin juste devant la façade.

Comme l'avait précisé le pilote de l'hélicoptère, il ne restait rien à l'intérieur de la petite pièce. Le sac à dos, le capot de la voiture, les vêtements et la nourriture, tout avait disparu. Il était impossible de déduire, aux marques de combustion sur le sol, qu'un feu avait récemment été allumé à cet endroit.

— Pourquoi tout faire disparaître ? Ça n'a pas de sens, fit observer Jack.

Il se laissa tomber par terre, dos au mur, à l'endroit où Lucie était restée tandis qu'il partait chercher du secours.

— Rien n'a de sens depuis que j'ai récupéré Lucie ! Rien !

Les murs de sang

Rémy jeta un regard désolé à Jack. Il ne savait pas quoi répondre et jugea plus prudent de se taire. Jack pouvait craquer d'un instant à l'autre.

– Il y avait déjà toutes ces inscriptions ? demanda-t-il au bout de quelques instants.

– Ouais. Des signatures de tartuffes passés dans le coin.

Le faisceau de la lampe de Jack monta vers le mur le plus proche de l'endroit où il avait allumé le feu.

– Des tartuffes, répéta-t-il sans conviction. Des...

Une inscription réalisée avec du charbon accrocha la lumière. Manifestement plus récent, le graffiti luisait davantage que les autres. Il avait été réalisé en lettres capitales de trois à quatre centimètres.

21 JUIN 1998
RICO + JEAN-LOUIS + XAVIER +
LES ROIS DU MONDE RÈGLENT LEUR ARDOISE

Le sang se retira du visage de Jack. Il n'osait plus respirer et n'entendait pas les commentaires que lui faisait Rémy Sempere. Son attention resta accaparée par les quelques mots qui noircissaient le mur.

Jack venait enfin de comprendre.

Jacques

1998

28

À sa sortie de prison, Jacques se rendit dans le quartier de la Bastille où Éric travaillait comme plongeur. Les deux mois fermes escomptés par Anton s'étaient transformés en trois, période au cours de laquelle il n'avait pas eu la moindre nouvelle de Grace. Il arriva à 19 heures au Soleil levant, nom du bar pour noctambules, et trouva Éric attablé avec les autres employés devant une assiette de charcuterie. La plupart fixaient le téléviseur mural où des journalistes pronostiquaient les chances de succès de l'équipe de France de football pour le mondial. Les vacances de Pâques débutaient le soir même et on attendait une affluence supérieure à la moyenne.

– À force de manger de la merde, Rico, tu finiras par y ressembler, glissa-t-il à l'oreille de son ami, qui ne l'avait pas vu venir.

Lors de leurs rares échanges téléphoniques au moment de l'incarcération de Jacques, les deux jeunes gens avaient pu se parler calmement. Éric s'était fait le porte-parole de Grace, qui voulait soi-disant profiter de ces trois mois pour faire le point.

– Putain, Jack ! s'exclama Éric, la bouche pleine, c'est aujourd'hui que tu sortais ?

— Cinq jours avant la quille, un cadeau de lord Chirac en personne. Remarque, il est pas venu me saluer pour autant !

Éric débarrassa son assiette et entraîna Jacques dans un bistrot situé à deux pas du Soleil levant.

— Une bière ?

— Café, je touche plus à la dope. T'as pas idée du jus de chaussette qu'on nous fait boire là-bas. Enfin, à moins que t'aies de la thune pour te payer un perco. Mais c'était pas mon cas. Où sont Grace et Lulu ?

Éric se renfrogna.

— Ben quoi ? Je demande pas la lune.

— Grace est rentrée aux États-Unis.

La nouvelle fit à Jacques l'effet d'une gifle. Lui qui pensait avoir mûri en prison s'emporta comme s'il n'y avait jamais séjourné.

— Quand ?

— Huit jours après ton arrestation.

— Espèce d'enfoiré, vociféra Jacques en se levant brusquement, ce qui eut pour conséquence de faire tomber sa chaise et d'attirer les regards dans leur direction, tu le savais et tu ne m'as rien dit. T'es pire qu'elle en réalité. Je te faisais confiance et tu m'as trahi !

— Un ton plus bas, Jack, si tu veux pas qu'on appelle les flics. T'as pas envie d'y retourner, non ?

La menace calma Jacques aussitôt. Il ramassa sa chaise et se rassit, les yeux noirs de colère et le visage rubicond.

— Tu n'as besoin de personne pour te trahir. Tu y arrives tout seul.

Jacques encaissa la sentence, conscient que son ami n'avait pas tort. Tout relevait de sa responsabilité. Mais ça ne signifiait pas qu'il allait rester à ne rien faire. En prison, il avait eu le temps de réfléchir et de cibler ses priorités : s'occuper de Lulu et gagner un maximum d'argent dans un minimum de temps. Lucie envolée, il ne lui restait que l'argent.

— Je vais les ramener, déclara-t-il, j'ai fait le con, mais Grace m'aime toujours, j'en suis sûr. Elle reviendra avec Lulu.

Il se força à sourire et tapa du plat de la main sur l'épaule d'Éric.

— Hey, mon pote ! On est toujours des cadors, non ?

— Avec ton casier, t'obtiendras jamais de visa pour les *States*. Grace comptait là-dessus.

— La saleté ! Elle a conscience de ce qu'elle me fait ? Elle me vole ma gosse, comme ça, sans états d'âme...

— T'en avais quand tu la molestais ? Quand tu n'en faisais qu'à ta tête, quand tu niquais Chiffon ? Quand...

— T'es dans quel camp, Rico ?

— Je suis ton pote. C'est pour ça que je te parle franchement. Grace est une fille bien, tu le sais.

— T'en as toujours pincé pour elle !

— Au début, je ne dis pas, mais j'ai lâché l'affaire depuis.

Jacques serra les poings. L'idée d'en envoyer un sur le nez d'Éric était terriblement tentante.

— Tu as toujours été le petit gars parfait qui voulait plaire à tout le monde, dit-il avec méchanceté, le gendre idéal. Je suppose que tu vas aller travailler maintenant. Va payer tes charges, mon gars, moi, je me casse.

Il lui fallut une heure d'errance dans les rues de Paris pour apaiser sa colère. Ce délai passé, Jacques se rendit chez Anton, au 88, rue Oberkampf. Le policier était sur le point de sortir et ne lui accorda qu'une dizaine de minutes. Il lui confirma qu'il n'obtiendrait pas de visa pour les États-Unis avant longtemps et qu'à moins d'un retour impromptu de Grace, il n'était pas près de revoir Lucie.

— Assagis-toi, Jacques, conseilla Anton en descendant l'escalier. Trouve un projet, bosse, fais-toi transpirer et gagne du blé. Ton casier, tu l'as à vie. Mais avec le temps, tu réussiras peut-être à le faire oublier. Pour ça, faut que tu arrêtes les conneries d'adolescent attardé et que tu passes aux choses sérieuses.

Tandis que Jacques s'enfilait des bières dans un bistrot du quartier Pyrénées, les dures paroles proférées par Anton lui tournaient en tête et le projet qu'il nourrissait depuis plus d'un an prit corps. C'était à croire qu'un poison distillé par Spaggiari en personne se cachait dans le houblon fermenté. Oui, il allait monter un casse, avec d'autant plus de chance de succès qu'il avait partagé sa cellule avec un type qui pourrait l'aider. Il s'appelait Xavier, sortait d'ici dix jours et avait lui-même un vieux pote de régiment on ne peut mieux placé pour organiser ce genre de coup. Le casse lui apporterait la fortune dont il avait besoin pour récupérer Lucie et se la couler douce, sous les Tropiques ou ailleurs. L'argent attirerait Grace aussi sûrement qu'un pot de miel une mouche.

Son dixième demi achevé, Jacques sortit en titubant. Il était 23 heures, la soirée était douce, il dormirait dehors en attendant de trouver mieux. C'est en cherchant un banc qu'il passa devant la vitrine d'un tatoueur. Jacques entra et s'installa sur le fauteuil de travail.

– Vous avez l'air de savoir ce que vous voulez, vous ! dit le type en guise d'accueil.

– Ouaip ! Tu me fais un beau « Lulu » sur le bras, L, U, L, U, et pas de faute, hein !

La résolution de Jacques ne faiblit pas avec la baisse du taux d'alcool dans ses veines. Au contraire, elle s'amplifia à son réveil et s'installa dans son esprit avec la force d'une obsession.

Il occupa les dix jours qui le séparaient de la libération de Xavier Renoir à réunir un peu d'argent en travaillant à droite et à gauche.

Les deux ex-compagnons de cellule se retrouvèrent le soir du 25 mars 1998 dans un restaurant berbère de la Goutte d'or, dans le XVIIIe arrondissement. Mais ils ne discutèrent du grand projet qu'en fin de soirée. Xavier, amateur de football, ne détacha son regard du téléviseur installé dans la salle qu'à l'issue du match France-Russie.

— M'en fous, déclara Xavier, déçu par l'échec de son équipe, je suis pas antillais donc j'ai pas perdu ! Alors, Jacquet, tu es toujours partant pour le jackpot ?

Jacques ignora le sobriquet et fit part de sa détermination, avant d'en arriver à sa requête essentielle : il devait rencontrer l'ami de régiment de Xavier, celui qui leur ouvrirait les portes des connaissances interdites.

— Mais qu'est-ce que tu crois, mon titi ? Qu'il suffit de frapper à la porte pour qu'on t'ouvre ?

Le visage de Jacques se décomposa.

— Ce que t'es con, toi alors, ajouta Xavier en éclatant de rire. Pourquoi tu crois que je suis là, hein ? Tu le trouves bon, ce couscous, toi ?

Le rendez-vous avec Jean-Louis Kerléau avait été arrangé dans un cabaret miteux du Xe arrondissement, juste derrière la mairie.

— Jean-Louis travaille pour une société qui gère les systèmes d'alarme en général, et la sécurité des banques en particulier, expliqua Xavier en chemin. Tu vois le rapport avec nos intérêts. Il a 45 piges, comme moi. Bah ouais, banane, on est conscrits ! Tu sais pas ce que c'est un conscrit ? Putain de jeunesse. Je parie que tu t'es fait réformer.

Le cabaret se composait d'un long comptoir cuivré et d'une salle au parquet râpé par des générations de talons depuis la fin de la Seconde Guerre mondiale. Là, parmi des tables poisseuses occupées par une population hétéroclite de fêtards avinés, face à un spectacle plutôt médiocre de danse slave, Jean-Louis Kerléau sirotait une anisette.

La suite de l'explication initiée par Xavier offrait davantage de piment. Ledit Kerléau, rattrapé par un plan social, quitterait la société à laquelle il avait offert la majeure partie de sa carrière en fin d'année, soit moins de neuf mois plus tard. Participer à un casse, c'était sa seule chance de réaliser son double vœu : se remplir les poches et faire payer à ses employeurs leur ingratitude manifeste.

— Tu vois, Jacques, déclara Jean-Louis, si t'as un bon gros paquet de pognon à déposer dans le coffre d'une banque, je te recommande d'y regarder à deux fois pour le choix de la succursale. On n'est pas dans un film américain, là. On est en France ! Et la France, c'est un pays qui compte trop de fromages pour que ses habitants soient raisonnables. C'est de Gaulle qui disait ça, enfin, à peu près. C'est donc pas de la rigolade. Les détecteurs de mouvement, les lasers, tous ces bidules de haute technologie, ça ne court pas les rues, je te le garantis. La plupart du temps, il y a juste des caméras et une porte blindée. Les murs, si tu arrives à en percer un sans te faire choper, c'est du tout cuit.

Une heure durant, tandis que les verres d'anisette et de whisky s'enchaînaient, Jacques écouta avec une attention rare. Jean-Louis Kerléau racontait précisément ce qu'il voulait entendre :

— Je bosse sur les travaux de modernisation des installations d'une salle des coffres, quartier du Père-Lachaise. Pour le moment, c'est sur plans. Mais dans moins de deux mois, on attaque les travaux. Eh bien, figure-toi que pendant cette période, la salle des coffres sera particulièrement vulnérable. Tous les détecteurs seraient déconnectés, remplacés par un vigile enfermé dans la salle, le temps pour l'entreprise d'installer un système intégré dans les murs et la dalle en béton.

— À mon avis, c'est jouable ! dit Jean-Louis en gloussant de plaisir. OK, ça demande de la préparation et pas mal de taf, mais une équipe motivée peut emporter la manche. Le problème, c'est qu'il faudrait être quatre minimum. J'ai déjà réfléchi à la question. Ça ne passe pas à moins. Un pour le guet et trois pour le percement et trimballer le matos.

— J'ai sans doute cet homme, glissa Jacques. Quelqu'un en qui j'ai toute confiance.

★

– Je marche ! répliqua Éric à Jacques quand ce dernier vint le trouver, pour se réconcilier d'abord, pour l'enrôler ensuite.

– On prend des risques, mais ça en vaut la peine. Regarde-toi ! Tu creuses des trous le jour et tu fais la plonge le soir. Tout ça pour un salaire de misère. T'es pas près de te payer ton brevet de pilotage, à ce rythme.

– C'est pas la peine de me faire l'article. Je t'ai dit que je marchais.

Jacques en était resté sans voix. Après la somme de reproches dont son ami d'enfance l'avait accablé, qu'il accepte aussi simplement sa proposition malhonnête relevait du miracle.

Jacques souriait encore, tout seul, les mains presque bleues tant il faisait froid ce matin du 13 avril 1998. Mais il se moquait qu'il gèle, qu'il ait neigé un peu partout en France au cours de la nuit, que les gosses grelottent pour aller dénicher leurs œufs en ce lundi de Pâques. Jacques jubilait parce que la vie lui souriait enfin. Deux jolies filles abordées dans Paris, et c'était le départ d'une aventure invraisemblable.

Jacques passa devant la bouche du métro Père-Lachaise, traversa la rue du Chemin-Vert et se faufila dans le flot des passants jusqu'à un bistrot bondé, à l'angle de l'avenue de la République.

L'atmosphère était saturée de fumée de cigarette et Jacques dut jouer des coudes pour gagner un petit morceau de comptoir. Il commanda un double express bien serré. Une horloge murale jaunie de nicotine affichait 10 h 27.

Quand il y eut un peu moins de monde, Jacques interpella le serveur.

– Je cherche du taf dans le quartier, tu pourrais m'aiguiller ?

– Qu'est-ce que tu sais faire ?

– Je sors de taule, ça répond à ta question ?

Le serveur haussa les épaules et chargea son plateau de cafés pour la salle.

— Messieurs dames, dit-il à la cantonade en pointant son doigt vers Jacques, j'ai ici un jeune homme qui cherche un job. Petit détail, il sort du zinzin. À votre bon cœur !

Jacques sentit qu'il rougissait. Les regards se tournèrent massivement vers lui, puis rapidement le délaissèrent.

— Merci, souffla-t-il au serveur. Je te dois combien pour le café ?

— C'est pour moi, dit une voix derrière lui. Michel, mets ça sur ma note.

— Pas de problème, m'sieur Vergne. Je vous sers la même chose ?

Un quinquagénaire au visage jovial, portant le ventre rebondi des épicuriens hostiles à toute activité sportive, claqua un verre vide estampillé Casanis sur le comptoir à côté de Jacques.

— Daniel Vergne, j'ai un commerce à République et j'ai besoin d'un homme à tout faire. Ça te tente ?

— Évidemment. C'est où ?

— Drôle de question, tu me demandes pas plutôt ce que c'est ?

— C'est quoi, ce job ?

— Croque-mort. Toujours partant ?

Jacques avait déjà arpenté le quartier ; il savait que les entreprises de pompes funèbres se situaient toutes à proximité du cimetière du Père-Lachaise et donc dans le secteur de la banque. La vie continuait de lui sourire.

— Faut que j'essaye. J'ai jamais vu de mort, alors du coup, je ne peux pas m'engager plus que ça.

— Pas mal, assura Vergne, la plupart des gens font les dégoûtés quand je leur parle de mon métier. Mais ça paye bien, et si tu es débrouillard, tu pourras vite faire des choses plus intéressantes que ce que je te propose pour le moment. Apporte-moi une lettre de probation et pointe-toi mercredi matin.

★

Les murs de sang

À partir du moment où l'équipe fut constituée, ils se réunirent tous les soirs dans le sous-sol d'une imprimerie située à Saint-Ouen, propriété d'un ami de Xavier qui lui devait un petit service. Les quatre complices y arrivaient séparément, les uns par la porte principale, les autres par l'arrière, ayant établi comme règle de ne jamais être vus ensemble.

Les jours passant, le projet prenait corps, les murs du local s'égayaient de plans, de photos, d'informations concernant les rondes des policiers, les horaires de ramassage des ordures, les dates et heures des matches de la Coupe du monde, de toute note jugée utile à la bonne marche de l'affaire. Une longue table en Formica recouverte d'un plan du quartier du Père-Lachaise et d'une maquette reproduisant l'intérieur de la banque et ses alentours immédiats trônait au milieu de la salle.

Jacques ne pensait plus qu'à ça. Même Grace et Lucie avaient été reléguées au second plan. Outre son travail aux pompes funèbres, qui consistait à nettoyer les locaux avant l'arrivée du personnel, décharger et stocker les cercueils vides, préparer les produits d'embaumement et autres menues occupations, il s'était lancé dans la lecture ou la relecture de tout ce qui concernait Alfred Spaggiari. Si bien qu'il devint incollable sur le sujet.

Le soir du 24 avril, Jacques fut le dernier à arriver dans le repaire.

— J'en ai plein le cul de ces macchabées, se plaignit-il en déposant son sac sur une chaise. Ça me quitte pas, même quand je me douche deux fois. J'ai l'impression de sentir la boucherie qu'aurait eu une panne de frigo.

— Côté barbaque, lança Jean-Louis, t'as vu ce qu'a fait ce petit con aux States ?

Jacques haussa les épaules. Il n'avait généralement pas le temps d'écouter les informations et bannissait de toute façon tout ce qui provenait des États-Unis.

— Ce matin, un jeune branlo de 14 piges arrive à son collège avec un fusil de chasse. Il flingue son prof de sciences et en blesse trois autres. Tu vois le tableau, toi ? Quatorze ans ! Ça pisse encore du lait, à cet âge-là !

Nouveau haussement d'épaules de la part de Jacques. Mais cette fois, il manifestait son manque d'intérêt pour la nouvelle.

— Quoi ! brailla Jean-Louis, tu t'en fiches ! Mais mon petit gars, le mois dernier, deux adolescentes ont descendu quatre de leurs copines et un de leurs profs. Toujours chez les Peaux-Rouges, comme tu dis. Ça devrait te concerner, ta fille va grandir là-bas, je te rappelle.

— Pas sûr. Bon, t'arrêtes tes conneries et on s'y colle ?

Jean-Louis s'empourpra et eut un rire étouffé. Il aimait taquiner Jacques et ne se privait d'aucune occasion.

— Toujours aujourd'hui, Alfred, une bombe a explosé à Lagos. Seulement trois morts. Comme quoi, les ricains sont pas toujours les meilleurs dès qu'il s'agit de défourailler.

Pour couper court à cette conversation qui risquait de s'envenimer, Éric fit rouler sa chaise, tendit le bras et alluma le poste de radio.

La voix de Céline Dion s'éleva dans l'air poussiéreux du sous-sol en béton. Après des mois de surexploitation, « My heart will go on » tournait encore en boucle sur les ondes.

Comme chaque fois, ils passèrent en revue les étapes du casse jusqu'au moment où ils se sépareraient pour ne jamais se revoir.

Ils s'étaient accordés sur les 20 et 21 juin 1998. Ce week-end-là, il y aurait la fête de la Musique et trois matches de la Coupe du monde.

— J'ai le calendrier définitif, déclara Éric en exhibant un exemplaire de *L'Équipe* : Allemagne-Yougoslavie, Iran-États-Unis, Argentine-Jamaïque.

— Quoi ! Les ricains jouent au foot maintenant ! protesta Jean-Louis. Mais ils ne respectent vraiment rien, ces types-là !

— On s'en fout ! le morigéna Jacques, en tout cas, ça va être un beau bordel. Et ça, c'est bon pour nous. De mon côté, j'ai approché un papi qui habite à cent mètres de la banque. Il est passé voir mon patron pour sa convention obsèques. Le vieux a enterré ses 80 ans et ne conduit plus depuis qu'il a emprunté l'A13 à contresens. Résultat, son box est libre et il me le loue pour une misère. Évidemment, le vieux ne m'a jamais vu aux pompes funèbres et je lui ai donné un faux nom.

Jean-Louis ponctua la dernière phrase de Jacques par une volée d'applaudissements.

— Ça se fête, éructa-t-il de sa voix gouailleuse, 51 pour tout le monde ? !

Les verres glissèrent sur la table, comme chaque soir.

— Le mur du box donne sur la rue, j'ai vérifié, précisa Jacques. Ça va nous donner un peu plus de travail. Il faudra passer par les égouts avant de creuser vers la banque.

Personne ne fit d'objection. Trouver ce local, sorte de camp de base pour l'équipe, était le problème majeur. Et il était résolu.

— Il t'a toujours à la bonne, ton patron ? demanda Xavier.

— C'est un type cool, rétorqua Jacques. Il picole et passe trop de temps au PMU. Mais depuis que mon pote flic lui a promis que je me tiendrais à carreau, il ne m'a pas emmerdé une seule fois. Et c'est pas arrivé souvent, qu'on me casse pas les couilles.

Le forage des tunnels pour accéder au mur de la banque se ferait donc à partir du box loué par Jacques. Il s'agirait d'en percer deux, le premier pour gagner les égouts, le second, des égouts jusqu'au mur de la banque. Seuls Jacques, Rico et Xavier y participeraient. Jean-Louis endosserait le rôle du guetteur depuis une voiture stationnée sur l'avenue de la République. Il préviendrait les trois autres des allées et venues en surface et des entrées et sorties de véhicules dans le parking. Pour surveiller les résidents de l'immeuble, il installerait un dispositif d'alarme dans la cage d'ascenseur, entre le rez-de-chaussée et le niveau – 1.

Les quatre hommes reprirent ensuite la longue liste du matériel à réunir et cochèrent ce qui avait été réglé :

Deux camionnettes passe-partout, dont une ne servirait qu'à la fin.

Une bombe de gaz soporifique pour endormir le gardien.

Trois masques à gaz.

Deux caméras miniaturisées et deux émetteurs HF.

Un groupe électrogène insonorisé, loué à une société de location de matériel cinématographique.

De l'acide chlorhydrique pour effacer les traces de leur passage.

Le matériel nécessaire pour creuser, déblayer et remblayer.

Huit perceuses pour forcer les coffres, avec rallonges électriques en pagaille pour se relier au groupe électrogène.

Des sacs de couchage, il faudrait bien se reposer de temps en temps. Mais aussi de quoi manger et boire. Et des matelas gonflables.

Des sacs, pour emporter le produit des coffres.

Des vêtements propres pour ressortir incognito et un walkman pour occuper le vigile et faire en sorte qu'il ne les entende pas.

Enfin, une bombe de peinture rouge, pour que Jacques puisse taguer son slogan sur le mur. Comme Spaggiari l'avait fait avant lui.

Jacques ajouta un nez de clown pour le vigile et rangea la liste dans une chemise cartonnée.

Le déroulé du casse était le suivant : une fois les tunnels percés, ce qui devait être achevé avant le matin du 20 juin, il faudrait attendre le début de la fête de la Musique pour attaquer le mur de la banque. La veille, Jean-Louis aurait placé la bombe de gaz soporifique aérosol déclenchée à distance, ainsi que les deux caméras dans le système de ventilation des sous-sols. Une fois le vigile endormi, il n'y aurait plus qu'à percer, entrer et se remplir les poches.

En théorie, le déroulé était simple. Mais Jacques tenait à ce qu'ils le répètent tous les soirs, pour que chacun l'apprenne par cœur, connaisse son rôle et celui des autres sur le bout des doigts.

— Personne n'oublie de porter des gants depuis la prise en charge du matériel jusqu'à ce qu'on ait fait disparaître les véhicules. C'est bien compris, j'espère ?

Jacques attendit que tous aient répondu par l'affirmative.

— À partir du moment où on sera dans la place, moins il y aura d'allées et venues, mieux ce sera. En dehors des sorties prévues pour nos alibis, évidemment.

Chacun devrait se montrer une à deux fois au cours du week-end, payer une tournée générale dans son bistrot habituel, assister à la messe si cela faisait partie de ses habitudes, tout ce qui était susceptible de marquer les esprits, en cas de malheur.

— Moi, je rejoindrai Vergne, exposa Jacques. Ça fait plusieurs fois qu'il m'invite à venir prendre l'apéro chez lui. Comme il vit dans le XIIe, je ne perdrai pas de temps.

— Il reluquerait pas un peu ton petit cul, le Vergne ? persifla Xavier avant d'éclater de rire.

Il eut droit à un regard exaspéré de Jacques, qui se contenta de poursuivre :

— On ferme sa gueule, on ne parle du casse à personne, pas même à sa mère ou à sa copine. Quand tout sera terminé, on ne laisse rien sur place, on récupère le matériel de chantier. On partage le pognon dans la camionnette, on se sépare et on ne se connaît pas. Jean-Louis, tu auras ta part, plus le remboursement de l'argent que tu as avancé pour les frais. Avec Xavier, vous prendrez chacun une camionnette et vous les cramerez en banlieue. Ensuite, vous vous séparez et vous évitez de flamber comme des malades ! Sinon, ça rameutera la flicaille, mes trésors !

Jean-Louis soupira d'aise. Quand Jacques entrait dans son jeu, il était aux anges.

— Ah oui, dernière chose. Je me répète, mais c'est important ! Primordial pour pas se faire pincer ! On ne prend que l'argent et l'or, rien d'autre ! C'est clair ?

Jack

2011

29

Le GPS mena Libbie au domicile de Kay en un peu plus d'une heure. Par chance, les routes étaient parfaitement dégagées grâce à un redoux inespéré. La Golf quitta les berges du Léman pour s'élever sur les hauteurs de Commugny et stoppa devant un bosquet de noisetiers dénudés par l'hiver.

Libbie coupa le moteur puis les phares et descendit de la voiture. Son cœur battait sourdement contre ses tempes. Elle boutonna son anorak et tourna le dos à la maison de Kay pour s'éloigner d'une centaine de mètres, jusqu'à une allée piétonne qui se perdait dans la nuit. Au beau milieu du passage, un bonhomme de neige perdait peu à peu ses atours.

Libbie s'immobilisa et tendit l'oreille. En dehors des éclats d'une fête donnée dans le voisinage et de quelques aboiements lointains, le quartier était tranquille. Trop tranquille.

Sur Elisabeth Island, il y avait toujours du bruit. Des voitures, de la musique, des cris ou des rires, le brouhaha des discussions au restaurant, les coups de gueule de Jack, ses propres réponses, l'air était toujours porteur de décibels. Même au cœur de la nuit, quand les noctambules avaient regagné leurs pénates, les grillons et les oiseaux nocturnes poursuivaient le concert initié dans la journée. Ici, la nuit engendrait un silence angoissant. La pensée que toutes les bonnes choses avaient été dévorées par le froid fit frémir Libbie.

La jeune femme patienta une dizaine de minutes dans l'ombre de l'allée. Une voiture passa sans s'arrêter. Deux personnes fumèrent une cigarette devant une maison illuminée, puis regagnèrent hâtivement le havre de chaleur qu'ils venaient de quitter.

Déjà, les pieds et les mains de Libbie s'engourdissaient. Si quelqu'un surveillait l'endroit, elle ne l'avait pas repéré. Aucune voiture n'était garée devant la maison de Kay et la neige amassée au pied des autres véhicules indiquait qu'ils n'avaient pas bougé depuis le matin.

Le mouvement ! se remémora Libbie. *Je vais geler sur place si je continue à tergiverser. Le mouvement, ma fille, le mouvement...*

Par-delà la distance, Maarten van Bogaert continuait de murmurer à l'oreille de sa fille.

Elle quitta sa cachette et traversa la bande de pelouse qui séparait le trottoir du perron en observant sur la neige les traces de plusieurs passages. Celles de Jack se mélangeaient à d'autres. Il devait y avoir les pas de Kay, ceux de ce « Semper » et ceux des assassins. Oui, ces traces sur cette neige tassée et salie par des semelles nombreuses auraient eu beaucoup de choses à lui révéler, si Libbie avait su les déchiffrer.

Sa main se posa sur la poignée qu'elle tourna sans éprouver le moindre doute. La porte n'avait pas été verrouillée.

Le vantail s'ouvrit sur une demeure sombre. Libbie se contraignit à rester calme. La logique plaidait en faveur d'une maison vide. Elle referma derrière elle et plaqua son dos contre la porte, le temps de reprendre son souffle et de calmer la contraction qui serrait son ventre comme un étau.

Après quelques secondes, Libbie alluma la lampe torche récupérée dans le vide-poches de sa voiture de location. L'intérieur lui plut aussitôt, malgré le désordre qui y régnait. Ce qui la conforta dans l'idée qu'elle et Kay se seraient parfaitement entendues, si elles avaient eu la chance de se rencontrer. Libbie sut à cet instant qu'elle ne pourrait rien entreprendre tant qu'elle ne l'aurait pas vue.

Les macabres traces de torture révélées par le halo de sa torche marquèrent à jamais sa mémoire. Libbie chercha du regard quelque chose pour couvrir le corps, hésita en songeant aux enquêteurs qui ne manqueraient pas de noter son passage et décrocha la nappe qui séchait sur le fil à linge. Elle voulut joindre les mains de Kay et fermer ses yeux mais elle se ravisa au dernier moment. Il ne fallait pas effacer la trace des assassins.

Une prière improvisée récitée du bout des lèvres, Libbie se redressa, envahie par un sentiment étrange. Son comportement était ridicule, incongru et peu prudent. Elle devait penser à Jack, à elle, au bébé. Pour Kay, il n'y avait plus rien à espérer.

Libbie caressa son ventre de ses mains, écrasa une larme qui roulait sur sa joue et remonta dans le salon, obsédée par l'envie de quitter cet endroit au plus vite. Pourtant, elle avait un objectif, elle devait s'y tenir.

Alors qu'elle observait le chaos qui l'entourait, un coucou se mit en branle dans une pièce voisine. Libbie laissa son cœur se calmer en comptant le nombre de cris de l'oiseau mécanique. Il était 20 heures. Elle ne devait plus traîner.

Elle négligea le salon et la cuisine mis à sac et grimpa l'escalier vers le premier étage, tablant sur le fait que Kay devait posséder un bureau ou une coiffeuse quelque part dans sa chambre.

– Bingo ! lâcha-t-elle en découvrant un petit secrétaire en acajou.

Libbie nota que les tiroirs avaient été laissés ouverts. Elle dénicha un répertoire dans l'un d'eux, de la taille d'un cahier petit format, noirci d'une écriture ronde. Certaines pages se détachaient, d'autres étaient gondolées. À la lettre S, Libbie isola le numéro de Sempere, dont elle apprit que le nom s'achevait par un « e » et qu'il se prénommait Rémy. Elle se sentit soulagée. Jack était avec un ami de Kay, quelqu'un sur qui il pouvait compter.

— *Semper fidelis*, murmura-t-elle avec un petit sourire, en songeant à son père dont c'était une expression courante. *Semper paratus*. Toujours fidèle, toujours prêt !

Elle s'empara également du Blackberry abandonné sur la table de nuit dans une grande coupe en verre remplie de babioles, de pinces à cheveux et de chewing-gum et sortit précipitamment de la maison.

Quelques minutes plus tard, elle se réfugiait dans la chaleur bienfaisante d'une brasserie de Genève. S'éloigner de cette cave où gisait le corps de Kay avait été un besoin profond, gagner une zone de forte concentration humaine, son corollaire. Elle enregistra le numéro de Sempere sur son portable et le composa aussitôt. Elle obtint la messagerie.

— C'est Libbie van Bogaert, rappelez-moi, monsieur Sempere, je dois absolument parler à Jack !

Libbie manqua raccrocher, puis ajouta :

— Dites-lui que je rentre à Martigny et que je serai à l'hôtel de la Vallée. Rappelez-moi, s'il vous plaît, je suis très inquiète !

Elle acheva l'eau de Perrier qu'elle avait commandée et quitta la brasserie. Libbie prévint la police genevoise de la mort de Kay depuis une cabine publique. Puis elle raccrocha sans décliner son identité et reprit la route du canton du Valais.

30

Une décennie de silence tournoyait dans l'esprit de Jack. Dix ans le séparaient de cette courte phrase écrite sur le mur de la bergerie, une éternité de non-dits retenus à la force de sa volonté.

« 21 juin 1998. Les rois du monde règlent leur ardoise. »

Jack venait de tomber à genoux devant l'inscription. Dans le faisceau de lumière de sa torche, son haleine dessinait des arabesques fugaces. Il tentait de s'y accrocher, de faire le vide dans sa tête, d'oublier jusqu'à sa propre existence, sans y parvenir.

21 juin 1998. Un autre Jack, une autre époque.

Les rois du monde règlent leur ardoise. Le temps était venu pour lui de payer. La phrase était sans équivoque. Il avait déconné et à présent, son passé le rattrapait. Les pièces d'un puzzle depuis longtemps oublié se mettaient en place. L'enlèvement de Lucie, l'attaque du fourgon pénitentiaire, tout s'expliquait. À une exception près : qu'était-il précisément en train de payer ?

Dans son dos, Rémy Sempere avait cessé de parler. Jack s'en aperçut et se releva. Il devait donner le change, prétexter qu'il avait trébuché, raconter n'importe quoi pourvu que ça tienne la route. Mais pas question de révéler ce qu'il avait découvert. Sempere était un étranger et Jack devait se méfier de tout le monde.

— Qu'est-ce qui vous arrive, mon vieux ? On dirait que vous avez vu le diable.

Le visage de Jack était blême.

— J'ai un coup de mou, allégua-t-il. Trop d'émotions ces derniers temps. Revenir ici, penser à Lulu. C'est trop dur.

— Qu'est-ce que vous avez trouvé ?

Sempere plissa les yeux et s'approcha du mur tandis que Jack quittait la bergerie, encore secoué par ce qu'il venait de découvrir. Sempere retira son gant et frotta les inscriptions du bout de son index. Des traces de charbon noircissaient sa peau.

— J'aimerais vraiment que vous arrêtiez de vous payer ma tête ! cria-t-il. Un graffiti datant de plus de dix ans ne laisse pas de marques aussi clairement visibles. Alors videz votre sac ou je vous plante là, avec votre gosse évaporée et votre femme enceinte jusqu'aux yeux !

Tourné vers les ténèbres, Jack ne réagit pas. En cet instant, Rémy Sempere était le cadet de ses soucis. Il sondait ses souvenirs à la recherche d'une explication digne de ce nom.

Rico, Jean-Louis, Xavier et lui, Jacques Peyrat, le dernier de la liste et le seul nom manquant. Mais il avait beau se repasser les événements des dernières soixante-douze heures, quelque chose ne collait pas.

Depuis qu'il avait épousé Libbie, Jacques avait disparu de la surface du monde. Il était devenu Jack van Bogaert, puis seulement Jack, pour la plupart. Il l'avait voulu, pour effacer tout lien avec son passé, pour renaître, devenir quelqu'un de bien, un homme vierge, un mari, et bientôt un père.

Son retour en Europe avait dû déclencher quelque chose qui lui échappait. Le fruit de son casse n'expliquait pas une telle vendetta. Enlever Lucie en pleine tempête, là où les secouristes n'avaient pas osé s'aventurer, exigeait des moyens importants. L'attaque du fourgon pénitentiaire encore davantage. On avait voulu mettre la main sur lui, c'était maintenant une évidence. Mais pourquoi assassiner Kay ? Ce crime odieux n'avait pas de sens. La malheureuse n'avait aucun rapport avec ce maudit casse auquel il avait participé à la fin du siècle précédent.

Jack serra les poings d'impuissance. Tout était de sa faute. Ses lubies, ses obsessions, sa vision tronquée du monde et sa soif de réussite entraînaient des innocents dans la tourmente. Enlèvement, torture, meurtres, le tourbillon de violence semblait sans fin.

— Je ne tiens pas particulièrement à vous aider, ajouta Sempere, qui s'était approché de Jack. Mais je ne laisserai pas le meurtre de Kay impuni. Alors, vous marchez avec moi, ou vous vous retrouvez seul. Vu la tête que vous faites, je n'ai pas l'impression que vous puissiez vous offrir ce luxe !

Jack hurla dans le vent. Il détestait cette neige, ces bourrasques, ce froid et cette nuit calamiteuse. Par-dessus tout, il se détestait lui-même.

Les murs de sang

— Piquez votre crise si ça vous chante, assena Sempere en forçant Jack à se retourner. Mais videz votre sac et réagissez !

Le visage de Jack était défait. Des larmes de rage coulaient sur ses joues et déjà, de minuscules cristaux de glace se formaient à la surface de son épiderme.

— On va crever de froid si vous vous entêtez ! Votre fille mourra pour rien si vous baissez les bras. La vie est une chienne, mon vieux. Et elle va vous bouffer la gueule.

Jack demeura sans réaction. Puis une étincelle s'alluma dans ses yeux.

— Passez-moi votre téléphone ! demanda-t-il soudain.

— On me l'a pris. Avec mes papiers, mes fringues et tout le reste. Vous vous souvenez ?

— Merde ! Il me faut un putain de téléphone ! Tout de suite !

Le tag sur le mur ne pouvait pas être le seul message que les ravisseurs lui aient laissé.

— Calmez-vous. J'ai racheté ça à Chamonix, ça et de quoi nous changer. Je l'ai chargé dans le Hummer pendant que vous dormiez.

Sempere sortit un téléphone mobile de sa poche et le tendit à Jack, qui s'engouffra à l'intérieur de la bergerie.

— Éclairez-moi, demanda-t-il à Sempere, qui l'avait suivi.

Sous le rayon de la lampe, les mains glacées de Jack peinèrent à démonter l'appareil.

— Qu'est-ce que vous faites, s'agaça Sempere. C'est un jetable ! Vous ne pouvez pas ôter la puce !

— Merde ! hurla Jack. Connerie ! De toute façon, ça sert à rien. Ces connards se doutent bien que j'avais pas mon téléphone en taule, non ?

— Vous pouvez toujours appeler votre messagerie à distance, suggéra Sempere. Même si votre portable est foutu, ou perdu, ou que sais-je !

— Je l'ai pas activée ! Pourquoi j'aurais fait un truc pareil ? Je m'en séparais jamais. Merde !

— On va trouver un moyen.

— Comment ?

– J'en sais rien. Venez, ne restons pas là.

Jack regarda le téléphone, saisi de l'envie de le piétiner, mais il se retint et s'approcha du mur.

– Qu'est-ce que vous foutez ?

– C'est quoi, le numéro de ce truc ? Je vais le laisser sur le mur, à ces pignoufs !

Sempere eut un petit sourire tandis que Jack notait le numéro du jetable sur le mur, en dessous de l'inscription des ravisseurs.

– Votre femme, elle l'a pas, ce code ?

– Pourquoi elle l'aurait ? Je vous dis que je ne l'ai pas activé.

– Vous devriez quand même lui demander. Elles sont plus malignes que nous. Kay me racontait comment elle traquait ses petits copains grâce à ce truc. Rien ne lui échappait.

– Elle vous racontait ça ? s'étonna Jack. Vraiment ?

– Kay se désespérait d'être toujours seule. De ne pas savoir comment garder un homme.

– Vous étiez amants ?

– Je vous l'ai dit. On se retrouvait régulièrement. Mais nous n'étions pas vraiment ensemble. Maintenant que je vous en parle, je m'aperçois combien cette relation a dû la faire souffrir.

31

Quand Libbie regagna son hôtel, il était près de 22 heures. Elle avait dû s'arrêter plusieurs fois pour respirer, chasser les images du corps de Kay et calmer les contractions qui se multipliaient ces dernières heures. Elle avait fini par acheter du Spasfon et des calmants à base de plantes dans une pharmacie de garde.

Avant de monter dans sa chambre, Libbie passa par le bar pour commander une bouteille d'eau et un en-cas. Elle n'avait pas très faim, mais elle devait prendre des forces. Sa visite dans la maison de Kay lui avait appris une chose. Les hommes qui poursuivaient Jack étaient des monstres que la torture d'une femme ne faisait pas reculer. Et ces monstres retenaient Lucie.

Quand elle aperçut Dominic Balestero installé au comptoir, Libbie faillit faire demi-tour. Ce bonhomme était la dernière personne qu'elle désirait voir, même si l'idée de manger seule dans sa chambre devant son poste de télévision ne la réjouissait pas plus.

Il lui fit un signe de tête, auquel Libbie ne répondit pas. Au contraire, elle lui tourna le dos en attendant que le barman fasse son apparition.

— Je crois que j'y suis allé un peu fort avec vous cet après-midi. Je vous présente mes excuses, après tout, vous n'y êtes pour rien.

Libbie soupira. Elle n'avait croisé Dominic Balestero qu'à deux reprises, mais elle s'en faisait déjà une idée précise. Ce type était un orgueilleux, peu enclin à faire profil bas.

— Vous n'avez rien trouvé de mieux ?

Les lèvres de Balestero se refermèrent sur une riposte qu'il parvint à contenir.

— Excuses acceptées, s'empressa-t-elle d'ajouter.

Pour avoir côtoyé un père du même acabit, Libbie savait qu'il valait mieux prendre la main tendue de l'énergumène.

— Il faut me comprendre, confia Balestero, Lucie est toute la famille qui me reste et...

— Vous êtes prêt à pactiser avec l'ennemi pour essayer de la retrouver.

Malgré la fatigue et son agacement, l'œil de Libbie brillait de malice. Dominic Balestero desserra les dents.

— Je suis plutôt tendu en ce moment, ajouta-t-il.

— Et moi donc, vous n'avez pas idée ! Mon mari est en cavale, sa fille on ne sait où et moi, enceinte et complètement impuissante !

— Si, je peux imaginer, Jacques Peyrat est dans votre vie, ça me suffit.

Libbie se hissa sur un tabouret de bar et pencha son buste vers Dominic Balestero.

— On va passer un marché, monsieur Balestero. Si vous voulez que vous et moi fassions équipe, vous arrêtez cette sale manie de dire du mal de mon mari, ça vous tente ?

— Qui vous a dit que je souhaitais faire équipe avec vous ?

— Vous n'êtes pas du genre à vous excuser gratuitement.

Balestero convint de la justesse de l'argument. Libbie marquait un point.

— Vous êtes certain que je suis en relation avec Jack. Donc vous avez besoin de moi pour obtenir des informations.

— L'êtes-vous ?

— Vous ne vous êtes pas engagé sur ma condition.

— Je ne dirai plus de mal de votre mari, c'est d'accord.

— À la bonne heure, soupira Libbie en sentant son téléphone vibrer dans son sac. Excusez-moi, je vais me rafraîchir. Commandez-nous donc des sandwiches en attendant !

32

Jack grimaça en composant le numéro de Libbie. Le vent s'était calmé sitôt le col passé, la température s'était élevée de quelques degrés, mais cela ne l'empêchait pas d'avoir les doigts et les orteils glacés. Ils avaient abandonné les motoneiges et la remorque sur l'aire de stationnement et filaient maintenant en direction de la vallée. Ce n'est qu'à une dizaine de kilomètres de Chamonix qu'ils avaient pu accéder au réseau.

Au volant, Sempere jetait de réguliers coups d'œil en direction de Jack, mais restait muet. Il n'aurait servi à rien de demander des explications à cet homme tendu à l'extrême. Le moment était mal choisi.

— Putain ! s'exclama Jack quand Libbie décrocha enfin, t'en mets du temps !

— Jack, bon sang, où es-tu ?

— Libbie, est-ce que tu as mon code de messagerie ?

— Jack !

— Libbie, réponds ! Est-ce que tu as ce putain de code de messagerie ?

— Oui, mais...

— Donne-le-moi tout de suite ! hurla Jack. Tout de suite, tu entends ?

Libbie s'exécuta, la voix tremblante.

— OK, tu l'as interrogée ?

— Non.

— Je te rappelle.

Jack raccrocha brutalement et composa le numéro de sa messagerie vocale, le numéro de son portable suivi du code à quatre chiffres que venait de lui donner Libbie.

— Elle l'avait, lâcha-t-il à Sempere. Putain, elle l'avait.

Il écouta sans réagir trois messages de Libbie, s'agaça sur un appel de Siko, qui narguait les pauvres Esquimaux européens contraints de supporter des températures polaires tandis qu'il se pavanait par trente-trois degrés sur Elisabeth Island, et se crispa dès la première syllabe du message suivant, daté du jour même à 21 h 30, soit moins de quinze minutes plus tôt.

— Jack, disait la petite voix de Lulu, t'es où, Jack ? Ils m'ont dit que tu viendrais me chercher...

Une succession de bruits sourds interrompit la fillette, puis un timbre déformé par un système électronique prit le relais.

— Monsieur Peyrat, nous n'avons vous et moi ni le temps ni l'envie de prolonger la convalescence de votre fille. Nous pouvons garantir sa sécurité, à compter du moment où nous aurons acquis la certitude que vos intérêts et les nôtres convergent.

Jack serra les dents si fort que ses mâchoires le firent souffrir. Mais il n'y prit pas garde. Toute son attention se concentrait sur ce que son oreille droite transmettait à son cerveau.

— Nous vous laissons quarante-huit heures à compter de ce soir, samedi, 21 h 30, pour nous apporter ce que vous nous avez volé dans le coffre n° 123, le 21 juin 1998. Si vous prévenez les flics ou si vous tardez à vous manifester, nous enlaidirons votre fille au demeurant si jolie.

Un instant, Jack contempla le téléphone, puis il se frotta les yeux.

— J'ai entendu, dit tout bas Sempere, ces types-là n'ont pas l'air de plaisanter. Jack ?...

La silhouette de Jack formait une masse immobile dans l'habitacle.

— Réagissez, mon vieux ! Ils ont pris contact avec vous, c'est bon signe, croyez-moi !

— Qu'est-ce que vous y connaissez, aux gros enculés ? gronda Jack. C'est bon signe ? Qu'est-ce qui est bon signe ? Ils tiennent ma fille, une pauvre gosse qui n'a pas cessé d'en prendre plein la gueule depuis qu'elle est née ! C'est ça qui est bon signe ? Me faites pas chier et roulez !

— Vous comptez faire quoi ? questionna Sempere sans s'énerver.

— Trouver un hôtel. J'ai le cul comme un pic à glace. Faut que je me pose, voilà ce qu'il faut ! Que je rappelle ma femme aussi. Elle doit être furieuse contre moi. Et morte d'inquiétude.

Jack regretta aussitôt les termes qu'il venait d'employer.

— J'ai pas la solution, ajouta-t-il d'une voix tremblante, ça remonte à si loin, tout ça... Merde, j'en sais rien.

Sempere prit le téléphone des mains de Jack et démarra. Tout en roulant, il composa le numéro des renseignements et réserva une chambre à son nom à l'auberge du Roi Soleil, à Chamonix.

Les murs de sang

Une quinzaine de minutes plus tard, ils descendaient dans le parking souterrain de l'hôtel.

– Attendez-moi ici.

Sempere disparut par une porte coupe-feu, abandonnant Jack à ses sinistres pensées. Quand il revint, le malheureux était dans l'exacte position où il l'avait laissé, la tête avachie sur son poitrail, les épaules basses et les yeux mi-clos.

– Tenez, mon vieux, l'encouragea Sempere en lui tendant un billet de deux cents euros, demandez une chambre à côté de la mienne, j'ai la 18. Pensez à donner un nom bidon et surtout, arrêtez d'appeler votre femme sur son portable. On ne sait jamais.

Carmen

1995

33

Courir, tout droit. Éviter les obstacles. L'urgence occupait tout mon esprit. Il n'y avait de place pour rien d'autre. Les plaques de tôle de la palissade tentaient de me retenir. Une seconde interminable, la panique. Puis mon corps s'est tendu et je me suis retrouvée de l'autre côté, dans la rue sombre. Avec une idée en tête : fuir, ne pas finir dans le béton comme Cruz Teixeira et sa famille.

Je suis partie en direction de la caserne des pompiers et du centre-ville. Le feu d'artifice tout juste achevé, la place de la mairie devait être noire de monde. Rejoindre la foule, c'était ça. Me blottir contre les gens, m'y perdre. Et quoi ? La masse se disperserait en petits groupes, en familles, en couples, chacun chez soi et...

Non, je devais me cacher, trouver un endroit sûr et ne plus en bouger. Ma voiture était hors d'atteinte. Elle était garée près du studio, où j'avais laissé les clés. La gare alors, monter dans le premier train. Mais il devait être pas loin de 23 heures. Et puis, ma voiture, la gare, ils allaient y penser aussi. C'était trop évident. Trouver autre chose. Les flics, le commissariat n'était pas loin. Mais je ne leur faisais pas confiance.

Zelda était mon unique refuge.

Alors j'ai couru, à en perdre haleine, à en crever, refusant de penser que je conduisais peut-être les assassins chez cette vieille dame. Mes oreilles bourdonnaient. Je n'entendais plus rien.

En deux minutes, j'ai gagné le porche de son immeuble. Mon cœur sautait dans ma poitrine, mon crâne était sur le point d'exploser. Je suis restée tapie dans l'obscurité à guetter les bruits de la rue.

Une minute à trembler, deux peut-être. J'avais encore une chance. Mon père ! Non, là encore, c'était trop évident. Je ne pouvais pas me réfugier chez lui. Mais je devais le prévenir, lui dire d'aller chez des amis, de se barricader. Les assassins chercheraient à m'éliminer par tous les moyens.

La porte s'est ouverte sous mon nez, manquant me tuer d'un arrêt du cœur. La silhouette de Zelda est apparue dans la lumière du plafonnier

– Qu'est-ce que vous faites ?

J'ai plaqué ma main sur sa bouche en émettant un « chut » désespéré et je me suis effondrée dans ses bras.

Zelda a eu de la peine, beaucoup de peine, pour les Teixeira, et de la colère. Nous n'avions aucune preuve, personne à incriminer, Forgeat et ses acolytes ne manquaient pas de ressources pour se fabriquer des alibis et il était certain que les corps avaient déjà été déplacés. Il était inutile d'appeler la police. Il fallait quitter la ville et rejoindre Nelson. Mais je refusais de le contacter d'ici. Les Degrelle disposaient de moyens dont je n'avais peut-être même pas idée.

Vers 1 heure, le téléphone a sonné. J'ai empêché Zelda de décrocher. Le répondeur s'est déclenché et nous avons entendu une respiration, puis le bip de la ligne.

À 1 h 30, même respiration. Il y avait la musique du parrain, signée Nino Rota. L'origine de l'appel était évidente.

Aymeric se doutait que je m'étais réfugiée chez Zelda. Comment le savait-il ?

Il m'avait certainement épiée, traquée.

Un troisième coup de fil vers 3 heures du matin a confirmé mes soupçons.

– Je sais que tu es là, Carmen... Carmen ? Carmen ! Putain, qu'est-ce que tu as foutu ? Il ne faut pas suivre les gens comme ça, tu sais ? C'est mal. C'est... Je t'aime, Carmen. Tu le sais. Oh oui, tu le sais. On va se retrouver, toi et moi. Loin d'ici. J'ai de l'argent. Tu aimes l'argent, Carmen ? Toutes les femmes aiment ça. Et ma bite, tu vas l'aimer aussi.

Zelda et moi étions atterrées par les propos d'Aymeric, et par notre immense fragilité. Nous ne pouvions ni demeurer sur place ni quitter la ville. Pas seules.

– Je n'ai dit à personne que tu fricotais avec la vieille portos, poursuivait la voix d'Aymeric. Tu devrais pas. Ces gens-là t'apporteront que des ennuis. Je comprends que tu aies peur. La première fois, c'est toujours impressionnant. Mais on fait ça depuis des générations. Demande à la vieille. Son Octavio, c'est mon grand-père qui l'a eu. À la chasse. Tu vois ? Écoute, on va faire un truc, Carmen. Demain, je vais venir te chercher et je te cacherai. Je ne veux pas que tu finisses comme Fatima. Ma grand-mère a une baraque sur la côte. On va faire ça vers 11 heures. Il y a le marché et du monde plein les rues. Attends-moi. Je t'aime, Carmen.

La voix s'est éteinte, remplacée par une tonalité discontinue. La main de Zelda serrait la mienne avec une force telle que j'ai lâché un cri.

À 10 heures, Zelda avait organisé notre fuite. Tout serait prêt pour midi. Son plan était simple et brillant. Une femme ne peut se cacher que parmi d'autres femmes, et si toutes portent sur la tête le même genre de foulard et des lunettes de soleil, alors aucun homme ne sera capable de la distinguer dans la masse.

Quand les cloches de la cathédrale ont sonné douze coups, Zelda a ajusté son fichu et rectifié le mien. Puis elle a déposé un baiser réconfortant sur mon front et attrapé une petite valise dans laquelle elle avait glissé le cadre où elle souriait entre les bras d'Octavio.

Des dizaines de femmes nous attendaient au rez-de-chaussée. Des amies de Zelda, leurs filles, leurs petites-filles, des amies de ses amies. Toutes brunes, toutes coiffées d'un foulard et avec une paire de lunettes sombres sur le nez. Nous sommes sorties dans la rue en un long cortège. Les gens nous regardaient passer, les mines étonnées ou graves.

Nous avons laissé le centre-ville dans notre dos et sommes descendues jusqu'à la gare où plusieurs camionnettes nous attendaient. Nous nous sommes toutes réparties dans les véhicules. C'est ainsi que nous avons quitté la ville saines et sauves.

Le voyage a duré des heures. Brinquebalée dans cette camionnette qui sentait le plâtre, le vieux sandwich, et qui avait du mal à dépasser les 80 kilomètres-heure, j'ai beaucoup réfléchi.

Je devais :
1. prévenir mon père ;
2. contacter Nelson ;
3. me terrer quelque part en attendant de le voir.

C'est exactement ce que j'ai fait.

J'ai joint mon père depuis une cabine sur une aire d'autoroute, et laissé un message à Nelson dans la foulée.

En fin d'après-midi, le cousin de Zelda nous déposait à la station de RER Saint-Rémy-lès-Chevreuse et à 20 heures, nous entrions dans le hall de l'hôtel de Lutèce, où j'avais séjourné des années plus tôt, avenue de la République, dans le XIe arrondissement.

Les murs de sang

Zelda et moi avons dîné dans la chambre et à 22 heures Nelson me rappelait enfin... Depuis l'archipel des Tuamotu, où son journal venait de l'envoyer.

— Je sauterais bien dans un avion, *honey*, mais au moment où je te parle, je suis à Mururoa et je ne serai rapatrié sur Papeete que dans cinq jours. D'ici là, à moins d'y aller à la nage, je suis cloué sur place.

Nelson donnait toujours l'impression de prendre les nouvelles, bonnes ou mauvaises, avec légèreté.

— En attendant, tu profites de ton hôtel et de ta petite grand-mère, vous vous faites un ciné ou deux, vous mangez des glaces, mais vous n'entreprenez rien. Tu m'as bien compris ? Si tu t'en sens le courage, va à Beaubourg et reconstitue le dossier que tu as laissé chez toi. Mais cool, *darling*. Si tu paniques, on le fera ensemble.

— La police, Nelson. Je pourrais me rendre au quai des Orfèvres et rencontrer un officier. Je pourrais...

— Risquer de laisser ton État totalitaire étouffer tout ça ? Non, crois-moi, *honey*, le scandale explosera bien mieux si c'est par voie de presse. Je te conseille d'écrire ce que tu as vécu depuis que tu as commencé à travailler pour ces vilains. Mais attention, change les noms et ne mentionne pas la ville, au cas où ton texte tomberait entre de mauvaises mains. *Bye bye, honey*. Je dois te laisser. J'ai un briefing avec nos amis militaires.

Son « *bye bye* » a longtemps résonné dans mon oreille. Nelson avait raccroché et je me sentais vulnérable.

Heureusement, Zelda était avec moi. Son cabas posé sur un guéridon, la télévision en sourdine, elle tricotait.

Le lendemain, j'ai acheté un ordinateur, une imprimante et deux ramettes de papier. J'avais entre sept et neuf jours pour tout écrire avant le retour de Nelson. Écrire m'évitait de penser aux Teixeira. Mais mes nuits étaient hantées par la vision de leurs corps allongés et du béton visqueux qui les recouvrait peu à peu.

J'ai écrit des jours entiers. Sans changer les noms, malgré les recommandations de Nelson. J'envisageais mal de rebaptiser tous ces monstres et je refusais de masquer l'identité de leurs victimes. À la place, j'ai laissé des blancs. Nelson ne manquerait pas de râler, mais peu m'importait, il serait toujours temps de les remplir. Les mots coulaient sous mes doigts et j'avais l'impression au fil des pages de leur rendre justice.

Évidemment, le titre s'est imposé. *Les Murs de sang*. Ça collait parfaitement.

Le 17 juillet, à la une d'un quotidien national, j'ai pris la mesure de la capacité de nuisance de la famille Degrelle. De l'étendue de son pouvoir aussi. Mon nom y apparaissait noir sur blanc. L'article relatait comment la police d'une petite ville de province avait, après une longue enquête, perquisitionné au domicile de Carmen Messera, liée à des mouvements d'extrême droite issus de l'OAS, organisation pour laquelle son père avait milité, et saisi une très forte somme d'argent liquide et trois armes de poing.

Nulle part dans cet article il n'était fait mention de leur nom. Pas plus de mon emploi, double emploi, pour le compte de cette famille. Non, il n'était question que de mon départ précipité de la fac. Philippe avait été interrogé et se montrait surpris qu'une étudiante aussi douée ait pu cacher ses motivations réelles aussi longtemps.

C'était tout.

Si aucun journaliste digne de ce nom n'allait fourrer son nez chez les Degrelle, je resterais une presque terroriste sortie d'un chapeau. Une femme à abattre pour certains, à enfermer pour d'autres.

C'était finement joué de leur part.

Les jours ont passé et le retour de Nelson a été repoussé au 26 juillet. Au final, je ne possédais pas grand-chose.

Les murs de sang

Quelques documents sur l'origine de la fortune des Degrelle et l'accusation de viol contre KMF, les enregistrements des entretiens avec Cruz et Zelda et la cassette du répondeur où Aymeric parlait d'une partie de chasse dont Octavio aurait été le gibier. C'était si peu. Nelson savait que rien ne serait recevable devant un tribunal.

Restaient mon témoignage et celui de Zelda.

Nous parlions peu, mais les instants partagés étaient doux. Je passais des heures à côté d'une femme silencieuse, qui écoutait le cliquetis de mon clavier avec une sorte d'admiration enfantine. Une femme que j'aimais comme une mère.

– Quand Nelson sera là, disait-elle, il faudra fouiller davantage.

Zelda parlait des Portugais disparus.

– Il faudra vérifier que ceux dont on prétend qu'ils sont rentrés au pays l'ont fait, les contacter, ne pas se fier à des passages en douane, il faudra sonder les fondations des immeubles récents de cette ville maudite, et puis il y a Aymé Degrelle. Que sait-il exactement ? Peut-il ignorer qu'on assassine sous son toit ? Et Diane ? Et KMF ?

Les traits de Zelda se figeaient à l'évocation de son nom et elle brandissait ses aiguilles à tricoter comme une arme. Mais elle n'ajoutait rien et je respectais son silence.

Restait Aymeric. Je disposais de si peu de marge de manœuvre...

Le 21 juillet, j'ai ouvert un coffre à la banque Vexon Brothers, sur les conseils de Nelson. Une de leurs agences était située avenue de la République. Le coffre 123. Je me souviens avoir pensé, *1,2,3, nous irons au bois*.

J'y ai déposé mes précieuses cassettes, sur lesquelles j'avais collé une étiquette avec le prénom de la personne enregistrée, et j'ai rempli un formulaire désignant Nelson comme mon héritier s'il m'arrivait quelque chose. Je n'y déposerais le manuscrit qu'une fois achevé. En attendant, je le gardais toujours sur moi.

Le 24 juillet, Zelda, dont le moral ne baissait jamais, m'a fait une surprise de taille. Cela faisait une dizaine de jours que nous espérions le retour de Nelson. Rebecca Degrelle, la femme de KMF, nous recevrait le lendemain vers 14 heures, pour le thé.

Jack

2011

34

Au cours de la demi-heure suivante, pendant que Libbie picorait un club sandwich, Dominic Balestero soulagea sa conscience. Ainsi apprit-elle comment Grace avait effectué un voyage d'études en France à 19 ans, voyage au cours duquel elle avait croisé la route de Jacques Peyrat, en était tombée amoureuse et s'était retrouvée enceinte sans rien dire à personne.

— Ça fait un choc de sonner chez sa fille après avoir traversé l'Atlantique et d'être reçu par un échalas chevelu qui tient un marmot dans ses bras. Je ne le souhaite à personne.

Libbie l'imaginait sans peine. Dominic Balestero avait dû considérer les mensonges de Grace comme la pire des trahisons.

— Vous lui avez coupé les vivres et fermé votre porte, le geste classique du père narcissique.

Dominic Balestero ouvrit la bouche pour se défendre, mais Libbie lui coupa l'herbe sous le pied.

— Je suis certaine que vous vous êtes rongé les sangs plus que quiconque dans cette histoire. Le bourreau et la victime en même temps. En plus, ça n'a servi à rien puisque votre fille vous a échappé quand même.

Balestero poursuivit ses explications en racontant comment il avait perdu sa femme, morte dans un accident de voiture alors qu'elle était ivre, comment il s'était ruiné en détectives privés pour rechercher sa fille et comment, enfin, il avait découvert son décès en recevant une facture impayée de chimiothérapie.

Sa voix s'étrangla à plusieurs reprises, si bien que Libbie décida de ne plus l'asticoter. Elle partagerait avec lui certaines informations, mais en garderait d'autres pour elle. La mort de Kay ferait partie des non-dits, le sujet de Rémy Sempere resterait tabou également, tant que la présence de cet homme aux côtés de Jack l'aiderait un tant soit peu.

— Jack cherche Lucie. Tout comme vous. Pour être honnête, je n'en sais pas beaucoup plus. Ce qui lui arrive est difficile à comprendre. Nous manquons d'éléments, je veux dire vous et moi.

— Et lui, que dit-il ? Sait-il qui a enlevé Lucie ?

— Vous ne pensez donc plus qu'il l'aurait cachée quelque part, morte ou vive !

— Je suis un homme d'action, madame van Bogaert et j'ai les défauts de mes qualités. Je n'ai pas supporté toute cette inertie autour de la disparition de ma petite-fille. D'autant qu'il y a quelques années, j'aurais eu les moyens d'envoyer moi-même une équipe au secours de Lucie avant que ces salauds ne l'enlèvent. Quand j'ai vu votre mari, j'ai... c'est lui qui a pris pour les autres !

Ils échangèrent les rares informations que chacun possédait sur les agresseurs et leur possible fuite du pays et très vite, Libbie comprit que Balestero ne lui serait d'aucune aide.

Elle repoussa l'assiette qu'elle venait de vider et suça les miettes au bout de ses doigts tout en réfléchissant à une manière polie de se débarrasser de la compagnie du vieil homme.

— Jack n'assume pas toujours ses actes, dit-elle sur le ton de la confidence. C'est même un fieffé menteur parfois. Quand il se sait découvert, il persiste. Ça donne des versions délirantes, je viens d'en faire les frais. Mais Jack aime sa fille, ça, c'est une réalité objective. Je pourrais même...

Libbie fut interrompue par l'arrivée du barman.

— Un appel pour vous, madame van Bogaert. Je vous le passe dans la cabine, juste à droite, dans le couloir des ascenseurs.

Du regard, Libbie demanda de qui il s'agissait.

— Gnokie, c'est tout ce qu'on m'a dit.

Libbie s'installa sur le strapontin de la cabine téléphonique et attendit qu'on lui passe l'appel. Une odeur de vieille poussière flottait dans le minuscule espace clos. La jeune femme sentit une nausée monter du fond de sa gorge. Quelques secondes interminables passèrent, puis une sonnerie stridulante lui vrilla les tympans.

— Jack ! s'écria-t-elle en décrochant, tu...

— Je vous passe l'appel, entendit-elle dans l'écouteur.

— Je... merci...

Calme-toi ! Laisse-le parler, songea-t-elle. *Il doit être encore plus paumé que toi.*

— Libbie...

La voix de Jack était grave, chargée d'émotion.

— Libbie, est-ce que tu es en sécurité ?

La jeune femme ne put s'empêcher de rire nerveusement. C'était du Jack tout craché, ça. C'est lui qui affrontait les pires dangers et il s'enquérait de sa sécurité à elle.

— Jack, oui, ça va. Je... je suis désolée pour la messagerie. Je ne m'en suis servie que quelques fois, il y a des années, quand tu disparaissais sans rien dire. Avant que je sache pour Lucie...

— Laisse tomber. Et réponds-moi. Est-ce que tout va bien ?

— J'essaie d'obtenir des informations de Balestero, mais j'ai peur qu'il n'ait pas grand-chose à nous apprendre. Et toi ? Où es-tu ?

— Je veux que tu quittes la région, Libbie. Je veux que tu ailles chez tes parents, ou chez des amis, quelque part où tu seras en sécurité. Tu veux bien faire ça ?

— Hors de question. C'est maintenant que tu vas avoir besoin de moi.

À l'autre bout de la ligne, Libbie entendit son mari soupirer.

— Je suis en contact avec l'avocat et je suis allée voir Riquen, reprit-elle. Tu n'as pas besoin de te cacher, Jack. Les autorités suisses savent que tu n'as rien à voir avec cette fusillade. Au contraire, ils sont prêts à t'aider et...

— Les Suisses sont le cadet de mes soucis, Libbie, la coupa Jack. Je ne sais pas qui a enlevé Lucie, mais je sais pourquoi.

Libbie manqua s'étrangler.

— Dis-le-moi !

— Pas comme ça, pas au téléphone.

— Mansel peut intervenir. Lui, le chef de la police, et le proc' sont sacrément remontés.

— Libbie, je dois me débrouiller seul.

— Tu te moques de moi ! Je te rappelle qu'à Bali, c'étaient pas des tendres ! Je suis tout à fait capable de t'aider. Autant que cet inconnu avec qui tu traînes !

— Je sais, je sais. J'ai fait des conneries, avoua Jack d'une voix sourde, et maintenant je paie le prix fort.

— Non, Jack, s'agaça Libbie. Tu ne payes rien du tout. C'est Lucie qui fait les frais de tes erreurs. Je veux te voir, je veux qu'on en parle. Je suis ta femme, merde !

Un silence d'une poignée de secondes pesa sur le couple séparé.

— Dis-moi où tu es, gronda Libbie. Dis-le-moi ou je...

— Demain, céda Jack. Promets-moi de ne venir que demain. Les routes sont dans un sale état avec cette foutue neige.

Libbie réprima une bouffée de colère. Pourquoi lui demandait-il de retarder son départ ? C'est maintenant qu'elle voulait le retrouver, le serrer dans ses bras, avant d'exiger qu'il lui raconte tout.

Elle se contrôla, parvint à chasser l'idée insidieuse qu'il cherchait à gagner du temps pour mettre de la distance entre eux et promit tout ce qu'il voulut.

— Je partirai demain au lever du jour. J'ai besoin de me reposer, de toute façon. Dis-moi où tu es maintenant.
— Le bébé va bien ?
— Et sa maman aussi, ajouta Libbie avec un sourire triste. Je t'aime, Jack. Je veux te voir. Ensuite, j'irai me planquer à l'autre bout du monde, si c'est nécessaire.
— Je suis à Chamonix, à l'hôtel du Roi Soleil, chambre 17. Elle est au nom de Vergne.
— Vergne ?
— Oui, un vieil ami.
— En parlant d'ami, dis-lui de répondre au téléphone, à ton Sempere. C'est insupportable de tomber systématiquement sur sa boîte vocale.

Libbie entendit Jack rire doucement.
— Les assassins de Kay lui ont tout piqué. Tu n'as pas laissé d'info sur le répondeur, au moins ?
— Rien qui concerne l'affaire, je voulais juste qu'il rappelle. Je ne pouvais pas me douter. Il est toujours avec toi ?
— Oui, ne t'inquiète pas.
— Pourquoi Chamonix ? demanda-t-elle encore.
— J'attends un message des ravisseurs, alors, ici ou ailleurs... Je ne veux pas m'éloigner de la Suisse, au cas où Lucie s'y trouverait, et je préférais rester de ce côté de la frontière.

Libbie hésita à l'informer que d'après la police, Lucie était déjà bien loin, mais elle se retint. Jack risquait de s'affoler. Et puis, d'ici quelques heures, elle serait à ses côtés.

Quand elle raccrocha, des larmes mouillaient ses yeux et un léger tremblement agitait ses mains. Libbie patienta dans la cabine deux ou trois minutes. Il ne fallait pas que Balestero s'aperçoive de son émoi.

Quand elle se sentit prête, elle regagna le bar.

Le vieil homme la regarda approcher en scrutant son visage avec des yeux de flic.

— C'était des nouvelles de l'île. Le décalage horaire, vous voyez !

– C'est ça.

– Où en étions-nous ? soupira Libbie. Je vous avoue que je suis claquée. Tout ça, le bébé...

– Vous étiez en train de me démontrer que Jack aime sa fille, grinça le vieil homme.

– Écoutez, je dois joindre maître Galander demain matin pour faire le point. Je vous propose de nous retrouver ici vers 8 heures, pour le petit déjeuner. Ensuite, on avisera. Là, je n'ai plus l'énergie de me battre contre vos fichus préjugés.

35

– Venez casser une graine, lança Sempere en refermant la porte de la chambre. J'ai commandé un plateau de fromage. Vous devez crever de faim, non ? Vous aimez le fromage, au moins ! J'ai pris aussi une bouteille de côtes-du-rhône, ça vous convient ?

Foutez-moi la paix, pensa Jack.

– Merci, dit-il, conscient que cet homme cherchait seulement à l'aider.

Il tentait de garder la voix de sa femme dans son oreille. Mais les mots s'estompaient déjà. Il y avait trop de parasites. Les intonations épaisses du type du service d'étage, les questions de Sempere, et puis la tempête qui sourdait sous son crâne, mêlée à une fatigue comme il en avait rarement connue, ces éléments réunis formaient une sorte de brouillard cotonneux par-dessus ses perceptions.

– OK, dit-il en s'asseyant. Va pour un côtes-du-rhône. J'ai grandi à Saint-Étienne, ça me rappellera mes racines.

Les murs de sang

Sempere posa le plateau chargé de victuailles sur le lit et s'empressa de servir l'unique verre, qu'il tendit à Jack. Puis il partit dans la salle de bains à la recherche d'un gobelet.

– Moi, j'ai grandi du côté de Bordeaux. Là-bas, on dit que tout ce qui vient de Bourgogne n'est pas du vin.

– Quand j'étais gosse, je rêvais de voir la dune du Pilat. L'océan. J'ai dû attendre 20 ans passés. Je suis sûr que vous passiez toutes vos vacances à la plage.

– Pire que ça ! grinça Sempere en servant deux verres de vin. Je voyais votre fameuse dune depuis ma chambre. Et je la trouvais lisse, uniforme, chiante quoi ! Vous voyez...

– Les cartes sont sacrément mal distribuées, murmura Jack en avalant son verre d'un trait. C'est la merde.

Un long silence sépara les deux hommes. Rémy s'éclaircit la gorge et remplit le verre de Jack avant de murmurer :

– Si vous me parliez de ce 21 juin 1998, à présent ?

Les paupières de Jack se plissèrent, puis il soupira.

– J'étais un vrai branleur. Dans le genre de ceux qui méritent des années de coups de pied au cul. Vous voyez ?

Sempere acquiesça sans un mot et attendit que Jack poursuive. Sur le visage de ce dernier passaient des expressions de gêne, confirmées par les mouvements saccadés de ses doigts, qui s'entrelaçaient nerveusement.

– Pour faire court, reprit-il, je suis tombé un jour sur un article qui parlait du casse du siècle. J'avais vingt piges et je rêvais de gloire.

– Aussi simple que ça ? ironisa Sempere. Heureusement que vous n'avez pas mis la main sur un documentaire sur Apollo 11.

Sempere ne sut s'il devait lire dans le regard que lança Jack un profond abattement ou s'il passait pour un parfait imbécile.

– Vous l'avez fait ? demanda-t-il pour dissiper cette sensation désagréable. Je veux dire, ce casse a eu lieu ?

– Hélas, oui. Je suis allé au bout de ma connerie. C'était d'ailleurs la première fois que j'achevais un projet. Quand la stupidité s'associe à l'entêtement, ça donne ce genre de chose.

— Donc vous avez braqué une banque le 21 juin 1998.

— Non, c'était plus subtil que ça. Je voulais agir comme Spaggiari. Monter une équipe, percer un tunnel et m'offrir la salle des coffres. Rappelez-vous l'été 98. La Coupe du monde battait son plein, la France marchait vers la victoire et Paris était en liesse.

— OK, vous avez dévalisé une banque. Mais quel rapport avec Kay ? Ne me dites pas qu'elle a fait ce coup avec vous !

— Non, bien sûr que non. J'ignore pourquoi les ravisseurs de Lulu s'en sont pris à elle.

— Sans doute pour vous montrer leur détermination.

Jack observa un temps de silence.

— Peut-être. Mais ils l'ont torturée alors qu'elle ignorait tout de ce casse.

— Maintenant, ils le savent. Pauvre Kay. Elle n'a pas dû comprendre ce qui lui arrivait. Si seulement j'avais pu intervenir.

— C'est un peu tard pour avoir des regrets, non ?

— Je vous l'ai dit, elle comptait sur moi pour l'aider, pour vous aider. Et je n'ai rien pu faire.

— Ces types sont des tordus.

— Qu'avez-vous donc volé pour que ces hommes déchaînent tant de violence ?

Le visage de Jack se ferma. Il pinça les lèvres, se frotta les paupières et secoua la tête.

— Ne m'en voulez pas, soupira-t-il, mais c'est une information que je préfère garder pour moi. Pour l'instant. Un de mes complices est mort, et j'ignore ce qu'il est advenu des autres. Même si je crains le pire.

— À votre guise, lâcha Sempere en serrant les dents. Vous apprendrez peut-être à me faire confiance avec le temps. Les raisons de tout ce foutoir ne m'intéressent pas autant que vous l'imaginez. Moi, je veux les faire payer pour Kay. Et je suis convaincu qu'il suffira que je m'attache à vos pas pour placer ces salopards sur ma route. Ce sera aussi simple que ça.

Sempere resservit du vin et découpa du pain. Il partagea le fromage et commença à manger.

— Qu'est-ce qui vous permet d'affirmer que ce ne sont pas justement vos anciens complices qui se cachent derrière tout ce bordel ? demanda-t-il lorsqu'il eut avalé sa bouchée.

— Pas le genre, et aucune raison non plus.

— Vous savez au moins ce que les ravisseurs veulent ?

— Pas exactement, grogna Jack.

— Fâcheux. Dans ce type d'affaire, plus on en sait, mieux ça vaut. Dites-moi que vous savez où récupérer votre monnaie d'échange !

Jack grimaça. Il parut tout à coup très mal à l'aise.

— Ça risque de prendre du temps, et ils ne m'ont laissé que quarante-huit heures.

— De plus en plus fâcheux. Vous êtes resté un branleur plus longtemps que vous ne le disiez tout à l'heure !

Les paroles de Sempere achevèrent de plomber le moral de Jack. Sa jeunesse avait été inconséquente, perturbée. Il pensait avoir payé sa dette. À ses yeux tout au moins, la perte de sa fille et les années passées dans une prison indonésienne avaient racheté ses fautes. Il avait reconstruit sa vie avec Libbie, élaboré des projets à deux. À l'annonce de la mort de Grace, il pensait avoir refermé la boucle de son passé. Revoir Lulu avait été un espoir fou autant qu'une gangrène et c'est au moment où la vie lui offrait ses plus belles fleurs que la peine maximale lui était assénée.

— Je ne peux pas vous contredire, dit-il tout bas. Finalement, on paye toujours ses fautes. C'est juste une question de temps.

— Excusez-moi. Je n'ai pas su m'en empêcher. Vous avez besoin de soutien, pas d'un connard moralisateur !

— Je le mérite à deux cents pour cent...

— Peut-être, mais je ne suis pas juge. Dans tous les cas, il faudrait retrouver vos vieux complices et vérifier quand même s'ils n'auraient pas un lien avec ce qui vous arrive.

— C'est possible, acquiesça Jack. Mais, ça va être coton.

Un instant, forcé de constater que les réflexions de Sempere lui faisaient du bien, Jack fut tenté de lui raconter l'entière vérité sur le casse, mais il s'abstint. Qu'est-ce qui empêcherait Rémy de parler s'il se faisait prendre ?

— Qui peut déployer de tels moyens ? poursuivit Sempere, les types de l'assurance de la banque, la banque elle-même, mais ce ne sont pas leurs méthodes habituelles... Non, je ne vois que des privés. Vous savez, je dirigeais des équipes d'agents de sécurité. Ces manœuvres me rappellent des techniques utilisées par des industriels puissants ou des gens du milieu.

— Je comprends, soupira Jack en se levant. Ça peut être une piste. Mais là, je n'en peux plus, il faut que je me repose un peu.

— Pas de problème, convint Sempere en le raccompagnant jusqu'à la porte. Vous savez où frapper en cas de besoin. Et... ne vous bilez pas, on va la retrouver, votre gosse.

Jack sourit tristement, puis s'engouffra dans sa chambre. La solitude serait bienvenue, malgré la sympathie qu'il commençait à éprouver pour Sempere. Habituellement, il avait besoin d'un temps extraordinairement long pour se lier d'amitié.

— Je dois vieillir, murmura-t-il. Ou alors, ce sont les circonstances.

Il se laissa tomber sur le lit et garda les yeux fixés sur le plafond. Il pensa à Libbie, qui arriverait le lendemain, et en fut heureux. Sa femme lui manquait. La mère qu'elle allait devenir aussi. Il songea à prendre une douche, mais renonça. Il voulait interroger sa messagerie tous les quarts d'heure. Aussi demeura-t-il ainsi, étendu, fourbu. Rapidement, ses pensées gagnèrent des contrées qu'il avait par tous les moyens cherché à évacuer. Il se revit les mains dans la terre, à suer l'eau de son corps dans ce boyau juste assez large pour laisser se faufiler un homme, avec pour perspective le mur en béton de la banque. Il entendit la voix de Jean-Louis résonner dans le talkie-walkie, comme si le récepteur se trouvait dans sa chambre : « Mes canards, mes canards, on a de la volaille en approche. Vous feriez mieux de faire taire la basse-cour. »

Ramper jusqu'au box, éteindre le compresseur, couper le groupe électrogène loué à une société de matériel de cinéma, tout cela prenait moins d'une minute. Ensuite il fallait attendre dans le noir que Jean-Louis donne le feu vert.

Et le travail recommençait. La terre à évacuer, les allers-retours avec la camionnette, les coupures parce qu'un résident de l'immeuble descendait au parking. Trois jours d'un boulot de forçat pour se la couler douce le restant de sa vie.

Jacques

1998

36

Mercredi 17 juin 1998.

Jacques retint son souffle. C'était la troisième fois au cours de la même heure qu'ils étaient obligés d'interrompre le travail. Le doigt posé sur le démarreur du groupe électrogène, il attendait que la voix de Jean-Louis, déformée par les parasites, égrène ses âneries habituelles dans le récepteur du talkie-walkie.

Le plus dur avait été de percer un trou dans la paroi en béton armé du box qui donnait sur les égouts. Là, il avait fallu employer du matériel bruyant et couvrir le vacarme qu'ils produisaient. Perforer un carré de cinquante centimètres de côté dans cette matière aussi dure que du granit avait exigé une semaine d'efforts. Passé cette épreuve, creuser la terre caillouteuse jusqu'au mur en moellon des égouts avait paru d'une simplicité enfantine.

– Le berger allemand a eu son nonos ! Quand le chien est parti, les canards du bon Dieu peuvent danser la gigue.

Jacques soupira en redémarrant le groupe électrogène. Où ce diable de Jean-Louis trouvait-il ses répliques ? L'entrée du tunnel émergea de l'obscurité. Là-bas, à une centaine de mètres, Rico et Xavier allaient pouvoir reprendre leur travail et si, comme Jacques l'espérait, ils touchaient le mur de la banque le soir même, alors ils pourraient se reposer soixante-douze heures.

Depuis un mois, Jacques dormait très peu. À 6 heures, il arrivait aux pompes funèbres. Travail routinier de ménage, préparation des cercueils, rangement du stock, il vidait aussi les corbeilles des bureaux, lançait une cafetière et nettoyait les parties communes visitées par le public. À 14 heures, sa première journée s'achevait. Commençait alors la seconde. Il récupérait la camionnette près de son hôtel de Bagnolet, rejoignait Rico et Xavier place des Fêtes et, ensemble, ils s'enfermaient dans le box et se relayaient à la pioche, au transport des seaux et à la surveillance jusqu'à 22 heures.

Le dimanche, ils étaient obligés de faire relâche. Le quartier du Père-Lachaise jouissait d'une réelle tranquillité.

Jacques vérifia l'arrimage du tuyau d'échappement du groupe électrogène au système d'aération du parking et se glissa dans l'étroit boyau étayé de traverses volées dans les stocks de la SNCF. Il rampa dans le tunnel d'adduction des égouts et se laissa glisser jusqu'au radier. L'odeur était infecte. Même celle des cadavres faisandés lui paraissait douce à côté de cette puanteur. Jacques plaça un foulard aspergé d'eau de Cologne sur son nez et avança jusqu'à la zone d'excavation. Pour s'occuper, il compta cent quarante-huit pas en marchant sur l'étroit trottoir et tomba nez à nez avec Xavier. Le talkie-walkie changea de main.

— Alors, le mur, vous l'avez senti ?
— Pas encore.

Jacques réprima une bouffée de joie. Il voulait être le premier à toucher ce dernier rempart avant l'eldorado.

— Pour le match, ne mets pas la radio trop fort.
— Tu penses, c'est Chili-Autriche ce soir. Pinochet contre Adolf, que le meilleur gagne et malheur aux vaincus !

Xavier sembla méditer son mot tandis qu'il chargeait un lourd sac rempli de terre. Puis il s'éloigna vers l'accès au box d'un pas lent.

— Macache ! gloussa Jacques dans son dos, un match de foot reste un match de foot pour les fans dans ton genre. Tu verras, bientôt, tu pourras te payer des places dans les tribunes d'honneur de tous les stades du monde !

— Que le dieu de la FIFA t'entende ! Je crois qu'on y est presque.

Le second tunnel mesurait un mètre vingt de hauteur, si bien qu'on pouvait s'y déplacer à quatre pattes. Jacques attendit qu'Éric en sorte pour s'y introduire, au moment où un métro longeait l'égout en direction du Père-Lachaise. Le tremblement fit voltiger des particules de terre entre les étais du plafond.

Parvenu au bout du tunnel, Jacques s'installa en tailleur et commença à creuser. En cinq minutes, il fut en nage. Derrière lui, Éric remplissait des seaux et des sacs avec les gravats.

Soudain, la pelle américaine tinta au contact d'une matière dure. Jacques retint son souffle. Y était-il enfin ?

— Rico ! dit-il tout excité. Passe-moi la baladeuse !

Dans la seconde, il obtint le court néon, qu'il approcha du fond du tunnel, illuminant la terre noirâtre où apparaissaient partiellement trois moellons parfaitement alignés.

Le cœur de Jacques fit des bonds. À côté de lui, le visage couvert de terre d'Éric laissait apparaître des dents d'une blancheur éclatante. Les deux amis s'empoignèrent en s'esclaffant, comme des gosses à qui on aurait promis l'océan.

— On dégage la terre et on arrête pour ce soir, proposa Jacques quand il eut retrouvé son calme.

Ils charrièrent la terre jusqu'à la camionnette, puis placèrent les plaques imitant les parois des égouts à l'entrée de chaque tunnel. Enfin, Jacques retira le calfeutrage des trois bouches situées à proximité des travaux. Quand tout fut terminé, ils quittèrent le parking à bord de la camionnette. Les rues de Paris ressemblaient à celles d'un 14 juillet. L'Italie venait de battre le Cameroun par trois buts à zéro et les supporters fêtaient l'événement. Le paradis pour des casseurs de coffres.

★

Le blindage apparut derrière les vingt-quatre moellons retirés des sous-sols. La flamme du chalumeau oxyacétylénique dévorait le métal en le faisant rougeoyer sur quelques centimètres autour du tracé de découpe. Sous son masque à gaz, Xavier suffoquait. Il ne fit pourtant pas de pause, les batteries des émetteurs HF n'ayant pas tenu, il était impossible de savoir si l'aérosol de gaz soporifique avait fonctionné.

Jacques observait alternativement la flamme et le manomètre des bouteilles en se tordant les mains.

— Oublie-moi, mandoline ! se plaignit Xavier en le poussant du coude. J'ai besoin d'atmosphère, et mon atmosphère...

— Grouille, merde ! Regarde un peu, tu vas de travers !

Malgré la chaleur et l'inconfort de sa posture, Xavier éclata de rire.

— Tu vas de travers ! singea-t-il. Ben, mon con ! Je t'en reparlerai de celle-là.

Il était 22 h 32 quand la plaque céda. Jacques attrapa un sac de couchage, le disposa sur le rebord du blindage et se laissa tomber dans la salle des coffres. Il se releva dans la foulée et fonça vers le local du vigile. Le type s'était endormi sur sa chaise. Sa tête reposait sur son poitrail. Un filet de salive coulait sur son tee-shirt imprimé aux initiales de son employeur.

Un téléviseur portatif diffusait le match en cours.

Pendant que Xavier ligotait et bâillonnait le vigile, Jacques et Éric apportèrent le matériel. Après quoi, ils replacèrent les décors occultant l'entrée des tunnels.

Cette première étape achevée, Éric retira son masque à gaz puis emplit ses poumons, sous l'œil anxieux de Jacques.

— Je me sens tout chose. Peut-être que... Non, allez, je déconne.

— T'es vraiment con, Rico !

— Putain, mec, on y est ! s'exclama Éric en embrassant la salle du regard avant de se jeter sur Jacques pour une franche accolade.

Ce dernier n'en revenait pas. Cela faisait si longtemps qu'il rêvait de cet instant. Il lui paraissait irréel d'avoir presque gagné la partie, au point qu'il manquait d'enthousiasme.

La salle contenait trois cent soixante coffres, empilés par six unités et scellés les uns aux autres. Deux de ces armoires avaient été déplacées pour faciliter les travaux de mise aux normes de sécurité. Il traînait dans un coin des sacs de ciment et des outils abandonnés par les ouvriers.

— Allez, on passe à la suite.

Cette suite consistait à bloquer la porte d'accès aux coffres puis à calfeutrer les aérateurs de la salle pour empêcher les sons de s'échapper. Ils imitaient l'équipe de Spaggiari dans la salle des coffres de la Société générale de Nice.

Xavier avait passé un masque de Bill Clinton et secouait le vigile par les épaules.

— Tu ne crains rien tant que tu coopères. Je suis ton Bill et toi, tu vas être ma p'tite Monica. T'es partant?

Bâillonné, le vigile ne pouvait répondre que par des sons étouffés. Ses yeux exorbités trahissaient sa peur.

— Je vais retirer ton bâillon. Tu vas être sage, n'est-ce pas?

Le vigile acquiesça d'un signe de tête.

— Ton prénom, c'est quoi?

— René.

— Bien, moi, c'est Bill. Tu m'avais reconnu, je suppose. René, dans un quart d'heure, tu vas devoir téléphoner au centre. C'est bien ça?

— À la demie...

— On va rester avec toi pour le week-end, René. On organise une petite fête ici, tu vois le tableau. Alors, si tu veux qu'on te file à becqueter et à boire tout ce temps, et voir les matches, tu vas devoir tout me dire. Tout, c'est bien clair? Sinon, j'ai quelques potes qui pourraient faire une petite visite à ta famille et lui faire passer un sale moment. Peut-être même le dernier.

Le malheureux René, qui avait femme et enfants, révéla sans discuter la procédure de reconnaissance. Le centre de sécurité téléphonait toutes les trois heures. Le mot de passe de ce samedi était « caravelle », celui du dimanche, « talion ». Tout était consigné dans une enveloppe que René avait détruite à sa prise de poste.

— Caravelle et talion, répéta Xavier. Bon ! Quand le bigo sonne, c'est toi qui réponds. Pas d'entourloupe, René. Pas de message caché dans tes réponses. Tu mates le foot, tu fais ton job et je te fous la paix. OK ?

— Merde, me faites pas de mal, j'ai une femme, trois...

— Mais je sais tout ça, mon con ! le coupa Xavier. Tu crois vraiment que je suis Bill Clinton ?

Jacques entra dans le local, un walkman à la main. Lui portait un masque à l'effigie de Jacques Chirac.

— Salut, Bill, dit-il en imitant la voix du président. Moi, c'est Jacques. Ton client est coopératif ?

— Monica est la douceur incarnée, gloussa Xavier en allumant la télévision et en l'orientant de telle sorte que René puisse la regarder, elle m'a donné de ces petits mots doux à te faire bander un mort.

Jacques ajusta les écouteurs sur les oreilles du vigile, déposa le boîtier sur ses cuisses et enfonça la touche play.

— Autoreverse, je me suis pas foutu de ta gueule. Céline Dion pendant quatre-vingt-dix minutes, ça va être du bonheur !

Pendant que Xavier attaquait le blindage au niveau des charnières, Éric et Jacques installaient un extracteur de fumée dont le tuyau rejetait les émanations dans l'égout.

Quand Xavier eut achevé de découper le premier coffre, il se décala de deux rangées pour en attaquer un nouveau. Le rectangle en métal de trente centimètres sur vingt-cinq demanda les efforts conjugués de Jacques et Rico, armés d'une barre à mine, avant de capituler.

Le coffre était vide.

— Commencez pas, les gars. Ça sera sans doute pas le seul. Venez donc taquiner celui-ci pendant que je me farcis le suivant.

Dans le deuxième, ils trouvèrent deux lingots d'or de un kilo et une grosse enveloppe garnie de deutsche marks. Jacques fut tenté de prendre les liasses à pleine main, de les jeter en l'air pour les regarder tourbillonner autour de lui, mais il se ravisa. Ils n'avaient pas de temps à perdre.

À raison de cinq minutes par coffre, il faudrait trente heures pour venir à bout de l'ensemble. Mais ils s'aperçurent rapidement que les fumées dégagées par le travail de découpe peinaient à être récupérées par l'extracteur, et qu'il était nécessaire de couper régulièrement le chalumeau, tant l'air devenait irrespirable.

— Elle me fait marrer, la mère Aubry, avec ses 35 heures ! grimaça Éric tandis qu'il s'échinait sur un nouveau coffre. Nous, c'est en deux jours qu'on va les faire.

— Peut-être, persifla Xavier, mais après, c'est la bulle à vie assurée, mon tout beau.

— Ils en sont où les petits pédés dans leur back-room, grésilla la voix de Jean-Louis dans le talkie. Ça se tripote ou c'est la pause syndicale ?

Jacques attrapa l'appareil.

— On garnit le panier à œufs, dit-il, laconique.

Un réveil sonna dans un des sacs rangés dans un coin.

Xavier retira aussitôt ses lunettes de soudeur et enfila le masque de Clinton.

— Quel métier ! soupira-t-il en passant dans le local du vigile. Vivement la retraite.

Quand il revint dans la salle des coffres, l'air était de nouveau respirable.

— Tout est OK. René coopère.

Pendant que deux d'entre eux s'activaient, le troisième triait le butin en quatre tas distincts. Au milieu de la nuit, la table de la salle des coffres fut recouverte de valeurs, principalement des livres sterling, des deutsche marks, des dollars US et des lingots d'or.

Toutes les trois heures, Xavier réveillait René pour qu'il réponde à l'appel du centre de sécurité, puis il replaçait le casque de walkman sur ses oreilles et le laissait tranquille.

Des coffres dévoilèrent des objets inattendus, qu'ils entreposaient dans un coin. Ainsi mirent-ils la main sur un godemiché en ivoire, sculpté à sa base, et qui devait valoir une fortune, mais aussi des photos coquines ou carrément pornographiques, des journaux intimes, des albums de timbres, dont deux d'entre eux finirent leur course dans le sac de Xavier, contre l'avis de Jacques, des bijoux de toute sorte, des petites culottes, des grands crus, des passeports, des livres anciens, des mèches de cheveux, des clichés de gens anonymes, d'autres qui connaissaient une certaine popularité, et un grand nombre d'armes de poing.

À 8 heures le dimanche matin, Xavier quitta la salle des coffres pour l'hippodrome de Vincennes. Après être passé chez lui pour se doucher, il serait vu sur place par ses vieux potes turfistes.

Jacques et Éric ouvrirent une quarantaine de coffres particulièrement bien garnis pendant son absence.

Xavier revint juste avant l'appel du centre de sécurité. Éric s'affairait avec le chalumeau, tandis que Jacques faisait céder un énième coffre.

— Les Pays-Bas ont liquidé la Corée du Sud par 5 à 0 et j'ai touché le tiercé dans le désordre, annonça Xavier en enfilant son masque de Bill Clinton. Pas beau, ça ?

— La chance appelle la chance, grinça Jacques au moment où la porte du coffre 123 cédait, révélant une grosse enveloppe en kraft qui atterrit sur le tas des objets à abandonner.

Peu avant midi, Jacques gagna le local des pompes funèbres, où il se changea, puis il prit le métro jusqu'à Daumesnil. Il retrouva Daniel Vergne dans un bistrot entièrement dédié au football. Ce jour-là, premier jour de l'été, il y aurait trois matches et toutes les occasions étaient bonnes pour faire des affaires.

Vergne n'avait pas la tête des bons jours et Jacques devina aussitôt qu'il avait déjà attaqué l'apéritif.

— Tu comprends, petit, j'ai fait mes enfants sur le tard et pourtant, j'ai pas été assez malin pour choisir une mère avec qui je pourrais passer le restant de mes jours. Résultat, pension alimentaire et pension de réversion. Ça me coûte les yeux de la tête.

— Les femmes sont l'ennemi de l'homme, rétorqua Jacques en songeant amèrement qu'à cause de Grace, il n'avait pas vu Lulu pour fêter son premier anniversaire.

— Ouais, t'as raison, grommela Vergne, mais qu'on fasse de moi un saint si j'arrive à m'en passer. Même aujourd'hui, j'y retourne. Pourtant, regarde ! J'ai le ventre qui se casse la gueule, les couilles qui pendent... rigole pas, t'auras cinquante piges un jour, toi aussi, et ça (il posa un index sous l'un de ses yeux) c'est sexy, les valises, hein !

Le casse s'acheva vers minuit, ce dimanche 21 juin. Sur les trois cent soixante coffres, ils en avaient ouvert environ trois cents. Les autres se trouvaient parmi les plus bas et les plus difficiles d'accès et les trois malfaiteurs étaient épuisés. Sur la table et dans les sacs, chacun possédait dorénavant une part d'environ cinq millions de francs.

Ils jetèrent l'éponge après concertation, récupérèrent le matériel vidéo et sortirent les sacs contenant leur butin dans les égouts. Après quoi, ils firent une chaîne jusqu'au box, où tout fut rangé dans la camionnette.

Jacques fut chargé d'asperger les lieux avec de l'acide chlorhydrique. Au moment d'en déverser sur les objets abandonnés, il eut un remords. Si toutes ces choses étaient planquées, c'est qu'elles avaient de la valeur, et il restait un sac vide. Ce n'était pas le bout du monde s'il le remplissait. Il prendrait tout, sauf les armes et les objets trop personnels, et il aviserait ensuite.

Avant de quitter la salle des coffres, il utilisa une bombe de peinture pour taguer la phrase suivante :

EN MÉMOIRE DE SPAGGIARI,
NOUS SOMMES LES ROIS DU MONDE

Jack

2011

37

Inondé de sueur, le visage de Jack bougeait par intermittence. Son corps immobile s'enfonçait dans le matelas dans la position où le sommeil l'avait pris. Dehors, la neige s'était remise à tomber. Des flocons serrés passaient dans le halo d'un réverbère. Le vent était tombé. Sur l'écran du téléphone, l'horloge indiquait 3 h 12.

Deux coups frappés contre la porte brisèrent le silence. Puis deux autres, un peu plus forts. Jack se redressa d'un coup.

– Rico, merde ! Qu'est-ce que tu ?...

Jack n'acheva pas sa phrase. Ses yeux scrutaient la pénombre. En un instant, il se souvint de l'endroit où il se trouvait. Le froid glacial qui régnait à l'extérieur, la joie de retrouver Lulu, puis l'accident, l'extraordinaire malchance qui le poursuivait depuis quelques jours, tout lui revint en mémoire, chassant les souvenirs vieux d'une décennie.

Une pensée le glaça. Il s'était endormi, il n'avait pas rappelé sa messagerie. Et si...

Jack se leva et avança jusqu'à la porte, hésitant. Ce ne pouvait être que Sempere. Qui d'autre ?

La main de Libbie frappa dans le vide quand il ouvrit. Le cœur de Jack fit un bond dans sa poitrine. Il avait tant désiré la serrer contre lui. Un instant passa sans qu'aucun des deux ne bouge ni n'esquisse la moindre parole. Puis Jack prit la main de sa femme et l'attira contre lui tout en refermant la porte.

— Tu es folle, je t'avais demandé de ne pas rouler de nuit.
— Tu as vraiment cru que j'allais t'obéir ?

Blottie dans les bras de Jack, Libbie appréciait l'instant qui passait. Elle regardait la neige s'amonceler sur le balcon et priait intérieurement pour que rien ne change. Elle pensa à leur vie d'avant, la tranquillité qu'ils avaient su instaurer, les rares amis, l'avenir radieux. Tout était devenu si flou.

À présent qu'ils avaient fait l'amour et que Jack lui avait avoué son casse, Libbie ne savait plus quoi penser. Comment allaient-ils se sortir de cette situation ? Il y avait des centaines de coffres dans cette banque...

— Tu dois partir ce matin, dit-il à l'oreille de Libbie. Tu es une proie facile, une aubaine pour ce genre de malades. J'ai bien réfléchi et je connais une personne qui pourra te protéger.

Libbie voulut protester, mais se réfréna. Son mari avait mis les pieds dans une histoire qui les dépassait, et dont les acteurs ne s'embarrasseraient pas d'une femme enceinte. Libbie ne pouvait pas l'ignorer.

— Qui est-ce ? demanda-t-elle dans un souffle.
— Anton, un vieux pote du temps de mes pires conneries. En réalité, un flic infiltré dans le milieu underground que je fréquentais. Il faut que je l'appelle. Il ne me refusera pas ça. Va savoir pourquoi, il m'a toujours bien aimé.
— Paris ? interrogea Libbie. C'est là-bas que tu veux que j'aille ?

Elle sentit le hochement de tête de Jack.

— Sempere m'a conseillé de ne plus utiliser nos portables. Je crois qu'il a raison. On peut très bien nous écouter. Alors, dès que possible, tu vas créer une adresse sur live.com. Prends VanBogaertPeyrat1 pour toi, et moi, ce sera la même chose mais s'achevant par 2. Pour le mot de passe, on prendra un truc du genre Gnokiezinzin.

— Tu ne trouves pas que c'est un peu exagéré, tout ça ?

— Peut-être, mais vu les moyens dont disposent ces salopards, on ne sera jamais trop prudents. En attendant, on utilise les SMS et seulement en cas d'extrême urgence.

Libbie tendit le bras pour allumer la lampe de chevet et attrapa son sac qui traînait sur la moquette.

— Tiens, prends ça, proposa-t-elle en extirpant un téléphone portable, c'est le Blackberry de Kay. Je l'ai récupéré à tout hasard. Tu en auras plus besoin que moi.

— Tu es allée là-bas ? s'exclama Jack. Tu l'as vue ?

Libbie hocha doucement la tête.

— Mais pourquoi ?

— Je voulais trouver le numéro de ton Sempere. Je n'avais aucun autre moyen de te joindre.

Libbie était forte. Elle l'avait démontré maintes fois dans le passé. Jack devait avouer que la perspective de ne plus avoir à interroger sa messagerie à distance lui convenait. Ainsi, il pourrait avoir les ravisseurs en direct. Il s'empara du Blackberry pour y introduire sa puce. L'appareil fut connecté au réseau en quelques secondes et Jack en profita pour activer aussitôt les deux comptes live.com.

Rassurée, Libbie glissa quelques centaines d'euros entre les doigts de Jack, qui les rangea dans son pantalon, puis elle éteignit la lampe et se blottit dans les bras de son mari. Elle devrait bientôt se séparer encore de lui, passer des heures, des jours à craindre pour sa vie et celle de Lucie sans pouvoir intervenir, et cela lui coûtait. Elle partirait pour Paris, partagerait un appartement avec un inconnu, en attendant que les choses s'arrangent.

— Et toi ? demanda-t-elle soudain. Que vas-tu faire ? Où comptes-tu aller ?

— J'ai déjà ma petite idée là-dessus, ne t'inquiète pas. Mais promets-moi une chose. Ne dis rien à personne. Surtout pas aux flics. Ils ont été très clairs là-dessus. Lucie est vivante, pour l'instant. Je ne veux prendre aucun risque.

Libbie amena son visage à quelques centimètres de celui de Jack, qui garda le silence. Dans la semi-obscurité, il ne distinguait des yeux de sa femme qu'une pâle brillance.

— J'ai peur, avoua Libbie. Il n'y a rien de pire que ce sentiment d'impuissance. D'ignorance.

La pression des bras de Jack s'accentua autour des reins de la jeune femme.

— Moi aussi, j'ai peur, lâcha Jack. J'ai peur pour Lulu. Elle doit être terrifiée. L'idée qu'elle pense que je l'ai abandonnée me rend fou de chagrin.

— Jamais elle ne croira ça, Jack. C'est une grande fille, elle est futée et courageuse.

— J'espère que tu dis juste. Elle avait si peur quand je l'ai laissée dans cet abri. Si mal. Mais je n'avais pas d'autre solution. Si j'avais imaginé ne serait-ce qu'une seconde qu'elle était en danger...

— Tu as pris la bonne décision. Tu ne pouvais pas savoir. Dis-moi, que veulent ces types au juste ? Tu le sais au moins ?

— Pas exactement.

— Comment ça ?

Jack réussit à sourire.

— Tu n'imagines pas le nombre de coffres et la quantité de trucs que les gens planquent là-dedans. Nous n'avons gardé que le liquide. De l'or aussi, des lingots. Les bijoux, on les a laissés sur place. Trop compliqué à écouler. Pour le reste, on l'a mis ailleurs.

— Où ? exigea Libbie, plus fort qu'elle ne l'aurait voulu.

— Chut, tu vas réveiller tout l'hôtel. Ailleurs, je te dis. Je suis le seul à savoir où et c'est mieux comme ça.

Un silence de plusieurs minutes s'immisça entre les époux. Libbie songea à leur enfant qui allait naître dans des conditions catastrophiques, tandis que Jack se demandait combien de temps ses mensonges le protégeraient du couperet final.

— Tu n'as pas fait de confidences à Sempere ?

— Non.

— Pourquoi ?

— Pour la même raison que je ne te le dis pas non plus. Tant que je serai le seul à savoir, il me restera une marge de manœuvre.

— Jack, soupira Libbie en se redressant sur le lit. Les policiers de Martigny m'ont dit que des témoins ont vu plusieurs 4 × 4 descendre de la montagne la nuit de la tempête. Ces voitures ont été filmées sous le tunnel du Mont-Blanc. Il est possible que Lucie soit déjà loin.

Jack ferma les yeux et serra les dents pour ne pas hurler. Il écrasa une larme qui roulait sur sa joue et serra Libbie entre ses bras.

38

Le lendemain, Dominic Balestero se présenta à la réception de l'hôtel où séjournait Libbie avec une heure d'avance sur leur rendez-vous.

— Mme van Bogaert ne répond pas, rétorqua le réceptionniste en frappant son anglais d'un accent suisse. Elle doit être au restaurant.

— M'étonnerait, grinça-t-il. Vous pouvez la faire appeler là-bas ?

— Un instant, s'il vous plaît.

L'homme, prénommé Gilbert, téléphona au restaurant, sans succès.

— Je réessaie dans sa chambre, proposa-t-il avec un sourire contrit.

Pas de réponse.

— Elle s'est peut-être absentée ?

Dominic Balestero extirpa son téléphone de la poche de son pantalon et composa le numéro de Libbie. Il tomba sur la messagerie.

– Bon sang, nous avions rendez-vous ! Je dois absolument lui parler. Réessayez, elle était peut-être sous la douche.

Gilbert s'exécuta une nouvelle fois, en vain.

– Comment je peux savoir si elle est partie ?

– Je l'ignore, je n'étais pas de service cette nuit. Mais mon collègue revient en fin d'après-midi. Vous pourrez lui poser la question.

Le vieil homme ravala une flopée d'insultes. S'il s'était levé plus tôt que prévu, c'est bien parce qu'il n'avait pas l'intention de se faire rouler dans la farine par la femme de Peyrat, et ce petit con lui suggérait en souriant d'attendre des heures !

– Le gardien de nuit, il est où ?

– Rentré chez lui, monsieur.

– Donnez-moi son adresse, je vous prie.

Devant le refus du réceptionniste, Dominic attrapa son portefeuille et en sortit un billet de deux cents euros.

– Appelez-le et posez-lui la question, s'il vous plaît.

Le billet changea de main dans la seconde. La conversation dura deux ou trois minutes. Balestero patienta, incapable d'empêcher ses doigts de pianoter sur le comptoir.

– Mme van Bogaert est effectivement sortie cette nuit, mais elle n'a pas indiqué sa destination, expliqua le réceptionniste, je suis désolé.

– Écoutez, s'agaça Balestero. Je ne sais pas si vous savez qui elle est vraiment, mais il faut absolument que je la retrouve. C'est une question de vie ou de mort.

– C'est-à-dire, monsieur ? demanda poliment Gilbert.

– Cette dame est l'épouse du type dont la fillette a été enlevée dans la montagne.

– Ah ! J'ignorais. Ils n'ont pas le même nom.

– C'est un filou, voilà tout. Il se cachait sous l'identité de sa femme ! Et c'est ce même individu qui a abattu deux malfrats. La police pense qu'une bande armée est à ses trousses. Il se peut qu'elle soit en danger. En plus, elle est enceinte. Vous voyez le tableau. Je dois absolument la joindre et je sais comment vous pourriez m'aider. Mme van Bogaert a reçu un coup de téléphone, un peu après 22 heures, alors qu'elle était avec moi.

— Ah oui, là, je peux demander à mon collègue. S'il lui a passé l'appel, il a forcément noté le numéro quelque part. Donnez-moi deux secondes.

Une éclaircie illumina le visage de Dominic Balestero, qui avait commencé à virer au gris colère.

— Formidable !

Gilbert se retira dans les bureaux et en revint triomphant, un morceau de papier à la main. À l'heure indiquée, l'hôtel n'avait enregistré qu'un appel entrant, provenant d'une ligne fixe, en France.

— Je le compose pour savoir de qui il s'agit ?

— Faites donc ça.

Gilbert, dont le visage avait pris un air important, composa le numéro et raccrocha avec un grand sourire.

— Hôtel du Roi Soleil, à Chamonix.

— C'est loin d'ici ? demanda Dominic en enfilant le lourd manteau de laine qu'il avait posé sur le comptoir.

— Deux heures de route, monsieur. Mais avec le temps qu'il fait, je compterais davantage.

Dominic fut happé par les doubles portes automatiques du hall de l'hôtel et disparut dans une nuit neigeuse qui n'en finissait pas.

39

Une aube grise peinait à entrer dans la chambre. Le ciel se confondait avec les flocons tourbillonnant dans le vent qui se levait avec le jour.

Jack entendait des bruits de chasse d'eau, des claquements de portes, des voix à peine retenues. Cette ambiance ressemblait tant à celle de son île, dans cette auberge en bois peint où il s'était pris à rêver que la vie pourrait durer ainsi. Jusqu'à ce que la mort les sépare.

Cette phrase faisait peur à plus d'un, mais elle avait comblé Jack quand Libbie lui avait dit oui. Pour toujours.

Sauf que la mort rôdait à présent. Quarante à cinquante ans trop tôt.

Jack en était à ce point dans ses réflexions quand la sonnerie du téléphone retentit dans la pièce. Comme il ne la reconnaissait pas, il ne s'alarma pas et se contenta de chercher l'appareil. C'est en se tournant vers sa table de nuit qu'il comprit : la sonnerie, qui reprenait les premières mesures de « Hit the road, Jack » provenait du Blackberry de Kay.

— Putain ! rugit-il en bondissant de sa place. Libbie, réveille-toi, ça doit être eux.

Libbie ronchonna contre son oreiller, où elle enfouit son visage.

— Allô ! Peyrat à l'appareil ! aboya Jack en décrochant.

— Heureux de vous l'entendre dire, répondit une voix modifiée électroniquement. Navré de vous trouver au saut du lit, mais il s'agit d'une urgence, voyez-vous…

— Arrêtez vos salades. Laissez-moi parler à ma fille d'abord. J'exige…

— Rien du tout. Vous n'exigez rien. Il se trouve que deux voitures de police se garent à l'instant dans la cour de votre hôtel, et que ces messieurs vous cueilleront dans votre chambre sous peu.

Jack se leva d'un bond. En deux enjambées, il fut au pied de la fenêtre pour constater que son interlocuteur ne lui mentait pas.

— Faites-nous confiance, ricana la voix, nous tenons beaucoup à vous. Souvenez-vous, si vous vous faites arrêter, Lucie ne nous sert plus à rien.

La communication fut interrompue, laissant Jack pantois. Une seconde passa, puis il s'activa. Il enfila ses vêtements en vitesse, vérifia que son Glock était toujours dans son pantalon et glissa ses pieds dans ses chaussures sans prendre le temps de mettre ses chaussettes.

— Libbie, les flics sont là. Je vais me planquer sur la souspente. OK. C'est un peu raide, mais il y a des barres sur les toits, pour retenir la neige. Je vais m'en sortir. Toi, tu refermes la fenêtre et tu baisses le store. Après, tu te recouches et tu fais comme si tu m'avais raté, OK ?

Tout à fait réveillée, Libbie accusa réception. Elle aida Jack à monter sur le toit, puis rentra la chaise qu'il avait utilisée pour se hisser sans laisser de traces sur la neige.

Ensuite, elle abaissa le store électrique et se recoucha, le cœur battant à tout rompre, prête à jouer la comédie aux policiers quand ils se présenteraient, ce qui ne tarderait plus.

Des voix et des claquements de portes se rapprochaient de la chambre 17.

— Le mouvement ! s'encouragea-t-elle. Jack a tort. Tu es ridicule de te recroqueviller dans ton lit, ma fille. Tu n'as rien fait de mal.

Elle s'habilla en vitesse, attrapa son sac à main et sortit dans le couloir. Il ne s'était pas écoulé plus de cinq minutes depuis que Jack s'était caché sur le toit. Au moment où elle refermait sa porte, celle de la chambre voisine s'ouvrait.

Rémy Sempere avait les cheveux ébouriffés et les paupières gonflées. Ils échangèrent un regard. Libbie ouvrit la bouche pour parler, mais Sempere l'en empêcha d'un froncement de sourcils et s'avança jusqu'à la cage d'escalier, où il fut stoppé par un trio de policiers en uniforme.

— Bonjour. Contrôle d'identité, entendit Libbie. Monsieur, vous êtes dans quelle chambre ?

Sempere expliqua qu'il sortait tout juste de la 18. Libbie perdit le fil de la conversation car un policier s'avançait vers elle.

— Madame, nous procédons à un contrôle d'identité.

Libbie fut tentée de jouer à celle qui ne parlait pas le français, mais elle pensa à Jack sur son toit. Plus vite elle collaborerait et plus vite il pourrait regagner un endroit chaud.

— Un instant, j'ai mon passeport dans mon sac...

— Chambre 17, dit encore le policier en scrutant un listing, au nom de Vergne. Vous êtes Mme Vergne ?

À cet instant, Libbie sut qu'elle n'échapperait pas à un interrogatoire en règle. Elle présenta son passeport et rouvrit la porte de sa chambre.

— Je m'appelle Elisabeth van Bogaert, dit-elle, pleine d'assurance, et je suppose que vous êtes ici pour mon mari, Jacques Peyrat.

L'agent observa le visage de Libbie un instant, puis il héla ses collègues, toujours occupés à interroger Rémy Sempere.

— Lieutenant, c'est ici.

Le policier interpellé glissa un mot à son collègue, qui resta avec Sempere, et se dirigea prestement vers la chambre 17, une main posée sur la crosse de son arme.

— Il n'est pas là, tenta de tempérer Libbie.

Mais l'officier ne l'écouta pas. Il entra dans la chambre, son arme braquée devant lui, fouilla la pièce principale puis la salle de bains, avant de rengainer son automatique et de se tourner vers Libbie.

— Où est-il ? demanda-t-il d'un ton sec.

— Je l'ignore. Il m'a téléphoné hier soir, je me trouvais à Martigny, il ne voulait pas que je le rejoigne. Quand je suis

Les murs de sang

arrivée, il devait être 3 heures du matin, la réception vous le confirmera, mon mari n'était déjà plus là.

L'officier de police eut un air soupçonneux. Il observa la chambre, s'attarda sur l'unique verre posé sur la table de nuit, souleva les draps en désordre, puis retourna son attention sur Libbie.

– Vous allez nous suivre jusqu'au commissariat, madame van Bogaert. Nous avons quelques questions à vous poser.

– Comment avez-vous su qu'il était dans cet hôtel ?

– Un informateur anonyme.

En passant devant Sempere, Libbie l'entendit confirmer qu'il avait entendu quelqu'un sortir de la chambre 17 vers 2 heures du matin. Elle descendit au rez-de-chaussée derrière les policiers et quitta l'hôtel en s'efforçant de ne pas regarder vers le toit de l'immeuble.

40

Au-dessus de la corniche qui dominait le balcon de la chambre, Jack avait trouvé refuge derrière une cheminée. Il avait calé ses pieds contre les épaisses tuiles et il réfléchissait tout en jetant de temps à autre un coup d'œil vers la cour.

Les ravisseurs de Lucie avaient prouvé leur puissance en montrant qu'ils étaient en permanence au courant de ses faits et gestes. Que pouvait-il espérer face à une telle armée de salopards ?

Jack se revit appuyant sur la détente, l'arme crachant les balles les unes après les autres, les impacts sur les corps des assaillants. Les assassins. Ses poings se serrèrent malgré lui. Repenser à cet instant lui apportait de la force. À aucun moment il n'avait douté. Comme à Bali, lorsque, à plusieurs reprises, il avait dû tuer pour sauver sa propre vie.

Perché sur le toit, Jack comprenait qu'il avait encore bien des choses à apprendre sur lui-même.

Les tremblements le gagnèrent au bout d'un quart d'heure. Sa polaire n'était pas assez épaisse et la fatigue accumulée, à peine amoindrie par une courte nuit, le privait de ses ressources habituelles.

Au bout de vingt minutes, il claquait des dents.

Le premier éternuement intervint peu de temps après.

Quand, une demi-heure plus tard, il entendit la voix de Sempere qui l'appelait depuis le balcon de la chambre 18, Jack n'arrivait plus à desserrer les doigts.

Il se traîna comme il put jusqu'au bord de la corniche et expliqua son problème à Sempere. S'il tentait de descendre de son perchoir avec les mains dans cet état, il était certain de chuter.

Sempere disparut dans sa chambre et revint avec un sac en plastique qu'il lança à Jack. Ce dernier l'ouvrit et découvrit une paire de gants épais et deux chaufferettes électriques. Malgré le côté désespéré de sa situation, Jack ne put s'empêcher de ricaner. Il venait de découvrir le secret de Sempere, ce type qui ne souffrait jamais du froid.

Avec la chaleur vinrent les douleurs. Le sang recommençait à circuler normalement, provoquant des sensations aiguës. Mais en quelques minutes, Jack put à nouveau remuer les doigts. Il mit les chaufferettes et les gants dans ses poches, se laissa glisser jusqu'au bord de la corniche puis enjamba la balustrade.

— Où est Libbie ? s'enquit-il aussitôt.

— Les flics l'ont conduite au commissariat.

— Chier.

— Votre femme est le seul lien que la police ait avec vous. Ils l'interrogent, voilà tout. Comme elle ne sait rien...

Sempere observa Jack d'un air soupçonneux.

— Vous lui avez raconté quoi ?

— Le casse. Mais on peut lui faire confiance.

— Et si vous vous trompiez ?

— Fermez votre gueule au lieu de me les briser ! Libbie, c'est mon problème ! D'ailleurs, non, Libbie n'est pas un problème. Fichez-vous ça dans le crâne et...

Jack ne put achever sa phrase. Il s'arrêta net au milieu, ouvrit la bouche, pencha la tête en arrière et partit d'un bel éternuement.

— Putain, j'ai chopé la crève ! Manquait plus que ça.

— Excusez-moi d'avoir douté de votre femme, relança Sempere. Nous ne devons pas rester ici, vous comprenez ? Pas question d'attendre qu'elle revienne du commissariat.

— Ah non, et pourquoi ?

— Parce que en venant vous rejoindre, elle a conduit les flics ici. Le fait que votre femme vous suive partout n'est pas une bonne idée.

— N'en rajoutez pas. Je lui ai demandé d'aller se planquer. C'est ce qu'elle va faire.

— Elle sait où ?

Jack acquiesça sans un mot. Un instant, il eut le sentiment que Rémy Sempere attendait qu'il lui en dise davantage, puis cette sensation passa.

— Parfait, conclut Rémy en enfilant son manteau, mais n'oubliez pas ce que je vous dis : vous devriez arrêter de la contacter par téléphone, pour sa propre sécurité.

— Elle ne cherchera pas à me joindre tant que je ne l'appellerai pas.

— Parfait ! répéta Sempere en quittant la chambre. On se retrouve au sous-sol.

41

— Votre mari vous a forcément confié ses projets, madame van Bogaert.

Libbie soupira. C'était la troisième fois qu'on lui posait les mêmes questions. Quelles étaient les intentions de Jack, pourquoi ne s'était-il pas rendu aux autorités, quels étaient ses liens avec les ravisseurs de Lucie, que connaissait-elle de cette affaire ?

Les interrogations revenaient sans cesse. À chaque fois, Libbie affirmait ne rien savoir. Jack avait l'air aussi perdu qu'elle au téléphone et de son côté, elle se rongeait les sangs, comme n'importe quelle épouse dans sa situation.

— Je l'ai déjà dit, s'efforça-t-elle de répondre aussi calmement que possible. Je ne connais pas tout de la vie de Jack. Mais je vous garantis que mon mari n'a rien d'un criminel.

Face à elle, calé dans un fauteuil de bureau décrépit, le gradé l'observait, impassible.

— M. Peyrat vous a caché l'existence de sa fille toutes ces années et vous continuez de croire qu'il s'est contenté de cela ? À votre place, je commencerais à me méfier, non ?

Libbie réprima un frisson de révolte. Le coup était bas, si bas qu'elle résista.

— Je lui fais confiance. Je vous répète que je ne l'ai pas vu. Vous feriez mieux de lui venir en aide plutôt que de l'insulter. Jack a sauvé un de vos collègues et il tente de retrouver sa fille, ce que vous pourriez peut-être faire au lieu de m'emmerder !

— Je vois, opina le policier.

— Vous ne voyez rien, vous ne pigez rien non plus, lâcha Libbie hors d'elle. Et vous perdez un temps fou.

La jeune femme observa sa montre à la dérobée. Il était presque 9 h 30. Jack avait largement eu le temps de quitter l'hôtel en compagnie de Sempere. Il devait déjà être loin de Chamonix.

— Si ma connaissance du droit français est bonne, vous n'avez aucune raison de me retenir ici. Je me trompe ?

— En effet.

— Je n'ai qu'une obligation. Celle de me tenir à disposition de vos collègues au cas où.

— Exact.

— Alors vous allez m'excuser, monsieur, lâcha Libbie en se levant. J'en ai assez, je suis fatiguée et si vous ne voulez pas que je fasse une fausse couche dans votre bureau, vous serez assez aimable de clore cet entretien.

— Où comptez-vous aller ?

— À Martigny. J'ai laissé mes affaires à l'hôtel.

— Et ensuite ?

— Je l'ignore.

Rallier Paris, ce que Jack lui avait suggéré. Il la contacterait par e-mail. Pas de coup de fil, pas d'initiative, simplement aller à Paris et se placer sous la protection de ce flic dont elle ignorait tout. Un plan hasardeux.

— Non, je ne sais vraiment pas, répéta-t-elle avec une grimace. Mais rassurez-vous, je ne vais pas m'enfuir.

Pour étayer ses propos, Libbie plaça ses mains de part et d'autre de son ventre arrondi.

— Restez sur le territoire français, conclut le policier. Après être allée récupérer vos affaires à Martigny, bien entendu. L'enquête passe entre les mains de la PJ de Lyon. Ils vous contacteront, soyez-en certaine.

42

L'arrivée de Jack dans le parking souterrain de l'hôtel fut précédée d'une série d'éternuements. Il sortit de la cabine de l'ascenseur en compagnie de trois clients. Tous parlaient du contrôle d'identité qu'ils avaient subi quelques minutes plus tôt. Son bonnet, enfoncé sur la tête jusqu'aux oreilles, et ses lunettes de soleil le camouflaient assez bien, mais ces artifices lui donnaient en même temps un air suspect et il n'y voyait pas grand-chose dans la lumière faiblarde des néons du parking.

— Vous avez l'air ridicule, l'accueillit Sempere, qui faisait réchauffer l'habitacle de la voiture depuis cinq minutes. Qu'est-ce que vous fichiez, bordel !

Jack ferma sa portière et sortit de ses poches deux rouleaux de papier toilette.

— La guerre contre le rhume se prépare, expliqua-t-il, sinon, c'est la débandade assurée.

Pour étayer ses dires, il se moucha bruyamment.

— Ça fait dix ans que je n'ai pas éternué comme ça.

— Ravi de l'apprendre.

— Désolé.

Rémy Sempere jeta à son interlocuteur un regard las.

— Jack ? Vous avez eu chaud au derrière, une fois de plus. Je propose de dégager d'ici rapidement. La question est : on va où ?

La réponse ne fut pas immédiate. Jack dut se moucher une fois encore.

— Saint-Étienne, on va commencer par là.

— Qu'est-ce qu'il y a à faire là-bas ?

— Allons-y, vous verrez bien.

Sempere enclencha la première d'un geste sec, s'engagea sur la rampe de sortie et se lança dans la circulation. Le salage des rues avait été effectué très tôt dans la nuit, si bien qu'ils purent sortir de la ville sans encombre. Ensuite, Sempere se cala derrière un semi-remorque et gagna ainsi les abords de l'A 40.

— Vous faites la gueule ou vous avez besoin de vous concentrer pour conduire ? demanda Jack, brisant un silence qui s'éternisait depuis près de vingt minutes.

— Vous vous méfiez de moi, c'est lassant.

Jack soupira.

— Mais enfin, en quoi ça vous intéresse, l'endroit où Libbie est partie ?

— En rien, vous avez raison. C'est une question de principe. Vous ne me faites pas confiance et c'est désagréable.

Jack se moucha avant de répondre. À ses pieds s'entassaient des boules de papier rose, mouillées et agglutinées.

— Tout ce qui vous importe, c'est de venger Kay, expliqua-t-il, vous me l'avez dit.

— Sauver une gamine peut améliorer mon karma, glissa Sempere.

— Parce que vous continuerez quand vous en aurez attrapé un ? J'avoue que je ne m'y attendais pas. C'est...

Un nouvel éternuement interrompit Jack.

— Il va falloir trouver une pharmacie.

— On en a croisé plusieurs à Chamonix, regretta Sempere. Vous me l'auriez dit plus tôt, aussi.

— Venger Kay, OK, je comprends, reprit Jack, mais sauver ma gosse... qu'est-ce que vous y gagnez ?

Rémy Sempere se tourna vers son interlocuteur et le fixa de longues secondes.

— Eh ! Regardez plutôt devant vous !

— Vous êtes navrant sur le plan humain, grinça Sempere en reportant son attention sur la route. Vous n'imaginez pas qu'on puisse penser autrement que vous. Vous êtes égoïste et narcissique, l'Occidental dans toute sa splendeur !

Jack accusa réception du message en serrant les dents.

— Vous, vous ne supportez pas de vous être fait baiser chez Kay ! rugit-il enfin. Voilà ce qu'il y a ! Vous vous êtes fait mettre comme il faut et ça irrite votre trou de balle.

— Vous allez m'expliquer ça !

— Mais bien sûr, avec plaisir même ! Ça vous met en rogne de savoir que vous étiez saucissonné dans la cave pendant que Kay était torturée à l'étage, hein ! Dites-moi que je me trompe, pour voir ! Vous avez éprouvé le goût de l'impuissance et ça vous met hors de vous ! Je suis même certain que vous vous êtes pissé dessus de peur et de honte pendant qu'ils la découpaient en morceaux. Ça jette une ombre de branleur sur le boss d'une grosse boîte de sécurité, ça, hein !

Sempere braqua le volant sur la gauche et la voiture fit une brusque embardée. Jack n'eut que le temps de s'accrocher à l'accoudoir. Le 4 × 4 monta sur le terre-plein central et s'enfonça dans un mètre de neige, où il s'immobilisa.

— Je ne vous permets pas de dire des conneries pareilles ! s'exclama Sempere en se tournant vers Jack. Vous êtes le professionnel des lamentations, alors venez pas m'en apprendre.

— Troupeau de branleurs ! crut utile de préciser Jack.

— J'ai passé un deal avec Kay, pas avec vous, et je suis un homme de parole. Pas un fieffé menteur !

— À d'autres ! Je ne vous connais pas, moi !

— Kay comptait beaucoup pour moi. Je ne supporte pas de savoir son meurtre impuni. C'est tout de même pas si compliqué ! Maintenant, soit vous arrêtez de me les briser, soit nos routes se séparent ici et vous descendez de ma voiture.

Une expression étonnée naquit sur le visage de Jack.

— Vous avez raison, admit-il après quelques instants de réflexion. Je n'ai jamais fait confiance à personne, jamais rien partagé avec quelqu'un, en dehors de Libbie. Et encore, je ne lui ai pas tout dit. L'expérience m'a rendu méfiant.

– Les choix que vous avez faits, plutôt ! Mais vous n'êtes pas obligé de suivre l'impulsion première éternellement. Les hommes peuvent changer.

Le téléphone sonna dans la poche de Jack. Il vérifia l'origine de l'appel. Interlocuteur inconnu.

– Peyrat, dit-il en décrochant.

– C'est notre dernière conversation téléphonique avant que nous nous rencontrions enfin, monsieur Peyrat. Je m'en réjouis. Au fait, bonne initiative de la part de cette chère Libbie de vous avoir donné ce Blackberry ! Allez, connectez-vous vite à l'adresse suivante : quiveutsauverlucie@live.com. La petite vous attend.

43

La neige s'était enfin arrêtée de tomber quand Libbie sortit du commissariat de Chamonix. Un ciel uniformément gris aplatissait toute perspective. Par temps clair, elle aurait pu voir le mont Blanc, avec l'aiguille du Midi sur le côté, et le va-et-vient des cabines du téléphérique. Mais de cette splendeur, Libbie ne distinguait rien. C'est à peine si elle apercevait les câbles qui disparaissaient dans la brume.

Le moral aussi bas que le plafond nuageux, elle enfonça son bonnet sur son crâne et marcha vers l'hôtel, situé à moins de cinq cents mètres du commissariat. Sur le chemin, Dominic Balestero venait à sa rencontre.

Bien sûr, songea-t-elle, *vieux con, va.*

Le sexagénaire avançait d'un pas rapide ; il avait l'air exaspéré. Libbie s'apprêtait à tourner les talons quand une voiture s'arrêta dix mètres devant elle. Un homme sortit du côté passager et glissa une main dans la poche revolver de sa veste.

— Madame Elisabeth van Bogaert, commandant Didier Ruibens, j'appartiens à la DCRI.

L'homme présenta sa carte et la referma dans un mouvement sec.

— Nous avons reçu ordre de vous placer sous protection, madame van Bogaert.

— Vous permettez ? exigea Libbie en tendant la main.

Le commandant Ruibens ressortit son porte-cartes et le confia à la jeune femme.

— Direction de la sécurité du territoire, expliqua-t-il, j'oubliais que vous n'êtes pas française.

— Je ne comprends pas, hésita Libbie. Qu'est-ce que les services des renseignements ont à...

— Il s'en est encore tiré ! s'exclama Dominic Balestero, qui arrivait à leur hauteur. Cet homme est une anguille !

— Qui êtes-vous, monsieur ? s'interposa Ruibens en posant une paume ferme contre son poitrail.

Devant la mine furibonde du vieil homme, qui écarquillait les yeux et regardait tour à tour la main sur son anorak et le visage de son propriétaire, Libbie s'empressa de répondre à sa place.

— C'est le grand-père de la petite Lucie.

— Oui, acquiesça Ruibens, excusez-moi, monsieur Balestero, votre existence est effectivement connue de nos services.

— À qui ai-je l'honneur ?

Didier Ruibens récupéra sa carte des mains de Libbie et la montra à Balestero en se présentant de nouveau.

— Quand je vous disais que Peyrat avait fait des conneries bien plus grosses que lui ! Après les flics, c'est le tour du contre-espionnage ! Vous verrez, ma petite dame, bientôt, on apprendra qu'il est de mèche avec les Russes et ce sera pas faute de vous avoir prévenue.

— Ça suffit, Dominic, protesta Libbie. Je me moque de ce que vous pensez de Jack.

Elle se tourna face à Ruibens.

— Que me voulez-vous précisément ?

— Nous avons des informations qui pourraient intéresser votre mari.
— Mais encore ?
— Pas ici. Je vous l'ai dit, nous avons ordre d'assurer votre sécurité, ce qui signifie qu'elle est menacée. Montez dans la voiture, je vous expliquerai la suite en route. Nous allons à Lyon rejoindre notre cellule.
— Mais...

Libbie ne savait que faire. Les mots de Jack lui revenaient en tête. Il lui avait demandé de se cacher, de ne pas téléphoner, en clair de jouer la carte de la parano, ce qui impliquait de ne pas accorder sa confiance à des inconnus. Et puis, ses affaires étaient restées à Martigny.

— M. Balestero nous accompagne, évidemment, ajouta Ruibens.

Cette phrase décida Libbie. Elle ne serait pas seule. Que sa vie soit en danger, après l'enlèvement de Lucie et la tuerie à laquelle Jack avait échappé, ne faisait pas l'ombre d'un doute. Libbie grimpa à l'arrière, Dominic s'installa à ses côtés et la voiture démarra en trombe.

Blaid, le collègue de Didier Ruibens, pilotait sur la neige avec une aisance manifeste. Il ne parlait pas et concentrait son attention sur la circulation. Libbie nota qu'une cicatrice de belle taille barrait son visage du milieu du front à la commissure droite de ses lèvres. Il possédait une mâchoire anguleuse et une impression de force tranquille émanait de sa personne. Avec leurs complets sombres, les deux hommes renvoyaient l'image un peu cliché qu'elle se faisait d'agents de renseignement.

— Nous enverrons chercher vos affaires à Martigny, avait déclaré Ruibens, devançant la demande de Libbie. Pas question que vous y remettiez les pieds. C'est un endroit où vous êtes attendue.

Ils sortirent de Chamonix par la même route que Jack et Rémy Sempere un peu plus tôt et filèrent vers l'A40 à toute vitesse, dépassant régulièrement le flot de voitures malgré l'interdiction matérialisée par une ligne blanche continue.

Au cours des dix minutes nécessaires pour s'extraire de la circulation de la ville et de ses abords, Ruibens reçut deux appels et en émit un. Il parla par phrases courtes et abstruses. Libbie ne s'en formalisa pas. Cela aussi cadrait avec son portrait prédéfini de l'espion de base.

— Ma hiérarchie est informée de votre collaboration, madame van Bogaert, expliqua Ruibens quand il eut raccroché. Je vais pouvoir vous raconter ce que nous savons.

Il se tourna sur le côté et cala son bras autour de l'appuie-tête. Didier Ruibens commença son discours au moment où la voiture se lançait sur le viaduc des Egratz. Des nuages passaient sous l'édifice, dans la vallée, si bien qu'un court instant, le soleil illumina la route.

— Jacques Peyrat a participé au braquage d'une banque le 21 juin 1998. Ne me demandez pas comment nous le savons, ce serait un peu long à expliquer, et je ne suis pas autorisé à tout dire sur ce sujet.

— Je savais bien que Peyrat était un criminel ! rugit Balestero. Figurez-vous qu'il ne s'est pas contenté de...

— Je vous en prie, je sais tout le bien que vous pensez de mon mari, ce n'est pas la peine d'en rajouter.

Didier Ruibens eut un petit sourire à destination de Libbie, puis il poursuivit.

— Nous savons aussi qu'il n'a pas agi seul. Se trouvaient avec lui Éric Saingérand, Jean-Louis Kerléau et Xavier Renoir. Ces noms vous parlent-ils ?

— Vous m'auriez posé la question il y a une semaine, je vous aurais dit non, répondit Libbie. Mais oui, Jack m'a parlé d'eux.

— L'enlèvement de Lucie Balestero est lié à ce braquage. Votre mari et ses complices ont dérobé des éléments sensibles pour la sécurité de l'État. Nous n'en savions rien à l'époque. L'affaire nous a été révélée il y a peu, et là encore, je ne peux vous dire ni pourquoi ni comment. Voilà, vous en savez assez pour comprendre les enjeux de l'affaire. À vous maintenant. Avez-vous vu M. Peyrat cette nuit ?

Libbie ne jugea pas utile de mentir sur son emploi du temps de la veille. Elle révéla qu'elle avait passé la nuit avec Jack, et qu'elle avait menti à la police de Chamonix pour couvrir sa fuite.

— Ce fait ne sera mentionné dans aucun rapport, la rassura Ruibens. À la DCRI, nous ne nous occupons pas d'affaires mineures, et puis, vos raisons l'emportent sur la loi qui vous obligeait à livrer un fuyard, fût-il votre mari. En revanche, ce qui nous intéresse, c'est s'il a fait mention de l'endroit où il a caché les éléments sensibles dont je vous parlais à l'instant.

L'hésitation qui figea le visage de Libbie fut parfaitement visible.

— Je lui ai demandé et il n'a pas voulu me le dire, exprima-t-elle à regret. Pour ma sécurité.

Dominic Balestero ricana.

— Ce type est fourbe, et comme tous les fourbes, il ne donne sa confiance à personne, pas même à sa femme.

— Monsieur Balestero, intervint Ruibens, nous vous entendrons plus tard. Madame van Bogaert, savez-vous où se trouve votre mari ? Nous pouvons lui venir en aide, mais pour cela, il faut que nous entrions en contact avec lui !

La voix de Ruibens était rassurante et insistante à la fois. Libbie comprenait ses arguments.

— Je ne sais pas où, mais je sais avec qui, déclara-t-elle. Jack est avec Rémy Sempere, un ami de Kay Halle, Kay…

Sa voix s'étrangla.

— Mlle Halle a été assassinée, nous le savons aussi.

— Quoi ! hurla Balestero, Kay est morte ? Mais… quand… je l'ai appelée…

— Peu importe, le stoppa Ruibens. Ce Sempere, vous le connaissez ?

Libbie secoua la tête.

— L'avez-vous rencontré ?

— Très brièvement, en quittant ma chambre à l'hôtel.

— Avez-vous un moyen d'entrer en contact avec lui ?
— Il ne répond pas au téléphone.
— Madame, votre mari est en danger, il a besoin de nous.

Une dernière hésitation fit légèrement trembler les doigts de Libbie quand elle sortit un papier de son sac, sur lequel elle griffonna les adresses mail que Jack avait créées au cours de la nuit.

44

Qui veut sauver Lucie ?

Les doigts de Jack parcouraient le clavier du Blackberry tandis que son esprit cherchait les racines d'une telle perfidie chez les ravisseurs de sa fille. Les termes *salopards, troupeau de branleurs* et *ordures* rivalisaient sur ses lèvres.

La connexion s'établit aussitôt.

Rémy Sempere l'avait laissé seul dans la voiture pour les ravitailler en café et acheter de quoi petit-déjeuner.

Lucie, tu es là ? C'est Jack.

Il attendit, anxieux. L'horloge de la voiture indiquait 10 h 03.

La réponse lui parvint deux minutes plus tard, alors qu'il commençait à douter.

Oui.

Est-ce qu'on t'a fait du mal ?

Le temps de réponse fut bref cette fois.

Non, je vais bien. Ici, il y a plein de jeux vidéo.

Comment va ta jambe ?

Ils m'ont fait un plâtre et j'ai des béquilles.

Tu souffres encore ?

Non, plus maintenant.

Reste sage, ma chérie. Je vais bientôt venir te chercher.

Un nouveau doute s'immisça dans l'esprit de Jack. Rien ne lui prouvait que son interlocuteur était bien Lucie. Il réfléchit un instant à la meilleure manière de s'en assurer, puis écrivit :

Tu te souviens de Gaspard ?

Oui.

C'est qui ?

Notre bonhomme de neige.

Jack soupira. Il s'agissait bien de Lucie. Que pouvait-il écrire à sa fille ? Qu'avait-elle besoin de savoir ?

Je suis désolé de t'avoir embarquée dans cette histoire. Je ne savais pas que tout ça allait arriver. Fais-moi confiance, je vais te sortir de là.

La réponse prit un peu plus de temps à lui parvenir.

Charmant interlude, Jack. Passons aux choses sérieuses maintenant. Êtes-vous en mesure de nous apporter le contenu du coffre 123 demain soir ?

Où ?

Ne brûlez pas les étapes, Jack.

Non, c'est trop court. Je dois remettre la main dessus et ce n'est pas si simple.

Délai ?

Je ne sais pas. 3 ou 4 jours peut-être.

4, pas plus.

Je veux être en contact avec Lucie tous les jours.

Demande accordée. Il ne serait pas bon que vous doutiez de sa survie. Elle sera devant un ordinateur à midi, 15 heures et 20 heures, au cas où vous seriez dans l'impossibilité d'y être vous-même à heure fixe. Plus tard, ce ne serait pas raisonnable. À son âge, croissance et qualité du sommeil sont liées.

Jack avala le compliment qu'il était sur le point d'écrire et se concentra. Qu'avait-il besoin de savoir ?

Pourquoi moi ?

C'est vous qui avez pris le sac, Jack.

La portière s'ouvrit sur Rémy Sempere, qui s'engouffra dans la voiture avec le petit déjeuner.

– Des nouvelles de Lucie ? demanda-t-il en jetant un œil vers l'écran du Blackberry.

Jack hocha la tête.

Un indice ? Tout a été mélangé à l'époque. Je ne peux pas savoir ce qui était précisément dans le coffre 123.

Vous plaisantez, n'est-ce pas ? Vous êtes le seul survivant. Vous ne pouvez pas l'ignorer.

Que voulez-vous dire ?

Assez joué. À demain, Jack.

Répondez !

Jack attendit quelques instants, puis se rendit à l'évidence. Il n'y aurait pas de réponse.

– Vous avez du neuf ?

Jack tendit le téléphone sans rien dire. Rémy relut la conversation depuis le début et soupira.

– Lucie va bien, c'est l'essentiel.

– Il semble que ces types soient très bien renseignés.

– Ce sont des professionnels, Jack. Vos anciens complices sont peut-être morts. Mais ce n'est pas certain. On ne peut pas se fier à ce qu'ils racontent. Ce sont eux qui imposent les règles et il va falloir les suivre. Jusqu'à ce qu'ils commettent une erreur. C'est là que vous apprécierez ma présence.

Jack se demanda ce qui se passerait s'ils ne commettaient aucune erreur. Un échange d'otage, ça devait être compliqué et le risque que l'histoire s'achève en tragédie était immense. Mais il ne pouvait compter que sur l'infime chance de triompher qui subsistait malgré tout.

– On va devoir s'armer, dit-il entre ses dents. Si une opportunité se présente, il ne faudra pas la laisser passer.

– C'est prévu, argua Sempere. Pendant que vous serez à Saint-Étienne, moi je ferai un petit crochet par Lyon. J'ai là-bas quelques bons amis prêts à me rendre service.

45

Dominic Balestero ne sut s'empêcher de partager son ressentiment à l'égard de Jacques Peyrat. L'agent Ruibens l'écouta sans mot dire, lançant de réguliers coups d'œil en direction de Libbie. Le père et grand-père malheureux en était arrivé à l'épisode tragique de la mort de sa fille quand il fut interrompu par un coup de téléphone.

— OK, on s'en occupe, lâcha Ruibens entre ses dents avant de raccrocher.

Blaid lui lança un coup d'œil interrogateur et Ruibens lui répondit d'un bref signe de la tête. Quelques secondes plus tard, le conducteur, resté muet jusqu'alors, lança cet avertissement sur un ton neutre :

— On a des amis derrière. Je ne les ai pas repérés à la sortie de Chamonix, mais plus de doute, nous sommes suivis.

D'un même mouvement, Libbie, Dominic et Ruibens se retournèrent pour scruter la circulation à travers le pare-brise arrière.

— Ne vous inquiétez pas, prévint Ruibens en bouclant sa ceinture, Blaid est un as du volant. Je fais équipe avec lui depuis cinq ans et je n'ai jamais eu une égratignure.

Libbie se cramponna à l'accoudoir tandis que la voiture accélérait rapidement. Maintenant d'une main son volant, Blaid fit apparaître le tracé de la route à venir sur le GPS.

— Objectif à 1 800 mètres, anticipa-t-il, soit dans environ quarante secondes.

Il enfonça un peu plus l'accélérateur. À présent, la voiture filait à 160 kilomètres-heure sur une route recouverte d'une fine pellicule de neige fraîchement tombée. À la fin du temps annoncé, Blaid freina d'un coup, braqua, contre-braqua et sortit de l'autoroute sous un tonnerre de Klaxon. Fort heureusement, personne ne venait d'emprunter la très courte bretelle qui les jeta sur un pont à une vitesse encore trop rapide.

— Continue et arrête-toi un peu plus loin, lui demanda Ruibens.

Blaid ne se fit pas prier. La route au-delà du pont s'enfonçait dans un secteur boisé. Après quelques kilomètres, il ralentit au niveau d'un chemin forestier dans lequel il s'introduisit en marche arrière, recula d'une cinquantaine de mètres et coupa son moteur.

— On les a semés, déclara-t-il tout sourire. Messieurs-dame, arrêt pipi pour qui veut !

Il ouvrit sa portière pour donner l'exemple. Dominic fut le premier à lui emboîter le pas et Libbie l'imita. L'enfant qu'elle portait pesait sur sa vessie et elle avait en permanence la sensation de devoir se soulager.

Pendant que les hommes restaient à trois mètres de la voiture, la jeune femme s'éloigna dans la direction opposée, peinant dans une neige où elle s'enfonçait jusqu'aux chevilles.

Quand elle ressortit du sous-bois de conifères, Dominic et Blaid étaient en train de rire. D'après ce qu'elle pouvait comprendre, il était question de prostate et des effets délétères du temps sur les tissus. Elle se désola un instant de la bêtise des hommes dès qu'il s'agissait de leur fierté virile, et chercha Ruibens du regard. L'agent n'était pas visible. Peut-être éprouvait-il comme elle le besoin de s'isoler.

Un signal d'alarme résonna dans son crâne quand elle vit Blaid sortir son arme de service de son holster.

Le rire disparut aussitôt du visage de Dominic. Un visage qui se décomposa tout à fait quand Blaid vissa un silencieux sur le canon de son automatique, le braqua contre le front du vieil homme et tira.

Dominic Balestero s'écroula dans la neige, la tête à quelques centimètres de l'endroit où il avait uriné.

Libbie ouvrit la bouche pour hurler, mais une main gantée fit irruption dans son champ de vision. La main plaqua un chiffon imbibé d'un produit chimique sur sa bouche et son nez.

Libbie se débattit en vain.

Avant de sombrer, elle entendit la voix de Ruibens derrière elle.

– Blaid, on se débarrasse d'elle ailleurs, il ne faut pas qu'on puisse faire le lien entre les deux meurtres. Surtout pas avec l'affaire qui nous concerne.

Jacques

1998

46

Le pétrus 1939 dérobé dans un des coffres ne survécut pas une demi-heure aux gorges assoiffées d'Éric et de Jacques. À leurs pieds s'étalait leur fortune. Des lingots et des liasses de billets, comptés et recomptés avant d'être empilés. Dans le sac où Jacques avait fourré quelques objets censés ne pas quitter la banque, il y avait une bouteille de bourgogne dont l'étiquette déchirée ne révélait qu'une date : 1958.

Ils la burent plus lentement, cette fois, tout en plaisantant.

— On est les rois du monde, hein ? On l'a fait !

Jacques se leva, ramassa une pleine poignée de billets de banque qu'il lança au-dessus de sa tête en tournant sur lui-même.

— Ouais, on est les rois du monde ! renchérit Éric, qui imita son ami.

Les deux hommes riaient. Ils s'enlacèrent maladroitement sous une pluie d'argent.

— On va foutre un sacré bordel ! dit Jacques en passant le masque de Chirac et en jetant celui de Clinton vers son ami.

— *Yes, man ! My name is Bill* et je suis un *big fucker* !

— Ouh ! Moë c'est Jaaacques ! Et je me fais sucer par 60 millions de connards !

Éric fit mine de s'enfuir et Jacques le rattrapa et le plaqua au sol. Les deux hommes roulèrent dans les billets dispersés sur le carrelage jusqu'au masque de Monica qui traînait avec les affaires de Jacques.

— Pauvre René ! s'esclaffa-t-il. J'espère qu'il va tenir le coup ! Ils devraient pas tarder à se rendre compte qu'il y a un blème !

— Yep !

— On aurait dû lui laisser une enveloppe. Ou lui payer un voyage au soleil. C'est bien, ça, un voyage au soleil !

— Moi, j'aimerais m'installer au Canada, affirma Éric après quelques secondes de réflexion. Ouais, j'irais bien là-bas. Il y a de quoi faire pour un aviateur, il paraît.

— Tu vas apprendre à parler comme un plouc, se moqua Jacques, les bras écartés. Tu vas atterrir dans les champs des ploucs !

— T'es injuste, tous les Québécois que j'ai rencontrés étaient sympas.

— T'as raison, se reprit Jacques en rassemblant les billets. Le Canada, c'est très bien. Imagine que la France gagne la Coupe du monde, ça va vite devenir infréquentable.

— Qu'est-ce que tu vas faire, demain ?

— Je te rappelle qu'on ne doit rien se dire !

Ils devisèrent encore quelques instants en répartissant à nouveau l'argent, installés dans le local qui servait de pièce de repos au personnel des pompes funèbres.

— Tu crois qu'on va se revoir ? demanda Jacques en prenant deux bières dans le frigo. Pour moi, le Canada, la pêche, le bûcheronnage et la neige huit mois sur douze, non merci.

Il tanguait légèrement quand il revint s'effondrer sur le sofa défraîchi, deux Heineken à la main.

— Je vais me tirer au chaud pour un moment, ajouta-t-il entre deux gorgées de bière. D'abord, je vais voir l'océan. Après, je contacterai Grace de là-bas, si c'est ce que tu veux savoir. Je lui raconterai que j'ai fait fortune dans l'import-export et que je suis devenu quelqu'un de bien. Je veux prendre soin de Lulu.

— Tu penses qu'elle va gober ton histoire ?

Jacques termina la bouteille, se leva et en rapporta deux autres.

— C'est le moins qu'elle me doit, non ? Tu te souviens de ce que tu m'avais dit, Rico ? On peut pas se contenter d'éjaculer et de lâcher l'affaire ensuite. Eh ben, t'avais raison. Je l'aime, cette gosse. Je suis son père, merde !

Éric apprécia cette réplique avec un silence entendu.

— Quoi ? Tu ne me crois pas ?

Le ton de Jacques se fit menaçant.

— J'ai pas dit ça, je pense seulement que Grace a eu sa dose et qu'elle ne te croira pas sur parole.

— C'est ce qu'on verra ! affirma Jacques en se levant et en s'effondrant dans la foulée. Putain, j'en tiens une bonne, moi.

— Tu devrais t'arrêter de picoler. Il est 3 heures et t'es supposé bosser dans quatre heures. Je peux me doucher ici ?

Les yeux fermés, Jacques acquiesça.

— C'est la porte au fond du couloir.

Éric se leva, déposa un pistolet tout en chrome sur son paquet de billets de banque et commença à se déshabiller.

— Putain ! C'est quoi ça ? vociféra Jacques en découvrant l'arme. Mais t'es complètement con ou quoi ? On avait dit que le fric et l'or, et toi, tu te ramènes avec un flingue à la con !

— T'as bien rapporté un sac entier de conneries, se défendit Éric. Qu'est-ce que tu vas en faire de ces photos de cul, hein ? Et les cassettes, tu vas les emporter au Vietnam pour te faire des souvenirs ? Me fais pas chier ! T'es mal placé pour donner des leçons.

Jacques avala le reproche sans rien dire et se pencha pour ramasser le pistolet.

— C'est un flingue de tapette en plus ! Mate les diamants incrustés dans la crosse.

— J'ai rien à expliquer. Je le déposerai dans un coffre au Luxembourg, avec l'or.

Éric se déshabilla et fit un tas avec ses vêtements sales.

— Poubelle ?

— Je m'en occuperai. Laisse ça là.

– On va pas se faire la gueule un jour pareil, relança Éric, nu au milieu de la pièce.

Il tourna sur lui-même en imitant une posture de matador.

– T'as vu une tapette dans le coin, toi ?

Il éclata de rire, récupéra des vêtements propres dans un sac de voyage et partit vers la douche en dandinant du postérieur.

Jacques le regarda jusqu'à ce que la porte se referme, puis il examina le pistolet, avant de s'en désintéresser au profit du sac d'Éric.

– Qu'est-ce qu'il a pris d'autre, ce con ! maugréa-t-il en fouillant l'intérieur, puis les poches latérales.

Une pochette estampillée « Air France » venait de glisser par terre.

– Le Luxembourg en avion ! Quel frimeur.

Jacques déchanta dès qu'il ouvrit la pochette. Le billet était à destination de New York. Quelques secondes suffirent pour que certains détails lui reviennent en mémoire et s'enchaînent avec une logique évidente. Grace ne lui avait plus donné de nouvelles. Tout ce qu'il savait avait transité par Éric.

Laisse-lui du temps ! grimaça-t-il de rage. *Espèce d'enculé !*

Éric avait patiemment attendu que Grace se lasse de Jacques pour l'attirer dans ses filets. Quant aux motivations d'Éric pour le casse, elles étaient limpides. Il en fallait, du fric, pour séduire une gosse de riche.

Secoué par la rage et l'alcool, Jacques s'inventa des excuses, s'imagina en victime d'un complot fomenté par Grace et Rico, dont les intentions auraient dû lui apparaître bien plus tôt. Éric n'était-il pas tombé amoureux de Grace dès le premier regard ?

– Enfoiré de traître ! fulmina Jacques en se levant.

Son univers tangua. Il dut se rattraper au dossier du canapé avant de se stabiliser.

– Ricoré ! beugla-t-il en se postant à l'entrée du couloir. Sors de ton trou !

La porte s'ouvrit sur Éric, occupé à sécher ses cheveux.
— Qu'est-ce qu'il y a ?
— J'ai deux mots à te dire, gronda Jacques. Au sujet de ça !

Il brandit le billet d'avion, qu'il chiffonna et jeta sur le sol.
— T'es qu'un enculé ! éructa Jacques en s'élançant. Tu vas me le payer !

Il enserra Éric à la taille et l'envoya heurter le mur du fond du couloir. Dans le mouvement, sa propre tête cogna également. Un peu sonné, il se redressa.

— Tu as toujours été un branleur ! cria Éric en repoussant son adversaire. Grace n'a pas mérité que tu la rencontres. Et moi non plus.

Jacques se rattrapa à la poignée de la porte de la douche. Son visage enlaidi par la haine rougissait à vue d'œil.

— On était des potes ! ragea-t-il. Comment tu as pu me faire ça, hein ? Grace, je m'en fous. Mais Lulu, tu veux me la voler aussi ?

Son poing heurta la mâchoire d'Éric, qui valdingua au fond du couloir. Il se releva, massa le bas de son visage et chargea sans un mot. Une pluie de coups de poing s'abattit de part et d'autre. Puis Éric réussit à prendre le dessus et à faire tomber Jacques, qui n'eut plus d'autre choix que de protéger son visage de ses bras pour amortir les coups.

— C'est toi qui m'as pris Grace, tu le sais très bien, hurla Éric en continuant de frapper. J'ai tout fait pour l'avoir, et toi, avec ta gueule de beau gosse, t'as eu qu'à lui sourire comme un pauvre con. Mais c'est fini. T'es fini pour Grace, recalé ! C'est moi qui lui ai payé son billet pour New York, moi. T'entends, ducon ? Et celui de Lulu aussi.

D'un bond, Éric s'écarta de Jacques, qui resta au sol sans bouger.

— Tu sais le meilleur ? poursuivit-il en fourrant ses affaires dans son sac de voyage. Lulu, je l'ai reconnue à la mairie. Jamais elle ne t'appellera « papa ». Elle ne se souviendra même pas de toi.

Il attrapa le pistolet sur la table.

– C'est un père qu'il lui faut. Pas un bras cassé d'alcoolo qui se la pète en jouant aux gros durs !

Jacques se releva. Son œil droit rougissait et son nez saignait abondamment.

– Tu la garderas pas, pauvre con ! Grace est une fille fantasque. Toi, t'es qu'un mec... ordinaire !

Éric encaissa sans broncher, mais la fureur doublée de la vexation firent gonfler son cœur. Son bras armé du revolver jaillit et il frappa son ami à la tempe avec la crosse. Le corps de Jacques partit en arrière et s'écroula. Éric l'observa quelques secondes, l'air hébété. Puis il récupéra ses affaires et quitta les pompes funèbres.

Jack

2011

47

Rien n'a changé, et en même temps, rien n'est plus pareil, songea Jack tandis qu'il remontait le chemin vers la ferme où Sempere l'avait déposé quelques minutes plus tôt.

« Je vous récupère ici dans deux heures. Ça vous va ? » avait proposé ce dernier avant de reprendre la route de Lyon.

Deux heures pour un plongeon dans le passé.

La palissade en tôle se trouvait toujours à sa place, mais elle n'abritait plus les cochons qu'avec Rico ils aimaient tant asticoter. Le chemin avait été retapé, les nids-de-poule étaient moins profonds.

L'hiver pétrifiait tout. Perchée cinq mètres au-dessus du chemin et dominée par une vieille grange, la ferme des Saingérand était bâtie sur la pente du coteau. La toiture disparaissait sous la mousse et la cheminée penchait toujours autant.

Qui allait-il trouver derrière la porte vitrée protégée par un rideau en vichy rouge et blanc ? La mère de Rico, Carole ? Ou son père ?

Avant de frapper, Jack se moucha, pestant contre ce fichu rhume, s'éclaircit la gorge et tapa trois coups contre le carreau.

Les quinze années avaient marqué la chair de la petite femme qui lui ouvrit. Les rides au coin des yeux s'étaient accentuées – pourtant, Carole n'avait pas ri tous les jours –, les hanches s'étaient remplies et les cheveux avaient viré au gris clair. Mais le sourire qui éclairait son visage n'avait pas vieilli.

Carole fit asseoir Jack dans la cuisine, sur le banc qui avait tant de fois reçu ses fesses d'adolescent. L'odeur de la maison n'avait pas changé. Un mélange impossible à définir qui bouleversa Jack. Tout en lui demandant des nouvelles, Carole prépara un café, puis s'attabla face à lui. Jack répondit, expliqua Elisabeth Island, Libbie, l'enfant à venir, et passa sous silence tout le reste.

— Qu'est-il arrivé à Rico ? Kay m'a dit qu'il s'était...
— Pendu, acheva Carole. Oui, c'est ce qu'a conclu la police. J'étais là quand ils l'ont décroché.

Pendu ! songea Jack en essayant de se représenter la scène. *Impossible...*

Le suicide ne collait pas avec la personnalité d'Éric. Il avait tout. Une femme, une fille, même si dans les faits Lucie n'était pas de son sang, un travail, une petite société d'aviation.

— Je ne voulais pas le croire, poursuivit Carole avec force. Éric aimait la vie. Mais que veux-tu, quand on voit son gosse qui se balance au bout d'une corde...
— Pourquoi ? Pourquoi il aurait fait ça ?
— Avant de rejoindre Grace aux États-Unis, Éric est venu. Ça remonte à...
— 1998.
— Oui, c'est ça. La Coupe du monde venait tout juste de se terminer. Je m'en souviens parce que son père passait toutes ses soirées au bistrot pour regarder les matches sur grand écran. Cet été-là, Éric m'a offert une voiture, une Fiat break. Elle est encore dans la cour. Quant à son père, il a reçu un revolver de collection.

Jack comprit qu'il s'agissait de l'arme trouvée dans le sac de Rico, le soir du casse. Un filet de sueur coula le long de son dos.

— Roger est sorti au bistrot avec. C'était en août 2005. Il était saoul, il s'est battu et a blessé un type. Une balle perdue. Il n'est jamais rentré. Il n'a pas supporté la prison.

Les yeux plissés, Carole scruta la réaction de son vis-à-vis.

— Éric est rentré au pays quand il a su. La police a découvert qu'il s'agissait d'une arme volée pendant le fameux hold-up de 1998 ! Tu te souviens de cette affaire ?

— Oui, je me souviens, lâcha Jack. Ça a fait pas mal de bruit à l'époque.

— Éric voulait expliquer à la police que son père n'avait rien à voir avec ce hold-up. Il n'en a pas eu le temps.

— Mais enfin, Carole, Rico ne se serait pas pendu pour ça !

— Je le sais. Mais alors, pourquoi ?

Jack détourna le regard. Carole avait toujours su le faire parler quand il était gosse, et il ne tenait pas à avouer comment il avait entraîné Rico dans cette histoire qui lui avait coûté la vie.

— Mince alors ! s'exclama-t-il en découvrant un vieux chat roulé dans un panier en osier. Monsieur Pompon est toujours de ce monde ? !

La tristesse disparut des traits de Carole, mais son regard disait qu'elle n'était pas dupe.

— Fidèle au poste, depuis dix-neuf ans. Je crois tout de même qu'il vit son dernier hiver.

— Pauvre matou, murmura Jack en se levant. Carole, vous me permettez de faire un tour dans la chambre de Rico ?

— Fais comme chez toi, mon grand. La caravane est toujours derrière la grange. Je n'y ai plus mis les pieds depuis...

— Merci. Dites-moi... Est-ce que quelqu'un d'autre a posé des questions sur ce flingue ?

Carole demeura silencieuse puis elle ouvrit la porte, obligeant Jack à demeurer à quelques centimètres d'elle.

— Vous avez fait les quatre cents coups ensemble quand vous étiez ados et vous êtes partis pour Paris. Maintenant, dis-moi ce que tu sais à propos de cette arme et de ce hold-up. Vous y étiez, n'est-ce pas ? Si Éric ne s'est pas suicidé, tu dois me le dire aussi !

Jack détourna la tête, mais Carole le força à la regarder en serrant son visage entre ses mains.

— Ça ne le ramènera pas, Jacques. Mais j'ai besoin de savoir, tu comprends ?

Bien sûr qu'il comprenait. Mais comment dire ce qu'il ignorait, alors que dans le même temps il savait tant de choses qu'il ne pouvait avouer ?

— Vous pouvez aller quelque part ces prochains jours ?

— Que veux-tu dire ?

— Je cherche des réponses moi aussi. Mais je vous le jure, je ne sais pas comment Rico est mort.

Carole parut décontenancée par l'apparente sincérité de Jack.

— Pourquoi veux-tu que je m'en aille ? C'est chez moi, ici. Explique-moi, et je partirai. Ma belle-sœur habite à quelques kilomètres. Je peux lui rendre visite. Mais d'abord, raconte-moi tout.

Jack prit les doigts de la vieille femme entre les siens.

— Vous avez deviné. On y était en 98. Tous les deux. Maintenant, ils ont ma fille. Ils me demandent de leur rendre quelque chose que j'ai pris dans un des coffres. Mais je ne sais même pas ce que c'est !

— Tu comptes trouver quelque chose ici ?

— J'en sais rien, soupira Jack. Peut-être que Rico a laissé un message, un indice.

— Pourquoi ? Pourquoi vous avez fait ça ?

— Carole, il faut partir. S'il vous plaît. Ils me suivent à la trace, ils vont partout où je vais. Je refuse de vous voir prendre des risques.

Carole essuya une larme et monta à l'étage pour rassembler quelques affaires. Puis elle rejoignit Jack sur le perron et posa un baiser sur sa joue avant de verrouiller sa porte.

★

Les murs de sang

Quand la voiture de Carole disparut dans l'allée, Jack sentit sa gorge se nouer. L'aveu qu'il lui avait fait qu'il était en partie responsable de la mort de son fils l'avait soulagé à peine quelques secondes. À présent, les souvenirs et la peur formaient une boule dans son estomac.

Il retourna vers la cour encadrée par la grange et un appentis qui servait d'abri pour des poules et des lapins. En contournant le puits, il se souvint qu'avec Rico, ils avaient tenté d'atteindre le fond, persuadés qu'il recèlerait des merveilles insoupçonnées.

Tout ça remontait à si loin.

Les parois de la caravane avaient verdi. Rico n'était plus là pour les astiquer chaque printemps. Le joint des fenêtres s'était craquelé et la poignée de la porte rouillait. Son contact fut glacial et elle ne céda qu'à la troisième tentative.

– Qu'est-ce que je fous là ? se demanda Jack en restant planté au milieu du petit espace.

Ici non plus, rien n'avait bougé. Les parois étaient toujours couvertes des posters de Simply Red, Oasis et Wet Wet Wet. Dans les placards minuscules traînaient quelques vêtements abandonnés là par Rico. Des livres, son diplôme du baccalauréat encadré, un antique ordinateur Amstrad avec ses manettes de jeu. Ils en avaient passé, des nuits blanches...

Les souvenirs affluaient. La première fille, la première femme, les centaines de canettes de bière dont il apercevait le tas par la fenêtre, les projets d'avenir, tous prometteurs, les innombrables conversations tournant autour de Spaggiari, les rêves de gosse. Et la réalité qui vous rattrape, n'importe où, à un moment anodin, et qui vous claque la tête si fort qu'on a peine à y croire.

Jack eut beau chercher, il ne trouva rien sur l'époque 1998, rien sur le casse, rien concernant Jean-Louis ou Xavier. Parmi les papiers qui traînaient sur la table, il y avait un dessin signé « Lucie », daté de 2005. Sans doute Rico était-il rentré des États-Unis avec et n'avait-il pas eu le temps de l'accrocher au mur. Jack le punaisa sur un tableau en liège à côté de billets de matches de foot et de photos de Marina, la première petite amie de Rico.

Puis il quitta la caravane avec le sentiment que la vie, quoi qu'on en fasse, se terminait toujours sur un beau gâchis.

48

L'univers de Libbie remuait dans tous les sens. Sa tête tressautait sous l'effet des secousses, sa joue frottait contre une surface rugueuse. L'odeur du plastique neuf mêlée à celle du chloroforme lui donnait la nausée.

La jeune femme écarquilla les yeux. Une noirceur d'encre l'environnait. Elle avait du mal à respirer, une cagoule recouvrait sa tête, et ses mains entravées sur son ventre la gênaient.

Elle mit quelques secondes à comprendre qu'elle était dans le coffre d'une voiture lancée à pleine vitesse. Celle des agents de la DCRI. Peu à peu, les derniers événements lui revinrent en mémoire. Dominic sur le trottoir à Chamonix, la route vers Lyon. Dominic encore. Une image indestructible. Le crâne du vieil homme percuté par une balle. Son corps qui s'effondre dans la neige.

Bientôt ce serait son tour. Si elle n'était pas encore morte, c'est parce que ces types voulaient mettre un maximum de kilomètres entre les corps pour que personne ne relie les deux affaires.

Libbie gémit, prise de panique. Sa respiration s'accéléra et son corps se raidit.

Le mouvement, ma fille, murmura la voix de son père à l'intérieur de sa tête. *Il n'y a que ça de vrai.*

Au prix d'interminables efforts, Libbie parvint à se calmer. Puis à se concentrer. Elle devait agir, sans quoi elle aussi allait finir avec une balle dans la tête. Maintenant qu'elle avait livré l'adresse mail où ces types pouvaient joindre Jack en se faisant passer pour elle, elle ne leur était plus d'aucune utilité.

Quelle gourde ! Si tu ne sors pas de là vite fait, non seulement tu vas mourir avec ton bébé, mais Jack va foncer droit dans la gueule du loup.

Libbie imagina Jack, livré à lui-même, Lucie, prisonnière quelque part, elle-même dans une mare de sang avec son enfant gigotant dans son ventre et cette idée anéantit ses dernières peurs.

Concentre-toi ! Tu dois sortir de là et prévenir Jack ! Les voitures, ça te connaît !

Quel modèle était-ce, déjà ? Un monospace. À l'oreille, Libbie estima que le moteur tournait à trois mille tours-minute. Contrairement à ce qu'elle avait d'abord cru, le véhicule devait rouler à 80, 90 kilomètres par heure, pas plus. C'était une bonne nouvelle. Si elle voulait fuir sans se tuer ou faire prendre des risques au bébé, elle devait choisir un moment où le véhicule s'arrêterait, à un stop, à un feu, en ville.

Mais comment faire ?

La roue de secours. C'est ça qui rentrait dans ses flancs. Il devait y avoir un kit de dépannage.

Mue par une volonté sans faille, Libbie chercha les œillets d'accroche de la moquette. Comme ses poignets entravés l'empêchaient de tendre les bras, elle rampa. Ses doigts habitués à travailler dans les recoins des moteurs trouvèrent sans mal les œillets et retirèrent les goupilles en métal. La moquette libérée, Libbie se plaqua contre le dos de la banquette arrière. Sous le tapis de plancher, elle retira une clé en croix, un cric, des câbles de démarrage et une manivelle. Mais rien qui pourrait l'aider à forcer les mâchoires de la serrure du coffre.

Son cœur s'emballa. La panique pointait de nouveau ses griffes. Si elle se laissait aller, elle céderait au renoncement.

Les filets latéraux ! Elle n'avait pas pensé à les fouiller. Tandis qu'elle se contorsionnait pour y accéder, le monospace ralentit et s'arrêta. Libbie crut que son cœur allait exploser.

Puis la voiture redémarra et accéléra.

La crainte de manquer la prochaine occasion donna des ailes à Libbie. Elle oublia les douleurs qui ravageaient son dos et son ventre et gagna la partie gauche du coffre. Ses mains rencontrèrent une boîte en plastique logée derrière le filet. À l'intérieur, ses doigts reconnurent une clé à douille, une pince multiprise, des ampoules et, enfin, ce qu'elle espérait : le manche d'un tournevis.

Elle ne perdit pas une seconde. Le conducteur accélérait et freinait régulièrement. Le monospace devait traverser une agglomération, ou tout au moins un boulevard circulaire, ou alors il se trouvait dans un embouteillage. La cause de l'allure réduite à laquelle il se déplaçait importait peu. L'essentiel était que Libbie en profite.

Avant de forcer la serrure, elle retira les goupilles qui maintenaient la moquette à l'arrière du coffre. Quand ce fut fait, elle s'arc-bouta pour la plier, répéta l'opération deux fois et coinça le tissu caoutchouteux entre ses bras et son ventre.

Protéger son bébé à tout prix.

La lame du tournevis s'introduisit entre les mâchoires de la serrure. Elle la fit pivoter et déverrouilla la sécurité. Le hayon était libre. Comme le monospace décélérait, Libbie le retint en attendant l'arrêt complet du véhicule puis elle le repoussa de toutes ses forces pour l'ouvrir. Aveuglée par la cagoule, elle prit appui sur le rebord. Ses mains tremblaient violemment.

Au moment où elle lançait une jambe pour sortir du coffre, le conducteur, alerté par le voyant lumineux du tableau de bord, démarra brutalement.

Déséquilibrée par la forte accélération, Libbie fut projetée sur la route. Sa tête heurta le macadam glacé et son corps roula sur quelques mètres. Sa perception du temps se déforma et elle eut l'impression de rouler sans fin.

Elle perçut des crissements de pneus, une portière qui s'ouvre, puis une autre, un bruit d'air sous pression, des exclamations horrifiées. Des pas qui se précipitent.

– Bah, ça alors ! Vous avez pas trop de mal ?

Des mains enlevèrent la cagoule de sa tête. Un air frais et libérateur s'engouffra dans ses poumons et ses yeux mirent quelques secondes à se réhabituer à la lumière.

Elle distingua des silhouettes, puis des visages inquiets.

Un homme d'une cinquantaine d'années se tenait près d'elle.

D'un rapide coup d'œil, Libbie comprit qu'elle avait failli être percutée par un car rempli de personnes âgées et que tout ce monde avait mis ses agresseurs en fuite.

Le chauffeur penché au-dessus d'elle retira l'adhésif de sa bouche et dénoua les liens qui entravaient ses poignets. Libbie voulut parler, mais aucun son ne sortait de sa bouche. Alors elle se mit à pleurer.

Des bras réconfortants l'entourèrent, une voix demanda si quelqu'un avait appelé les pompiers et une autre répondit que c'était fait et que les secours ne tarderaient sans doute pas.

49

La porte de la grange grinça, sortant de la pénombre la Peugeot 403 du père de Rico, recouverte d'une bâche poussiéreuse. Jacques demeura sur le seuil, hésitant, puis entra.

Il faisait un peu moins froid dedans. Sur le côté, les parois en bois ajouré laissaient filtrer la lumière grise du jour. Plus loin, les battants entrebâillés de la grande porte s'entrechoquaient dans le vent et là-haut, à trois mètres au-dessus du sol, la poutre pleine, vieille d'un siècle et demi, piquée de trous de vers, faite dans ce bois clair dont on bâtissait les maisons à l'époque. La corde n'y était plus.

Pourquoi Rico avait-il fait une chose pareille ?

Il avait emporté un dessin de Lucie, et surtout, même s'ils n'en parlaient jamais, Jack savait combien il détestait son père, alcoolique et violent.

Les yeux toujours levés vers la poutre, Jack secoua la tête. Le scénario du suicide ne collait pas. Rico était venu en France pour soutenir sa mère, pas pour lui briser le cœur.

Jack était sur le point de quitter la grange quand un bruit de moteur monta depuis le chemin. Il s'approcha de la paroi ajourée et épia, les muscles tendus. Sempere lui avait proposé de l'attendre plus loin et la vieille Fiat de Carole n'émettait pas ce ronronnement caractéristique des grosses cylindrées modernes.

Une Mercedes noire émergea de la pente et s'arrêta à cinq mètres du perron. Deux hommes d'une trentaine d'années en sortirent. Le premier se colla contre la porte vitrée pour regarder dans la cuisine, tandis que son acolyte contournait la maison.

Jack composa le numéro de Sempere.

— Des types ont débarqué et j'ignore qui ils sont, murmura Jack. Vous êtes où, là ?

— À quelques kilomètres de votre bled. Planquez-vous, mon vieux. J'arrive dans cinq minutes avec l'artillerie.

C'est long, cinq minutes, quand on joue le rôle du gibier, songea Jack.

Il reporta son attention sur les hommes. Celui qui avait disparu derrière la maison n'avait toujours pas reparu. Quant à l'autre, il marchait vers la grange. Son seul recours était d'aller se cacher sous la bâche de la 403.

La minute suivante donna raison à Jack. Il entendit des pas s'approcher. Un oiseau s'envola dans les hauteurs. Puis le silence s'installa.

Ignorant s'il y avait encore quelqu'un à proximité, Jack demeura caché. Une minute s'étira, interminable, accompagnée d'une irrépressible envie d'éternuer. Il pinça son nez, tenta de se recroqueviller, mais ses efforts ne suffirent pas. Son éternuement lui sembla résonner jusqu'aux confins de l'Univers.

— Sortez de là, monsieur Peyrat, dit aussitôt une voix avec un fort accent germanique.

Jack serra les poings. Il ne pouvait pas rester caché sous cette bâche, comme un gosse en fugue.

— Vous nous avez donné du fil à retordre.

— Le délai n'est pas passé, dit crânement Jack en se redressant.

L'homme pointait vers lui un automatique prolongé d'un silencieux. De l'extrémité du canon, il désigna un recoin de la grange.

— Je vais vous accompagner, dans ce cas.

Jack écarta ses bras, paumes tournées vers le plafond, et se dirigea vers l'endroit indiqué. Son cerveau tournait à plein régime. L'unique conclusion à laquelle il parvenait était qu'il devait gagner du temps.

En contournant la 403, Jack passa à un mètre de son agresseur. Il se jeta sur lui, enroula ses bras autour de sa taille et le jeta contre le mur.

Le pistolet feula trois fois. L'homme, le souffle coupé, vacilla. Jack en profita. Un coup de poing porté dans l'estomac du type acheva de le plier en deux.

Du pied, Jack expédia l'arme sous la 403. Il s'acharna alors sur le visage de sa victime, frappant et frappant encore. Quand l'homme ne bougea plus, Jack se calma et le souvenir de son acolyte lui revint.

Une seconde trop tard. La porte venait de s'ouvrir dans son dos.

Jack se releva lentement, les mains à hauteur des épaules.

Il y eut une détonation étouffée, puis le bruit d'un corps qui s'effondre.

Surpris de ne ressentir aucune douleur, Jack se retourna et découvrit la silhouette de Sempere plantée dans l'encadrement de la porte.

— Baissez les bras, mon vieux, vous ressemblez à un épouvantail. Vous avez eu l'autre ?

— C'est bon, rétorqua Jack, à moins qu'il y ait une deuxième voiture.

Sempere secoua la tête.

— J'ai coupé par le champ, il n'y avait personne. Qu'est-ce qu'ils voulaient ?

— Devinez.

— Mais... ça n'a pas de sens ! Ils ont votre gamine.

— Je me suis fait la même réflexion.

— Vous n'avez pas de mal ?

— Non, mais lui, oui.

Son agresseur gisait toujours sans connaissance le long du mur. Ses yeux disparaissaient presque derrière les arcades tuméfiées et sa bouche saignait abondamment.

— Où avez-vous appris à vous battre ?

Des images de la prison balinaise où il avait passé plusieurs années jaillirent dans l'esprit de Jack, mais il choisit d'éluder la question.

— Vous ne me semblez pas ébranlé d'avoir abattu ce type.

— Ce n'est pas le moment de jouer aux chochottes, se défendit Sempere en lançant ses clés de contact à Jack. Vous voulez bien aller chercher la voiture, moi, je me charge des corps.

— Celui que j'ai frappé n'est pas mort.

— Pour Kay, murmura Sempere.

Il tendit son arme vers le type allongé et tira. Le corps tressauta sous l'impact.

— Maintenant, il est aussi mort que vous et moi bientôt, si on traîne ici.

— Qu'est-ce que vous voulez faire à Paris qui ne me regarde pas ?

Rémy Sempere l'avait mauvaise. Voilà quatre heures qu'ils avaient quitté la banlieue de Saint-Étienne et les deux hommes n'avaient pas échangé une parole.

Brûlant de fièvre, Jack l'avait attendu dans la voiture tandis que Sempere se débarrassait des corps dans le puits. Il n'avait pas desserré les dents depuis.

– On aurait pu l'interroger, dit-il soudain, au lieu de l'abattre comme un chien.

– Ce genre de molosse ne trahit pas les siens, croyez-moi, rétorqua Sempere. Et ne vous lâche le cul qu'une fois mort.

– Vous avez raison, convint Jack. Je ne vous ai même pas remercié de m'avoir sauvé les fesses.

– De rien.

Le silence retomba dans l'habitacle.

Durant le trajet, Jack consulta ses messages. Il fut contrarié par un mail de Libbie, qui lui expliquait qu'elle avait préféré rester à Genève avec Balestero. Mais les quelques phrases qu'il échangea avec Lucie le rassérénèrent.

Ils te traitent bien ?

Oui.

Qu'est-ce que tu as fait aujourd'hui ? Tu as encore joué à la console ?

Non. J'en ai marre de Mario. Je dessine et j'écoute de la musique.

Quoi ?

Tu sais, la chanson de maman. Et Linkin Park.

Je t'aime, Lulu.

Puis Jack somnola, assommé par son rhume. Il émergea sur la bretelle d'accès au périphérique, alors que Sempere remontait vers l'est à la porte d'Orléans. Quelques minutes plus tard, ils se garaient dans le XIe, à l'angle des rues Saint-Maur et Oberkampf.

– Rémy, vous devriez prendre une chambre d'hôtel dans le quartier, au cas où.

– Je ne peux pas vous accompagner ?

– Mon rencard n'est pas un grand sociable. Il vaut mieux qu'il me voie seul, pour commencer.

– Il vous attend ?

– Justement, non.

– Il a participé à votre casse ?

Sempere dut répéter la question tout en scrutant le visage gêné de Jack.

— C'est un flic !

— Mais vous êtes taré ou quoi ! Les consignes sont : pas de flic. Vous ne reverrez jamais votre fille avec des conneries pareilles.

D'un geste las, Jack demanda la parole.

— Vous n'y êtes pas. Anton est... je ne sais même pas s'il vit encore dans le quartier.

— Les renseignements, c'est pas fait pour les chiens.

— Liste rouge, j'ai essayé. Mais il ne s'agit pas de ça.

Sempere rengaina sa méfiance et coupa le moteur.

— Je vous ai dit qu'après le casse, j'avais planqué tout ce qui n'était pas monnayable, vous vous souvenez ?

— Logique. Je suppose que c'est pour ça qu'on est là : récupérer ce que les ravisseurs de Lucie réclament.

— Oui, en théorie, c'est ce que nous devrions faire.

Rémy croisa les bras et se tourna vers Jack.

— Je m'attends au pire, soupira-t-il.

— Vous avez raison.

Déterminé à gagner du temps, Jack chercha une parade.

— Alors ? s'impatienta Sempere.

— J'ai tout planqué dans un cercueil, lâcha-t-il subitement.

— Qu'est-ce que vous dites ? Un cercueil ? C'est n'importe quoi !

Jack secoua une main. Quand il eut obtenu le silence, il expliqua comment Rico et lui s'étaient partagé l'argent, puis s'étaient saoulés et battus, comment il avait eu le dessous et pris une raclée dont il ne s'était remis que trop tard.

— Vous avez vraiment tout balancé dans un cercueil ! s'écria Sempere, qui n'en revenait pas. Mais quel cercueil ?

— J'en sais rien. Je travaillais pour des pompes funèbres. Y en avait plein.

— Quoi qu'il en soit, si des gens vous courent après, c'est que rien n'a été perdu. Enfin, pas pour tout le monde. Vous n'avez vraiment aucune idée de ce qui a pu arriver ?

— Non.

— Merde !

Un silence s'installa entre les deux hommes. Une voiture de police s'arrêta à leur niveau. L'agent au volant leur fit signe de ne pas stationner sur le passage piéton.

— Ils n'ont pas autre chose à foutre, ces bâtards ! pesta Sempere en redémarrant.

Il trouva une place un peu plus bas dans la rue Saint-Maur, juste devant la vitrine d'un bar de nuit où plusieurs billards attendaient les habitués.

— Merde ! répéta-t-il en envoyant son poing frapper le tableau de bord. Mais qu'est-ce qui cloche chez vous ?

— Anton peut m'aider, allégua Jack d'un ton las. Je ne vois pas d'autre moyen...

— Qu'est-ce que vous attendez de ce flic ? aboya Sempere. J'ai jamais entendu dire que ces gars-là faisaient des miracles.

— Il faut remonter jusqu'au cercueil.

— Vous pensez que votre pote va le retrouver, c'est ça ?

— Exactement. Le nom du mort, le cimetière, tout ça, quoi.

Les mains gantées de Rémy Sempere s'agaçaient à la surface du volant. Les sourcils froncés, le visage fermé, il songeait aux implications des révélations tardives de Jack.

— Pourquoi ne pas avoir tout dit plus tôt ? demanda-t-il sourdement. Vous êtes parano.

En guise de réponse, il obtint un haussement d'épaules, suivi d'un soupir.

— Vous n'avez pas la moindre idée de ce que sont devenus vos deux autres complices ? On pourrait imaginer qu'ils sont passés derrière vous à la morgue !

— Peut-être. Nous nous étions interdit de nous parler de nos projets d'après le casse et de nous recontacter, bien entendu. C'était plus prudent, au cas où l'un d'entre nous aurait été arrêté.

— Je constate que vous avez su réfléchir de temps à autre, persifla Sempere.

— Je me passerai de vos commentaires.

– C'est obligatoirement quelqu'un qui vous a vu. Je vois mal des profanateurs de cimetière s'improviser maîtres chanteurs !
– Que voulez-vous dire ?
– Ceux qui ont kidnappé votre fille sont victimes d'un chantage ou d'une tentative d'extorsion. Et ils sont certains que c'est vous. À nous de mettre la main sur les vrais responsables.

La rue Oberkampf était devenue un lieu de sorties pour noctambules, les échoppes s'étaient transformées en bars, en restaurants et en ateliers de stylistes. Jack s'arrêta devant le 88. Il dut prendre appui sur le mur, juste à côté du Digicode, terrassé par la fièvre et un violent mal de tête. Après dix minutes d'attente, il vit la porte s'ouvrir sur une vieille dame, qui le laissa entrer malgré elle.

Jack fila vers le hall B, s'y engouffra et monta l'escalier. Il atteignit le palier du quatrième étage le souffle court. Jack enfonça le bouton de la sonnette et attendit. L'œilleton se voila, puis la porte s'ouvrit sur Anton Mislevsky. Les cheveux avaient blanchi, la barbe aussi, mais on aurait dit que le temps n'avait su attaquer sa peau épaisse.

– Salut, c'est moi, Jacques Peyrat...
Il n'eut pas le loisir d'en dire davantage.
Un poing jaillit vers son visage et percuta son menton, les mains prestes d'Anton bloquèrent son bras droit, puis le poussèrent à l'intérieur de l'appartement.

– J'aime pas qu'on se foute de ma gueule, grogna Mislevsky en sortant une paire de menottes d'un tiroir de commode. Viens par là, mon con, faut qu'on papote.

Une fois Jack menotté au pied d'un lourd radiateur en fonte, Anton procéda à une fouille en règle de ses poches et le délesta du téléphone, des médicaments et de l'argent.

– J'ai deux trois trucs à faire. Si tu gueules ou si tu m'emmerdes, je reviens et je te bâillonne, OK ?

Anton ne se préoccupa pas de la réponse de Jack. Il passa dans la pièce voisine, où il décrocha son téléphone.

Carmen

1995

50

25 juillet 1995. 16 heures. Il ne faut pas oublier les mots de KMF, l'oncle d'Aymé Degrelle. Ils serviront plus tard à Nelson. Alors je me hâte d'écrire ce que je n'ai pas pu enregistrer. Les fichues piles de mon Dictaphone sont tombées en rade.
Pas de veine.
Dans le taxi qui nous a conduites de la station de RER Villeparisis à la demeure de KMF, Zelda m'a fait cette confidence :
– Pour tout te dire (on est passées au tutoiement, c'était quand même plus simple), c'est à Rebecca Degrelle que je dois mon appartement. Une femme avait résisté aux assauts de son mari, et c'était moi. L'immeuble lui appartenait, elle m'a cédé l'appartement pour un prix défiant toute concurrence.
Je lui ai demandé si Rebecca Degrelle savait ce qu'il était réellement advenu d'Octavio, mais je n'ai obtenu qu'une moue sombre doublée d'un soupir.

Rebecca et Zelda sont tombées dans les bras l'une de l'autre. Leur dernière rencontre remontait à si loin que je n'étais même pas née !

Elles ont papoté quelques minutes. Et Zelda a mis les pieds dans le plat.

— Ils ont recommencé.

Il n'était plus question de Vierge noire, de diable courant les rues le soir. Zelda avait changé de visage. Ses traits s'étaient durcis.

Rebecca a secoué la tête plusieurs fois, lentement.

— Ils n'ont jamais cessé, tu veux dire.

Mon Dictaphone ne fonctionnait déjà plus.

— Ton mari sait que je suis là ?

— Oui. Il ne veut pas te voir. Mais on se fiche de son avis, non ?

Je ne suis pas près d'oublier le sourire de cette femme. (Zelda m'a dit que KMF l'avait épousée car elle appartenait à une très riche famille, et qu'à cette époque-là, ce n'étaient pas toujours les futurs époux qui choisissaient leur union.) Un sourire franc, libérateur, où s'exprimaient à la fois une profonde sympathie pour sa vieille amie et une antipathie de même hauteur pour son mari.

Le bureau de KMF occupait la moitié d'une aile de la propriété et s'ouvrait sur une magnifique véranda agrémentée de plantes tropicales.

Quand nous sommes entrées, il a levé la tête. J'ai immédiatement détesté cet homme.

Il y a eu un bref mais intense échange entre Zelda et KMF. J'ignore ce qu'ils se sont dit, mais je suppose que Zelda a parlé d'Octavio avant de lui expliquer ma présence chez lui.

— Sortez, laissez-moi seul avec elle.

Zelda et Rebecca se sont éclipsées dans le jardin, m'abandonnant avec le monstre.

— Qu'est-ce qui vous permet de penser que je ne suis pas un loup ?

Les murs de sang

— Si vous êtes un loup, ai-je dit, vous êtes un solitaire. Ou alors, vous avez été banni de la meute.

Mon Dieu, ce regard ! J'avais dû toucher juste. Mais quelle épreuve. J'avais l'impression d'être une mouche piégée dans une toile d'araignée.

— Vous aimeriez les coincer, n'est-ce pas ? Bien sûr. Sinon vous ne seriez pas ici. Alors laissez-moi vous raconter une histoire. Ma famille a connu ses heures de gloire pendant la guerre. Si vous vous êtes intéressée à nous, vous devez le savoir. Mon père et mes frères ont participé à la Résistance, et c'est ce qui a servi leur réussite. Tout le monde ne voyait que par de Gaulle et les hommes qui avaient permis aux Américains de débarquer sur le continent. J'étais trop jeune pendant l'Occupation. Mais j'ai participé à la suite. Et on ne marche pas aux côtés des puissants sans se salir les mains. Ni sans se garantir une porte de sortie. Je n'ai pas été banni ! Je me suis retiré. Mes frères étaient allés trop loin et... je n'ai pas fait de résistance, tout ce que j'ai vu des SS, c'étaient des officiers impeccables qui claquaient les talons comme dans un film.

— Que voulez-vous dire par : « ils sont allés trop loin » ? Vous voulez parler des parties de chasse ? D'Octavio ?

Je l'ai touché, j'en suis sûre. Mais l'homme était cruel. Cynique. Peu enclin à me dire la vérité.

Il a ri.

— Ils sont allés trop loin, disais-je. Alors je me suis prémuni contre toute velléité de punition à mon encontre, ou celle de mon épouse. Nous vivons comme des papes depuis des années. Trois mois dans notre résidence de Saint-Martin, quelques semaines à l'intersaison sur les hauteurs de Cannes, le reste du temps ici. Vous voyez, nous ne sommes pas à plaindre.

— Il y a eu des morts, monsieur Degrelle. Beaucoup de morts. La rénovation de la ville a brisé des vies. J'ai vu une famille assassinée disparaître sous mes yeux. J'ai...

— Avez-vous la moindre preuve de ce que vous avancez ?

Je tremblais. L'impuissance, la rage, le sentiment que nous avions fait tout ce chemin pour rien, que cet homme détenait des preuves des actes criminels de sa famille et qu'il ne les produirait jamais, tout cela s'unissait dans mon cœur pour provoquer ces tremblements et ces larmes qui commençaient à mouiller mes yeux.

— Non, ai-je lâché, les paupières baissées.
— Moi si, a-t-il rugi. Cela suffit à ma tranquillité.

J'ignore s'il existe une justice en ce monde. J'ignore si l'on paye un jour pour ses crimes. Mais je jure devant ce que j'ai de plus cher que je consacrerai le temps qu'il faudra pour traduire ces gens devant la justice des hommes.

Nelson saura quoi faire, comment s'y prendre pour amener KMF à de meilleurs sentiments. Ou pour le cambrioler. Il faut retrouver ces preuves et pour ça, tous les moyens seront bons. Nous nous voyons demain. J'en suis soulagée.

J'amenderai ces pages dès mon retour à l'hôtel. Je n'ai plus de papier et certains passages méritent d'être réécrits avant que je les mette au coffre. Pour le moment, retour vers le RER, changement à Saint-Michel. Dans une heure, nous serons rentrées.

Jack

2011

51

La conversation téléphonique d'Anton Mislevsky dura deux heures. Deux heures au cours desquelles Jack demeura menotté au radiateur, l'esprit fiévreux, à la recherche d'une explication plausible au geste du policier. Au début, il pensa qu'Anton appartenait au camp des ravisseurs, par il ne savait quelle passerelle improbable, et qu'il s'était naïvement jeté dans la gueule du loup. Mais cela n'avait aucun sens. S'il avait songé à Anton, c'est parce qu'il ne se connaissait pas d'allié plus sûr en ce monde.

Cette certitude apaisa pour un temps le tourment de Jack. Jusqu'à ce qu'une nouvelle ombre vienne refroidir ses espérances, dans la minute suivante.

Le casse ! Un jour, au squat, Jack lui avait confié qu'il rêvait d'imiter Spaggiari. Comme il s'était volatilisé quelques semaines après l'attaque de la Vexon Brothers et qu'il travaillait dans le quartier, il n'était pas difficile d'imaginer qu'Anton avait fait le lien avec cette affaire au cours de laquelle, même si Jack avait tout tenté pour refouler ce détestable souvenir, un homme était mort.

Les flics ont la mémoire longue, et le temps joue en leur faveur. Jack le savait bien. Celle d'Anton ne devait pas déroger à cette règle.

— Alors quoi ? grinça-t-il d'une voix embrumée par son rhume, t'as rameuté tes potes et vous venez faire une photo de safari ?! À la chasse au connard, je fais la gazelle...

Dans la pièce voisine, la voix sourde amoindrie par la cloison se tut et Anton rejoignit Jack.

— Tu pars comme un voleur et tu reviens en fanfare. On ne peut pas dire que tu aies été très discret, ces derniers temps.

Jack grimaça. Il ne sentait plus qu'un intense fourmillement dans ses jambes.

— De la part d'un type qui utilise les méthodes de la Gestapo, je dois prendre ça comment ?

Un petit sourire étira les lèvres d'Anton.

— Ben, mon salaud, je constate que rien ne change sous le soleil. Le Jacques Peyrat que j'ai connu n'a rien à envier à celui-ci.

— Je dois sauver Lulu, la chanson n'est plus la même.

— Les instruments non plus. Une gamine enlevée, trois morts à Martigny, ça commence à faire beaucoup.

Un instant, Jack voulut ajouter Kay et les deux types jetés dans le puits par Sempere le matin même, mais il jugea préférable de procéder par étapes. D'abord, rallier Anton à sa cause, ensuite seulement, il dévoilerait les autres dommages.

— Tu es venu chercher de l'aide ?

— Tu pourras me passer les menottes après, je veux dire, pour de bon. La vie de ma fille est en jeu. Ça doit bien compter, même pour un mec qui est revenu de tout.

— Après les mots d'amour, la caresse ! ironisa Anton. Si je ne fais pas gaffe, tu vas me mettre une main au cul. Le vigile est mort, petit. Je ne peux pas passer l'éponge là-dessus.

— Je te jure que je ne me défilerai pas. J'assumerai tout ce que tu veux, mais aide-moi !

— Je t'avais prévenu. Fais un gosse et dis adieu à ta liberté.

— Rassure-moi, s'enquit Jack, soudain inquiet, t'es toujours flic !

— Poulet jusqu'au bout des ongles. Mais je ne chasse plus dans la rue. Trop vieux. J'œuvre à la synergie entre les services. Bureau au quai des Orfèvres et horaires qui vont avec. Ce qui fait que j'ai repris la peinture. Dis donc, si je te détachais, tu resterais tranquille et on pourrait causer, n'est-ce pas ?

Anton sortit les clés de sa poche et libéra le poignet de Jack.

— Merci.

— Bah, t'as pas été gâté, pour ton retour.

Jack se leva et se rattrapa au radiateur. Le vertige passa et il s'installa dans un fauteuil.

— J'ai pris la liberté de fouiner dans ton Blackberry, expliqua Anton. Tu compléteras les trous, mais voilà comment je vois les choses. D'après les échanges que j'ai lus, tu as volé... des documents, je suppose, précisément dans le coffre 123, à des gens qui ont la ferme intention de les récupérer. Toi, après le casse, tu es parti te planquer à l'autre bout du monde, je note au passage que tu te fais appeler Jack van Bogaert...

— C'est le nom de ma femme...

— On s'en fout. Tu es revenu. Ils auraient pu s'en prendre directement à toi, mais tu as eu la bonne idée de te faire pincer par mes confrères helvètes. Au passage, tu ferais bien d'apprendre à croiser un flic sans vouloir absolument lui taper sur la gueule !

Jack garda pour lui le commentaire que lui inspiraient les propos d'Anton. Il soupira et attendit la suite des déductions.

— Donc ils enlèvent ta fille pour faire pression sur ta pomme. Ma première question est : qui fais-tu chanter depuis toutes ces années ?

L'air sincèrement surpris qui naquit sur le visage de Jack déstabilisa Anton.

— Ce n'est pas toi ?

— J'ai tout jeté, Anton.

— Quand ?

— Le lendemain du casse, j'ai mis tout ce qui n'était ni argent ni or dans un sac-poubelle que j'ai balancé dans un camion benne.

— Le con ! s'exclama Anton en portant une main à son front. Mais t'es un vrai tricard ! Jacques, dis-moi que ce n'est pas vrai ! T'as pas fait ça ! Tu te rends compte de ce que ça veut dire ? Tu n'as aucun moyen de remettre la main sur la monnaie d'échange !

Anton s'aperçut de l'énormité de ce qu'il venait de dire. Évidemment que Jack connaissait l'impasse où il était acculé.

— Il y avait quoi dans ce coffre 123, tu le sais au moins ?

— Non.

Cette fois, Anton frappa ses cuisses, à pleines mains.

— Tu ne sais pas ce que tu as volé, tu ne sais pas à qui, et c'est ce qu'on te demande en échange de la vie de ta fille. Merde, on n'est pas sortis de l'auberge ! Dis-moi, ce casse, tu l'as pas fait tout seul ?

En quelques minutes, Jack résuma la rencontre en prison avec Xavier, ce qui l'avait relié à Jean-Louis, puis comment il avait convaincu Rico. Le choix de la banque, la préparation du coup, les consignes qui n'avaient pas été respectées, et puis l'histoire du pistolet de collection, l'incarcération du vieux Saingérand, mort en prison depuis, le lien avec le casse, le suicide de Rico...

— Ton pote est hors de cause, mais c'est peut-être par lui que ton nom est ressorti. Les deux autres, ils sont où ? Tu les as retrouvés ?

— Justement non, se navra Jack, je pensais qu'avec toi...

— Travailler dans la maison poulaga a ses bons côtés. Tu vois que t'apprends, malgré ta tête de pioche. L'un de ces salopards fait chanter des gens assez puissants pour organiser tout ce qu'on sait, enfin j'imagine qu'il y a une histoire de chantage là-dessous, ça me paraît logique. Et il ne bouge pas le petit doigt ! Je préfère ma place que la tienne.

— Tu vas m'aider, Anton ?

— Je vais aider ta fille, nuance. Dernière question pour le moment : c'est qui ce Sempere avec lequel tu traînes ?

— Comment tu sais pour ?...

— Question idiote, un flic, ça sait des choses, par définition. Ton téléphone. Tu as trois contacts dessus. C'est qui ?

— Un ami de Kay...

Cette fois, Jack se confia entièrement. Il raconta la mort de Kay, torturée pour rien, l'attaque du fourgon, Libbie qui était restée à Genève alors qu'il lui avait demandé de se placer sous la protection d'Anton, la visite chez la mère de Rico, les deux cadavres dans le puits, tout y passa.

— OK, conclut Anton après un long moment de silence, il est où ton Sempere en ce moment ?

— Je lui ai demandé de prendre une piaule dans le quartier.

— Parfait, tu l'appelles et tu lui dis que tu vas passer la nuit chez moi.

— Pourquoi ?

— Parce que je te le demande, s'agaça Anton, et parce que je me méfie de tout le monde aussi.

— Ça vous fait un point commun. Sempere a dirigé une grosse boîte de sécurité. Il est parano avec les portables et les mails.

— Il n'a pas tort. Fais ce que je te demande. Demain, j'attaque à l'aube.

Onze heures venaient de s'afficher sur l'écran digital du four de la cuisine et Jack sentait que sous peu, sa poitrine exploserait tant l'inactivité lui pesait. Parti sur les coups de 7 heures, Anton Mislevsky n'avait toujours pas reparu. Entretemps, Jack avait appelé SOS médecin, acheté les antibiotiques qui lui avaient été prescrits, envoyé un mail à Libbie et rassuré Sempere qui s'impatientait lui aussi. Mais son impuissance et l'idée que Mislevsky puisse le trahir le minaient.

Il s'apprêtait à descendre rue Oberkampf pour boire un café quand la porte s'ouvrit sur Anton, guindé dans un imperméable trempé.

— Le temps que je préfère, déclara ce dernier en secouant les pans de son vêtement au-dessus du paillasson. Deux degrés et une pluie de merde qui n'en finit pas.

Jack se figea.

— Bah quoi ? Tu n'as pas l'air d'aller mieux, mon gars. T'es blanc comme un linge !

— Le toubib est passé. T'as appris quelque chose ?

— Assieds-toi, on en a pour un moment.

Jack s'exécuta, anxieux, tandis qu'Anton préparait deux tasses de thé au micro-ondes.

— Tes complices sont morts, par pendaison, à quinze jours d'intervalle. Les services de police ont conclu au suicide. Mais avec ce qu'on sait du sort de Rico, à ta place, j'éviterais la proximité des cordes.

Jack n'avait jamais revu Jean-Louis et Xavier, mais il conservait d'eux un souvenir coloré de sympathie. Leur mort l'attristait.

Les deux tasses fumantes glissèrent sur une table basse, suivies d'un paquet de petits-beurre.

— Tiens, mange.

— C'est arrivé quand ?

— En novembre 2005. Quelques mois après la mort d'Éric Saingérand.

Jack mâcha un biscuit, les yeux fixés sur les motifs abstraits du tapis du salon.

— Donc, on est marron de ce côté, poursuivit Anton. Et comme les morts ne peuvent pas faire chanter la partie adverse... je donne ma langue au chat. Vous avez volé des documents que personne ne possède, mais qui font courir beaucoup de monde. C'est un mystère !

Lentement, Jack releva les yeux. Il ne pouvait entendre pire nouvelle.

— As-tu eu un appel des ravisseurs pendant mon absence ? le questionna Anton. Bah, parle, plutôt que de me fixer avec tes yeux de merlan frit.

— Non, rien. Juste Sempere, deux fois.

Une ombre passa dans le regard d'Anton. Il ouvrit la bouche, puis secoua la tête.

— Chaque chose en son temps, dit-il pour lui-même. Carmen Messera, ça te parle ?

Anton lut sur le visage de Jack qu'il entendait ce nom pour la première fois. Aussi enchaîna-t-il sans attendre de réponse.

— Le coffre 123 lui appartenait.

— Tout est lié à elle, donc, émit Jack. Enfin, je suppose, nous n'avons pas d'autre piste. Où peut-on la trouver ?

— Pour l'instant, je l'ignore. Tout ce que je peux te dire, c'est que selon les informations communiquées par la Vexon Brothers, personne n'a touché à ce coffre après le jour de son ouverture, le 21 juillet 1995.

Anton exposa ce que ses recherches matinales lui avaient appris. Les parents de Carmen n'étaient plus de ce monde, mais ça n'importait pas. Les Messera étaient des paysans sans histoire, il n'y avait rien à tirer de ce côté. Ce qui intéressait les ravisseurs était lié à cette Carmen et personne n'avait ouvert le coffre 123 avant Jack et ses complices. Comme le contenu avait été détruit, il ne restait qu'une possibilité : les documents n'étaient pas dans le coffre le soir du casse.

— Tu as découvert tout ça en quelques heures ! s'étonna Jack. Si ces salopards sont si puissants, comment se fait-il qu'ils n'y soient pas arrivés ?

— Ils ignorent que tu as tout jeté. Tant qu'ils pensent que tu es le maître chanteur, ils n'iront pas chercher ailleurs.

Jack avala sa tasse de thé avant de poursuivre.

— Mais pourquoi croient-ils que c'est moi ? Ça n'a pas de sens ! C'est forcément cette femme, Carmen Messera !

— C'est possible. Je vais tenter de dégotter sa trace. Mais ça risque de ne pas être simple.

— Pourquoi ?

— Elle est introuvable. Je vais contacter les services de renseignement. Et leur parler de l'affaire.

— Chier.

— Jack, de nombreux flics travaillent déjà sur ton cas. En Suisse, à Chamonix, et bien sûr, ici, à Paris. Ne t'inquiète pas. Pour le moment, tu ne peux pas être accusé de grand-chose, à moins que je ne raconte ton passé glorieux à la mémoire de Spaggiari.

Mislevsky émit un petit rire.

— Quand vas-tu les appeler ?

— Maintenant, lâcha Anton en se levant.

Jack resta seul dans le salon pendant qu'Anton passait son coup de fil. Quelle que soit la direction où se tournaient ses pensées, il ne tombait que sur des impasses. Rico, Jean-Louis, Xavier et maintenant cette Carmen, volatilisée avant d'avoir réellement existé pour lui.

— Voilà, c'est fait ! déclara Anton en revenant dans le salon. On devrait avoir quelque chose rapidement. Maintenant, reste assis, je n'ai pas terminé.

— Comment ça ?

— Tu es capable de te maîtriser ? Je veux dire, le Jacques Peyrat dont je me souviens avait tendance à balancer son poing à la première remarque de travers.

— J'ai jamais aimé qu'on me chie dans les bottes.

— C'est bien ce que je pensais. Pose ta main sur le radiateur.

Devant la mine dubitative de Jack, Anton réitéra sa demande.

— Vas-y ! On va pas coucher là.

Le temps que Jack se tourne pour obéir, Anton sortit sa paire de menottes. En une fraction de seconde, il lui passa les bracelets, l'attachant à nouveau au radiateur.

— Mais qu'est-ce que tu fous ! Retire-moi ça, bordel !

— Pas avant que tu te sois calmé, répondit Anton en demeurant à distance respectable de son interlocuteur. Et pas avant que tu aies écouté ce que j'ai à te dire.

Jack fulminait. Il secoua sa main à plusieurs reprises avant d'abandonner.

— T'es qu'un enculé.

— Peut-être, apprécia Anton, mais un enculé qui te veut du bien. Alors, tu es prêt ?

Jack accepta d'un mouvement de tête.

– J'ai appelé mes collègues de Chamonix pour obtenir les éléments te concernant.

– Comme ça, t'auras tout pour me couler le moment venu. C'est bien des méthodes d'enculé !

– Ça t'intéresse de savoir ce qu'ils m'ont raconté ou pas ?

Comme Jack ne répondait pas, Anton poursuivit :

– Ils se sont mis en relation avec leurs homologues suisses et voilà ce qui nous arrive : une dame a laissé un message à l'intention de ta femme à la réception d'un hôtel à Martigny. Cette dame, une certaine Gabrielle Sempere, s'étonnait que Libbie lui ait laissé des messages insistants en demandant à son mari de la rappeler.

– Pourquoi ?

– Parce que Rémy Sempere est mort en mai dernier. Voilà pourquoi.

52

Le sang de Jack ne fit qu'un tour.

– Putain, j'en étais sûr !

– Pourquoi tu te le trimballes depuis le début ? Ton Sempere est forcément une taupe des ravisseurs !

– J'ai pensé que si je le gardais à l'œil, ça pourrait me servir.

– Pour une fois, t'as bien fait. Autre vérification, j'ai demandé à une patrouille de faire un tour du côté des Saingérand. Imagine ce qu'ils ont trouvé dans le puits...

– Rien, je suppose.

– Bingo !

Les poings de Jack se serraient compulsivement.

— Détache-moi, Anton, s'il te plaît. Je vais lui faire sa fête !

— Tu vois !

— Détache-moi, je te dis ! hurla Jack en tirant sur le radiateur.

— Ho ! Vas-y mollo ! J'ai pas fini de payer mon emprunt.

— Je descendrai avec cette connerie au poignet s'il le faut ! vociféra Jack en redoublant d'efforts.

— Jack, est-ce que tu lui as dit que tu avais tout jeté ?

— Tu me prends pour un con ?

— Qu'est-ce que tu lui as dit ?

— Que j'avais besoin de toi parce que j'avais planqué les trucs dans un cercueil.

— Putain, Jack ! Qu'est-ce que tu as fait au juste ? Tu as planqué ces trucs ou tu les as détruits ?

— Je t'ai dit que j'avais tout balancé !

— Pourquoi ces mensonges ?

— Parce que j'ai confiance en personne. Merde, c'est pas si difficile à comprendre !

— Alors, si tu dis vrai, on a toujours un coup d'avance.

— Je vais le tuer !

— Tu ne crois pas qu'il y a plus malin à faire ? Comme tirer profit de la situation par exemple ? Pour une fois que tes mensonges nous arrangent...

Quelques secondes encore, Jack s'énerva sur le radiateur, au mépris de la douleur que ses efforts infligeaient à son poignet. Puis il se laissa tomber au sol, vaincu.

— J'ai deux collègues qui m'attendent au café Charbon, en bas. Alors tu vas demander à Sempere de t'y retrouver. Vas-y, reste calme, ne lui laisse pas la moindre chance de deviner quelque chose. Dis-lui que tu es sur une piste.

Jack s'exécuta. Il commença par respirer longuement, pour se calmer, certain qu'Anton avait raison. Quelques secondes plus tard, il avait donné rendez-vous à Sempere.

— Parfait, apprécia Anton. Maintenant, je vais te détacher. Mais tu ne joues pas au con, tu me laisses y aller le premier. Ne fais pas tout foirer, Jack. J'y vais, je jauge l'animal et je l'embarque en lieu sûr. Après, tu pourras passer tes nerfs sur lui, si ça peut te faire plaisir. OK ?

Jack fit une rapide description de Sempere à Anton et lui promit de ne pas bouger avant d'avoir eu de ses nouvelles. Le policier enfila son imperméable et jeta un dernier regard à Jack avant de quitter l'appartement.

Ce dernier avait l'air abattu. Ses bras pendaient le long de son corps et ses cheveux, sales, collaient sur son front.

— Tout se passera bien, assura Anton. Tu peux compter sur moi.

Jack s'avança alors et entoura les épaules de Mislevsky dans une étreinte amicale.

— Merci, bredouilla-t-il en glissant sa main dans la poche du policier pour lui subtiliser son portable. Merci, vieux.

Au troisième appel sans réponse, Jack raccrocha, les yeux fixés sur le mobile d'Anton, dont il avait soigneusement épluché le journal d'appels et le répertoire à la recherche d'un indice qui aurait pu le compromettre. En vain. Le flic semblait clair. Pour l'instant. La voix de Libbie résonnait encore dans l'esprit de Jack et les intonations rieuses répétées sur son annonce d'accueil laissaient sur sa peine un goût doux-amer.

Si le message de Gabrielle Sempere lui était parvenu, Libbie l'aurait contacté pour le mettre en garde. Or dans son dernier message, elle ne mentionnait que son installation à Genève. Rien sur Sempere.

Jack se connecta sur live.com. Un message provenant de l'adresse que seuls lui et Libbie connaissaient s'afficha aussitôt. Le cœur de Jack s'emballa tandis qu'il cliquait sur la petite enveloppe.

Le court texte datait de moins d'une heure. Libbie confirmait sa présence à Genève en compagnie de Balestero pour suivre l'évolution de l'enquête sur la mort de Kay Halle et seconder Galander. Elle était en sécurité et se faisait beaucoup de soucis pour lui.

Une partie de la tension qui animait Jack disparut en un instant. Plus Libbie se trouverait loin de Rémy Sempere, et donc de Paris, mieux cela vaudrait. Ce type avait fait beaucoup d'efforts pour tenter de gagner sa confiance, il était redoutablement intelligent. Tant qu'il serait aux mains d'Anton, Jack aurait le champ libre.

Avant de partir, il se connecta sur le lien des ravisseurs et fut en ligne avec Lucie quelques secondes plus tard.

Coucou, Jack.

Coucou, ma Lulu.

Jack déglutit avec peine.

J'ai compris ce qui se passe. T'inquiète pas, ils me traitent bien. Je fais des cauchemars. Mais ça va.

On sera bientôt réunis. Je suis près du but. Je pense à toi chaque seconde.

Tu me manques. J'en ai marre.

Je sais.

C'est quand bientôt ?

Bientôt. Je ne peux rien te dire, Lulu. Mais je m'occupe de tout. Je dois couper. Je t'.

— Moi aussi, Lulu. Moi aussi, murmura Jack, bouleversé, les doigts crispés sur le Blackberry.

L'émotion passée, Jack se doucha rapidement, enfila des vêtements propres et griffonna un mot à l'intention d'Anton.

« Le dernier roi du monde reprend la main. Désolé pour ton portable, mais je devais être sûr. »

D'après Anton, personne d'autre n'avait suivi la piste Carmen Messera pour l'instant. Le flic avait raison, tant que les ravisseurs le croyaient en possession des documents, il avait un temps d'avance. Jack devait absolument en profiter.

Il descendit la rue Oberkampf d'un pas rapide, soucieux de ne pas être repéré par Anton ou un de ses hommes, et s'engouffra dans le métro Parmentier où il prit la première rame vers Gallieni.

Que faire de ces informations ? Comment retrouver celle par qui tous ces malheurs lui arrivaient ? Si cette femme avait ouvert un coffre, c'était pour y déposer des objets de valeur. Des papiers, des photos peut-être, qu'il avait eus entre les mains et qui pouvaient le conduire jusqu'à elle. Mais quoi ? Il y avait tant d'objets dans ces coffres ! Les gens y planquaient tout et n'importe quoi. Jack eut un frisson. Et s'il n'y avait rien ? Pourquoi les ravisseurs ne précisaient-ils pas la nature de ce qu'ils réclamaient ? Le savaient-ils eux-mêmes ?

Prostré sur un strapontin, Jack se laissait bousculer par les flux et reflux de voyageurs sans réagir. Il devait y avoir quelque chose. Un détail. Un tout petit détail qui pourrait faire la différence.

Quand Jack sortit du métro à la station Père-Lachaise, une pluie glaciale s'abattit sur lui. Il courut vers le porche d'un immeuble pour s'abriter. C'est à cet instant que le mobile d'Anton sonna. Cela faisait près d'une demi-heure que le policier avait rejoint Sempere au café Charbon.

Après avoir respiré un grand coup, Jack décrocha.

— Oui, annonça-t-il en forçant sa voix dans les graves.

— Bonjour, commandant. J'ai consulté les fichiers de la sécurité sociale et des organismes de retraite, expliqua sans préambule une voix de femme. Après son bac, Mlle Messera a étudié en Angleterre, où elle était stagiaire au *Sun*, puis elle a fréquenté l'université de Poitiers. Après ça, les informations sont inaccessibles, je suis désolée.

— Pourquoi ? articula Jack avec difficulté.

— Mlle Messera compte au rang des victimes de l'attentat du RER Saint-Michel, le 25 juillet 1995. Ses effets personnels ont été rendus à sa famille en 2005. Mais il est impossible d'accéder aux adresses. Je suis vraiment désolée, commandant, tout le reste est classé confidentiel.

Jacques

1998

53

L'eau passait par-dessus les rochers. On aurait dit qu'elle les caressait tant leur surface était lisse. En retombant de l'autre côté, elle provoquait un bouillonnement d'écume qui disparaissait en quelques secondes. La masse liquide refluait alors, sans toutefois recouvrir les rochers. Chaque passage charriait du sable et des algues, réorganisait des motifs compliqués dans lesquels Jacques cherchait une sorte de mystère, un message caché qui contiendrait le sens de l'Univers.

C'était le plus beau rêve dont il était capable quand, adolescent, il basculait enfin dans le sommeil. La première fois qu'il avait vu la mer à la télé, il en avait retiré la certitude qu'on ne devait pas vivre éloigné d'une telle splendeur, que chaque être humain, aussi mauvais soit-il, ne pouvait que se corrompre davantage s'il ne connaissait pas ça, quotidiennement.

C'est sur ces images qu'il émergea de l'inconscience. Il posa une main sur son front en essayant de se relever. Ce simple geste provoqua de terribles maux de tête. Une seconde, il ne se souvint pas de ce couloir où il se trouvait étendu. Puis tout revint en même temps. Le casse, son premier véritable succès, le billet d'avion pour New York et la bagarre avec Éric.

L'urgence vint aussitôt après. Quelle heure pouvait-il être ?

Jacques se força à reléguer la douleur au second plan et se releva pour tituber jusque dans la salle de repos. Les billets n'avaient pas bougé. L'or non plus. En revanche, Éric s'était évaporé dans la nature.

— Bon débarras ! grogna Jacques en regardant sa montre. Putain !

Il était 6 h 40, Vergne ne tarderait pas. Jacques attrapa un grand sac-poubelle et fourra dedans tous ces objets dont il ne savait que faire. Photos, lettres, souvenirs divers, papiers en tous genres. Il s'arrêta un instant sur ce godemiché en ivoire qu'ils avaient sorti d'un des tout premiers coffres et finit par le jeter aussi dans le sac, avec les bouteilles vides de vin et de bière. Sous le canapé, il ramassa une enveloppe en kraft dont le contenu s'étala par terre. Des articles de presse, quelques photos et des cassettes audio destinées à un répondeur ou un Dictaphone. Par réflexe, il lut le nom « N. Baldwin » écrit au stylo-bille sur l'enveloppe et songea qu'il s'agissait peut-être d'informations sensibles sur la célèbre fratrie Baldwin, des acteurs en vogue aux États-Unis.

Alec, William, Stephen et... Jack ne se rappelait plus le prénom du quatrième. Ce dont il se souvenait, c'est que l'un d'eux avait épousé la belle héroïne de *9 semaines 1/2*.

— Bande de vendus, maugréa-t-il. Saloperie de ricains !

Un vent de panique soufflait dans son crâne encore embrumé d'alcool, si bien qu'il demeura idiot, se demandant ce qu'il pourrait bien faire de tout ce fatras. La petite cassette étiquetée « Zelda » qu'il tenait dans sa main disparut à son tour dans le sac. La remise ! Lui seul y accédait en général. C'est là qu'étaient entreposés les produits d'entretien, les seaux et l'aspirateur industriel qu'il maniait chaque matin.

Une fois le sac-poubelle caché, Jacques retourna dans la salle de repos. Il remplit en vitesse son bagage avec son magot et le rangea dans le même placard.

— Putain, putain ! ne cessait-il de répéter.

Il pensa gagner du temps en évitant la douche, mais il se ravisa quand il aperçut son reflet dans le miroir de la salle d'eau. Le coquard sous l'œil droit, il n'y pouvait rien. En revanche, le sang séché qui maculait le bas de son visage et son tee-shirt devait disparaître.

Cinq minutes plus tard, Jacques ressortit de la douche et s'engouffra dans le couloir en direction du vestiaire des employés. Sa course s'acheva contre la masse bedonnante de Vergne.

— Tu n'es pas qu'à la bourre ! s'esclaffa ce dernier. T'es aussi à poil et aussi gras qu'une ablette. Fous-moi le camp de là et va t'habiller !

Jacques ne se fit pas prier. Il enfila un jean et une chemise, puis il passa par-dessus une veste sombre, costume réglementaire de la maison, même pour l'homme à tout faire.

— Désolé, patron, s'excusa-t-il en retrouvant Vergne au rez-de-chaussée. J'ai mis une calotte à mon réveil et ça lui a pas plu.

— Dis-moi plutôt ce qui est arrivé à ton œil.

Jacques savait que Vergne l'aimait bien, il devait lui rappeler sa jeunesse insouciante, si tant est qu'il en avait connue une, mais ce n'était pas une raison pour tirer sur la corde.

— Une divergence de point de vue avec des cons de supporters.

— Quelle équipe, des étrangers ?

— Les pires, des Français.

— Tu devrais faire plus attention, Jacques. Tu ne crois pas que tu t'es assez attiré d'ennuis comme ça ?

Jacques observa le bout de ses chaussures, mais intérieurement, il jubilait.

RTL livra le scoop de la journée au bulletin d'informations de 9 heures. La salle des coffres d'une banque du XIe arrondissement de Paris avait été pillée pendant le week-end. Il était question de centaines de coffres, du travail de professionnels. Un casse digne d'un Spaggiari.

Jacques buvait du petit-lait. On le comparait déjà à son idole ! Mais son extase fut de courte durée. Le vigile avait été retrouvé sans vie dans le box qui avait servi de base aux malfaiteurs. La cause de la mort n'était pas encore déterminée.

Quand ils avaient quitté les lieux, René allait bien. Cette information ne pouvait être qu'un mensonge destiné à les discréditer aux yeux de la population, qui portait une affection particulière aux Arsène Lupin tant qu'ils ne se transformaient pas en tueurs. Jacques refusait d'y croire.

Il descendit au sous-sol et brancha la radio sur France Info. Tous les quarts d'heure, il eut confirmation de son crime.

La matinée ressembla à un cauchemar. Les employés des pompes funèbres ne parlaient que du casse. Il dut faire bonne figure jusqu'à midi, heure où il quitta son service, avec l'argent et les objets volés.

Jacques marcha jusqu'à Ménilmontant où un camion de ramassage des ordures bloquait la rue. Après une hésitation, il tendit le sac-poubelle à l'éboueur, qui le gratifia d'un « Allez, les bleus » et vit avec soulagement les dernières preuves de son crime disparaître dans le ventre de la benne.

Jack

2011

54

Anton poussa la porte du café Charbon et fut aussitôt happé par une moiteur tiède. Il glissa ses mains dans les poches de sa veste en tissu huilé. Le contact de son arme juste sous son poignet exerça une pression agréable sur sa peau.

Il était 11 h 45, la salle du fond était vide et les néons éteints. Du côté de la rue, un couple roucoulait, trois personnes isolées lisaient ou téléphonaient et des ados comptaient leur monnaie pour régler leurs cafés. Face à la porte, Kravcik et Felouz, deux anciens lieutenants d'Anton restés à la brigade criminelle de l'Est parisien, remplissaient des cartes de PMU tout en consultant attentivement les lignes serrées d'un journal.

Au centre de la salle s'alignaient de petites tables séparées par des parois de verre dépoli. Anton s'avança sans hésitation vers l'homme qui était assis là et s'installa sur la chaise face à lui.

Rémy Sempere ne feignit aucune surprise.

— Jack n'est pas avec vous ?

— Le petit est au bord du collapsus. Je l'ai collé au lit avec un suppo.

— Il m'a dit que vous étiez une sorte de flic artiste. Jamais entendu parler de cette espèce.

— J'avoue être aussi intrigué par votre cas, rétorqua Anton en esquissant un sourire. Je ne connais pas beaucoup de gens qui risqueraient leur peau pour venger une amie. Que voulez-vous vraiment, monsieur Sempere ?

Le regard de Rémy resta résolument rivé dans celui d'Anton. Il ne sourcilla même pas.

— Kay a été massacrée. Je me fous de savoir comment réagiraient les autres. C'était une amie. Une vraie.

— Vous devriez nous laisser faire notre travail. Ce serait...

— Avez-vous avancé ? Jack vous a tout raconté, je suppose.

— Jack ne raconte jamais tout, mais oui, j'avance. J'étudie le dossier du fameux casse de 98.

Les yeux de Rémy Sempere s'étrécirent un court instant.

— Quel rapport ?

— Un coffre dans la banque que Jack et ses potes ont pillée. Le numéro 123. Mais vous le savez déjà, n'est-ce pas ?

Sempere agita lentement son visage, comme s'il pressait un souvenir enfoui de remonter à la surface.

Un long soupir insatisfait précéda l'attaque d'Anton.

— La femme de Jack a laissé des messages sur le portable de Rémy Sempere. Le vrai. Et nous voilà, face à face, la gueule enfarinée, à nous sentir le cul pour savoir qui est le plus malin des deux.

— Vous êtes poète, avec ça, commenta Sempere en saisissant une poignée de cacahuètes sur la table. Où tout cela nous mène-t-il ?

— Respect, vous ne vous démontez pas pour des broutilles. Moi, ce que je veux savoir, c'est qui vous êtes ?

Un geste évasif ponctua la question d'Anton.

— Cette conversation s'arrête ici, lâcha Sempere en se levant brusquement. Jack et moi nous passerons de vos services.

Un rictus de mépris s'afficha sur son visage. Il fit un pas en direction de la sortie, en même temps qu'Anton levait la main. Aussitôt, ses collègues jaillirent pour maîtriser Sempere.

– Vous me l'embarquez en douceur. C'est un quartier tranquille qui a l'avantage d'être le mien.

Anton se posta devant Rémy, ouvrit sa veste et posa ses mains sur ses hanches, exhibant son revolver.

– On va vous rafraîchir la mémoire. Allez, sortez-le-moi d'ici.

– Vous êtes en train de condamner une fillette et sa belle-mère, lança Rémy sur un ton arrogant tandis qu'il était entraîné vers la sortie du bar. Pouvez-vous vous payer ce luxe ?

La nouvelle était de taille. La femme de Jack se trouvait-elle entre les mains des ravisseurs de Lucie, ou n'était-ce qu'une fanfaronnade de Sempere ?

Dans tous les cas, Mislevsky allait cuisiner cet homme qu'il jugeait détestable. Quand il fut sorti, il jeta un regard vers la façade de son immeuble, se demanda s'il était judicieux de prévenir Jack, puis jugea que non. Il n'était pas question que Rémy Sempere meure sous les coups de cet éternel impulsif. Plus tard il saurait pour sa femme, mieux cela vaudrait pour tout le monde.

55

Les pas de Jack le menèrent devant l'immeuble qui abritait les locaux de la Vexon Brothers. La nouvelle de la mort de Carmen l'avait tant remué qu'il avait quitté l'abri du porche et s'était lancé sous la pluie, le cœur au bord des lèvres. À peine ébauchée, cette piste s'arrêtait net. Comment progresser s'il ne subsistait rien ni personne de cette époque ? Comment pouvait-il sauver Lucie ?

Le désespoir l'envahit brutalement, lui coupant le souffle. Il s'adossa à une façade grise, les yeux rivés sur les vitrines de la librairie qui s'était installée à la place de la banque. Le chagrin le paralysait, la solitude aussi. N'aurait-il pas dû rester sous la protection d'Anton ?

Le visage de Libbie s'imprima dans son esprit. Jack la vit, plongée dans le moteur de sa Méhari, ses cheveux blonds collés sur son front. Elle n'aurait jamais laissé tomber. Cette femme n'abandonnait jamais. Cela ne faisait pas partie de son caractère. Sans elle, il croupirait encore à Bali.

Jack comprit qu'il lui devait d'avancer. Libbie n'était certainement pas en train de se lamenter.

– Pourquoi cette banque ? se demanda-t-il soudain. Il y en a un tas dans le quartier. Pourquoi Carmen a-t-elle choisi celle-ci en particulier ? Peut-être le hasard... ou peut-être lui a-t-on suggéré cette idée ? Certainement pas son père, un paysan. Non. Il se serait naturellement tourné vers le Crédit agricole par exemple, pas la Vexon Brothers. Un ancien n'aurait pas confié ses biens à une banque étrangère.

Jack comprit qu'il possédait peu d'éléments. Carmen n'avait plus de famille, pourtant, la femme au téléphone avait précisé que ses effets avaient été rendus à un proche. Il lui fallait contacter une personne qui l'avait connue. Quelqu'un qui pourrait lui donner un indice. Et il devait faire vite.

Carmen Messera étudiait à Poitiers dans les années 90 et elle avait travaillé au *Sun*, à Londres.

C'est peut-être ce qui explique ce choix de la banque, songea Jack.

Surexcité, Jack attrapa son Blackberry et se connecta sur Internet. Dix minutes plus tard, il possédait une liste d'une centaine de noms, tous journalistes et pigistes ayant travaillé pour le *Sun* entre 1990 et 1995. Il fit défiler la liste rapidement, puis plus lentement. Rien.

Il soupira, incapable de réfléchir. Une alarme s'était déclenchée dans sa tête mais il ne savait comment l'interpréter. Un instant, il ferma les yeux, le cœur battant à tout rompre. Puis il se décida subitement.

Les murs de sang

Il traversa l'avenue, s'engouffra dans la librairie et vit avec bonheur qu'un escalier s'enfonçait dans le sous-sol. Il dévala les marches. Le rayon polar s'étalait dans l'ancienne salle des coffres. Les armoires n'y étaient plus, mais il restait la lourde porte blindée.

Jack chancela. Il posa ses mains sur une pile de livres et resta immobile. Les souvenirs affluaient par vagues. Les coffres éventrés, les objets abandonnés, la pluie de billets de banque. Tout lui revenait en pleine figure.

Il songea à Xavier, Jean-Louis et Rico, à René, mort d'avoir eu peur. Puis il revit le sous-sol chez Vergne, le réveil brutal, les affaires éparpillées.

Et tout lui revint en mémoire.

Baldwin. Les frères Baldwin. Alec, le démocrate, l'ami de Clinton, celui qui avait épousé la belle Kim Basinger.

L'enveloppe en kraft. Se pouvait-il qu'il ait enfin une piste ?

Jack ressortit de la librairie en trombe et se reconnecta à Internet.

Google lui cracha la réponse en quelques secondes.

N. Baldwin.

Nelson Baldwin, né à Londres en 1954, journaliste à scandale. Hommes politiques, industriels, stars du show-biz, apparemment, rien ne l'arrêtait. Baldwin avait quitté la rédaction du *Sun* cinq ans plus tôt pour s'installer à Paris, mais il écrivait encore des articles pour ce journal.

Bien sûr, songea Jack. Il quitte son boulot en 2005, dix ans après l'attentat, au moment où les effets des victimes sont rendus aux familles, et il vient s'installer en France. Quelque mois plus tard, Rico et ses complices sont assassinés. C'est forcément lui, le maître chanteur. Ça ne peut être que lui.

Un coup de téléphone au standard du *Sun* et une adresse tomba : 23, quai d'Anjou, à Paris.

Quand Jack sortit du métro à la station Pont-Marie, il remonta son col sous son menton et traversa la Seine. La grisaille unissait les eaux du fleuve et les façades ternes en un à-plat déprimant.

Il atteignit l'île Saint-Louis au pas de course, échafaudant mille et une stratégies pour être reçu par ce Baldwin dont il ignorait tout. Pour la première fois depuis qu'il avait remis les pieds en Europe, Jack espérait enfin. La cascade effarante de ses mésaventures allait peut-être cesser. Libbie était en sécurité à Genève et la libération de Lucie approchait. L'idée qu'il reprendrait sous peu l'avantage lui donna des ailes. Nelson Baldwin, le journaliste anglais, était le seul lien avec Carmen et la Vexon Brothers. Il parlerait, qu'il le veuille ou non.

Jack trouva le portail du 23, quai d'Anjou, ouvert. Un concierge en ciré de marin et bottes en caoutchouc lessivait à grandes eaux les pavés de la cour, poussant vers le trottoir des gerbes d'écume boueuse.

— Nelson Baldwin, s'il vous plaît.

— La porte à droite dans la cour. Mais je ne sais pas s'il est chez lui.

Une dizaine de sonnettes surmontaient une grille d'Interphone. Jack enfonça celle où n'étaient inscrites que deux initiales : NB.

— J'ai un pli à remettre en main propre, improvisa-t-il.

— Provenance ? demanda une voix mal aimable.

— Le *News of the world*, répondit Jack du tac au tac, se souvenant d'un scandale qui avait impliqué Sarah Ferguson quelque temps plus tôt.

Il y eut un silence d'une dizaine de secondes.

— Troisième étage, dit enfin la voix de Baldwin.

Jack grimpa l'escalier rapidement et se trouva nez à nez avec un sexagénaire en pyjama en pilou, aux cheveux ébouriffés et à l'œil terne.

— Où est ce pli ?

— Pas de pli, mais je te promets un réveil comme t'en as jamais rêvé, gronda Jack en sautant à la gorge du journaliste.

Les murs de sang

Il claqua la porte du talon et plaqua Baldwin face contre un épais tapis aux motifs orientaux. Puis il bloqua son bras et s'assit sur son dos.

— On a enlevé ma fille et on me demande de rendre le contenu du coffre 123 de la Vexon Brothers ! Alors, voici ma question : qui sont les salopards que tu fais chanter ?

Lentement, Jack libéra le bras de Baldwin, tout en maintenant son poignet. Dans un premier temps, le journaliste garda le silence. Il respirait bruyamment. De sa bouche entrouverte coulait un filet de salive.

Jack observa son profil. Baldwin avait une peau grêlée d'acné. Il se fit la remarque que le blanc de son œil avait une fâcheuse tendance à virer au gris-jaune, témoignant d'une vie alcoolisée ou d'un problème de foie.

— J'ignore de quoi vous parlez !

— Mauvaise réponse ! asséna Jack en remontant le bras vers le haut du dos de Baldwin.

— Comment êtes-vous arrivé jusqu'ici ?

— J'ai les bonnes relations, faut croire. Alors, qui fais-tu chanter ?

— Si je vous le dis, souffla Baldwin en grimaçant de douleur, vous êtes un homme mort.

Jack respira un grand coup.

— C'est mon problème, murmura-t-il. Le tien, c'est de garder ton bras. J'ai vu un type se faire broyer le coude quand j'étais en prison à Bali, il a gueulé comme un veau pendant des heures. C'était pas beau à voir. Sauf que moi, je ne te laisserai pas le plaisir de gueuler.

Du regard, Jack chercha un objet à plaquer contre la bouche de Baldwin. Il tendit la main vers un boudin de porte punaisé contre le vantail et l'arracha.

— Dernière chance, connard. Après, je casse. Qui a enlevé ma fille ?

— Je pense que ce sont les hommes de Degrelle, s'empressa de lâcher Baldwin.

— Qui ?

Malgré la douleur et la peur, Nelson réussit à ricaner.

— Je vous parle d'Aymé Degrelle et vous me demandez qui c'est ? Mais d'où sortez-vous ?

— Du trou du cul du monde, et j'y étais pénard, dit Jack en se relevant. Allez, racontez-moi tout ça. Et pas d'entourloupe.

Baldwin peina à ramener son bras le long de son corps. Puis il bascula sur le côté et resta allongé sur le dos.

— Degrelle est le ténor de l'opposition. On parle de lui comme du futur candidat à la présidentielle.

Jack siffla.

— Rien que ça ! Qu'est-ce qu'il a à voir avec Carmen Messera et vous ?

— Carmen ? Comment savez-vous que...

— Carmen possédait le coffre 123 dans lequel il y avait une enveloppe à votre nom, s'agaça Jack. Et elle a travaillé au *Sun*. Je dois vous faire un dessin ? Arrêtez de tourner autour du pot et répondez !

— Je peux m'asseoir sur le canapé ? demanda Baldwin en grimaçant. Vous m'avez cassé les reins.

Un grognement s'échappa de la gorge de Jack. Baldwin se traîna à quatre pattes jusqu'au divan.

— Carmen m'a contacté alors qu'elle enquêtait sur les agissements de certains hommes du clan Degrelle. Ça remonte au milieu des années 90. Elle a découvert qu'ils se débarrassaient de familles entières pour accélérer un programme immobilier. Il y avait des milliards en jeu.

— Se débarrassaient ? De familles entières ?

— Meurtres, corps dissimulés dans le béton et j'en passe.

— OK. Qu'est-ce qu'il y avait dans ce putain de coffre ?

— Quelques documents qu'elle avait rassemblés sur l'affaire, quelques enregistrements aussi.

— C'est ça que ces types veulent récupérer ?

— Non. Ces éléments ne constituent pas une preuve.

— Alors quoi ?

Le visage de Baldwin se déforma. Il avait un air profondément tourmenté. Ses mains s'agitaient au-dessus de ses genoux.

— Accouche !

— Mais c'est mon assurance-vie...

— C'est ma fille ou toi ! vitupéra Jack. Tu crois que je vais hésiter un instant ? Qu'est-ce qu'ils veulent récupérer ?

— Carmen a assisté au meurtre de trois personnes, mais elle ne pouvait le prouver. Alors elle a commencé à écrire un livre et s'est tournée vers un membre de la famille Degrelle qui habitait dans la région parisienne. KMF, une sorte de vilain petit canard. Il lui a ri au nez quand elle lui a demandé de l'aider à rassembler des preuves. Le jour même, elle est morte dans l'attentat du RER Saint-Michel et son manuscrit, qu'elle avait sur elle, est resté dans les scellés des renseignements français. Jusqu'à ce qu'il soit déclassifié et remis aux familles. En 2005. Elle avait laissé des consignes sur elle.

— OK, récapitula Jack. Et quoi ? C'est pas avec ça qu'on fait chanter les gens !

— Non, mais j'ai cherché à rencontrer ce KMF. Dès que j'ai reçu le manuscrit de Carmen. Sa femme m'a appris qu'il était mort. C'est elle qui m'a confié les preuves.

— Quoi ? Des photos ?

— Des films ! Les exactions du clan Degrelle ne remontent pas à hier.

— Qu'est-ce qu'il y a sur ces films ?

— Il ne vaut mieux pas que vous le sachiez. Mais on y voit les Degrelle de la deuxième génération, et sur un autre, ceux de la troisième.

— Ton présidentiable ?

Baldwin acquiesça d'un signe de tête et massa le bas de ses reins.

— Putain, je suis mort, ajouta-t-il d'un ton lugubre.

— Pas encore. Maintenant, tu vas me dire où sont ces fichus films. J'ai peut-être encore une chance de sauver Lucie.

À l'instant où il prononçait le prénom de sa fille, le Blackberry vibra dans sa poche. Jack quitta Baldwin des yeux.

Tandis que la main droite du journaliste massait son dos, la gauche glissa entre les coussins du canapé. Ses doigts rencontrèrent la crosse d'un des nombreux automatiques dont il avait truffé son appartement.

Il saisit l'arme et attendit. Face à lui, le visage de Jack s'était décomposé, sa voix s'était adoucie et il prononçait des paroles qui se voulaient rassurantes.

— Ils exigent l'échange pour demain, murmura Jack en raccrochant. Donnez-moi vos films et vous n'entendrez plus jamais parler de moi.

La main de Baldwin repoussa l'arme entre les coussins. Puis il se leva.

— Aidez-moi, c'est sous mon lit.

Jack accompagna le journaliste dans la pièce voisine. Ensemble, ils déplacèrent un large lit à baldaquin.

— Il n'y a rien, là.

— C'est sous le carrelage. J'ai tiré des clichés d'après les pellicules. J'ai tout planqué ici, de manière à ce que personne ne les trouve. Jamais.

— Vous cherchez à gagner du temps. Ne vous foutez pas de ma gueule !

— Allez donc fouiller le canapé, vous verrez si je me moque de vous.

Intrigué, Jack passa dans le salon. Il retourna les coussins et découvrit l'arme que Baldwin avait eue en main quelques minutes plus tôt. Il la glissa dans son jean et retourna dans la chambre. Baldwin avait sorti une caisse à outils d'un placard, et descellait à l'aide d'un marteau et d'un burin deux carreaux du sol.

— Vous auriez pu m'abattre, murmura-t-il après quelques secondes. Pourquoi ne l'avez-vous pas fait ?

Baldwin releva la tête. Il était en sueur.

— J'ai soutiré aux Degrelle plus que je ne pourrai jamais en dépenser. Vous ici, ça signifie que dans quelques heures, ils seront à mes basques. Et vous avez un vrai combat, voilà pourquoi.

Les carrelages sautèrent, puis trois centimètres de ciment. Apparut alors la porte rectangulaire d'un coffre. Baldwin en retira quatre bobines de films 16 mm, un manuscrit et plusieurs liasses de billets.

Il remit le tout à Jack.

— Lisez-le, vous saurez tout. Carmen n'aurait pas aimé ce que j'en ai fait. Mais si elle avait été de ce monde, elle n'aurait pas hésité à vous venir en aide. Vous avez pris l'arme ?

Jack hocha la tête.

— Vous allez en avoir besoin.

Baldwin gagna un secrétaire dans l'angle de la chambre. Sur une page blanche, il nota plusieurs séries de numéros et le nom d'un avocat.

— S'il m'arrivait malheur, expliqua-t-il en tendant la feuille à Jack, appelez ce type et videz mes comptes à l'étranger. Seul problème, il faut se déplacer. Mais le Panamá est agréable à cette saison.

Jack ne paraissait pas comprendre ce qui arrivait.

— Ne traînons pas ici, dit-il après quelques secondes. Je ne serais pas surpris si les flics déboulaient.

56

Du parking de cet immeuble situé sur les hauteurs des Lilas, on embrassait Paris dans sa totalité. Là-bas, au loin, les tours de la Défense se perdaient dans la grisaille. Le dernier étage, anciennement loué par une société, était fermé au public. Il avait suffi à Anton d'exhiber sa carte pour que l'accès leur soit autorisé.

Ils étaient arrivés depuis plus d'une heure et n'avaient pas progressé.

Rémy Sempere gardait un calme étonnant. Menotté à une borne incendie, il répondait aux questions des policiers et demeurait impassible même quand l'un des enquêteurs s'emportait.

Anton avait épluché ses affaires, investi la mémoire de son téléphone, lu ses e-mails, en vain. La photo du suspect, qu'il avait lui-même réalisée, était partie auprès des services *ad hoc*. Si ce type œuvrait dans les milieux du grand banditisme, alors l'un ou l'autre de ses collègues spécialisés l'identifierait tôt ou tard.

Mais le temps passait sans apporter de réponse. La demande d'Anton ne primait pas. Elle n'était même pas reliée à une enquête officielle.

— Pour le moment, lâcha Mislevsky en s'accroupissant aux côtés de Sempere, tout ceci est entre nous. Si vous me prouvez que vous êtes du côté de Jack, je vous libère. Sinon, on met la machine policière en route et vous risquez de regretter de vous être payé ma tête.

Anton n'en pensait pas un mot, convaincu que Rémy Sempere était complice des ravisseurs. La mise en scène destinée à leurrer Jack chez Kay Halle, et plus récemment chez les Saingérand, avait fonctionné un temps. Jusqu'à ce qu'Anton s'en mêle.

— Je ne suis pas un perroquet, merde ! soupira Sempere.

— Commencez par me donner votre véritable identité, proposa Anton, et nous aurons vous et moi accompli un premier pas.

— Impossible.

— Pour quelle raison ?

— Cette affaire vous dépasse tous de loin. Vous êtes des petits pions ridicules. Vous vous agitez, et vous ne faites que remuer la merde.

— Expliquez-moi donc ça, monsieur X ! demanda Anton, toujours courtois.

— Tout ce que je peux vous dire, siffla Sempere avec un petit sourire, c'est que c'est lié aux attentats de 1995. Vous nous faites à tous courir un risque énorme en me gardant prisonnier. À Lucie Balestero et Libbie van Bogaert pour commencer, à la nation en deuxième, et pour finir, à Jacques Peyrat, qui s'est sûrement jeté dans la gueule du loup à l'heure qu'il est. Vous qui le connaissez mieux que moi, dites-moi que ce n'est pas son style ?

Un instant déstabilisé par les révélations de Sempere, Anton observa un silence pensif. Ce type s'était servi de Jack pour remonter la piste vers des documents, probablement. Mais quels documents ? Quel lien pouvait-il y avoir avec l'attentat du RER Saint-Michel ? Pourquoi cette débauche de meurtres, pourquoi l'enlèvement de cette fillette ? Qu'était-il censé y avoir dans ce coffre 123 ?

Soudain, l'affaire s'éclairait d'un nouveau jour. Jack avait raconté à Sempere qu'il avait tout planqué dans un cercueil après le casse, donc qu'il n'était pas le maître chanteur. Or, ce type était toujours là. Était-ce parce qu'il soupçonnait Jack de lui mentir ?

Non. Ce pseudo Rémy Sempere adaptait sa stratégie. Jack inutile, il tentait d'utiliser Mislevsky pour mettre la main sur ces fichus documents. Il était gonflé, ce type. Gonflé, arrogant et à la tête d'une équipe capable d'attaquer un fourgon pénitentiaire à l'arme lourde. Capable de tuer des flics.

Anton frissonna. L'enjeu, qu'il ignorait, lui apparut subitement bien plus important. Beaucoup plus sensible qu'il l'avait soupçonné au départ. Sempere pouvait appartenir à un service spécial, renseignement ou autre, français ou pas. Avoir des relations bien plus haut placées que lui, Anton Mislevsky, pouvait en avoir.

Dans tous les cas, il devait obtenir plus que des mots évasifs.

– Que savez-vous sur les attentats de 95 ?

– Je ne parlerai pas.

– Vous m'avez affirmé qu'en vous arrêtant, je signais l'arrêt de mort de Lucie Balestero et Libbie van Bogaert et vous venez de réitérer vos menaces. Pourquoi ?

– Vous devez me croire, si vous ne me libérez pas, cette affaire vous pétera à la gueule !

Anton se releva. Ses genoux craquèrent. Il s'approcha de la fenêtre et fouilla ses poches sans succès. Il comprit aussitôt que Jack avait subtilisé son portable quand il lui avait fait le coup de l'étreinte amicale.

— Fumier, marmonna-t-il. Kravcik, file-moi ton cellulaire.

Anton tenta de joindre Jack sur les deux mobiles, sans succès. Cela ferait bientôt deux heures qu'il était seul. Deux heures de trop.

Fou de rage, il composa le numéro du ministère, où on s'étonna de l'avoir une nouvelle fois en ligne.

Anton sut alors qu'il avait commis une erreur.

57

Du quai des Célestins, juste au-dessus de la voie sur berge, la vue sur l'île Saint-Louis était imprenable. Jack et Nelson Baldwin s'installèrent sur le dossier d'un banc, moins trempé que l'assise. La pluie ne tombait plus qu'en un fin crachin qui mouillait à peine.

— Juste un petit instant, requit Baldwin. Vous me devez de satisfaire ma curiosité.

— Vous êtes le plus sympathique de tous les enfoirés que j'ai croisés dernièrement, concéda Jack. Mais à moi d'abord. Comment avez-vous procédé pour les faire chanter pendant plus de cinq ans sans qu'ils vous retrouvent ?

— Grâce à vous, visiblement ! Tant que vous étiez planqué sur votre île, vous étiez mon bouclier. Le seul moyen de brouiller les pistes était de leur faire croire que tous les documents se trouvaient dans le coffre au moment du casse. J'ai récupéré les affaires de Carmen et les films en 2005, le casse avait eu lieu en 98, personne n'avait retrouvé les coupables. C'était la couverture parfaite.

— Attendez, quelque chose cloche. Vous voulez me faire croire que des notes évoquant les exactions des Degrelle sont passées entre les mains des RG sans qu'ils tiquent ? Une pièce à conviction dans l'affaire du RER Saint-Michel ?

— Carmen était maligne. Elle avait tout consigné comme un roman et laissé des blancs à la place des noms et des lieux. Il ne restait qu'à les remplir, ce que j'ai fait quand j'ai repris l'enquête. À l'époque de l'attentat, les flics n'y ont vu que du feu. En France, de nombreuses personnes rêvent de devenir écrivain.

— Judicieux, en effet. Si le père de Rico n'avait pas déconné avec l'arme, personne n'aurait jamais retrouvé notre trace. Mais pourquoi les Degrelle ne s'en sont-ils pas pris à la femme de KMF ? Ils connaissaient forcément l'existence de ces films.

— Non, je ne les ai jamais mentionnés précisément. Ils savent que je possède des informations explosives, mais ils ignorent quoi exactement. C'est ce qui m'a permis de tenir si longtemps sans me faire prendre. KMF s'est tiré une balle dans la tête quelques jours après l'attentat du RER. Il a laissé une lettre à l'intention de ses frères où il dévoilait l'existence des films. Rebecca, sa femme, l'a détruite. Personne ne pouvait se douter.

— Pourquoi vous a-t-elle tout confié ?

— Elle m'a dit faire ça pour une amie, Zelda, morte peu de temps avant ma visite. Zelda avait été grièvement blessée dans l'attentat qui a coûté la vie à Carmen et Rebecca l'avait hébergée après son hospitalisation. Zelda disparue, elle s'est enfoncée dans la solitude et le remords. Je crois que c'est ce qui l'a décidée. Elle avait besoin de s'amender pour avoir gardé le silence toutes ces années.

— Qui était Zelda ?

— Vous aurez toutes les réponses dans le manuscrit de Carmen. Je vous le garantis.

– Une dernière question : ce Degrelle, il doit avoir une permanence sur Paris. Où est-ce ?

Nelson Baldwin ne put retenir un éclat de rire.

– Vous n'y allez pas de main morte ! Oubliez cette idée. À moins de dix-huit mois de la présidentielle, Aymé Degrelle n'est plus en campagne, il est sur le sentier de la guerre, avec service rapproché, garde prétorienne et une meute de flics en civil sur les talons. Non, ce n'est pas le bon moyen. Vous seriez stoppé avant même d'avoir mis un pied dans son bureau.

– Je m'en doute un peu, soupira Jack. Mais quoi d'autre ? Ma fille est séquestrée quelque part. Je dois attraper ce salopard et modifier les conditions de l'échange. Œil pour œil.

– Je vous suis sur le principe, mais pas sur la personne. Les hommes de Degrelle vous ont pris l'un des êtres qui vous sont le plus chers... Attaquez-vous à l'un de ses proches.

– Parce qu'un enfoiré de sa trempe aime quelqu'un ?

– Oui ! affirma Baldwin. Voyez-vous, j'ai étudié cette famille de près. Je les ai même côtoyés un temps, c'est pourquoi je me suis installé en France. On ne fait pas chanter les hautes sphères du pouvoir sans un solide dossier, et la meilleure façon de terrasser l'ennemi est de le connaître parfaitement. Je peux vous affirmer qu'Aymé Degrelle n'a qu'un point faible : sa mère, Diane Degrelle, 77 ans.

Un silence s'installa entre les deux hommes. Jack soupesait les informations livrées par Baldwin. L'idée de s'en prendre à une vieillarde ne lui plaisait pas beaucoup, mais existait-il une alternative ?

Comme s'il lisait dans ses pensées, Baldwin déclara :

– Vous viserez la plus fragile des Degrelle, comme les Degrelle s'en sont pris à la plus fragile des vôtres.

Sur le quai d'Anjou, en face d'eux, une voiture banalisée venait de débouler de la pointe de l'île Saint-Louis et remontait vers le pont Marie à une vitesse largement supérieure à la normale. Elle stoppa au niveau du numéro 23. Deux hommes en jaillirent, laissant leur véhicule portes ouvertes au milieu de l'étroite chaussée, et s'engouffrèrent sous le porche.

– Voici la confirmation de votre prédiction, annonça Baldwin. Je ne retournerai pas chez moi.

– Ils ont fait vite.

– Apparemment, vous aussi. Bien, maintenant que le temps nous est compté, comblerez-vous mes lacunes dans cet imbroglio ? Comment êtes-vous arrivé jusqu'à moi ? Carmen et moi n'avons aucun lien de parenté.

En quelques minutes, Jack exposa les faits à Nelson, depuis sa participation au casse en 1998, l'enveloppe en kraft à son nom, les frères Baldwin, jusqu'au coup de fil de cette employée zélée du ministère qui avait retrouvé la trace de Carmen à Londres.

– Le *Sun*, la Vexon Brothers et vous, journaliste à scandale, ça me paraissait clair. Mais j'aurais très bien pu me planter complètement. Un coup de chance. Il était temps. Elle m'avait un peu oublié ces temps-ci.

Jack n'omit aucun désastre dont il avait été victime, aucun cadavre, aucune tromperie de la part de Rémy Sempere.

Un appel d'Anton l'interrompit, mais il poursuivit son explication sans décrocher.

– J'aurais plus de cran, je vous prêterais main-forte, déclara Nelson quand Jack eut terminé. Mais je suis lâche. Il vaut mieux s'estimer à sa juste valeur. En tout cas, je vous déconseille de vous y rendre seul, sans quoi, vous vous retrouverez avec une dalle de béton sur la tête. C'est la grande spécialité de Forgeat, le chef de la sécurité. C'est lui que Carmen a vu agir. Il n'est plus de première jeunesse, mais il est redoutable. Ne le sous-estimez pas.

– S'ils arrivent à m'attraper, alors c'est qu'il y aura eu des dégâts dans le camp adverse.

– Ça fait des années qu'ils rêvent de massacrer celui qui les fait chanter.

– Quand je pense qu'ils ont cru que c'était nous, à cause du casse. Nelson, des gens sont morts...

– Nous sommes tous responsables, Jack, l'interrompit Baldwin. Nous avons tous été acteurs de ce désastre.

Nelson avait raison. Ils avaient tous une part de responsabilité dans ce qui s'était passé. Jack se leva en soupirant et tendit une main.

— Le sort en est jeté, dit-il avec un sourire triste. Si les Degrelle font une erreur, j'aurai plaisir à vous revoir.

— Je ne le pense pas, mais sait-on jamais.

La poignée de main s'éternisa. Le peu de chaleur que ces deux hommes s'échangeaient les réchauffait au-delà de ce qu'ils auraient pu imaginer.

— Vous trouverez Diane Degrelle au Clos de la Touvre. C'est une très belle bâtisse située au pied du plateau d'Angoulême, le bastion historique de la famille. Évidemment, attendez-vous à affronter clébards, système d'alarme et soldatesque aguerrie.

— Comme il faut un début à tout, je vais réfléchir avant de me lancer bille en tête, concéda Jack.

— N'oubliez pas que ces gens-là sont capables de museler la presse. Si vous jouez le coup avec les flics, alors c'est le ministère qui va s'emparer des preuves. Imaginez le président actuel avec entre les mains de quoi faire plier le leader de l'opposition... Vous aurez peut-être la Légion d'honneur, mais à titre posthume, je le crains.

Jack haussa les épaules et s'en alla en direction de l'Hôtel de ville. Il portait à bout de bras un sac plastique contenant les films, le manuscrit et la liasse de billets. Il héla un taxi, grimpa à l'arrière et disparut dans la circulation.

58

Le regard perdu au-dessus des toits de Paris, Anton Mislevsky réfléchissait. Il venait de raccrocher avec l'un des policiers qu'il avait envoyés chez Baldwin, localisé grâce au système GPS de son portable. Le journaliste avait été identifié par Nestor Règue, un collègue de la DCRI, comme le proche de Carmen Messera qui avait reçu ses affaires, gardées sous scellés pendant dix ans.

Ce qu'il apprenait le laissait dubitatif.

La porte de l'appartement de Baldwin n'avait pas été fracturée, comme il s'y attendait. Il n'y avait pas non plus de traces de bagarre. Un coffre avait été mis au jour sous le dallage d'une pièce, et vidé.

Cela signifiait que le journaliste était bien le maître chanteur et que Jack avait réussi à le convaincre de coopérer.

Ce dernier poursuivait sa course contre la montre et Anton n'avait pas la plus petite idée de ce que serait sa prochaine action.

Restait Sempere. Mais ce type ne lui disait rien qui vaille. Son vieil instinct de flic lui soufflait que l'affaire le dépassait, en effet, et qu'il avait été bien inspiré de contacter la DCRI.

Mislevsky s'apprêtait à poursuivre l'interrogatoire de Sempere quand il fut interrompu par un appel de Nestor Règue.

— Anton, les gars du service n'ont rien vu passer concernant les réseaux algériens ces temps-ci. T'es sûr que ton suspect a quelque chose à voir avec l'attentat du RER ?

— Non, je pense que c'est du flan et que le seul lien entre les attentats et l'affaire qui nous concerne, c'est Carmen Messera. Ce type ne fait que fanfaronner. Pour le reste, il est muet comme une carpe.

— Garde-le-moi au chaud, j'arrive. Tu as de quoi te retourner ?

Anton était embarrassé.

— Jusqu'à présent, personne n'est au courant et je refuse que mes hommes soient inquiétés par ma faute.

— Je vois. Donne-moi ton numéro, je t'envoie l'adresse d'une planque. Je passe encore quelques coups de fil et je t'y retrouve.

Anton communiqua les coordonnées de Kravsic à Règue, soulagé. Il avait l'habitude de travailler dans les règles. Y déroger le mettait mal à l'aise, même si les événements l'y avaient contraint. Puis il retourna vers les trois hommes qui patientaient dans la voiture et s'installa à côté de Sempere, dont les poignets avaient été entravés.

— J'ai mis un type de la DCRI sur le coup. Dans moins d'une heure, j'aurai votre pedigree complet.

Le visage de Sempere se décomposa.

— Ça n'a pas l'air de vous faire plaisir !

— Vous êtes un exécutant, rétorqua-t-il avec un rictus de mépris. Vous ne voyez pas plus loin que le bout de votre nez. Laissez-moi téléphoner, je peux peut-être encore réparer vos conneries.

— Téléphoner à qui ?

— Je ne peux pas vous livrer cette information, s'emporta Sempere. Le monde n'est pas fréquenté par les gentils d'un côté et les méchants de l'autre. Vous allez regretter amèrement votre attitude, commandant Mislevsky.

Ces derniers mots convainquirent Anton qu'il avait à faire à un affabulateur. Il menaça Sempere de lui coller son poing dans la figure et ordonna à ses hommes de démarrer.

La planque de la DCRI se trouvait dans le Ier arrondissement, rue Berger. Ses fenêtres donnaient sur les jardins des Halles et le Forum. Dès leur arrivée dans ce trois pièces chichement meublé, on enferma Sempere dans la salle de bains. On lui retira sa ceinture, ses lacets et il fut menotté, loin de tout objet, miroir, tuyau de douche, avec lequel il aurait pu attenter à ses jours.

— Merci, les gars, dit Anton à l'intention de Felouz et Kravsic. Je ne vous ai jamais contactés et vous n'êtes jamais venus ici. S'il se passe quoi que ce soit avec le gugusse, j'en assumerai l'entière responsabilité.

*

Quand il fut seul, Anton se prépara un café. Après quoi, il contacta la police de Genève, puis celle de Martigny, à la recherche de Libbie van Bogaert. Sans succès.

La jeune femme s'était volatilisée. Il joignit les hôpitaux basés dans les deux cantons concernés, puis élargit aux cantons limitrophes et enfin à la France. Mais nulle part, dans un rayon de cent cinquante kilomètres autour de Genève, il ne trouva trace de la femme de Jack. Il manqua renoncer, mais sa petite voix intérieure le poussa à persévérer. Alors il étendit sa recherche jusqu'à Saint-Étienne, puis à Lyon. C'est du standard du groupe hospitalier Les Portes du Sud qu'il apprit la nouvelle.

Libbie y avait été admise la veille, inconsciente, après avoir été accidentée dans des circonstances troubles. Son bébé n'avait pas survécu au drame. La jeune femme était en état de choc et son père, prévenu par l'hôpital grâce aux papiers trouvés sur elle, devait arriver dans l'après-midi.

Tous ceux que Jack comptait parmi ses proches voyaient la mort fondre sur eux. Anton ne comprenait pas comment il était possible de porter la poisse à ce point.

Pour passer le temps jusqu'à l'arrivée de Règue, il s'installa devant la fenêtre du salon et regarda la foule déambuler dans les rues piétonnes. Son œil aguerri lui permit d'isoler rapidement plusieurs trafics. Il ne manqua pas non plus le manège des pickpockets qui œuvraient en bande, très bien organisés.

— Ah ! Paris ! soupira-t-il, ici, on te saigne quoi que tu fasses.

Dans la salle de bains, Sempere ne se plaignait pas. Anton lui rendait de régulières visites, mais ne tenta pas de reprendre l'interrogatoire.

La sonnette retentit un peu avant 17 h 45. Dans l'œilleton, Anton reconnut le visage rond de son collègue de la DCRI et son crâne dégarni déformé par la lentille. Il paraissait très agité.

— T'as le feu au derche ou quoi ? demanda-t-il en ouvrant la porte. Dis-moi ce qui se passe !

— Une seconde, répondit Règue en se précipitant vers le salon. Il est où ?

— Salle de bains.

— Tu l'as tabassé ?

— Non.

— Merde ! lâcha Règue en découvrant Sempere menotté dans la salle de bains.

— Merde quoi ? Explique-toi, enfin !

— Ton coco, là, ce n'est pas n'importe qui, expliqua Règue à mi-voix en entraînant Anton à l'opposé de l'appartement. C'est Aymeric Degrelle, figure-toi ! Merde !

59

Dans le taxi qui le conduisait à Angoulême, Jack se plongea dans la lecture du manuscrit de Carmen et sut enfin comment tout avait commencé. Il comprit à quel point les êtres humains étaient interconnectés, comment le destin malheureux d'une innocente avait entraîné le sien, celui de Lucie et de ses anciens complices.

Les dernières phrases de Carmen lui laissèrent un goût amer : « Pour le moment, retour vers le RER, changement à Saint-Michel. Dans une heure, nous serons rentrées. »

Carmen Messera avait tout misé sur son rendez-vous avec Nelson Baldwin, rendez-vous qui n'avait jamais eu lieu. L'ironie de l'histoire, c'est que sa mort n'incombait pas aux Degrelle ou à leurs hommes de main, pas plus qu'à sa curiosité ni à son esprit altruiste qui lui avait laissé croire qu'elle pourrait sauver le jeune Aymeric Degrelle. Non, la faute incombait à la décolonisation, à ce Charles de Gaulle que son père détestait, aux conséquences de la Seconde Guerre mondiale, à l'esprit belliqueux des hommes. À l'histoire du monde. À la malchance. À l'impossibilité qu'ont les individus de démêler l'écheveau gigantesque où se noie leur destinée.

Ce raisonnement fit grandir le poison du désespoir dans le cœur de Jack. Que pouvait-il faire ?

Lucie était détenue par une multinationale. L'empire Degrelle étendait ses tentacules principalement en Europe, avec des ramifications dans les pays de l'ex-Union soviétique. Mais aussi en Afrique subsaharienne et en Asie. Partout où les profits importants broyaient les individus fragiles.

Quand le taxi quitta l'A10 au sud de Poitiers, il était près de 17 heures et Jack avait pris une décision. Il trouva un bureau de poste ouvert à Fontaine-le-Comte. Il y emballa soigneusement deux des quatre bobines de film et les adressa à Gnokie, sur Elisabeth Island, ainsi qu'une photocopie du manuscrit de Carmen. Ne pas donner toutes les preuves était sa seule chance de survie, si un échange avait lieu. Il accompagna le colis d'un mot pour la vieille Créole : « Tu as eu tort la dernière fois. Nous allons nous revoir, je t'en donne ma parole. »

Une heure plus tard, la vieille ville d'Angoulême, perchée sur un plateau, apparut à l'horizon. Le taxi passa devant le Clos de la Touvre et ne s'arrêta à la demande de Jack qu'à cinq cents mètres de là, sur les rives de la Charente. La nuit était tombée depuis plus d'une heure. Le quartier était désert.

Jack régla la course, estimée au départ de Paris à sept cent cinquante euros. Puis il en proposa deux cents de plus à son chauffeur.

— C'est Noël ?
— Vous avez de quoi vous défendre dans votre bagnole ?

L'homme se retourna vers Jack et le fixa d'un air goguenard.

— Vous ne comptez pas me dévaliser après m'avoir payé !

— Non, j'ai besoin d'une arme, expliqua Jack en sortant deux billets de cinq cents de sa liasse. Silencieuse. Efficace. Vous avez ça ?

De la boîte à gants, le taxi retira un paralyseur électrique et un poing américain.

— Un Shocker, deux millions et demi de volts, exhiba-t-il très fier. Avec ça, je fais mes nuits tranquille.

60

Anton Mislevsky se laissa tomber dans le canapé du salon et prit sa tête entre ses mains.

— Quoi ?

— T'as bien compris ! affirma Règue. Toi et ton Peyrat, vous êtes dans une sacrée merde !

— Tu veux dire que Sempere est un parent d'Aymé Degrelle, murmura Anton estomaqué par la nouvelle. *Le* Degrelle ?

— Son fils !

— Putain ! Ça devient délicat.

— Je ne te le fais pas dire.

— Mais ce type est un meurtrier ! protesta Anton en se relevant. Il a torturé une femme, ordonné l'assassinat de plusieurs personnes et fait enlever une gamine !

— Rien ne le prouve pour le moment. Tu ne peux pas te contenter du témoignage de ton Peyrat et tu le sais.

— Écoute, insista Anton, Jacques est capable de bien des choses mais là, je pense qu'il n'a rien fait d'autre que remuer la merde. Pour retrouver sa fille. Et à moins que tu ne m'apprennes que le fils Degrelle est de la boutique et qu'il a agi sur ordre spécial, je n'ai aucune raison de ne pas le garder au frais.

— Tu ne vas rien faire du tout, Anton. Reste tranquille. Je dois joindre mon chef, maintenant. Je n'ai pas le choix.

Deux hommes arrivèrent à la planque de la rue Berger dans la demi-heure qui suivit. Milan Koskas, le supérieur direct de Règue, et Valentin Drouot, numéro 3 de la DCRI.

Tandis qu'Aymeric Degrelle s'installait confortablement au salon avec un café, sous la surveillance de Règue et de Koskas, Anton était conduit dans la salle de bains pour y être interrogé par Drouot. Il s'installa sur le rebord de la baignoire tandis que le super flic lui faisait face.

— Quand et comment avez-vous rencontré Jacques Peyrat ?

Anton leva un regard furieux vers le type de la DCRI et ne desserra pas les lèvres.

— Répondez sans crainte, commandant Mislevsky, nous ne sommes pas ici pour vous clouer au pilori mais pour ne plus commettre d'impair dans cette affaire délicate.

— Peu importe comment je connais Peyrat. Vous feriez mieux de vous occuper du suspect.

— Personne n'est suspect pour l'instant. Si vous vous décidez à parler. Sinon, je me verrai dans l'obligation de…

— Stop ! s'écria Anton. Pas de ça, voulez-vous !

Conscient qu'il n'avait pas le choix, il s'exécuta, pestant contre Jack et sa manie de débarquer chez lui quand quelque chose clochait dans sa vie.

— Pourquoi n'avez-vous jamais prévenu les services de vos soupçons concernant l'affaire de la Vexon Brothers ?

— Je n'avais pas d'éléments probants. Juste une idée. L'instinct. Je n'allais pas lancer toutes les polices de France au cul d'un gamin.

— Erreur.

— C'est vous qui le dites.

— Ça peut vous coûter cher.

— Je ne sais rien d'autre, désolé.
— De quelle nature sont les documents compromettant la famille Degrelle ?
— Je l'ignore. Je n'ai aucune preuve de leur existence.
— Vous ne semblez pas très coopératif. Pourtant, il est de votre intérêt de nous aider à neutraliser Peyrat. Vous comprenez ?
— Comment ça, neutraliser Peyrat ?
— Nous avons pour priorité absolue de récupérer les preuves à charge contre les Degrelle. Nelson Baldwin vient d'être interpellé à Roissy, alors qu'il s'apprêtait à embarquer pour Le Cap, en possession de DVD et d'une belle somme en liquide. Il a parlé.
— Pourquoi m'interroger, alors ?
— Il nous manque certains éléments.
— Vous savez faire cracher n'importe quoi à n'importe qui. Vous feriez mieux de cuisiner le type qui se pavane dans le canapé à côté, plutôt que de me les briser comme vous le faites depuis dix minutes !
— D'après nos dernières informations, Baldwin a remis les films originaux et un manuscrit à Peyrat. Les ordres sont clairs. D'abord les films. Ensuite seulement, nous nous occuperons des termes de l'échange pour libérer Lucie Balestro.

61

Une pluie fine s'était mise à tomber et Jack pesta contre cette météo qui s'acharnait sur lui. Il était trempé jusqu'aux os. À peine abrité par le porche d'un entrepôt désaffecté, Jack épiait les environs du Clos de la Touvre. C'était une bâtisse aux toits pointus, déployant deux ailes de part et d'autre d'un corps central, piquée de portes vitrées à doubles battants et protégée de l'extérieur par une sorte de cloître. Au milieu, à travers les volets à persiennes qui donnaient sur la rivière, Jack avait aperçu un jardin à la française.

Le corps hissé sur le bois instable et pourrissant d'un vieux ponton, il avait décidé que ces volets vétustes seraient sa voie d'accès. Des caméras surveillaient le portail, d'autres croisaient leurs angles de vue du côté de la rue et il avait repéré deux personnes derrière les fenêtres : une femme d'une quarantaine d'années et un homme en livrée.

Mais pas de trace de Diane Degrelle.

Son instinct lui soufflait de s'introduire rapidement dans la propriété, mais il préféra attendre un peu. Aussi rallia-t-il son premier poste d'observation pour interroger son répondeur. Il avait trois nouveaux messages.

Le premier datait du début de l'après-midi. Mislevsky lui annonçait qu'ils avaient embarqué Sempere. Le deuxième était l'appel en absence d'un numéro masqué. Le troisième, enfin, lui fit penser qu'il allait devenir fou.

— Jack, disait Anton. J'ai... j'ai une nouvelle pas très agréable. Libbie a certainement été enlevée elle aussi. Réponds, putain !

Pris de tremblements, Jack rappela aussitôt le numéro. Un étau broyait son crâne. Un étau dont il ne savait que faire et qui allait le tuer s'il ne bougeait pas, là, tout de suite.

Anton décrocha aussitôt.

— C'est quoi cette histoire ? hurla Jack. Libbie est à Genève. Elle m'a envoyé un message ce matin. C'est quoi, ces conneries ?

— Tu me laisses parler, oui !

— Quoi ? Qu'est-ce qu'il peut y avoir de plus ?

— Libbie a été blessée...

Jack resta muet. Il tendit sa volonté vers un dieu hypothétique, n'importe lequel, pourvu qu'il soit capable d'arrêter le temps et qu'Anton ne livre pas l'horrible nouvelle.

— Elle a perdu l'enfant. Une petite fille... Jack, je suis désolé. Laisse-moi t'aider.

— Que s'est-il passé ?
— Elle a réussi à s'échapper. Elle était prisonnière dans le coffre d'une voiture. Au moment où elle a sauté, le type a démarré. C'est le chauffeur d'un bus qui lui a porté secours. C'est tout ce que je sais.
— Où est-elle ? demanda Jack d'une voix blanche.
— Elle a été transférée au Val-de-Grâce et son père est auprès d'elle. Jack ?

Mais Jack était ailleurs. Il venait tout à coup de se souvenir de sa dernière conversation avec Gnokie, là-bas, sur son île, où le bonheur s'écoulait simplement au fil des jours. *Si tu pars, la petite, elle va mourir!* Jack s'était trompé d'enfant, il avait braqué son attention sur Lulu et avait négligé la sécurité de Libbie et celle du bébé.

Pendant un court instant, tandis qu'Anton continuait de parler, Jack se retrancha en lui, dans un lieu vide de sensations, où il put songer à sa petite fille morte avant d'avoir vécu. Il s'interrogea sur ce qu'il ressentait vraiment et songea qu'il éprouvait du chagrin pour un petit être qu'il ne connaissait même pas.

Le moment ouaté passa et tout reprit sa place. Libbie, qui vivait un deuil cruel, sa fille, qui ne le serait jamais vraiment, Lucie apeurée, Kay torturée, ses anciens complices pendus, et lui, qui ne faisait que subir la violence d'une famille aveuglée par la cupidité.

— Écoute, Anton ! J'aurais jamais dû te faire confiance. J'ai vu les flics débarquer chez Baldwin. Vous n'en avez rien à foutre de ma famille ! Tout ce que vous voulez, c'est les films ! Pour vos putains de magouilles politiques ! Mais vous ne les aurez pas, tu m'entends ! Tu peux dire à tous tes flicaillons de merde d'aller se faire mettre.

Sur quoi, il raccrocha et fila dans la nuit comme une ombre, marchant sur les berges de la rivière, au plus près de l'eau, pour disparaître.

Jacques

1998-2004

62

Jacques travailla aux pompes funèbres encore deux semaines après le casse. Deux semaines de cauchemar durant lesquelles il entendit France Info livrer la cause de la mort du vigile. L'autopsie révélait que René était décédé des suites d'une crise cardiaque. Le stress, sans aucun doute.
Les rois du monde sont des assassins !
La presse s'acharna sur les auteurs du casse de la Vexon Brothers, certains journaux allant jusqu'à promettre une récompense à tous ceux qui livreraient des indices sur les braqueurs. La police lança une vaste chasse à l'homme et, durant quelques jours, la France vécut une véritable paranoïa collective où chacun dénonçait son voisin, pour peu qu'il s'achetât un nouveau téléviseur. Puis on enterra René, le président fit un discours lors des obsèques et l'histoire s'enfonça peu à peu dans l'oubli. La France était en finale de la Coupe du monde et plus rien d'autre n'eut d'importance.
C'est à cette période que Jacques s'acheta une voiture d'occasion et prit la route jusqu'en Andorre, où il déposa son argent et son or. Puis il embarqua pour Bali à l'aéroport de Madrid Barajas. Lui qui rêvait de Vietnam décida de prendre un aller simple pour l'Asie.
Peu avant son départ, il envoya un paquet à Vergne. Le colis contenait quatre-vingt mille dollars en grosses coupures,

accompagnés d'une courte lettre expliquant que cette « poire pour la soif » devait être dépensée avec la plus grande discrétion. Un autre colis, accompagné d'une lettre, fut expédié à la famille de René. La lettre s'achevait par ces mots : « Même les rois du monde peuvent avoir du cœur. »

Les barreaux qu'il redoutait tant, c'est à Bali que Jacques les rencontra. Quand la chance qui lui avait permis de profiter de son argent illégalement gagné décida de le laisser sombrer à nouveau.

À son arrivée sur l'île, Jacques pensa qu'il renaissait. Il était riche à millions et il avait 25 ans. L'avenir était radieux.

Il passa un mois à sillonner Bali, s'émerveilla de tout. Quand il fut gavé de volcans, de forêts tropicales, de rizières et de littoraux extraordinaires, Jacques s'envola pour l'Australie. Son visa acheté à l'aéroport n'était valable qu'un mois.

Il y séjourna quelque temps, puis reprit un avion, direction Mexico cette fois, avec l'intention d'entrer aux États-Unis pour enfin revoir Lulu. Il parvint à ses fins en payant une fortune un plaisancier américain qui rentrait au bercail.

Grace et Rico s'étaient installés en Californie. Kay, avec qui il était toujours en contact, n'avait pas réussi à garder le secret.

L'immense frustration que Jacques connut alors s'inscrivit dans son cœur à tout jamais. Il avait suivi Grace et Lucie jusqu'à la plage. C'était un matin.

Lulu avait incroyablement changé en quelques mois. Elle gambadait, elle s'était affinée et elle ne cessait de babiller. Il put voler quelques-uns de ses mots, même s'ils ne lui étaient pas destinés, mais il n'eut pas l'occasion de l'aborder. Désigné à la police par Éric qui l'avait décrit comme un drôle de type qui importunait sa famille, Jacques fut interpellé. Il eut juste le temps de prendre ses jambes à son cou.

Les murs de sang

Il tenta de revoir Lucie quelques mois plus tard, sur les bords du lac Léman, où Grace passait habituellement les fêtes de fin d'année.

La fillette jouait au ballon. Debout, à quelques mètres de là, Jacques la dévorait du regard. Quand elle leva les yeux vers lui, il n'y perçut aucune étincelle. Elle ne l'avait pas reconnu.

Fou de chagrin, Jacques tenta de l'approcher à plusieurs reprises, jusqu'à ce que Dominic Balestero, alerté par Lucie qui ne cessait de parler d'un monsieur derrière la palissade, appelle la police et le fasse bannir du sol suisse.

Il capitula et rentra à Bali.

Régulièrement, Jacques organisait des fêtes dans les jardins de sa maison de Denpasar, bordée par l'océan Indien. Les femmes défilaient, l'alcool anesthésiait le souvenir de Lucie, la drogue aussi.

Après une année, Jacques laissa une Australienne du nom de Summer s'installer dans sa vie. Elle faisait du trafic entre Bali et Canberra. C'est par elle que le mal arriva.

Jacques prit vingt ans. Il jura qu'il était innocent, qu'il ignorait l'existence de la drogue cachée dans le conteneur réceptionné pour Summer, mais tous juraient la même chose. Il s'en prit à la terre entière, aux geôliers, aux avocats, aux prisonniers et surtout à lui-même. Si bien qu'on le sangla des jours entiers sur une paillasse pour qu'il n'attente pas à ses jours.

La population de la prison de Denpasar comptait vingt-trois nationalités. Des Australiens, quelques Français, des Américains, des Canadiens, des Algériens, le haut du panier des consommateurs ou trafiquants de drogue en exil. Ces différentes nationalités observaient sept cultes distincts, avec une prépondérance nette pour le bouddhisme et l'islam. Les musulmans n'étaient pas mélangés aux autres, pas même dans la cour.

Dans la journée, les seules activités consistaient à faire de menus trafics. L'administration pénitentiaire fournissait une ration de riz quotidienne. Les détenus amélioraient l'ordinaire grâce à de l'argent provenant de l'extérieur. Quand c'était possible.

Jacques n'avait aucun proche sur l'île. Son argent fructifiait dans une banque andorrane et il aurait fallu qu'il puisse s'en remettre à quelqu'un de confiance pour en profiter.

Pendant trois ans, il se contenta d'un régime à base de riz, agrémenté de temps à autre par des protéines animales et quelques sucreries distribuées par la Croix-Rouge.

Jacques devint une ombre. On le disait fou et personne ne le dérangeait.

La chance prit les traits d'un jeune Néerlandais du nom de Baltus Groen. Il l'ignorait encore, ce jour d'août de sa quatrième année d'incarcération, quand il vit arriver, dans la cellule qu'il partageait avec huit détenus, ce garçon filiforme à la chevelure blond roux. Ils sympathisèrent vite, partageant la même vision désespérée du monde.

Les parents de Baltus leur fournissaient l'argent nécessaire aux trafics divers de la prison et Jacques assurait la protection du jeune homme.

Cette rencontre fut le premier pas vers la renaissance.

Le deuxième pas fut un déferlement de violence.

En octobre 2002, un attentat qui fit plus de deux cents victimes, essentiellement des Occidentaux, secoua violemment Kuta. La rumeur courait que les auteurs de ce massacre étaient des islamistes.

La colère gagna du terrain, atteignant les rives de la haine à l'aube, et quand les portes des cellules s'ouvrirent le lendemain, certains avaient décidé de rendre coup pour coup.

La mutinerie éclata au moment où chacun devait rentrer en cellule pour laisser la cour aux musulmans. Une trentaine de prisonniers s'abattirent sur les gardes, dérobèrent leurs clés et les enfermèrent en cellule tandis que d'autres marchaient vers le quartier musulman ou s'en prenaient au poste de sécurité.

Jacques, habituellement indifférent à la marche du monde, fut incapable d'expliquer ce qui motiva son geste. Armé d'une lame, il fonça sur le poste de sécurité, cogna sur le premier type qui en sortit pour lui arracher son fusil à pompe et fonça vers le quartier musulman.

Trois détenus étaient déjà morts sous les coups de matraque, mais il y en avait encore des dizaines à sauver. Jacques tira une première fois dans le plafond, puis dirigea son arme sur le groupe d'assaillants.

– J'aime pas qu'on me chie dans les bottes ! hurla-t-il à la vingtaine d'individus qui lui faisaient face. Ça va faire vilain, vos conneries, et moi, je veux rester peinard.

Il tint en joue ses camarades le temps que les renforts débarquent. Les coups de matraque plurent à nouveau et c'est inconscient que Jacques gagna l'infirmerie de la prison.

Un procès pour mutinerie, agression de personnels pénitentiaires et homicides volontaires eut lieu. Lors de l'audition publique, Jacques, qui comparaissait comme témoin, était assisté d'un avocat, Wayang Balik. Libbie, qui était dans la salle, décida alors de tout entreprendre pour offrir une seconde chance à cet homme injustement emprisonné pour trafic de drogue.

Elle annula son départ pour le Mexique où elle comptait s'installer, et travailla dans l'ombre de Wayang Balik. Elle obtint, après trois ans de lutte contre un système opaque, une révision du procès et la libération de Jacques, qui ignorait tout d'elle.

Le jour de sa sortie, elle le suivit jusqu'à la plage, où Jacques resta des heures assis contre un mur à regarder l'horizon, puis jusqu'à une banque où il retira du cash.

Le soir venu, elle s'arrangea pour dîner à la table voisine de la sienne. Ils lièrent conversation. Libbie prétendit qu'elle entamait un séjour de un mois (elle lui avouerait son rôle dans sa libération bien plus tard) et lui posa beaucoup de questions. Jacques ne mentit pas. Il raconta qu'il sortait de prison après y avoir séjourné sept ans pour rien et qu'il ne lui en voudrait pas si elle ne le croyait pas.

    Ils se revirent chaque jour. D'abord méfiant, Jacques goûta à ces moments avec un plaisir grandissant. Libbie avait été impressionnée par Jacques le jour du procès, émue, bouleversée. Dans son cœur, un sentiment amoureux patientait depuis trois ans.

    Jacques se laissa séduire. D'abord agréable, la présence de Libbie fut de plus en plus précieuse, puis vitale. D'animal fougueux et imprévisible, Jacques devint enfin un homme capable d'aimer.

Jack

2011

63

Au-dessus du ponton, un gros anneau en bronze saillait du mur. Jack s'en servit comme marchepied pour se hisser à la hauteur des volets. C'est de cet endroit qu'il avait observé les allées et venues des domestiques quelques minutes plus tôt. Quand l'existence méritait encore qu'il s'y intéresse. Quand il pensait Libbie en sécurité à Genève.

Il tendit une main avide vers le panneau de bois. Son idée était d'en écarter les pans disjoints pour atteindre un système de fermeture. La planche pourrie lui resta dans la main. Tout doucement, il la déposa sur le muret et entreprit de pratiquer un passage à sa taille dans le bois vermoulu. Dans la nuit, il eut l'impression de faire un boucan du diable, mais personne ne s'inquiéta. Après quelques minutes d'efforts, Jack se hissa à l'intérieur du Clos de la Touvre.

Ses yeux scrutèrent les abords depuis une partie du jardin réservée aux détritus et au compost, et devinèrent des monceaux de pots de fleurs cassés. Le cloître était composé de deux galeries soutenues par des piliers espacés d'environ cinq mètres. Jack en compta huit, tous en pierre ouvragée, à l'exception des deux derniers, les plus proches de sa position, qui étaient en bois plein.

Quarante mètres le séparaient de la porte d'entrée. De Diane Degrelle. De sa vengeance. Jack ignorait encore comment il allait procéder, mais il rendrait la monnaie de sa pièce à Aymé Degrelle.

La colère faisait bourdonner ses tempes. Jack s'efforça de se calmer et reprit son examen des lieux.

Un type sortit sur la terrasse et alluma une cigarette tout en téléphonant. Sans doute pressé par la pluie qui ne cessait de tomber en fines gouttes glacées, il ne s'attarda pas et jeta sa cigarette à moitié consumée dans une vasque avant de rentrer au chaud.

Lentement, Jack glissa sa main dans la poche de son anorak. Ce seul mouvement fit bouger une ombre parmi les ombres. Jack scruta la nuit et devina la silhouette d'un chien dont le museau pivota vers lui.

Jack sentit son cœur bondir.

Il ne pouvait se servir du flingue de Baldwin contre le chien sans ameuter les occupants de la propriété. En revanche, le Shocker et le poing américain du taxi feraient parfaitement l'affaire. En aveugle, il bascula la sécurité du paralyseur et enfila ses doigts dans les anneaux de métal du poing américain.

Puis il se redressa et avança d'un pas, le corps courbé. Quand il sortit à l'air libre, il se dirigea vers le bord opposé du jardin. Jack entendit le bruit des pattes qui s'enfonçaient légèrement dans la terre détrempée. Il se retourna au dernier moment et eut juste le temps de braquer le paralyseur devant lui.

Le corps du chien se tendit d'un coup et sa gueule se referma avec un claquement sec.

Il y eut un bref éclair et l'animal s'écroula en couinant. Jack s'abattit aussitôt sur sa proie. Il frappa une dizaine de fois, jusqu'à ce que les muscles du doberman se relâchent, jusqu'à ce que ses coups n'engendrent plus qu'un bruit de chair battue.

Alors il se releva et avança vers la terrasse. À mesure qu'il s'en approchait, la lumière des lampes montait jusqu'à lui. Il vit son poing couvert de sang et accéléra le pas.

Des notes de piano traversaient les vitres. Une musique légère, joyeuse, était donnée pour Diane Degrelle, qui sirotait un verre installée dans un fauteuil.

Lorsqu'il ouvrit la porte, le flot de musique se déversa dans le jardin. Jack se faufila à l'intérieur de la maison et referma derrière lui. Sa cible se trouvait dans une pièce située dans l'aile droite du bâtiment, hors de sa vue. Des odeurs de gibier mariné et de pommes de terre vapeur montèrent à ses narines. Jack saliva. Son dernier vrai repas remontait à si loin qu'il s'était perdu dans ses souvenirs.

Il emprunta un long corridor embarrassé de chaises et aborda l'office, où discutaient un majordome et un petit homme rondouillard habillé en cuistot.

Ça en fait au moins trois, songea Jack. *Où est le gugusse à la clope ?*

La réponse vint sous la forme d'un éclat de rire. Par chance, le type se trouvait aussi dans la cuisine.

Jack décida de charger.

Sur sa gauche, le majordome badinait encore, tandis que sur sa droite, le visage du type à la cigarette se figeait. Assis les pieds sur une desserte, il n'eut pas le temps d'éviter une violente décharge. Dans la foulée, Jack envoya son poing percuter l'œil du majordome, qui hurla en tombant sur le cuisinier, puis il se jeta sur l'homme à la cigarette qui gisait, encore tremblant, pour le désarmer.

— Toi, connard, tu bouges pas ! ordonna-t-il au cuisinier, ou je t'en colle une.

À la vue de l'arme, le cuisinier se ratatina dans un coin de l'office en geignant. Jack enferma les trois hommes dans la réserve et se rua dans le salon.

La musique avait cessé et ce silence l'inquiétait. L'idée que Diane Degrelle lui échappe était intolérable. Il rattrapa la vieille femme alors qu'elle trottinait vers le fond de la demeure, soutenue par la pianiste.

— Vous allez où, les filles ?

Comme seule la peur se lisait sur leurs visages et qu'elles ne répondaient pas, Jack saisit la pianiste à la gorge.

– Tu l'emmenais où, la vieille ?

Le visage rougeaud, les yeux exorbités, la musicienne tenta d'articuler sans qu'aucun son ne sorte de sa bouche. Jack desserra son étreinte et répéta sa question.

– La panic room, gémit la femme. Là...

De sa main, elle désigna le mur.

Jack découvrit un étroit passage savamment pratiqué dans l'épaisse cloison et camouflé par un jeu d'éclairages et des nuances de peinture.

– Une panic room ! s'extasia-t-il en repoussant la pianiste. J'aurais pas pu rêver mieux.

Il attrapa brutalement Diane Degrelle par le bras et l'entraîna à l'intérieur.

– Allez, vous et moi dans un bunker, ça va être un régal !

64

– Ah ! Le con !

Anton se retint de fracasser le téléphone contre le mur. Il pouvait comprendre la rage qui animait Jack. On s'en était pris à sa fille, à sa femme, au bébé, qui n'avait pas survécu à l'accident. Un seul de ces éléments suffirait à déstabiliser un homme sain d'esprit. Mais cela n'expliquait pas pourquoi Jack refusait toute main tendue.

Anton retourna dans la planque où une demi-douzaine d'hommes s'affairaient devant autant d'ordinateurs et de téléphones. Il passa près d'Aymeric, toujours installé dans le salon, en grande conversation avec Règue.

Je ne connaîtrai pas le fin mot de cette affaire, songea-t-il en rejoignant l'agent de la DCRI pour lui rendre son téléphone.

— Merci pour le bigot. Je suppose que vous n'avez plus besoin de moi.

— Bien au contraire, monsieur Mislevsky, dit doucement la voix de Drouot dans son dos. Peyrat vous fait confiance. Vous voulez bien me suivre ?

Anton emboîta le pas de l'agent qui le conduisit dans la chambre où Koskas étudiait des papiers étalés sur un bureau.

— Nous serons plus à notre aise pour discuter, allégua Drouot en fermant la porte. Milan, c'est le moment.

Milan Koskas releva les yeux et fixa Anton tandis qu'il s'installait dans un fauteuil et que Drouot prenait place sur le lit.

— Parfait, commença Koskas. Comme vous le savez, nous sortons d'une décennie sans contre-pouvoir face à la majorité. Il se trouve que depuis quelque temps, Aymé Degrelle s'impose comme le leader d'une gauche nouvelle, dotée d'un projet réaliste et crédible. Nous sommes à quelques mois des élections et... comment dire cela sans que vous interprétiez mal notre propos... il serait regrettable que la gauche soit éclaboussée par un scandale. N'est-ce pas ?

Koskas attendait visiblement une réaction de la part d'Anton, mais celui-ci se contenta de pincer les lèvres en observant ses interlocuteurs tour à tour.

— Il n'y a pas d'urgence absolue à révéler aujourd'hui les dessous de cette affaire, poursuivit Koskas. Du moins pas avant d'avoir tiré toutes les ficelles et d'en avoir compris les origines. Qui a fait quoi, depuis quand, sur l'ordre de qui, ce genre de choses.

La porte s'ouvrit subitement sur Nestor Règue.

— Le jeune Degrelle accepte enfin de coopérer, lança-t-il. Il est d'accord pour faire rapatrier la petite Lucie au lieu de notre choix.

— Quelles sont ses conditions ? demanda Koskas en se levant.

— L'immunité.

— Et son père ?

— Pas un mot à ce sujet.

— Bon, on va récupérer la gamine et, avec ça, Peyrat et les films. Reste à le localiser. Merci, Nestor.

Règue lança un sourire contrit à Mislevsky et referma la porte derrière lui.

— OK, concéda Anton au bout de quelques secondes. Les choses se précisent. J'imagine aisément le genre de promesses que vous avez faites à ce type et je m'en contrefous. Ce que je veux savoir, c'est ce que vous attendez de moi.

— Commandant, dit Drouot en se levant. Il y a un double intérêt à votre entière collaboration : celui de la nation, et le vôtre. Au cas où l'enquête prouve l'innocence d'Aymé Degrelle dans l'enlèvement de Lucie, alors, en vous ralliant à la cause du renseignement, vous donnez un coup d'accélérateur à votre carrière. Allez, mon vieux, ne me dites pas qu'un poste chez nous vous déplairait ! Dans le cas contraire, vous n'aurez fait qu'obéir aux ordres. Seuls Koskas et moi sommes sur le coup, et les hommes qui travaillent à récupérer la gamine en vie sont des fidèles, rompus au silence et à l'obéissance.

— Vous avez vous-même débuté cette enquête sans prévenir personne, ajouta Koskas en se levant à son tour. Une vieille amitié vous liait à Peyrat. Tout peut continuer de la sorte. N'y voyez pas malice.

Je me demande bien ce que je pourrais y voir d'autre ! songea amèrement Anton, conscient qu'il ne jouissait d'aucune marge de manœuvre et qu'il devait se réjouir d'être invité à suivre l'affaire. Ainsi, il pourrait garder un œil sur Jack.

— OK, je suis des vôtres.

— Maintenant, assez parlé, lança Drouot en quittant la pièce. Préparez-vous à bouger. Il faut récupérer Peyrat avant qu'il commette l'irréparable.

65

Choquée par la brutalité de Jack, Diane Degrelle se mit à hurler, battit des bras et envoya le bout pointu de ses chaussures dans les tibias de son agresseur. La pianiste en profita pour se ruer sur lui. Jack la stoppa d'un coup de poing en plein visage.

La femme s'écroula sans connaissance aux pieds de Diane Degrelle, qui en hoqueta de fureur.

– J'ai besoin de toi en vie, gronda-t-il. Mais ne me tente pas trop !

Jack l'attrapa par le col de son chemisier, la tira en arrière, puis la contraignit à se faufiler dans l'espace qui marquait l'entrée de la panic room. Collé contre elle, il la poussa à l'intérieur d'un couloir si étroit qu'il dut progresser en biais sur trois mètres. Puis il y eut un virage à angle droit et un autre couloir, plus long que le premier, qui débouchait dans la pièce de sûreté.

Un plafonnier géré par un système de détecteur de mouvements s'alluma, sortant de l'obscurité une pièce d'une trentaine de mètres carrés, pourvue d'un coin salon, d'une cuisine et d'un couchage pour deux personnes. Une porte béante laissait entrevoir une minuscule salle d'eau équipée de toilettes.

– Notre nid d'amour, Diane, commenta Jack en libérant sa prisonnière. Vous permettez que je vous appelle Diane, n'est-ce pas. Asseyez-vous !

Diane Degrelle jeta vers Jack un regard de défi.

– J'avais cru comprendre qu'on se tutoyait.

Sa voix trembla à peine, détail qui fit aussitôt naître une forme d'estime dans l'esprit de Jack. Cette femme avait du cran.

Il ne s'attarda pas, il y avait plus urgent. Fermer la porte blindée, immobiliser Diane et établir un état des ressources. Il commença par la lourde porte, qui coulissa sur son rail sans effort. L'unique verrou déclencha un système de fermetures multiples.

Tout en surveillant Diane Degrelle du coin de l'œil, Jack fit ensuite le tour des lieux. Il y avait un téléphone, une télévision, plusieurs écrans qui, une fois mis sous tension, révélèrent les images des caméras de surveillance, un placard rempli de denrées et un réfrigérateur garni de victuailles. Une eau claire coulait du robinet. Jack dégotta même un placard à alcool dissimulé dans l'épaisseur du mur.

— Que cherchez-vous en m'enfermant ici ? De l'argent ?

— Silence, intima Jack en braquant son pistolet en direction de la vieille dame. Accordez-moi quelques minutes et je suis à vous.

Il décrocha le téléphone et obtint des renseignements le numéro du standard de l'hôpital du Val-de-Grâce. Il s'agaça en vain contre une employée qui refusait de lui communiquer la moindre information. Aussi téléphona-t-il aux Pays-Bas, chez ses beaux-parents, où il obtint une amie de la famille, qui l'informa que Mme van Bogaert était au plus mal. Au bout du compte, il nota le numéro de portable de son beau-père.

Maarten van Bogaert répondit à la troisième sonnerie. Il s'était assoupi dans la chambre de Libbie, qui dormait, assommée par les antalgiques et les somnifères. Le vieux juge chercha aussitôt à rassurer Jack, sans cacher son chagrin d'avoir perdu sa petite-fille.

Tout ce temps, Jack garda son arme braquée sur Diane Degrelle.

— Je veux ma fille, Lucie, lui expliqua-t-il enfin, après avoir raccroché. C'est tout. Vous pouvez garder votre fric.

L'incompréhension qui tendit les traits de Diane Degrelle ne pouvait être feinte.

— Votre politicard de fils a fait enlever Lucie, précisa Jack. Je suis ici pour la récupérer. En échange de vous, cela va de soi.

— J'ignore de quoi vous parlez.

— C'est une longue histoire... Vous comprendrez sans doute mieux quand vous aurez lu un document que j'ai apporté. Mais auparavant, vous allez passer un petit coup de fil à votre rejeton.

— Voyez-vous, tenta Diane Degrelle, Aymé est un homme important, il...

— Ne refusera pas de répondre à l'appel de détresse de sa vieille maman ! Allez-y, passez ce coup de fil.

Diane Degrelle tergiversa, répétant que son fils ne pouvait avoir un lien quelconque avec cette tragique histoire d'enlèvement.

— C'est de famille, faut croire, lâcha Jack. Parce que votre cher mari, lui, torturait et assassinait à tour de bras.

Jack laissa la vieille femme digérer ce qu'il venait de lui révéler et ne dit plus un mot. Il resta devant elle, obstiné, téléphone en main, le bras tendu, jusqu'à ce que la matriarche capitule.

— Aymé, c'est maman, dit-elle d'une voix où l'émotion pointait. Je suis enfermée dans la panic room avec un homme qui prétend que tu aurais fait enlever sa fille et que papa... (Sa voix s'étrangla.) J'ai eu beau lui dire que...

Elle s'interrompit. Aymé Degrelle avait visiblement pris la parole. D'après ce que Jack put voir, sa mère n'était pas satisfaite de ses réponses.

— Il veut vous parler, expliqua-t-elle en tendant le combiné.

— Je me fous de savoir si vous avez tué des Portugais ou si vous avez bâti votre empire sur un monceau de cadavres, monsieur Degrelle, s'empressa de dire Jack pour lui couper l'herbe sous le pied, j'ai sur moi des documents édifiants. Des films dont vous ne soupçonnez même pas le contenu. Si vous voulez récupérer ces bobines et votre mère, saine et sauve, vous devez libérer ma fille sur-le-champ. Et si je m'aperçois que vos hommes l'ont maltraitée, je me verrai dans l'obligation d'infliger les mêmes dommages à votre charmante maman.

À l'autre bout de la ligne, il y eut un blanc. Degrelle encaissait l'information sur la séquestration de sa mère en même temps que la nouvelle de la fin proche d'une longue traque.

— Où et quand ? demanda-t-il laconiquement.

— Mais au Clos de la Touvre, évidemment, répondit Jack. Et ça dépend de l'endroit où est retenue ma fille, mais disons au plus tôt. Vous me rappellerez pour me dire quand.

La conversation s'arrêta là. Jack reposa le combiné sur sa base. Il se sentait proche de la victoire et dut réprimer une bouffée d'allégresse.

— Pas bavard, votre rejeton, pour un politicard ! dit-il en tirant une chaise contre la porte blindée.

Il sortit le manuscrit de Carmen Messera de la doublure de son anorak et le tendit à la vieille dame.

— Qu'est-ce donc ?

— *Les Murs de sang*. Un point de détail dans l'histoire de votre famille, le pire de tous.

Diane Degrelle prit à regret la fine liasse de feuilles A4. Elle posa ses yeux sur la couverture, lut le nom de son auteur. Quand elle reporta son attention sur Jack, l'expression dans son regard avait changé. La vieille dame paraissait troublée.

Ses lunettes reliées par une chaîne en or vissées sur son nez, Diane Degrelle commença à lire le manuscrit. À certains passages, son front se couvrit de rides, à d'autres, elle hocha la tête, sourit même à quelques occasions.

Jack dévora la moitié d'un rôti de porc conservé dans un emballage sous vide et la totalité d'un tube de mayonnaise, qu'il agrémenta de moutarde à l'ancienne. Sans jamais quitter des yeux la vieille femme plus d'une poignée de secondes.

Enfin, il servit un porto à son hôtesse. Il suffit de deux minutes pour que le verre soit vide.

La vieille est alcoolo, se dit-il, *ou alors, c'est l'émotion*.

Pour s'en assurer, il remplit à nouveau le verre. Diane le vida aussi rapidement tout en poursuivant sa lecture.

Je suis sûr qu'elle picole en cachette, songea-t-il avec un petit sourire accroché aux coins des lèvres.

— Où est l'accès Internet ? Il y a forcément ça ici.

— Là-bas, répondit Diane Degrelle en désignant un pan de mur.

Jack trouva l'ordinateur dans un bureau escamotable. Il se connecta et entra la requête « Aymé Degrelle » sur le moteur de recherche. Sciences-Po, HEC, ce type n'avait pas l'air d'avoir volé sa réussite. L'un des plus jeunes maires de France, il avait accédé à la députation à 40 ans tout en gérant en parallèle une filiale du groupe Degrelle.

Depuis qu'il avait quitté sa terre natale, quinze ans plus tôt, Jack ne s'était absolument plus intéressé à la vie politique de son pays. Aussi découvrit-il avec stupeur le portrait d'Aymé Degrelle. Il comprit aussitôt que Rémy Sempere était lié à lui par le sang. Il chercha alors des photos de la famille Degrelle sur la toile et finit par en trouver une où Degrelle père et fils posaient ensemble. Une légende indiquait qu'Aymé et Aymeric Degrelle participaient à un gala de charité en faveur de l'enfance défavorisée.

— Le fils de pute ! jura Jack. Et moi, je suis trop con !

Il eut besoin de quelques secondes pour encaisser la nouvelle. Si seulement il avait compris plus tôt. Rémy était Aymeric, ce gosse de riches drogué et déviant qui assistait à l'assassinat de pauvres gens alors qu'il avait à peine 16 ans. Pas étonnant qu'il ait été capable de torturer Kay.

Il s'ébroua. Ce n'était pas le moment de nourrir des remords ou des regrets. Il n'allait pas refaire l'histoire.

Son instinct lui souffla qu'Anton était déjà informé de l'identité de Sempere, même s'il n'était fait mention nulle part, sur les sites d'information, de l'arrestation d'Aymeric Degrelle.

On parlait certes de la famille, mais c'était pour valoriser la dernière petite phrase du futur candidat à la présidentielle, ou analyser les excellents résultats trimestriels du groupe.

— Ils se sont bien trouvés, ces deux-là, marmonna Jack en pensant à Anton et Aymeric. Je suis sûr qu'il lui a proposé un putain d'arrangement.

Diane Degrelle acheva sa lecture au moment où Jack s'emparait de son téléphone. Elle retira ses lunettes, les laissa pendre au bout de la chaîne, et posa ses mains sur son tailleur en soupirant.

— Mon fils ne sait rien de tout ceci, je vous en donne ma parole, énonça-t-elle d'une voix fanée. Mlle Messera était une intrigante. Vous n'avez qu'à...

— Tss, tss ! l'interrompit Jack, vous êtes décevante. Moi aussi, j'ai lu ce manuscrit, et Carmen me semble être quelqu'un de bien, au contraire. Sachez que je me fiche des agissements de tel ou tel Degrelle. Je veux juste récupérer Lulu, et ce, dans les plus brefs délais.

Il remplit le verre de porto et comprit à l'œil légèrement pétillant de Diane Degrelle qu'elle n'attendait que ça.

— Vous pouviez vous servir vous-même, grinça Jack. Il n'y a personne pour surveiller vos excès, ici. Et si vous vous pétez la ruche grâce à moi, j'aurai au moins fait une bonne action dans tout ce merdier.

Diane Degrelle n'était pas habituée qu'on s'adresse à elle sur ce ton désinvolte et provocateur. Mais il y avait beaucoup de choses, ramassées en une soirée, auxquelles elle n'était pas habituée.

— Je ne vois pas pourquoi on s'en serait pris à votre fille, opposa la vieille femme. Je n'y comprends toujours rien.

— Merde, et en plus il faut que madame comprenne ! soupira Jack. C'est simple et compliqué à la fois mais, pour faire court, sachez que votre fils pensait que Carmen Messera avait dissimulé des preuves de ce qu'elle soupçonnait dans le coffre d'une banque que j'ai dévalisée. Et que je le faisais chanter. Voilà le lien. Maintenant, pardonnez-moi, mais je dois téléphoner.

66

Par le hublot, Anton observait le clignotement des lumières de la ville, mille mètres en contrebas. Peu à peu, leur concentration diminua. Puis ce fut le noir total. La campagne, la France, son pays, cette population qu'il avait tenté de protéger pendant des décennies, tout cela défilait sous ses pieds, et disparaissait dans cette noirceur invraisemblable. Comme si rien de cette réalité à laquelle il s'était accroché des années durant n'existait vraiment.

Quelques minutes plus tard, l'appareil atteignit sa vitesse de croisière. Son nez se redressa et Anton, qui respirait plus à son aise, se força à desserrer ses doigts de l'accoudoir.

Les dix-huit fauteuils que comptait l'habitacle étaient tous occupés. À trois rangées devant lui, Aymeric Degrelle conversait avec Koskas d'un côté et Drouot de l'autre. Ils s'échangeaient des mots insoupçonnables et Anton ne pouvait que présager du pire. Les cadors du renseignement étaient des animaux politiques, fourbes par définition. N'avait-il pas eu tort de pactiser avec eux ?

Depuis que Nelson Baldwin avait indiqué la destination de Jack, et qu'Aymeric Degrelle avait donné l'ordre de libérer Lucie, ce dernier avait obtenu l'immunité. De son côté, Aymé Degrelle avait accordé un long entretien téléphonique à Drouot. Était-il possible, aujourd'hui, en France, de passer l'éponge sur une affaire de meurtres et d'enlèvements ?

Anton ne voulait pas y croire. Il regarda sa montre. 20 h 25. Le vol devait durer quarante-cinq minutes. Il n'en restait plus que trente.

À l'arrière de l'appareil, des agents travaillaient sur des ordinateurs, casques sur les oreilles. Anton songea que tout ce matériel avait l'air extrêmement coûteux et que les services de police auxquels il avait appartenu se seraient damnés pour en posséder le quart.

Assis à côté de lui, Nestor Règue s'agita. On parlait dans son oreillette.

— Passez-le-moi, dit-il dans son micro.

Un type lui apporta une seconde oreillette qu'il remit à Anton.

— Peyrat, expliqua-t-il, laconique.

Anton s'empara de l'écouteur.

— Jack, je ne m'attendais pas à ce que tu me rappelles.

— De tous les enfoirés que je connais, tu es le moins pire.

— Où es-tu exactement ?

— Dans la panic room, expliqua Jack, avec Diane Degrelle. Tu leur as fait cracher le morceau ? Tu sais où est Lucie ?

Anton Mislevsky dévisagea Règue qui lui fit oui de la tête.

— Elle était retenue à Royan.

— Comment va-t-elle ?

— Bien, ne t'en fais pas.

— OK, lâcha Jack en soupirant. Degrelle doit rappeler pour fixer l'heure de l'échange, mais il n'a pas l'air pressé. Ce faux cul de Sempere est toujours avec toi ?

— Oui, nous sommes en route pour te rejoindre.

— Seuls ?

Il y eut un silence du côté d'Anton. La question de Jack était prévisible, mais elle le prenait malgré tout au dépourvu.

— Laisse tomber les mensonges, Anton. Hey les gugusses ! ajouta-t-il un ton plus haut. J'exige une voiture dans la cour de la propriété, j'exige que la maison soit vide et qu'un avion m'attende sur l'aérodrome du coin, avec Lucie à son bord.

— Tu fais une connerie, Jack ! intervint Anton. Laisse-moi m'occuper de ça, tu veux !

— Jamais ! J'ai gâché ma vie et celle de beaucoup de monde parce que je ne réfléchissais pas. Disons que ce temps est terminé. J'ai sur moi la moitié des films que m'a donnés Baldwin. L'autre moitié, je l'ai planquée en lieu sûr. Dis à tes amis qu'avec moi, ces preuves seront entre de bonnes mains.

Je me contrefous des Degrelle et de leurs magouilles. Je veux juste récupérer Lucie et Libbie et qu'on nous foute la paix.

— Je suppose qu'il est inutile d'essayer de te dissuader.

— Tu supposes bien. D'ailleurs, j'ai une dernière condition, non négociable non plus : je veux qu'Aymeric Degrelle soit présent. J'aimerais lui toucher deux mots avant la fin de cette histoire, à ce satané fils de pute. C'est clair ?

— Je vais voir ce que je peux faire.

— Tu n'as pas le choix. Allez, salut l'artiste !

La communication s'acheva ainsi. Mislevsky retira son oreillette et comprit que Koskas avait suivi l'intégralité de la conversation.

— Drôles d'exigences...

— Rien d'exceptionnel. Depuis le départ, il cherche seulement à récupérer sa fille. Le reste, c'est le cadet de ses soucis.

— Il faudra pourtant qu'il nous donne toutes les preuves, tôt ou tard. Il n'aura pas le choix.

67

Le visage de Jack demeura figé un long moment. Il tenait toujours le combiné du téléphone, qui émettait un son discontinu. Sa pensée voyageait vers les contrées obscures de la traîtrise humaine et il n'en devinait pas le bout. Pour l'instant, il ignorait de quel côté Anton avait basculé. Avait-il pactisé avec les Degrelle, dont le pouvoir financier presque sans limite permettait d'acheter la moralité de n'importe quel individu, ou peu s'en fallait ? Ou s'était-il mis à aboyer avec sa propre meute, en bon flic qu'il était depuis toujours ? En l'état, Jack se sentait incapable de trancher. Mais la bascule était certaine. Mislevsky avait vendu la mèche en donnant

Jack aux renseignements français, et peut-être son âme au passage.

Pendant qu'il parlait au téléphone avec Anton, Diane Degrelle s'était resservi du porto. Deux fois. Ses traits s'étaient détendus et ses mains ne tremblaient plus. Le vin cuit semblait même lui redonner du courage, car elle tenta une négociation.

— Quel est votre prix pour ces films ? demanda-t-elle d'une voix que Jack jugea désagréable.

La proposition le sortit de ses réflexions.

— Arrêtez, Diane. Je vous trouvais presque sympathique. Ne m'obligez pas à vous bâillonner.

Diane Degrelle ne s'offusqua pas. Elle comprenait parfaitement la colère de Jack, mais elle pouvait lui garantir tout ce qu'il demanderait. Elle était la matriarche, écoutée et respectée par tous, depuis toujours, de feu son époux à Aymé, le ténor de la gauche, en passant par Aymeric, qui n'avait jamais respecté personne en dehors d'elle.

— Ça me fait dégueuler, vos idées sur le monde, répondit Jack calmement, vous n'avez pas idée à quel point vous me dégoûtez finalement. On assassine mes amis, on enlève ma fille, on violente ma femme, on tue l'enfant qu'elle portait, et vous, vous me balancez votre fric à la gueule, comme si ça pouvait racheter vos saloperies ! Vous feriez mieux de surveiller votre sale clique de merde !

Le visage de Diane Degrelle devint blanc, puis cramoisi. Elle ouvrit la bouche dans un rictus méprisant, mais la main de Jack jaillit et se plaqua dessus pour l'empêcher d'exprimer quoi que ce soit de regrettable.

— Et n'allez pas me claquer entre les pattes. Fini le porto !

Il reprit l'arme qu'il avait glissée sous sa ceinture et la braqua contre la tempe de la vieille dame. Puis il arracha le drap du lit, le déchira en lambeaux. Il en utilisa un pour bâillonner Diane Degrelle et un autre pour lier ses poignets dans son dos. Enfin, il retira la taie d'un oreiller et la passa sur la tête de son otage.

– Fallait pas m'emmerder ! rugit-il pour expliquer son geste. J'aime pas qu'on me chie dans les bottes ! Et j'aime pas qu'on me prenne pour un con !

La colère qui l'animait était pleine, entière et, curieusement, il la trouva satisfaisante. Parfaite pour les instants qui suivraient.

Une demi-heure plus tard, les écrans de vidéosurveillance dévoilèrent une voiture qui manœuvrait dans le parc de la propriété. Le chauffeur se retira par le porche ouvert en laissant le moteur tourner et les phares allumés.

– C'est le moment de partir en balade, Diane, déclara-t-il à l'intention de la vieille dame enveloppée de blanc. Au passage, je ne résiste pas au plaisir de vous informer que votre fils chéri n'a pas rappelé pour vous sauver la peau. Ces films ont finalement plus d'importance que vous !

Diane Degrelle émit une série de gémissements. Jack la considéra sans émotion, certain qu'elle méritait son sort. Il commuta ensuite les écrans sur toutes les caméras de la maison. Personne ne se tenait en embuscade, ou alors les hommes de la sécurité étaient passés maîtres dans l'art du camouflage. Mais les axes des caméras balayaient tout le rez-de-chaussée ainsi qu'une partie du jardin et la rue. Il n'y avait rien à craindre, pas dans l'immédiat.

Sur le point de déverrouiller la porte de la panic room, il réfléchit encore. Tout ça paraissait trop simple. Il suffirait d'un sniper embusqué pour lui régler son sort, sauver Diane Degrelle et récupérer les films. Alors il se prépara.

Sur Google Maps, il mémorisa la route qu'il lui faudrait emprunter pour rallier l'aérodrome du coin et se félicita de sa simplicité. À moins de mille cinq cents mètres de la propriété, par une avenue rectiligne ponctuée de ronds-points, il gagnerait la nationale 10 et n'aurait plus qu'à remonter vers le nord, en direction de Poitiers. L'aérodrome était desservi par une bretelle de la N10, à l'est d'une petite agglomération. Finalement, la situation ne se présentait pas si mal.

Il enfila son anorak, vérifia que les bobines de films ne risquaient pas de tomber hors de la doublure et y rangea le manuscrit de Carmen.

Dans un placard, il mit la main sur une pile de draps. Il en choisit un très large, découpa deux trous au centre et le passa par-dessus sa tête. Le drap retombait jusqu'au sol et traînait derrière lui. Par les trous, il voyait correctement, suffisamment en tout cas pour la courte distance qu'il aurait à franchir.

Il rejoignit Diane Degrelle, passa le drap par-dessus son corps chétif et la souleva dans ses bras.

— Tu ne gigotes pas, Diane, lui murmura-t-il à l'oreille, tu ne gémis pas non plus, ça m'agace. Tu fais le sac de patates. Tu sais faire le sac de patates ?

Sans attendre de réponse, il gagna la porte blindée, qu'il déverrouilla et fit coulisser sur son rail. Passer le couloir en forme de L ne fut pas chose aisée. Jack dut marcher en crabe et ne put éviter que la tête de Diane Degrelle frotte contre la surface rugueuse du béton.

— Le canon de mon flingue se trouve dans la bouche de la vieille ! cria-t-il en sortant dans le grand hall. Vous pouvez me tirer dessus, mais vous n'empêcherez pas mon doigt de presser la détente !

Son bras supportant le poids de la septuagénaire, il aurait été incapable de faire usage de l'automatique mais il avança crânement, traversa le hall et gagna la voiture au pas de course. Le drap qui les enveloppait volait dans le mouvement, les faisant ressembler à un fantôme grotesque sorti d'un film des années 30.

Aussitôt qu'il fut assis sur le fauteuil conducteur, son fardeau sur les genoux, Jack constata deux choses : les vitres étaient teintées et le monospace disposait d'une boîte automatique. Cela lui donna une idée. Il retira le drap et l'accrocha aux pare-soleil, de telle sorte qu'il formait un rempart entre le pare-brise et l'habitacle. Puis, en se contorsionnant, il installa Diane Degrelle derrière le volant, tout en se faufilant à ses côtés, et réalisa un minuscule accroc dans le drap, à hauteur de ses yeux.

Les fesses sur le siège passager, le haut du corps tendu, une main sur le volant, un pied sur l'accélérateur, Jack démarra doucement. Il serait pratiquement dans l'impossibilité de freiner. Mais il s'en moquait. Il ne comptait plus s'arrêter.

Le porche passé, il braqua à droite et s'engagea dans une rue en sens interdit. Le moteur entraînait le monospace sans qu'il ait besoin d'accélérer.

Alors qu'il s'apprêtait à virer à gauche sur la route de Royan, il y eut des bruits d'impact et le pare-brise s'étoila à deux endroits.

– Les fils de pute ! brailla Jack en enfonçant l'accélérateur.

Le moteur rugit. La voiture sembla bondir sur l'asphalte tandis que de sa main gauche, Jack peinait à la maintenir sur une trajectoire rectiligne.

Cent mètres plus loin, il décéléra. Tout ce qu'il avait fait jusqu'à présent n'aurait servi à rien s'il finissait son escapade dans un mur.

Certain qu'il ne pouvait y avoir des tireurs embusqués sur l'ensemble de son parcours, Jack arracha le drap pour prendre la place de la vieille dame.

Diane Degrelle avait reçu une balle en pleine gorge.

68

Le cadavre de Diane s'affaissa sur le côté, empêchant Jack de s'installer derrière le volant. Il accéléra et fit une embardée pour éviter une voiture arrêtée à un feu tricolore. Celle qui venait en sens inverse klaxonna, juste avant de s'encastrer dans un abribus désert.

Jack poursuivit sa course folle sur quelques centaines de mètres, puis quitta la route pour s'immobiliser sur le parking d'un supermarché. Il déplaça le corps sur le fauteuil passager où il demeura plié en deux, la tête recouverte de la taie d'oreiller posée sur ses genoux, prêt à basculer au moindre coup de frein.

Libre de ses mouvements, Jack regagna l'avenue et s'engagea sur la nationale 10, les yeux rivés sur le rétroviseur central.

Personne ne chercha à le stopper.

La température avoisinait les deux degrés et des messages lumineux indiquaient au-dessus de la route qu'un salage était en cours. Jack savait que, passé l'entrée principale de l'aérodrome, il devrait poursuivre sa route et contourner la piste d'atterrissage par un chemin qui desservait les champs alentour.

Mille mètres après, il rencontrerait un bois qui longeait l'aire grillagée de l'aérodrome. C'est là qu'il cacherait le monospace, là qu'il abandonnerait le cadavre de Diane Degrelle. Là qu'il remettrait son destin et celui des siens entre les mains d'il ne savait trop qui.

Lorsqu'il coupa le contact, après s'être enfoncé d'une dizaine de mètres dans le sous-bois, l'horloge de bord affichait 20 h 52. En longeant l'entrée principale de l'aérodrome, il avait aperçu de la lumière dans les bâtiments de l'aéroclub, mais aucune activité commerciale. Il aurait préféré qu'il y ait du monde, que le site soit plus important, conscient qu'une présence humaine aurait pu dissuader ses ennemis de lui tendre un piège.

Hélas, il ne maîtrisait plus rien et ne voyait pas comment cette tragédie pourrait tourner à son avantage. Il regarda le corps de Diane Degrelle. Sans elle, le sort de Lucie ne reposait plus que sur l'aide improbable d'Anton Mislevsky.

Jack ferma les yeux. Il pensa à Lucie, à Libbie, à la petite fille qu'ils venaient de perdre, et puisa une force nouvelle dans l'évocation de celles qu'il aimait.

20 h 58.

Il quitta l'habitacle encore chaud du monospace et tendit l'oreille. Un ronronnement de moteur passa au-dessus de la cime des arbres dénudés. Le bruit s'éloigna, puis augmenta. Jack escalada le grillage d'enceinte et retomba sur un tapis d'herbe épaisse.

À deux mille mètres, dans l'axe de la piste, des feux de signalisation clignotaient dans le ciel. Il observa le manège de l'avion, comprit qu'il accomplissait un demi-tour pour venir se poser par l'est, exactement là où il se tenait.

Dans la seconde où il s'abrita derrière une station météorologique, les lumières de la piste s'allumèrent. Tous les dix mètres environ, des spots enterrés sous des plaques de verre coloré illuminèrent le ballet virevoltant d'épais flocons de neige.

21 h 01.

Les roues d'un jet entrèrent en contact avec le tarmac, puis le réacteur vrombit sous l'inversion de la poussée. L'appareil s'éloigna vers l'extrémité opposée de l'aérodrome, laissant Jack se poser des questions sur la façon dont les choses allaient s'enchaîner.

Le jet s'immobilisa en bout de piste.

Trois paires de phares s'illuminèrent presque instantanément. Les véhicules remontèrent la piste et se garèrent au pied de l'appareil, dont la porte s'ouvrait.

Jack appela Anton.

– C'est quoi tous ces gugusses en 4 × 4 ? Je t'avais demandé de venir seul avec le fils prodige.

– T'emballe pas, tempéra Anton, qui veux-tu que ce soit ?

– Lulu ?

Un silence sépara les deux hommes. Jack ne voulait pas y croire, pas encore, pas avant d'avoir serré son enfant dans ses bras. Il repoussa l'idée que d'ici quelques minutes, le cauchemar prendrait fin.

— Je veux que tu accompagnes Lucie, seul.
— Où es-tu ?
— Pas loin. Est-ce que tu la vois ?
Il y eut un nouveau silence.
— Pas encore, je te rappelle.

Jack resta stupide, son téléphone à la main. Anton avait raccroché. Bien des images lui passèrent en tête tandis qu'il attendait que le portable vibre dans sa paume.

Il imagina l'accident de Libbie, la chance qu'elle avait eue, au prix de la vie de leur enfant. Il se représenta le calvaire inutile subi par Kay, puis il comprit enfin que sa mort n'avait eu d'autre fin que de le mettre en contact avec Aymeric Degrelle. Il songea à la pendaison de ses vieux amis et à la malheureuse Carmen, morte par hasard. Enfin, il eut une pensée pour tous ces Portugais. Tant de cadavres pavaient le chemin des Degrelle.

Un épais sentiment de rage mêlé d'impuissance s'empara de Jack, jusqu'à devenir douloureux, gênant sa respiration et faisant bourdonner ses oreilles.

21 h 06.
Le téléphone vibra.
— Ça y est, elle est avec moi, déclara Anton.

Jack fut surpris de sentir des intonations de joie dans la voix du policier. Cette attitude inattendue le décontenança tant qu'il ne parvint pas à réagir, d'autant plus qu'il percevait la voix de Lucie, vibrante d'impatience.

— Tu es où ?

C'est le moment du verdict, pensa Jack, *soit Anton est le pire des enculés, soit...*

— À l'autre bout de la piste.
— Tu as les films ?
— Oui.
— Nous arrivons.

★

Les murs de sang

À 21 h 10, deux voitures firent mouvement dans sa direction. Jack enclencha une cartouche dans la chambre de son automatique et se tapit derrière le mur de la station météorologique.

Le vent se leva, transformant les flocons en de petites billes piquantes. C'était à croire que la France ne voulait plus de lui.

La voiture de tête s'immobilisa en bout de piste, à quinze mètres de sa position.

– Jack ? hurla la voix d'Anton pour couvrir le bruit du vent. Y a pas d'embrouille. Lucie est là !

La porte arrière gauche s'ouvrit et une silhouette fluette en jaillit. Jack la reconnut immédiatement. Son cœur se serra. Lucie marchait vers lui en s'aidant d'une paire de béquilles.

Tandis qu'Anton la rejoignait, la deuxième voiture stoppa derrière la première. Il fit un signe au chauffeur, puis scruta les ténèbres.

– Jack ? hurla Anton.

Le vent se calma brutalement, donnant l'illusion que le temps s'arrêtait. Les flocons soudainement livrés à eux-mêmes semblaient tomber au ralenti et le froid, qui mordait jusqu'alors, se dissipa en même temps que les bourrasques.

Sa main armée dans le dos, Jack quitta l'abri de la station et se dirigea vers la petite silhouette d'un pas vif. Il n'osait toujours y croire. Son cœur allait lâcher, il en était maintenant certain. Mais les hommes imparfaits sont comme les mauvaises graines. Le cœur de Jack tint le coup.

– Papa, c'est toi ?

Ces quelques mots balayèrent les derniers doutes de l'esprit de Jack, qui s'élança, glissa son pistolet sous sa ceinture et souleva sa fille dans ses bras.

– Ma Lulu, tu n'as rien ? Ils ne t'ont pas fait de mal ?

Jack répéta ce genre de question, sans attendre de réponse, riant et pleurant en même temps, écartant régulièrement le visage de Lucie du sien pour la regarder, glisser ses cheveux derrière ses oreilles et enfouir son nez dans ce cou qu'il avait tant désespéré de ne jamais revoir.

★

21 h 15.

Jack aurait voulu que ces instants durent éternellement, mais Anton se rappela à son souvenir. Les films, le manuscrit, Diane Degrelle, tel était le marché qu'il avait passé en échange de sa fille.

Jack emporta Lucie dans la voiture de tête. Les larmes de la fillette mouillaient ses joues.

— Tu m'attends ici, Lulu. Tu restes allongée sur la banquette et tu ne regardes dehors sous aucun prétexte.

— Pourquoi papa ? Pourquoi je dois me cacher ?

— Je vais casser la gueule aux méchants qui t'ont enlevée. Et je n'ai pas envie que tu voies ça.

— C'est vrai ?

— C'est vrai.

— Je t'aime.

— Je t'aime aussi, ma Lulu, lui dit-il en couvrant ses joues de baisers. Surtout, ne t'inquiète pas.

— J'ai confiance en toi, papa.

Jack sentit son cœur se serrer. Il embrassa une nouvelle fois Lucie avant de s'éloigner, revint vers la voiture pour s'assurer qu'elle était bien installée et rejoignit Anton au pas de course.

— Tiens, voilà tes films, dit-il en extirpant les deux bobines de la doublure de son anorak. Et ça aussi. Lis ces documents et tu ne voteras plus jamais.

— Tu devrais me donner les deux autres, conseilla Mislevsky en s'emparant des boîtes métalliques et du manuscrit.

— Tu me demandes de me défaire de ma seule assurance-vie ? objecta Jack. Non, je ne ferai pas l'erreur de Baldwin. Si je t'écoute, je finirai avec une balle dans la caboche ! Et tu le sais. Non, Anton, jamais. Vos magouilles ne m'intéressent pas. Aujourd'hui, je veux vivre, tu comprends ? Vivre !

— Justement, tu n'auras jamais la paix si tu gardes ces preuves. Jack, tu n'as pas le choix.

— Anton, tu ne comprends pas bien ce qui se passe. Ce sont eux qui n'ont pas le choix. Au moindre incident, toutes les rédactions de France et de Navarre auront une copie de ces putains de films. Ils ne m'auront pas deux fois.

Mislevsky grimaça.

— Qui cherches-tu à convaincre, Jack ? Qu'est-ce qui les empêcherait de recommencer ?

— Je ne suis pas Baldwin, rétorqua Jack. Je ne les ferai pas chanter. Démerde-toi pour les convaincre de me lâcher la grappe.

— Jack...

— Mais putain, tu roules pour qui au juste ?

— Ne te mêle pas de ça. Ça vaudra mieux. Dis-moi, où est Diane Degrelle ?

— Je l'ai laissée dans la voiture, là-bas derrière, dans les bois. Avec une balle dans la gorge.

À peine avait-il achevé sa phrase que Jack vit un homme en complet veston s'extirper de la seconde voiture et s'approcher à grands pas. Il se tenait l'oreille et semblait parler à sa manche.

— Traître ! s'exclama Jack en repoussant violemment Anton. Tu portes un micro !

— Que s'est-il passé, bon Dieu ! tonna Valentin Drouot lorsqu'il fut à portée de voix des deux hommes.

— C'est qui encore, celui-là ? cracha Jack sans lui jeter un regard.

— DCRI, lâcha Drouot. Répondez-moi, Peyrat. Qu'est-il arrivé à Diane Degrelle ?

— Jack, réponds, s'interposa Mislevsky en arrachant le micro collé sur son poitrail. Tu peux, on est *off*.

— Tu crois ça ! Mais avant que tu ne me fasses la morale, et que vous, agent secret de mes deux, vous montiez sur vos grands chevaux, sachez que cette balle me visait. Alors démerdez-vous. Vos hommes ont commis la bavure. À moins que les sbires de Degrelle vous aient tous niqués !

Drouot accusa réception de la nouvelle en tiquant. Mais il ne fit pas semblant de s'émouvoir de la mort de la vieille femme.

— C'est votre problème, ajouta Jack sans se démonter. Pas le mien. Maintenant, je veux dire deux mots à Aymeric Degrelle. Après, seulement, on sera quittes.

— Alors, finissons-en, aboya Drouot avant de tourner les talons. Mislevsky, vous lui donnez cinq minutes, pas plus.

D'un lent mouvement de tête, Jack acquiesça.

Tandis que Drouot rejoignait ses hommes, Anton et Jack se dirigèrent vers la voiture de queue. Au passage, Jack dévisagea le conducteur et lui trouva une gueule de premier de la classe.

Il s'approcha de la portière arrière et devina la silhouette d'Aymeric Degrelle. À ses côtés se tenait un homme aux cheveux blancs, la cinquantaine passée, à la carrure impressionnante.

— C'est qui celui-là ? demanda Jack.

— Forgeat, le chef de la sécurité, expliqua Anton. C'est lui qui gardait Lucie...

Jack remarqua qu'il n'était pas entravé.

— L'exécuteur de la famille, dit-il en serrant les poings. Et il se balade en liberté.

— Tu n'as que cinq minutes, souffla Anton. Cinq, pas une de plus.

— Les larbins ne m'intéressent pas. Non, ce que je veux, c'est parler avec ce fils de pute, précisa-t-il en désignant Aymeric Degrelle qui sortait de la voiture à ce moment-là, un sourire narquois aux lèvres.

Les deux hommes se jaugèrent quelques secondes, raides et tendus.

— Tu as failli m'avoir. Chapeau.

— Tu as fait du bon boulot, dit Aymeric Degrelle. Ça faisait des années que je cherchais à débusquer ce maître chanteur.

– Pourquoi toi ? Pourquoi ton père ne m'a-t-il pas collé un de ses shérifs entre les pattes ? Normalement, on ne balance pas l'héritier en première ligne.

Anton, qui ne les quittait pas d'une semelle, gardait les yeux braqués sur les mains de Jack.

– Pourquoi ? Parce que je suis le plus apte à régler les affaires importantes ! La preuve...

– Je ne crois pas, non. J'ai lu *Les Murs de sang* et j'ai bien l'impression que la raison est tout autre !

– *Les Murs de sang* ? ricana Degrelle. C'est quoi ça, le dernier Agatha Christie ?

– Imbécile. C'est ainsi que Carmen Messera a nommé l'ensemble des preuves qui vous accusent.

– Ah oui !

Aymeric Degrelle se mit à rire.

– Oui. Elle avait tout écrit, pauvre con. Grâce à elle, je sais que c'est toi qui as fait entrer le loup dans la bergerie, toi qui as mené Carmen au chantier pour qu'elle voie tout, toi qui l'as laissée s'échapper, toi l'abruti. Pourquoi tu n'avoues pas que tu as été mis au ban de la famille tant que tu n'aurais pas soldé cette histoire ! Allez, dis-moi que je me trompe ! Tu en pinçais pour cette fille !

Le visage d'Aymeric Degrelle vira au blanc. Ses mains, glissées dans les poches de son pantalon, s'agacèrent.

– Venant du roi du monde, grinça-t-il entre ses dents, cette analyse me va droit au cœur. Tu as eu de la chance que je sois avec toi pendant que mes hommes s'occupaient de ta môme et de ta truie. J'aurais eu plus de réussite qu'eux !

Jack sourcilla à peine.

– Tu n'es qu'une petite merde et tes manigances ne m'auront pas. Je vais te casser la gueule, bien proprement. Pas parce que tu insultes ma femme et ma fille, mais parce que je l'ai décidé à la seconde où j'ai su qui tu étais.

– Vraiment ! s'exclama Degrelle en éclatant de rire. Tu ignores peut-être qu'on a de la compagnie ! J'ai passé un accord. Lucie contre leur protection et l'immunité.

Jack se mit à rire lui aussi.

— Je ne l'ignore pas, articula-t-il d'un air plus sombre. Je vais te cogner avec la bénédiction de tous ces types en costard qui nous observent. Moi aussi, j'ai passé un deal. Et ils m'ont donné cinq minutes. Cinq minutes pour te faire ta fête !

Avant qu'Aymeric puisse réagir, Jack le ceintura et l'immobilisa d'une clé du bras. Puis il enfonça le canon de son arme entre ses reins.

— Pour Libbie, pour Lucie, pour Kay, murmura-t-il en le frappant de toutes ses forces. Pour Carmen ! Pour le bébé !

Les jambes coupées par la douleur, Degrelle tomba à genoux en gémissant.

— Pour Rico, Jean-Louis et Xavier !

Tout en hurlant, Jack frappait Aymeric à coups de crosse dans le dos. Ce dernier, incapable de se libérer de l'étau, subissait l'assaut, les dents serrées et les yeux rivés sur les hommes de la DCRI qui observaient son passage à tabac sans bouger.

— Pour Diane ! Tu l'as tuée, tu m'entends ! Elle est roulée en boule, froissée comme une vieille bête, là-bas dans la voiture, parce que tu n'es pas digne de parole !

— Arrête maintenant, intervint Mislevsky en posant une main sur l'épaule de Jack. Si tu continues, tu vas le tuer.

— Tire-toi, Anton. Il me reste environ trente secondes. J'en ai pas fini avec lui, ajouta Jack en aidant Aymeric à se relever.

— Pauvres cons, hoqueta Degrelle, vous êtes des fiottes ou quoi ?

— Pour tous ces gens que vous avez massacrés, murmura Jack avec un calme effrayant, toi et ta clique de parasites. Après ça, tu ne pourras plus jamais te regarder dans un miroir sans penser à moi.

Il abattit violemment la crosse de son automatique sur le visage d'Aymeric Degrelle à plusieurs reprises, jusqu'à ce que ce dernier se retrouve une nouvelle fois à terre, le visage en sang. Il cracha quelques-unes de ses dents.

— Arrête les conneries, s'écria Anton. Maintenant ! Tu veux que ta fille voie son père tabasser un abruti ? C'est ça que tu veux ? De toute façon, tu lui as déjà brisé les côtes, cassé la mâchoire, dégagé une partie des molaires. Et bien humilié. Ça suffit ! Les cinq minutes sont écoulées.

Tandis que, sur sa demande, des hommes venaient en aide à Aymeric Degrelle, Anton raccompagna Jack à la voiture où attendait Lucie.

— Une dernière chose, Anton, murmura Jack en lui remettant son arme. Accompagne-moi au Val-de-Grâce. S'il te plaît.

— Non, Jack. Je le regrette, mais… Il y a bien des choses à effacer après ton passage. Tu vas être blanchi et pour ça, tu n'as jamais mis les pieds en France, tu ne peux donc pas en sortir, ni t'y balader comme ça te chante.

— Qui va payer pour tout ça ?

— Je suppose qu'ils trouveront le coupable idéal. Écoute, l'avion que tu as exigé t'attend, avec Lucie. Tu vas rentrer maintenant, sans ta femme. Je m'occuperai de son rapatriement sanitaire.

— Mais…

— Jack, tu ne devras plus jamais remettre les pieds en France, ni ébruiter la moindre info concernant les Degrelle. Est-ce que c'est suffisamment clair pour une tête de pioche comme toi ?

— Les films que je conserve ne bougeront pas du cabinet d'avocats à qui je les ai confiés, mentit Jack, les pensées fixées sur Gnokie et sa bouche édentée. Tu as ma parole. À moins évidemment qu'il ne m'arrive malheur.

— Je suis certain qu'il y aura en permanence un sniper à proximité de chez toi pour qu'une telle chose n'arrive jamais.

— Alors tout est dit.

Anton tendit sa main. Jack la regarda un instant, puis finit par la serrer.

— C'est la dernière fois que je te sauve les fesses !

Mais Jack ne se sentait pas d'humeur. Il répondit d'un ton grave :

— C'est la dernière fois tout court, je crois.

— Prends soin de toi, petit.

Après avoir lancé un dernier coup d'œil vers la silhouette d'Anton qui s'éloignait, Jack se glissa sur la banquette arrière à côté de Lucie et claqua la portière. Il ne s'en était pas rendu compte, mais il était frigorifié. Et pourtant, il s'en moquait éperdument. Il regarda Lucie, qui avait passé sa ceinture de sécurité, et lui adressa un sourire de gosse, toutes dents dehors.

— Regarde cet avion, Lulu, il est pour nous tout seuls ! Ça y est, on rentre à la maison.

— Chouette ! Dis, papa, tu lui as vraiment cassé la gueule, au méchant ?

— Oui, chérie. Je lui ai vraiment cassé la gueule.

Épilogue

2012

Ce matin-là, Jack van Bogaert prit la route du volcan.

À mi-chemin du sommet, il se gara sur le bas-côté et coupa le moteur de sa Jeep. Depuis son retour, Jack appréciait encore plus ces instants de solitude où il pouvait songer à ses amis disparus et à sa fille morte avant d'être née. Emma.

Libbie avait retrouvé le sol d'Elisabeth Island quinze jours après le rapatriement de Lucie et de Jack. Ce dernier supportait mal de n'avoir pu se trouver aux côtés de sa femme lors de son hospitalisation et surtout, se reprochait sans cesse de l'avoir embarquée dans cette tragique aventure. Mais regarder Lucie et Libbie s'apprivoiser peu à peu, voir sa fille s'émerveiller chaque jour de la vie sous les tropiques fut un onguent sur son cœur en souffrance.

À son retour, Libbie pressa Jack de questions. Elle voulait comprendre, tout savoir des dessous de l'enlèvement de Lucie, comment organiser la défense de leurs droits et qui attaquer pour les meurtres de Kay et de Dominic.

Une nouvelle fois, Jack s'en sortit par le mensonge. Il raconta qu'il avait récupéré des documents sensibles et qu'en remerciement, l'ardoise de ses délits et crimes avait été simplement effacée.

Mais Libbie ne fut pas dupe. Elle insista, supplia Jack de lui confier la vérité. Tant qu'il finit par lui jeter au visage qu'à avoir grandi dans une famille de juges, on perdait de vue que le mensonge peut avoir une raison d'être. Pour le bien de la multitude.

— Emma est morte, Lucie a été enlevée, Dominic et Kay assassinés, et tu veux me convaincre de ne jamais témoigner ?

— Tu ne témoigneras pas, car il n'y aura pas de procès. Ces choses-là se règlent dans l'ombre. Nous avons de la chance d'être en vie. Ne peux-tu pas comprendre ?

Ce matin-là, Jack resta longtemps debout, les cheveux livrés aux vents tièdes de la mer des Caraïbes, les yeux perdus sur la pente du volcan, avant de grimper jusqu'à la baraque de Gnokie.

La vieille Créole ne changeait pas. Toujours au travail, le dos courbé au-dessus de la terre. Peut-être se parcheminait-elle un peu plus chaque jour, mais ses rides étaient si nombreuses que l'œil se perdait à la surface de son visage.

Jack pénétra dans son magasin. L'ombre du toit de tôle gardait quelques traces de la fraîcheur de la nuit et il décida de patienter à l'intérieur. Il extirpa de la poche de son jean le journal de la veille et se laissa tomber dans un fauteuil déglingué.

L'élection présidentielle avait eu lieu cinq mois plus tôt. Aymé Degrelle avait emporté la partie avec quatre points d'avance sur le président sortant.

Cette victoire n'avait pas étonné Jack. La suite, en revanche, l'avait intrigué. Pour un président de gauche, Degrelle s'était imposé comme un farouche partisan d'une politique sécuritaire. Les lois sur la délinquance et la criminalité s'étaient durcies, ce qui avait provoqué des tollés au sein même de sa majorité. Les services de renseignements s'étaient vu dotés de moyens renforcés, le budget de la défense avait pratiquement doublé et l'armée française patrouillait dorénavant dans une quinzaine de conflits, principalement aux côtés des Américains.

Pour Jack, l'explication des étranges agissements du président Degrelle était limpide. Ceux qui avaient récupéré les films appartenaient aux hautes sphères de l'État. Comme Anton, Degrelle était devenu un pantin, incapable de sacrifier carrière et fortune sur l'autel de la nation.

Rien ne le choquait vraiment. Jack avait depuis longtemps abandonné tout espoir en l'homme, particulièrement quand il se targuait de décider à la place de ses congénères.

Ce matin-là, tout de même, l'article consacré à Aymeric Degrelle lui inspira un frisson d'horreur. On y découvrait la photo du nouveau maire de Bordeaux et les détails de son ambitieux projet de réhabilitation des plus anciens quartiers de la ville.

— Comment va ma petite princesse ?

La voix de Gnokie sortit Jack de ses pensées. Il se leva pour embrasser la vieille femme.

— Lulu va mieux chaque jour. Cette gamine est adorable. J'en suis fou.

— Alors tout est bien dans le meilleur des mondes, dit Gnokie en tendant la main pour attraper le billet de cent dollars que lui tendait Jack. Tes cagettes sont prêtes. À demain, mon petit.

Tout au long du retour, Jack brûla d'envie de jeter un œil sur le dossier de Carmen, dissimulé avec les bobines de films dans le roof avant de son pointu. L'article qu'il venait de lire citait les sociétés partenaires de la ville de Bordeaux dans ce grand projet d'urbanisme. Deux lui semblaient vaguement familières et il voulait en avoir le cœur net. De plus, ça faisait presque un mois qu'il n'avait pas trouvé le temps de passer au bateau.

La veille, Carole Saingérand était repartie pour Saint-Étienne. Durant son séjour sur l'île, Jack n'avait pas eu une minute à lui.

Il se gara sur le port un peu avant 9 heures.

Les sigles des sociétés mentionnées par Carmen s'étalaient noir sur blanc, identiques à celles qui étaient citées dans l'article. Jack comprit que tout allait recommencer. Les Degrelle, à l'exemple d'une tique passant d'un chien à un autre, ne faisaient que changer de ville.

Il quitta le pointu, ébranlé par ses conclusions.

Libbie, qui se trouvait sur le port, chargée d'emplettes, n'avait pas perdu une miette de ses faits et gestes depuis qu'il s'était garé.

Lucie bordée, Libbie quitta l'auberge au milieu du service, à un moment où elle était certaine que Jack ne s'apercevrait pas de son absence. La Méhari refusant de démarrer, elle prit la Jeep.

Arrivée sur le port, Libbie se gara face au ponton où était amarré ce bateau dont elle ignorait l'existence et se glissa sous la capote. À l'aide d'un tournevis, elle fractura la serrure et pénétra dans la cabine, lampe de poche en main.

Qu'est-ce que tu viens planquer ici, Jacques Peyrat!

Libbie n'avait jamais cru à sa version des faits. Pour elle, c'était aussi tiré par les cheveux que le scénario d'un James Bond.

Elle fouilla les placards, les tiroirs, souleva les coussins des banquettes et finit par tout empiler au centre de la cabine.

Rien.

Dépitée, elle manqua repartir, puis s'aperçut qu'elle avait oublié le roof, à l'avant du bateau. Libbie le vida entièrement et découvrit la trappe où Jack cachait ses documents. Elle en sortit une liasse de feuilles dactylographiées, deux bobines de films et une chemise cartonnée remplie de coupures de presse.

Les bras chargés de ses trouvailles, Libbie s'installa sur une des banquettes et étala les papiers sur la table.

— À quoi joues-tu, Jack ? Pourquoi le président Degrelle t'intéresse-t-il autant ?

Un long moment, la jeune femme parcourut les articles sans comprendre, puis elle tomba sur celui de la veille, où figurait en pleine page le portrait d'Aymeric Degrelle.

Le cœur de Libbie s'emballa. Elle devina que cet homme aperçu dans les couloirs d'un hôtel à Chamonix, cet ami de Kay miraculeusement tombé du ciel, qui par le biais d'une coupure de presse devenait le fils du président de la République française, ne pouvait qu'être le bras armé d'une machination gigantesque.

Quelques secondes plus tard, elle lisait un autre article consacré à la découverte, dans les Alpes françaises, du corps d'un homme livré par la fonte des neiges. Dominic Balestero, un Américain porté disparu au cours d'une excursion en montagne, avait été victime d'une avalanche.

Les mains tremblantes, Libbie empocha les boîtes de films. Son père possédait un vieux projecteur dont il n'avait pas voulu se défaire. Elle les visionnerait plus tard. Elle se plongea alors dans la lecture du manuscrit de Carmen Messera.

La Jeep filait à travers la nuit en direction de la pointe orientale de l'île. Libbie avait les traits tirés. Elle ignorait ce qu'il était advenu de Carmen, mais elle se fit la promesse qu'elle la retrouverait. Bientôt, dès qu'elle aurait accompli ce que ses convictions profondes lui dictaient. Son père était juge à la retraite, son grand-père avait été juge. Elle-même avait embrassé la carrière d'avocate, ce n'était pas pour laisser des criminels massacrer des innocents sans réagir, si elle en avait le pouvoir. Depuis moins d'une heure, elle avait enfin ce pouvoir.

Tout ce temps, Jack tenta de la joindre plusieurs fois mais, incapable de l'affronter, Libbie ne décrocha pas. Trop de colère bouillonnait en elle pour qu'elle puisse lui répondre sans trahir sa détermination.

Une dizaine de minutes plus tard, elle arriva en vue de la petite maison de son père. Christyntje van Bogaert était morte dans les tout premiers jours de l'année qui avait suivi l'enlèvement de Lucie, et Libbie avait émis le souhait de voir son père s'installer près d'elle.

La proximité de Maarten avait aidé Libbie à surmonter la perte d'Emma et à accepter la présence de Lucie. Mais Libbie ne pouvait plus avoir d'enfants et cette nouvelle l'avait rendue amère. De son côté, Jack avait reporté toute son affection sur Lucie, qui grandissait sans s'apercevoir de rien, tandis que Libbie était rongée par la solitude et le chagrin.

Il était 22 h 30. La fenêtre du salon était éclairée.

— Papa, j'ai besoin de ton projecteur, annonça-t-elle en entrant.

Maarten van Bogaert lisait dans un fauteuil. Il la regarda par-dessus ses lunettes à doubles foyers.

— Tu vas ressortir, sonner, je viendrai t'ouvrir, tu m'embrasseras en me demandant de mes nouvelles et seulement ensuite, tu réquisitionneras ce que tu veux.

— Papa ! Je suis désolée, je sais, j'aurais dû, mais il me le faut maintenant.

Le père observa sa fille et lui trouva un air tourmenté.

— Je suis sûr que la mort aura de meilleures manières quand elle me rendra visite. Viens.

Maarten précéda Libbie dans une chambre vacante où il entreposait les caisses du déménagement qu'il n'avait pas eu le courage de déballer.

— Celle-là, indiqua-t-il en désignant une valise rigide. Je te préviens, c'est lourd.

Libbie ne s'inquiéta pas de ce détail. Elle délogea l'appareil de sa valise protectrice, le plaça sur une table, installa l'écran à cinq mètres et s'occupa de charger le premier film pendant que son père branchait le projecteur.

— Je ne crois pas que tu devrais regarder, prévint Libbie quand tout fut prêt. J'ignore ce que montrent ces films…

Les murs de sang

– Qu'est-ce qu'une fille pourrait voir que son père ne devrait pas ? l'interrompit Maarten. Je me le demande.

Libbie enclencha le bouton « on », éteignit la lumière et prit place à côté de son père.

Des numéros défilent, suivis d'une dizaine de secondes de noir où des stries blanches zèbrent l'écran. Puis on voit un camion rouler sur un chemin forestier. Au premier plan, le haut d'un tableau de bord rétro forme avec un pare-soleil une sorte de cadre imparfait dans l'image.

L'intérieur d'un pavillon de chasse, des têtes d'animaux empaillés qui ornent les murs et de nombreux fusils posés dans des racks.

Une tablée d'une dizaine hommes, l'air joyeux, les verres remplis de vin, de grandes marmites fumantes au milieu de la table.

Le film en couleur était le résultat d'un montage approximatif, réalisé sans aucun sens esthétique.

Le camion, de nouveau, qui s'immobilise devant le pavillon de chasse. Les hommes sur le perron, leurs verres à la main, accueillent l'arrivée du véhicule par des vivats. Sur la porte arrière du camion, trois lettres : KMF. La caméra fait lentement le tour du conteneur. Dans le dernier tiers avant, des doigts humains dépassent par un mince trou dans le bois.

Les portes du conteneur s'ouvrent. Il y a six hommes et deux femmes à l'intérieur, l'air hagard, terrorisés. Ils sont très bruns, le teint légèrement hâlé. On les fait descendre sous la menace, puis déshabiller entièrement.

La main de Libbie attrapa celle de son père. En voyant ces images, Libbie eut la certitude qu'Octavio, le fiancé de

Zelda, était dans ce camion. Dans celui-ci ou un autre, car il lui était difficile de croire que cette ignominie n'avait eu lieu qu'une seule fois.

Les malheureux sont enchaînés deux par deux par des menottes. Un premier couple est amené au départ d'un chemin qui se perd dans la forêt. Un homme les pousse du canon de son fusil, mais ils ne bougent pas. Alors il les moleste jusqu'à ce qu'ils acceptent de partir. Chaque couple subit le même sort, dans des directions différentes.

Retour aux ripailles. Plusieurs plans sur une pendule montrent qu'il s'écoule une heure. Les convives semblent s'amuser. Ce sont des hommes adultes, entre 40 et 60 ans, à l'exception d'un, que l'on ne voit qu'une fois, à un moment où l'un des plus jeunes prend la caméra pour filmer le cameraman.

Libbie sut alors pourquoi on avait enlevé Lucie, assassiné Kay et Dominic, pourchassé Jack et tenté de la tuer : le cameraman pouvait avoir entre 20 et 25 ans. Il s'agissait indubitablement d'Aymé Degrelle.

Les hommes se préparent pour la chasse et partent deux à deux. Les proies humaines sont débusquées et assassinées. Chaque binôme de chasseurs possède une hachette. Quand une victime est abattue, l'un des chasseurs tranche son bras pour que le survivant puisse courir.

Il y a quelques plans de type safari africain des années 30, où les chasseurs posent fièrement à côté de leurs trophées.

La fin de la bobine laissa un écran blanc tandis que la pellicule claquait contre la paroi du projecteur.

Les murs de sang

Une minute interminable s'écoula. Ni Libbie ni Maarten ne voulaient rallumer la lumière. Aucun des deux n'avait envie d'affronter le regard de l'autre. Ils appartenaient à la même espèce que ces chasseurs et une honte éternelle risquait de tomber sur eux s'ils brisaient le silence.

Le téléphone de Libbie sonna dans sa poche. C'était Jack. Elle ne répondit pas mais cette sonnerie les replaça dans leur époque. Ils n'avaient rien à voir avec ces gens.

Libbie coupa le projecteur, refusant de visionner la seconde bobine.

Elle passa dans le salon, se servit un verre de rhum et sortit sur la terrasse, se demandant s'il était encore temps de réfléchir, s'il existait un choix maintenant qu'elle savait. La réponse fut non. Elle devait à la justice des hommes et à la mémoire de ces malheureux de révéler ces crimes.

Mais elle était consciente que les voies légales ne suffiraient pas, qu'il fallait en appeler à la presse. Alors elle téléphona à Wayang Balik et convint d'un rendez-vous avec lui dans les jours à venir. Il connaissait des journalistes dans le monde entier, il saurait la conseiller

Son coup de fil passé, elle retourna dans la maison. Assis dans son fauteuil, Maarten regardait ses mains et quand il leva les yeux vers elle, Libbie put y voir un profond désarroi.

— Jack a protégé ces monstres, dit-elle en s'agenouillant aux pieds de son père. Je ne comprends pas comment il a pu.

— C'est en taisant ces crimes qu'il a sauvé Lucie, objecta Maarten. Il a agi par amour. C'était ça ou vous étiez tous tués.

— Mais il s'agit d'un président, papa ! Il s'agit de pauvres gens massacrés pour le divertissement de quelques-uns ! Des gens chassés de chez eux, coulés dans le béton ! Tu n'as pas été juge pendant quarante ans pour accepter une chose pareille !

— Il y a des choix dans la vie qui ne sont pas si simples.

— Non, justement ! Je n'ai pas le choix ! Je vais faire éclater l'affaire par voie de presse.

– Tu as tort, Libbie ! En faisant ça, tu te condamnes, tu condamnes ta famille. Tu ne pourras jamais rien contre ces gens. Ils sont trop puissants. Je t'en conjure, réfléchis !

– C'est tout réfléchi, papa. Je pars sur-le-champ. Comme ça, je ne vous mettrai pas en danger, Lucie, Jack et toi. Mais tu ne peux pas me demander de vivre comme si de rien n'était. Je ne suis pas Jack !

– Tu devrais au moins lui en parler avant de partir, conseilla Maarten. C'est beaucoup trop grave. Il y a Lucie, elle a déjà tellement souffert…

– Ne t'inquiète pas. Dans quelques heures, je serai à l'autre bout du monde avec les films. Mais je ne veux pas parler à Jack. Il essaierait de me dissuader. Rien n'est plus pareil depuis que nous sommes rentrés… Jack m'a menti, encore, comme il le fait depuis que nous nous connaissons. S'il peut vivre avec un tel poids sur la conscience, moi pas.

La salle du restaurant était vide à présent, Lucie dormait à l'étage et Rosalba était restée sur place. Jack avait tenté de joindre Libbie toute la soirée sur son portable, chez son père et au domicile des quelques amies qu'il lui connaissait. En vain. Cette disparition ne lui ressemblait pas et un mauvais pressentiment grandissait dans son esprit.

Quand le téléphone sonna, il bondit dessus et cria le nom de sa femme. Mais ce n'était pas Libbie, c'était Maarten.

– Jack, elle vient de voir les films. J'ai essayé de la dissuader, mais elle va partir, venez vite !

– Retenez-la, j'arrive, répondit-il en se ruant dehors. Ne la laissez pas emporter les films, détruisez-les s'il le faut, mais ne la laissez pas faire ! Et surtout, qu'elle ne touche pas au téléphone, Maarten, vous m'entendez ! Empêchez-la de téléphoner ! Ils nous surveillent, ils nous écoutent ! S'ils la voient sortir de la maison avec les films, elle est foutue !

Jack grimpa dans la Méhari et tenta en vain de la faire démarrer. Libbie avait perdu le goût pour la mécanique depuis la mort d'Emma et il avait été négligent.

Alors il sortit un vélo d'une remise et dévala la route jusqu'au littoral. Jamais Jack ne pédala si fort. Il accomplit les dix-huit kilomètres qui le séparaient de la maison de son beau-père en quarante-cinq minutes.

Quand il déboula dans la cour, Libbie apparut chargée d'une valise, sur la terrasse illuminée. Elle avait une expression figée sur le visage, un air profondément malheureux.

— Libbie ! hurla Jack hors d'haleine en sautant de son vélo, rentre ! Ne reste pas là !

Une déflagration déchira l'air.

Le corps de Libbie fut projeté en arrière. Il heurta la façade et s'écroula sur le plancher de la terrasse.

Hébété, Jack accomplit les derniers mètres en courant et s'agenouilla aux côtés de sa femme. Il saisit Libbie dans ses bras, dégagea les cheveux de son front, dévoilant un minuscule trou d'où s'échappait un peu de sang.

Jack regarda le visage de Libbie sans comprendre. Ses doigts ne reconnaissaient pas l'arrière de sa tête. À la place de son joli crâne rond, il n'y avait plus qu'une masse informe et poisseuse.

— Libbie ! Libbie !

La panique s'empara de Jack. Il plaqua sa main sur la tête de Libbie, secoua son corps inerte puis la serra de toutes ses forces contre lui.

— Non, Libbie, me fais pas ça, hurla-t-il. Me laisse pas ! Je te le promets, je ferai tout ce que tu veux. Mais ne me laisse pas !

Une ombre passa sur lui. La haute silhouette de Maarten s'encadra dans la porte. Jack leva les yeux vers le vieux juge. Maarten le fixa, hagard, puis se laissa tomber à côté de lui. Il saisit une main de Libbie entre les siennes et la couvrit de baisers.

— Je vais tous les massacrer, murmura Jack. Tous, les uns après les autres, je vais tous les massacrer.

Maarten leva vers lui des yeux brillants. La dignité, le courage du vieil homme étaient remarquables.

– Jack, dit-il tout doucement. Ne dites pas ça. Lucie a besoin de vous.

– Où sont les films ? Qu'avez-vous fait des *Murs de sang* ?

– Je les ai brûlés, Jack, pendant qu'elle préparait ses bagages. J'ai tout détruit, comme vous me l'avez demandé. Je ne voulais pas qu'elle le fasse. Je ne voulais pas qu'elle parle.

– Alors, murmura Jack la voix brisée, elle est morte pour rien.

Photocomposition Facompo
(Lisieux)

Achevé d'imprimer en décembre 2011
par CPI Firmin Didot
pour le compte des éditions Calmann-Lévy
31, rue de Fleurus 75006 Paris

N° d'édition : 15154/02
N° d'impression : 108913
Dépôt légal : décembre 2011
Imprimé en France